U0895521

双语译林
壹力文库
107

〔英国〕阿瑟·柯南·道尔 著
张 莹 译

失落的世界

译林出版社

目　　录

第一章　我们身边到处都有英雄事迹

她的父亲，汉格顿先生，毛发浓密，邋里邋遢，看上去像只凤冠鹦鹉一样，虽然天生性情不错，但是整天糊里糊涂的，真可以算是这个世界上最粗鲁冒失的人了。如果说我还有什么理由放弃追求格拉迪斯的话，那一定是因为想到将来会有这么一位岳父了。我能感觉出来，他是真心认为我每周来切斯纳三天是因为喜欢跟他在一起，尤其是喜欢听他关于金银复本位的观点，他是那方面的权威。

那天晚上，他喋喋不休地讲述着劣币如何驱逐了良币，银的价值符号，卢比的贬值，交换的真正标准，等等。我就这么耐着性子听了一个多小时。

“假如，”他的语气稍微有点强烈，“世界上的所有债主都同时开始要债，并要求立即偿还，那么以我们的现状将会有什么样的情况发生？”

我故意回答得好像我是完全无可救药的。对他来说，这倒是与我一贯表现出来的轻率相一致。这让他觉得在我面前谈任何道理都不可能。于是，他从椅子上一跃而起，径直走出房间，换衣服准备参加共济会的会议去了。

终于，我得到了与格拉迪斯独处的机会，决定命运的时刻终于到来了！整个晚上，我都感觉自己像一名等待进攻号令的士兵，这号令承载着士兵唯一的希望；胜利的希望和对失败的恐惧同时盘桓在我的脑子里，激烈地斗争着。

她那骄傲而又精致的轮廓映在红色的窗帘上，真是美得不可方物，却又显得那么高傲而冷淡！我们一向是朋友，很好的朋友，但是一直以来我都没能在与她的关系上取得突破。我和她的关系与我跟报社其他同事的关系没什么两样——完全坦诚，完全善意，然而，也跟性完全不沾边儿。从内心来讲，我非常抵触一个对我过于坦诚和随意的女性，这样的坦诚和随意并不意味着对男人的欣赏。一旦性方面的感觉在内心中出现，羞怯和猜疑肯定会随之出现，爱与冲突往往如影随形，自古如此。微微低下的头颅，闪烁躲避的眼神，支吾其词的话语，畏畏缩缩的身影，这些才是激情迸发的信号，而不是直率的注视和坦诚的回答。虽说我还年轻，阅历说不上丰富，但是对这一点也是深有体会——或许这点体会是从种族的记忆中继承而来吧，也就是我们常说的直觉。

格拉迪斯身上几乎具备所有女人的特质。有人认为她有点过于冷漠和强硬了，但这种评价并不客观。她的皮肤是古铜色的，比较接近东方人的肤色，头发乌亮，一双大眼睛水汪汪的，一对丰唇又偏偏有着细致的线条——处处都透出掩盖不住的激情。然而，遗憾的是，到目前为止，我还没有找到将这激情激发出来的秘诀。但是，不管遇到什么样的情况，我今晚都将不再迟疑，要让这一切有一个了断。也许我会遭到她的拒绝，然而即使是成为一名被拒绝了的爱慕者也比单纯做一个哥们儿要好得多。

正当我随着想法，准备打破这漫长而又令人心烦意乱的沉默时，她那双敏锐的、乌溜溜的眼睛向我这边望过来，同时，她带着责备的微笑摇了摇那骄傲的头，说："我有预感，你要向我表白了，奈德。我真心希望你不要这样，因为现在我们的关系是那么完美。"

我把自己的椅子朝她那边挪近了一点儿。"哦？你怎么知道我要表白呢？"我非常吃惊地问。

“女人不都很擅长这点吗？你以为世界上有哪个女人在人家对她表白之前还毫无知觉吗？不过——哦，奈德，我们之间的友谊是那么美好，那么让人愉快！就这么毁掉了多可惜啊！一对年轻的男女能够面对面地交谈，就像我们一直以来的这样，这是多么美妙的一件事啊，你不觉得吗？”

“我也说不好，格拉迪斯。你看，我跟——火车站站长也能面对面地交谈。”我也不知道怎么就想到了这么个人，但是我一提他，我们两个都笑了。“但是这样的关系根本就没法让我满足。我还想把你揽入怀中，让你的头靠在我的肩膀上，还有——哦，格拉迪斯，我还想——”

她见我开始陈述我对她的欲望，就站起身来。“你把一切都毁了，奈德，”她说，“原本是多么美好自然的关系啊，现在却变成了这样！不是很可惜吗？！你怎么不能控制一下自己呢？”

“我不是要故意破坏我们之间的关系，”我辩解着，“这是自然而然产生的感情，是爱。”

“好吧，如果两个人心中都产生了爱，情况也许会有所不同。但是我对你却没有这种感觉。”

“但是你必须要爱——你，以你的美貌，以你的灵魂！噢，格拉迪斯，你就是为爱而生的！你必须要爱！”

“真爱到来之前我必须要耐心等待。”

“你怎么就不能爱我呢，格拉迪斯？是对我的长相不满意，还是什么别的原因？”

她举止变得随意了一些。她伸出一只手——多么和蔼可亲的态度啊——在我的头上轻轻推了一下，然后，带着意味深长的微笑看着我微微抬起的脸庞。

“不，不是这个原因，”她说，“你不是个自命不凡的人，所以我可以肯定地告诉你，不是因为这个原因，是更深层次的原因。”

“那是因为我的性格？”

她严肃地点了点头。

“那我有没有什么补救的方法？我们坐下好好谈谈。不，真的，只要你坐下来我保证不做傻事！”

她用疑惑而不信任的目光看着我，比起她的自信来，这种目光给我的内心带来的冲击要大得多。这样把事情挑明真是太原始太野蛮了！又或许这种感觉只有我一个人有吧。不管怎样，她终于坐下了。

“现在，跟我说说吧，我有哪点不合你意呢？”

“我爱上别人了。”她说。

这回轮到我一跃而起了。

“也不是某个具体的人，”她一边解释一边看着我脸上的表情笑了，“只是一个理想。我还没遇到那个理想中的人。”

“那你跟我说说你的理想爱人吧，他长什么样？”

“哦，他的长相应该跟你差不多吧。”

“你这么说真是太贴心了！好吧，那么他身上的哪点是我不具备的呢？就简明扼要地说吧——滴酒不沾，素食主义，航空家，神智学者，还是超人？无论是什么我都要试一试，格拉迪斯，只要你告诉我你喜欢的到底是什么。”

我性格的灵活多变把她逗笑了。“嗯，首先，我的理想爱人应该不会像你这样说话，”她说，“他应该是一个更加认真、更加严肃的人，不会因为一个傻女人心血来潮的想法就随时改变自己。但是，最重要的是，他必须是一个有能力的人，敢于行动，敢于直面死亡而没有丝毫的畏惧，是一个有所作为、阅历丰富的人。我爱的不是他的人，而应该是他赢得的荣誉，因为这些荣誉也必定会让我荣耀无比。就拿理查德·伯顿来说吧！他妻子撰写了他的生平事迹，读了之后，我非常深刻地理解了她的爱！还有斯坦利女士，你看过那本关于她丈夫的书吗？最后一章真是极其精彩。那样的男人是值得女人用灵魂去膜拜的，而且，作为高尚行为的激励者，值得全世界的尊敬，也值得女人全身心地去爱。”

她说这番话的时候热情洋溢，看上去美得不可思议。看着她那个样子，我几乎都忘记了继续为自己辩护。然而，我又重新咬紧了牙关，继续争辩下去。

“但是，这个世界上没有那么多斯坦利和伯顿，”我说，“况且，我们也没有这个机会——至少，我没有过这样的机会。如果有机会，我也会尽全力成为他们那样的人。”

“其实你身边到处都是机会。我所说的那种人是会自己去争取机会的，你是无法阻挡他的。虽然我从来没有遇到过这样的人，但是我却对他们非常了解。我们身边处处都有做出英雄事迹的机会。男人们应该抓住这样的机会，而女人们应该保留好自己的爱情，有朝一日将自己的爱献给这样的男人；作为对他们的奖赏。就拿那个年轻的法国人来说吧，上个星期他乘热气球升空了，当时突然刮起了大风，但是因为他事先已经公布了升空的计划，所以他还是信守了诺言。二十四小时后，大风把他刮出了一千五百英里，最后坠落在俄罗斯境内。这就是我说的那种人。想想他爱的那个女人吧，想想其他的女人会有多羡慕她！我就想成为这样一个女人——因为我的男人而被其他女人羡慕。”

“为了取悦你，这样的事我也可以去做。”

“但是你做这些事情不应该仅仅是为了取悦我啊。你做这些事情应该是出于你内心的欲望，一种你控制不了的冲动，这应该是你与生俱来的特质，因为你骨子里的英雄气概。现在想想，在你说的上个月维根发生的那次矿难中，你能做到不顾那里的窒息性气体下去救人吗？”

“我做到了。”

“你以前可没这么说过。”

“这没什么可值得吹嘘的。”

“我还不知道呢，”她看着我的眼神里似乎多了一丝兴趣，“你还挺勇敢的。”

“形势所逼。你要想写出好稿子，就必须亲临现场。”

“你这动机倒是够平淡无奇的！你这么一解释，这件事的浪漫主义意义差不多消失殆尽了。但是，不管你的动机是什么吧，你当时下到矿井里去了我还是很高兴的。”她向我伸出了手，姿势显得那样的美好与高贵，我只是弯下腰，在她的手上吻了一下。“我敢说，我就是个傻女人，怀揣着年轻女子的幻想。但是这就是真实的我，我就是这么个人，我也没有什么可掩饰的。如果我要结婚的话，我也要嫁个名人！”

“那是当然了！”我大声叫道，“就是你这样的女人才能让男人振作起来啊。给我个机会吧，你看看我能不能做好！而且，正如你说的，男人应该自己创造机会，而不是被动地等待。你看克莱夫——原本就是一个小职员，后来却征服了印度！苍天在上，我一定会事业有成的！”

我突然表现出来的爱尔兰式的活泼把她逗笑了。“试试又有何不可呢？”她说，“你身上具备了一个男人应该具备的一切——年轻、健康、强壮、受过良好的教育，又活力四射。你刚表白的时候我还感到有点遗憾，但是现在我很高兴，非常高兴，因为这件事可能激发了你的斗志！”

“那么如果我做到——”

她温柔的手像一片温暖柔软的天鹅绒一样落在我的唇上。“别再多说什么了，先生！你半小时以前就该去上夜班了，只是我没忍心提醒你。可能，终有一天，你会在世界上取得一席之地，到那个时候，我们再重新谈这个话题吧。”

于是，在十一月份那个雾气朦胧的夜晚，我坐上了开往坎伯韦尔的有轨电车，心中的希望像灯火一样亮了起来。我暗下决心，再也不能容许自己再虚度一日的光阴，一定要尽快做出一件能够赢得我心中女神芳心的事迹。

这开篇第一章对于读者来说可能跟我后面的叙述没有什么关系；然而如果没有开头的这个故事就不会有后面的一切了，因为只有当一个男人心中怀着“身边到处都有英雄事迹”的念头闯世界，并且热切地希望自己能够抓住任何机会做出一桩英雄事迹的时候，他才会像我一样脱离他所熟悉的生活，毅然闯入那遍地都是奇遇和回报、神秘而又美妙的世界。那夜，我在《每日公报》的办公室里反思着自己，意识到自己是多么无足轻重的一员，于是当即下定决心，要寻找一个远征的机会，以此证明自己，赢得格拉迪斯的芳心！她为了自己的荣耀而让我用生命去冒险，这是不是太残酷、太自私了呢？对于一个中年男子来说，这很可能是最自然的想法。但是对于一个首次坠入爱河，二十三岁，热情洋溢的青年来讲，情况可就不是这样了。

第二章　找查林杰教授去试试运气

麦卡德尔是我们报社的一名新闻编辑，上了年纪，脾气暴躁，有点儿驼背，一头红褐色的头发。我一向很喜欢他，也非常希望他能欣赏我。当然了，博蒙特才是真正的老板，但他一向高高在上，所关心的只有诸如国际危机或内阁分裂之类的大事。有时候，我们能看见他带着威严独自走进他的办公室，他目光迷离，估计思绪正盘桓在如巴尔干半岛或波斯湾这些地方发生的那些大事上。他跟我们不在同一层次，也不在同一个圈子里。但是麦卡德尔不一样，他是博蒙特的第一助理，是我们所熟悉的一个人。我走进办公室的时候，麦卡德尔朝我点了点头，把眼镜推到了光秃秃的前额上。

“嗯，马龙先生，据我了解，你最近表现不错啊。”他操着苏格兰口音说，语气里满是善意。

我对他表示了感谢。

“那次矿难中你的表现非常出色。还有在南华克区的火灾中，表现也很棒。你在这一行挺有天赋的。你找我有什么事？”

“想请您帮个忙。”

他立刻露出了警觉的神色，眼睛避开了我的目光。“啧，啧！什么事？”

“先生，您看，报社现在有没有什么任务可以派我去采访呢？我一定会全力以赴，给您带些好稿子回来的。”

“你想要什么样的任务呢，马龙先生？”

“嗯，先生，只要是充满奇遇和需要冒险的任务都可以，我一定会全力以赴的。越是困难的任务，就越适合我。”

“你这是迫不及待地要找死啊。”

“只是为了证明自己人生的意义。”

“哇，马龙先生，这可真是太——太高尚了。恐怕像你这样有这种想法的人现在已经不多见了。所谓‘特殊任务’所要求付出的代价跟它带来的结果有时候并不成正比。在任何情况下，只有一个能够博得公众信任、阅历丰富的人才会接受这样一项任务。看看如今的地图，世界上每个角落都挤得满满当当，已经没有什么空间来容纳传奇故事了。不过，等等！”他脸上突然露出了微笑，继续说道：“说到地图，倒让我产生了一个想法。揭露一桩欺诈怎么样——那个夸夸其谈的家伙——揭露他荒谬可笑的本质。你可以将他骗子的嘴脸公之于众！呃，小伙子，这事儿不错。你看呢？”

“随便什么事，什么地方，我都无所谓。”

麦卡德尔陷入了片刻的沉思。

“我在想你能不能跟那个家伙建立友好的关系，至少得跟他顺畅地交流，”最后，他说，“你好像具有一种与人建立关系的天赋——同情心，还是天生的吸引力，或者是年轻人的活力，或是什么别的因素。我自己就能感受到这一点。”

“您人真好，先生。”

“那么你去找恩摩尔公园的查林杰教授试试运气吧。”

我当时几乎掩饰不住内心的吃惊。

“查林杰！”我大声喊出来，“查林杰教授，那个著名的动物学家！《电讯报》布伦德尔的头盖骨不就是被他打碎的吗？”

麦卡德尔笑了笑，脸上的表情有点阴森。

“你不愿意吗？你不是说想找需要冒险的任务吗？”

“是任务本身危险，先生。”我回答说。

“的确。我觉得他也不会总是那么暴力的。我想应该是布伦德尔去找他的时机不对吧，又或者是他的方式有问题。你运气可能会好一些，而且，你跟他打交道的方式也可能会更加圆滑。你有这个能力，我能肯定，况且这也是《每日公报》必须要完成的任务。”

“我对他一点儿都不了解，”我说，“这个人的名字给我留下的唯一印象就是他曾经因为袭击了布伦德尔上了法庭。”

“我这有些记录可能会对你有用，马龙先生。我关注这位教授有一段时间了。”他从一个抽屉里拿出来一张纸。“这是关于他的记录的一份总结。我简要地给你做一下介绍：

乔治·爱德华·查林杰

出生日期：一八六三年。

出生地：拉格斯。

受教育情况：拉格斯学院；爱丁堡大学。

一八九二年任大英博物馆助理；一八九三年任比较人类学系助理管理员；同年，由于书信纠纷辞职。曾因动物学研究成果获得克基斯顿奖章。是——嗯，很多组织的——外籍会员。组织数量很多，用小号字打了有两英寸长，有比利时兴业、美国科学院、拉普拉塔等；古经济瞭望，英伦协会等等。还是生物学协会前任主席。

出版物：《关于卡尔梅特人头骨研究的观察报告》，《脊椎动物进化大纲》，还有很多论文，包括《维斯曼学说的潜在谬论》，这篇文章曾经在维也纳动物学大会上引发过热烈的讨论。

休闲娱乐：散步，爬阿尔卑斯山。

家庭住址：恩摩尔公园，肯辛顿，西区。

“给！你带上吧。我能给你提供的只有这些了。”

我将这张纸装进口袋。

当我再抬起头的时候，他已经低下了头，我看到的已经不再是他那红彤彤的脸庞，而是粉红色光秃秃的头顶了。“等一下，先生。”我说，“可是我还不清楚为什么要去采访这位先生呢。他干什么了？”

他的头又重新抬起来。

“他两年前独自去南美洲进行考察了，去年才回来。他去的肯定是南美洲没错，但是他却拒绝透露具体的考察地点。开始的时候，他对这次探险描述得模模糊糊，但是后来有人开始指出他话里的漏洞，他就闭口不谈了。他一定是有什么惊人的发现——但是更多人的猜测是，他根本就是个头号大骗子。他的一些照片被毁掉了，据说是造的假。而且他也变得极其敏感，任何人提出问题都会受到他的攻击，记者们也都被他拒之门外。依我看，他也就是个暴力的夸大狂，不过刚好从事科学研究罢了。这就是你要采访的人，马龙先生。现在，出发吧，看看能从他那儿问出点儿什么。你年龄不小了，足以照顾好自己了。无论如何，你的安全都是有保证的，有《雇佣人责任法》呢，你是知道的。”

那张笑容灿烂的红彤彤的脸又低了下去，呈现在我眼前的又变成了那粉红色的光头，只有边缘处有几根细细的绒毛。谈话就这样结束了。

我朝野人俱乐部走过去，但是没有进去，而是靠在露台的栏杆上，长久地望着那黑黝黝、油乎乎的河水，脑子里思绪万千。在室外，我的头脑总是更加清醒，能够更加冷静地进行思考。我拿出了关于查林杰教授的那份简介，借着灯光看起来。终于，我发现了唯一让我觉得鼓舞人心的一点。作为一名新闻工作者，从我被告知的情况看，我深知我永远不应该希望与这位性情暴戾的教授产生什么联系。但是他的简介中提到过两次暴力冲突事件，这只能说明他是个科学狂人。难道就没有什么迹象表明他也是个平易近人的人吗？我要试一试。

我走进了俱乐部。才刚过十一点，宽敞的房间里已经聚集了不少人了，但是再等一会儿，肯定还会有大批人涌进来。我注意到火炉旁边坐着一个高高瘦瘦、棱角分明的男人。我将自己的椅子向他拉近，他朝我转过身来。从后来的情况看，我当时真是选对了人。他叫塔尔普·亨利，《自然》报社的记者，他又干又瘦，皮肤粗糙，认识他的人都知道，他为人心地很善良。我开门见山地问："你对查林杰教授了解多少？"

"查林杰？"他皱了皱眉，似乎表达了不赞赏的态度，"查林杰就是那个从南美洲带回来荒诞可笑故事的人。"

"什么故事？"

"哦，就是说他在那里发现了一种奇怪的动物，无稽之谈。我认为他就是在作出了那个发现后才回来的。不知为什么，他没有将消息公开。他接受了路透社的专访，但他不愿意这件事被大肆宣传。这不是什么光彩的事。有那么一两个家伙想要好好挖掘一下，但是也很快被他制止了。"

"怎么制止的？"

"呵呵，以他那令人无法容忍的粗鲁和不可思议的行为呗。其中之一就是可怜的沃德利老兄，就是动物研究所的那位。沃德利给他写了一封信：'动物研究所所长向查林杰教授致敬，若蒙不弃，请前来参加本所下次会议，鄙人将感到无上荣幸。'结果对方的回复简直不堪入耳。"

"他怎么说？"

"嗯，原话很难听，大致意思是：'查林杰教授向动物研究所所长致敬，如果您能去死那将是我的无上荣幸。'"

“我的天啊！”

“没错，我想沃德利老兄肯定跟你发出了一样的感慨。我还记得他在会议上的哀诉，第一句话是这么说的：‘在与科学界长达五十年的来往交际中——’这件事对他打击真是很大。”

“关于查林杰教授还有没有什么别的情况？”

“嗯，你知道的，我是一名细菌学家。我就生活在九百倍的显微镜里。我很难说对自己通过裸眼看到的现象观察得多么仔细。我是在可知范围的边缘奋斗的一名拓荒者，一旦离开了自己的研究领域，跟你们这个强大、强硬、庞大的群体打交道时，我都会有格格不入的感觉。关于一些流言蜚语，我总是表现得有些漠然，然而，在一些科学界的座谈会上，我也听到过一些关于查林杰的传言，因为他属于那种不容人忽视的人。这个人极其聪明——像刚刚充满电的电池，拥有无限的力量和活力，喜欢追求新奇事物，但是又容易与人争执，脾气性情不怎么样，没有道德底线，甚至到了伪造南美任务照片的地步。”

“你说他喜欢追求新奇事物，那他是追求哪方面的新奇事物？”

“方方面面，最近的一次，他关注的是‘维斯曼与进化论’。我相信他在维也纳就是因为这个与人发生了极其激烈的争执。”

“能不能把他的观点告诉我？”

“现在不行，但是我保留了一份会议过程记录，在办公室存档了。你愿意的话可以跟我来拿。”

“这正是我想要的。我接受了采访他的任务，需要提前对他有点儿了解。你能帮我一把真是太好了。如果你不嫌太晚的话，我现在就跟你去。”

半小时后，我坐在《自然》报社的办公室里，面前放着一本大部头的书。书翻开至一篇题目为“维斯曼与达尔文”的文章，副标题是“维也纳的激烈抗议——会议现场记录”。我以前对科学知识方面的学习似乎已经荒废了，这场辩论对我来说理解起来非常困难。但是有一点是显而易见的，这位英国的教授在整个辩论过程中表现得咄咄逼人，让他欧洲大陆的同事们颇为恼怒。“抗议”“哗然”“全体向主席投诉”，这是在第一部分引起我注意的三个词语。其他内容对我来说就好像是天书，根本看不懂。

“希望你能帮我翻译成英语。”我可怜巴巴地对我的帮手说。

“呵呵，这就是翻译好的。”

“那我还是看看原文试试好了。”

“对于一个门外汉来讲，确实是深奥了点。”

“哪怕我能找到一个能看懂的、发人深思的句子也好啊。啊，好，这句就行。我模模糊糊能明白一点儿它的意思，我要把它抄下来，这句话将成为我与这位可怕的教授联系的桥梁。”

“就没有什么其他我能帮忙的了吗？”

“嗯，有。我要给他写封信。我想在你这儿起草，并且用你的地址。”

“那家伙肯定会找上门来，大吵一架，砸了我们的报社。”

“不，不。你会看到这封信的，不会有任何争议，我保证。”

“好吧，那是我的办公桌，那儿有纸。写完我得先检查一遍。”

写信费了一番力气，写完之后我给自己打了打气，告诉自己写得还不错。带着些许自豪，我将自己的作品念给那位挑剔的细菌学家听。

“亲爱的查林杰教授，”我在信中写道，“鄙人是《自然》报社的一名职员，对于您关于‘维斯曼与达尔文观点的区别’深感兴趣。最近，我有幸阅读了——”

“你这个该死的骗子！”塔尔普·亨利小声嘟囔着。

“——您在维也纳精湛的演讲，让我深受启发。您陈述的观点清晰透彻、令人钦佩，一定是这个问题的最后定论了。然而，里面有一句话，就是：‘一种教条的、令人难以忍受的观点认为，每一个独立的个体都是一个微观世界，是一个需要对连续几代人的研究进行阐述的历史架构，对于这一观点我要提出强烈的抗议。’难道您不希望通过进一步的研究，对此观点进行修正吗？您不觉得这个观点有点儿过于激进了吗？如您允许，我希望能够有幸对您进行采访。我本人对这一话题很感兴趣，并有几点建议，希望能够与您当面阐述。如您允许，我将于后天（周三）上午十一点前去拜访。致以我深深的敬意，爱德华·D. 马龙。”

“怎么样？”我得意洋洋地问。

“呵呵，只要你觉得对得起自己的良心就行。”

“到目前为止还没什么受不了的。”

“但是你打算下一步怎么做呢？”

“先到那儿再说。只要我进了他的房间，没准儿就找到突破口了。我甚至可能会主动坦白。如果他是个爱好体育运动的人，他一定会忍俊不禁的。”

“忍俊不禁，还真是呢！他很有可能会忍俊不禁。锁子甲或是橄榄球服——那才是你想要的东西吧。好吧，再见吧。周三上午我会把他回复的情况转达你——如果他肯屈尊回信的话。他这个人性格乖戾、暴躁，比较危险，可以说是人见人恨，即便有学生敢选他作导师，也常跟他发生冲突。或许这家伙不回信对你来说是件好事。”

第三章　不可理喻的人

我朋友的担心或者说希望注定不能成为现实。当我周三前去拜访的时候，那封盖着肯辛顿西区邮戳的信已经在那里等候了，信封上赫然写着我的名字，字迹潦草得像铁丝网篱笆一样。信的内容如下：

恩摩尔公园，西区

先生，来信已如期收到。您在信中提到赞同我的观点，但我不知道这些观点是否需要您或其他什么人的赞同。关于我对达尔文主义这个话题的论述，您冒险使用了‘猜想’这个词，我必须要请您注意，在这种情况下使用这样的词语可以算得上某种冒犯。但从信的其他部分可以看出，您犯下这样的错误只是由于无知和笨拙，而非恶意，因此我愿意不予追究。您在信中引用了我演讲中的一句话，并且看样子理解起来有点困难。我本以为以正常人的智商不可能理解不了的，不过如果您真的需要进一步阐释的话，我会尽量克制自己对各种来访以及来访者的厌恶，同意于您提到的时间与您会面。至于您关于我修改自己观点的建议，我想提醒您我的观点一经提出，肯定已经是深思熟虑了，我没有再改的习惯。来访时请您将此信封出示给我的助手奥斯丁，因为他要负责为我挡住那些自称‘记者’的烦人的无赖。

此致

乔治·爱德华·查林杰

塔尔普·亨利早早过来听我冒险的结果如何，我将这封信读给他听。他只说了一句："有点儿变化，外表光鲜了点儿，比山金车花还好看了呢。"有些人就是有这种超凡的幽默感。

我收到信的时候已经差不多十点半了，我乘坐了一辆出租车，才得以及时赴约。车在一座豪华的房子前面停了下来，这座房子带有门廊，窗口被厚重的窗帘遮挡得严严实实，这些迹象都表明这位令人敬畏的教授拥有着不小的财富。开门的人看上去外表古怪、肤色黝黑、老态龙钟，身穿黑色的飞行员夹克和棕色的长筒皮靴，从外表没法判断他的年龄。我后来才知道，他是司机，因为连续有几个管家辞职他才临时代理的。他那一双淡蓝色的眼睛上下打量了我一遍。

"有预约吗？"他问。

"有。"

"预约信带了吗？"

我拿出了信封。

"对！"看样子他认识不了几个字。我跟在他身后沿着通道走去。突然，一个小个子的女人从餐厅走出来，将我们拦了下来。那是一个活泼开朗的女人，有着一双深色的眼睛，看样子不像英国人，倒更像个法国人。

"等一下，"她说，"奥斯丁，你在这儿等着吧。先生，您进来。我能不能问一下，您以前见过我丈夫吗？"

"没有，夫人，还未有幸。"

"那么，我要先向您道个歉。我必须要告诉您他是一个不可理喻的人——绝对不可理喻。我现在把这一情况提前告诉您，请您做好心理准备，希望您能谅解。"

"您真是太体贴了，夫人。"

“如果他有暴力倾向，您就赶紧出来。千万别跟他争执，已经有几个人因此受伤了。事后公众又会传得沸沸扬扬，这对我们双方都不好。希望您不是为了南美洲那件事来的吧？”

我没法向一位女士撒谎。

“天啊！那可是最危险的话题了。他说的话你一个字也不会相信的——对此我一点儿也不怀疑。但是千万别跟他这么说，因为这样会让他非常狂暴的。您就假装相信，可能就没事了。您一定要记住，他对此是深信不疑的。您最好不要提出异议，太诚实是不行的。再等的话他就要起疑了。如果您发现他有危险倾向——真正的危险——您就按铃，在我到达之前不要跟他冲突。就算在他最狂暴的时候我一般也能够制止他。”说完了这些鼓励的话，这位女士将我交给了那位沉默寡言的奥斯丁。

刚才我们谈话的过程中，他一直静静地等着，像一尊青铜的思想者雕像。现在，他带领我走到通道的尽头，在门上敲了一下。随着屋里传来一声牛吼一样的声音，我进了房间，见到了这位教授。

他坐在一张旋转椅上，面前是一张宽大的桌子，上面堆满了书籍、地图、图表之类的东西。我一进门，他就将椅子转过来面对着我。看到他的样子我不禁倒抽了一口冷气。虽然已经预见到这个人非同寻常，做好了心理准备，但是还是被他表现出来的强悍个性震撼了。光是他的个头就有点让人喘不过气来——他身材粗壮，气势逼人。他拥有一颗巨大的头，几乎是我见过的人类最大的头了。如果把他头上那顶帽子摘下来扣到我的头上，那么肯定会将我整个头都扣住，帽檐直接落在我的肩膀上了。他面色红润，胡须颜色极黑，黑中似乎还带有点蓝色，像一把铲子一样垂在胸前，这不禁让我联想到了亚述的公牛。他的发型怪异，一缕长长的卷发从他那巨大的额头上垂下来。一双淡蓝色的眼睛在乌黑的睫毛遮掩下发出了清澈、审慎而又专横的目光。他那两只长着又黑又长的汗毛的双手，宽大的肩膀和木桶一样的胸膛在桌面以上露出来。嗓音低沉而响亮。这就是我对查林杰教授的第一印象。

“怎么？”他极其傲慢地盯着我说，“什么事？”

我还不能马上公开我来访的真实目的，否则恐怕就没什么可谈的了。

“能够有此机会与您见面真是不胜荣幸，先生。”我拿出信封，谦恭地说。

他把我的信从抽屉里拿出来，放在自己面前。

“哦，你就是那个连简单句子都看不懂的年轻人，对吧？你对我提出的结论持赞赏的态度，我理解的没错吧？”

“没错，先生，完全没错！”我特意加强了语气。

“老天啊！你的赞赏真是大大巩固了我的地位，不是吗？你的年龄，你的外貌，都使得你的支持有了成倍的价值。嗯，至少你比维也纳的那群猪要强多了，然而就算他们那嘈杂的哼哼声也比那些离群索居的英国猪显得彬彬有礼多了。”他一边作着比喻一边瞪眼看着我。

“看样子他们的行为比较可恶啊。”我说。

“负责任地说，我一个人就可以打赢这场战役，绝不需要你的怜悯。你就不要搅和进来了，先生，就让我一个人身处绝境吧。那样，乔治·爱德华·查林杰就最高兴了。好吧，先生，虽然你可能不会同意，但是我的厌烦已经超出了语言表达的范围，还是让我们尽量缩短这次会面的时间吧。你似乎想让我了解，关于我在论文中提出的观点，你有话要说。”

他的表达方式简直直接到了粗野的地步，这让我很难再继续回避下去。但是我必须再掩饰一会儿，尽量等待一个好点儿的机会，之前想的可能过于简单了。噢，我那爱尔兰人随机应变的能力啊，在我如此迫切的需要帮助的时候也帮不了自己了吗？他那两道犀利的目光像钢针一样，似乎要将我刺穿。“说吧，说吧！”他用低沉的嗓音说着。

“当然了，我来这儿只是来求教的，”我笑着说，故意表现出愚蠢的样子，“除了诚心请教没有什么别的目的了。同时，据我了解，在这件事情上您对维斯曼的态度有点苛刻。不是有证据表明随着时间的推移，他的地位日渐稳固吗？”

“什么证据？”他的语气很冷静，却又显得咄咄逼人。

“嗯，当然了，我知道这些算不上你所谓的确切证据。我想我可以这么说吧，我所指的只是一些现代思想潮流，以及较为普遍的科学观点。”

他身子朝前靠了靠，一副很认真在听的样子。

“我想你应该知道，”他一边端详着自己的手指一边说，“颅骨索引是一个不变因素吧？”

“那是自然，”我说。

“而先父遗传还尚未定论？”

“毫无疑问。”

“种质与单性卵不是一回事，知道吧？”

“当然了！”我大喊着，为自己的大胆感到有点得意。

“但是在这又能证明什么？”他转而用温和的语气问。

“啊，就是呢，”我小声嘟囔着，“这能证明什么呢？”

“那让我来告诉你好吗？”他亲切地说。

“荣幸之至。”

“这证明，”他突然一声怒吼，“你就是伦敦最可恨的骗子——一个卑鄙、龌龊的记者，写作方面不怎么样，科学知识就更别提了！”

他站起身来，眼睛里的怒火像是要喷出来了一样。即便是在那样紧张的时刻，我还是注意到了一个令人惊讶不已的现象，这位教授个子很矮，他的头甚至都没有我的肩膀高——像一个没长开的大力神，那非凡的活力都用在大脑的发育、思想的深度和知识面的广度发展上了。

“胡扯！”他身子前倾，双手放在桌面上，头向前伸着，大喊一声，“小子，我刚才跟你说的话——那些科学知识，全都是胡扯！你是不是觉得凭你那榆木脑袋也配跟我要滑？你觉得自己无所不能，你这可恨的蹩脚文人，不是吗？你以为你的赞扬就能成就一个人，你的指责就能让他一败涂地吗？我们都得向你鞠躬，竭尽全力获得你的赞赏，是吗？这个受到你的抬举，那个受到你的训斥！鬼鬼祟祟的害虫，我认识你！你干得出格了。你耳朵失了聪，也丧失了主次观念。你这个自我膨胀、夸夸其谈的人！我要让你认清自己的身份。没错，小子，你没有通过乔治·爱德华·查林杰的考验。现在还有一个人能管得住你，他警告你知难而退。但如果你还是要来，天知道你这么做是在冒多大的险。放弃吧，马龙先生，我劝你放弃吧！你是在玩一个相当危险的游戏，现在你已经输了。”

“看这儿，先生，”我一边说一边走到门口，把门打开，“你想怎么骂就怎么骂。但是也要有个底线，你不能侵犯我的人身安全。”

“我不能？”他咄咄逼人地慢慢向前走了几步，但是继而又停了下来，将手插进了他穿着的那件很孩子气的上衣侧兜里。“我已经把好几个像你这样的人赶出房子去了。你不是第四个就是第五个，平均每个值三英镑十五便士，很贵但又是必需的。现在，先生，你为什么不效仿你那些兄弟们呢？我觉得你必须那样。”他又继续悄无声息地走过来，一边走一边指着自己的脚趾，姿势像个舞蹈教师，让人看了很不舒服。

我本想朝大门跑去，但又觉得那样未免也太丢脸了。况且，一丝正义的愤怒此刻像火焰一样在我的胸中燃起。我之前的行为确实有错，但是这个人的威胁反而将其纠正了。

“麻烦您别动手，先生。我受不了的。”

“天啊！”他冷笑了一下，那乌黑的胡须向上抬起了一点儿，一颗尖牙在嘴角闪出了一丝白光，“你受不了，是吗？”

“别做傻事，教授。”我大喊，“你希望怎么样？我体重十五英石（合二百一十磅），身体坚硬不亚于铁钉，每周六的比赛中都代表伦敦的爱尔兰人打中后卫。我不是那种人——”

就在这时，他朝我冲了过来。幸亏我提前打开了房门，不然我们两个人估计就直接把门撞破了。我们俩像转轮烟花一样一路从过道滚过去。不知什么时候，我们抓起了一把椅子，一起扑上了大街。我的嘴里满是他的胡须，两个人的身体紧紧互相缠绕着，胳膊也紧扣在一起，那几根可恶的椅子腿也跟我们的身体缠绕在一起。警觉的奥斯丁已经把大门打开了。我们两个人一个后空翻从门前的台阶滚了下去。我曾经在马戏团里见过两个人尝试过做这个动作，但是想要在不受伤的情况下做到似乎不太容易。椅子在我们身下碎成了碎片，而我们俩也滚到了排水沟里。他站起身来，一边挥舞着拳头，一边喘得像个哮喘病人。

“怕了吧？”他气喘吁吁地说。

“你这个该死的流氓！”我一边打起精神一边大叫。

他又冒出了嚣张的气焰，我们眼看又要打起来了，但我还算幸运，终于，救星出现了。刚好我们身边有一位警察，手里拿着记录本。

“怎么回事？你们应该感到羞愧。”警察说。这是我在恩摩尔公园听到的最理智的一句话了。“嗯？”他转向我，继续问，“这是怎么回事？”

“这个人攻击我。”我说。

“你攻击他了吗？”警察问。

教授大口喘着粗气，什么都没说。

“这也不是第一次了，”警察摇了摇头，严肃地说，“上个月你也出了这样的事情。你打伤了这个年轻人的眼睛。你要指控他吗，先生？”

我的态度缓和了下来。

“不，”我说，“不要。”

“为什么？”警察说。

“这事儿怪我自己，是我先冒犯他的，他警告过我了。”

警察“啪嗒”一声合上了记录本。

“别再让我们看见这样的事了。”他又朝聚集过来看热闹的一名肉店伙计、一个女佣，还有一两个闲汉说，“好了，走了，走了！”他迈着沉重的步子朝前走去，将这一小群人驱赶开来。教授盯着我看了一会儿，目光里似乎暗含着某种诙谐幽默。

“进来！”他说，“我跟你还没完呢。”

他的语气里好像还是有些危险，但我还是跟在他身后进了屋子。他的男仆奥斯丁像个木偶一样，在我们身后将门关上了。

第四章　这是世界上最重大的事件

门刚一关上，查林杰夫人就像一颗子弹一样从餐厅里冲了出来。这个小个子女人的火爆脾气爆发了。她挡住自己丈夫的去路，那情形就像一只发怒的母鸡挡在了一只斗牛犬的面前。显然，她只看见我出去了，没有注意到我回来了。

“你这个残暴的家伙，乔治！”她厉声说，“多好的小伙子啊，你也把他打伤了。”

他用大拇指往后一指。

“他就在这儿，安全而且完好无损。”

她被弄得有点儿糊涂了。

“真不好意思，我没看见您。”

“别担心，女士，我完全不介意。”

“您这可怜的脸都被他弄伤了！噢，乔治，你看看你有多残暴啊！一天到晚除了丑闻就是丑闻。所有人都憎恨你，取笑你。我的耐心都让你磨没了，我真受够了。”

“家丑。”他嘟囔着。

“还有谁不知道啊。”她大叫了出来，“你去问问这条街的人——整个伦敦市的人——走开，奥斯丁，这儿不需要你。你以为人家不会对你议论纷纷吗？你的尊严呢？你，本该在一所很好的大学去当皇家教授，受到几千学生的尊敬。你的尊严呢，乔治？”

“那你的呢，我亲爱的？”

“你太过分了！你这个恶棍——狂暴的恶棍——这就是你现在的样子。”

“你规矩点儿，杰西。”

“狂暴、喧嚣的混账！”

“够了！反省反省吧！”

真是出乎我意料，他竟然一把把他的妻子抓起来，放在了屋角的一个黑色大理石台子上。那个台子至少有七英尺高，而且又很窄，她坐在上面根本没法保持平衡。还有什么比她在那上面的时候因愤怒而抽搐的脸、悬空的双脚以及因为害怕和沮丧而显得僵直的身体更加可笑的吗？我简直想象不出。

“把我放下来！”她哀号着。

“你要说‘请’。”

“你这个恶棍，乔治！马上把我放下来！”

“到书房里来，马龙先生。”

“真的，先生——”我看着悬在台子上面的女士说。

“马龙先生为你求情呢，杰西。你说‘请’，我就放你下来。”

“噢，你这个恶棍！请！请！”

他一把把她拎下来，就像拎一只金丝雀一样。

“你得规矩点儿，亲爱的。马龙先生是位新闻工作者。明天他就会把情况全都发表出来，在我们这个社区多卖上十几份。‘高层生活的奇遇’——你在那台子上坐着确实感觉挺高，不是吗？然后再加一个副标题，‘怪异家庭一瞥’。他是个食腐动物，就是这位马龙先生，就是以吃腐肉为生，跟他的同类们一样——恶魔圈子里的猪猡。就是这样，马龙——什么来着？”

“您真是让人难以忍受！”我大发雷霆。

他发出一阵大笑。

“我们马上就要结成同盟了，”他大声喊道，看了看他的妻子，又看了看我，鼓了鼓他那宽大的胸膛。随后，他又突然改变了口气，“请原谅我们这孩子气的家庭玩笑，马龙先生。我叫你回来不是想把你搅进我们这小小的家庭纠纷，而是有更严肃的目的。快走开吧，小妇人，别烦了。”他把两只大手搭在妻子的双肩上。“你说的都没错。如果我听了你的话一定会成为一个更好的人，但那样我就不是乔治·爱德华·查林杰了。世界上有很多好人，亲爱的，但是乔治·爱德华·查林杰就这一个。所以就随他吧。”他突然给了她响亮的一吻，这比他之前暴力的行为更让我感到尴尬。“现在，马龙先生，”他表现出很有尊严的样子，继续说，“您这边请。”

我们又回到了十分钟前才喧闹着离开的那个房间。教授轻轻把我们身后的门关上，朝一张扶手椅指了指让我坐过去，将一个雪茄盒子推到我的面前，打开了盖子。

“纯正的美国科罗拉多州圣胡安，”他说，“像你这样容易激动的人来点儿麻醉药好些。天啊！别咬！切——小心点儿切！现在，放松，认真听我跟你说的每一句话。如果你有什么要说的，耐心等待，我会给你机会的。”

“首先，虽然你现在回到了我家，那也不说明之前对你的驱逐是不公正的，”他的胡子向前伸着，眼睛直勾勾地盯着我，好像在挑衅一般，“就像我说的，你之前被我赶出去也是理所应当。之所以把你叫回来是因为基于你对那个爱管闲事的警察的回答，我似乎对你产生了一丝好感——至少是比你的那些同行们好一些。通过承认这件事情是你的错，你表现出了一定的超然精神和宽宏大量，让我不由地产生了一丝赞赏之意。你不幸所属的那个人类的亚种是我平时根本看不上眼的。但是你那句话使你的境界突然得到了提升。你这才获得了我的认真关注。正是因为如此，我才请你跟我回来，因为我愿意对你做进一步的了解。请你把烟灰弹到你左肘边那个竹制桌子上的日式小盘里，谢谢。”

他说这番话的时候，就像一位教授在给他的学生上课一样。他旋转他的转椅面对着我，像只巨大的牛蛙一样喷着气，头朝后仰，眼皮低垂下来，一副高傲的样子。突然，他朝一边转过去，呈现在我眼前的是那乱成一团的头发和一只通红的支棱着的耳朵。他在桌上的一堆废纸中翻了一通，最后，手里拿着一本破破烂烂的素描簿重新朝我转过来。

“我接下来要跟你说说南美洲的事情，”他说，“请你尽量不要插话。首先，我希望你能明白，我要跟你说的一切在没有经过我允许的情况下都绝对不能在任何公共场合提起，而我是绝不可能允许你这样做的。明白了吗？”

“这很难做到，”我说，“当然了，您这么考虑是很明智的——”

他重新把素描簿放在桌子上。

“那就没必要继续了，”他说，“祝你早安。”

“不，不！”我大喊，“任何条件我都答应。只要我能看见，我别无选择。”

“一个人都不可以。”他说。

“嗯，那么，我答应。”

“你保证？”

“保证。”

他用轻蔑的目光看着我，满是怀疑的神色。

“但是，我怎么知道你说话算话呢？”他说。

“说实话，先生，”我气愤地大喊，“您也太过分了！我一辈子都没受过这样的羞辱。”

对于我的爆发，他表现出来的兴趣倒是多于恼怒。

“圆头，”他嘟囔着，“头颅短小，灰色眼睛，黑头发，黑人特征。凯尔特人吧？我猜。”

“我是爱尔兰人，先生。”

“纯正爱尔兰人？”

“是的，先生。”

“当然了，显而易见。让我想想，你向我承诺了我的秘密会得到尊重？那个秘密，我要说，根本还没有完整的结论。但是我要给你介绍几点，还是很有意思的。首先，你可能知道，两年前我去了趟南美洲——那将是世界科学史上的一次经典之旅，对吧？那次旅行的目的是要验证华莱士和贝茨得出的一些结论。只有在他们做出那些发现的相同条件下对他们所报告的现象进行观察，验证才有意义。即使我的考察没有结果这也依然是一件引人注目的事情，但是考察过程中却发生了一件奇怪的事情，引发了探究的新起点。”

“你可能知道——又或许，你还处于半懵懂的年龄，所以也有可能不知道——围绕亚马逊某些地段有一个现在还处于半开发状态的国家，它有很多附属国，有一些在地图上甚至根本没有标明，现在都已经被河水淹没了。我的任务就是去寻访这个不为人知的国家，研究那里的动物群。我提前拿到了多达几章的资料。那是一项动物学界伟大的、不朽的工作，足以证明我人生的意义。工作完成之后，在我返回的途中，一个偶然的机会，我在其中一个附属国当地的小村庄度过了一个夜晚——附属国的地点和名字我就不提了。当地居民都是柯克马的土著居民，那是一个和蔼可亲但是品位低俗的民族，他们的智力连普通的伦敦市民都比不上。在我溯河而上的途中，我帮他们治愈了一些疾病，并用我的个性给他们带来了相当大的影响，所以他们热切地盼望我归来倒是意料之中的事。从他们的表现我可以看出，有人急需我医疗方面的帮助。我跟随酋长来到一座小屋前。进门之后我发现，那个等待我来救治的人那时已经去世了。出乎我意料的是，那个人竟然不是当地人，而是一个白人；真的，是一个很纯正的白人，他有着亚麻色的头发，并且具有一些白化病的特征。他衣衫褴褛，憔悴不堪，显然是忍受了很长时间的病痛折磨。经过当地人解释之后我才知道，他们也并不认识他，在他独自从森林里来到他们村庄的时候，他就已经筋疲力尽了。”

“那个人的背包就放在长椅旁边，我打开检查了一下里面的物品。包里的一个标签上写着他的名字——梅普尔·怀特，湖滨大道，底特律，密歇根州。这是一个令我崇敬之至的名字。如果这项事业最终得以完成，那么我的名字也将能够与他相提并论。

“从背包里的东西看，很明显这个人在考察的过程中也是一个艺术家和诗人。背包里有一些小段的诗歌。我不敢说自己对这种东西很懂，但是在我看来这些东西似乎没有什么价值。背包里还发现了一些很普通的河流风景的照片，一个绘具箱，一盒彩色粉笔，几把刷子，那只放在我墨水台上的弯骨，一卷巴克斯特的‘飞蛾与蝴蝶’，一支廉价的左轮手枪，还有几枚子弹。关于个人装备，他或者根本就没有，或者是在旅行途中弄丢了。这就是这位美国的吉普赛人留下的所有东西。

“当我正要转身离开的时候，我突然注意到他那破旧的外套里露出来的一个东西。就是这个素描簿，当时它就已经像现在这样残破不堪了。真的，我拿到这个本子时简直如获至宝，把它看得比莎士比亚的原著都珍贵。现在，我要把它交到你的手里，请你一页一页认真看下去。”

他点了一支雪茄，靠在椅背上，用挑剔的目光死死地盯着我，关注着我对这份资料产生的反应。

我打开了素描簿，期待着可能会看见某种启示，但是具体是哪种类型的启示我也想象不出来。然而，第一页却有些让我失望，只有一张照片，上面是一个带有传奇色彩、身穿粗呢短外套的肥胖男人，除此之外就什么都没有了。照片下面写着一行小字：“吉米·科尔夫在邮船上。”接下来的几页是一些素描，画的是一些土著居民以及他们的生活方式。之后，又出现了一张照片，上面是一位乐呵呵的牧师，身材有点发福，头戴一顶铲型宽边帽，对面坐着一个清瘦的欧洲人。照片下的注释写着：“与弗拉·克里斯托弗在罗萨里奥共进午餐。”接着又有几页是关于妇女和儿童的研究，然后是一连串的动物图画，下面的注释有“沙滩上的海牛”，“海龟和海龟蛋”，“米瑞缇棕榈树下的黑色刺鼠”——一种类似猪的动物；最后，是两页关于一种长着长鼻子的蜥蜴类动物的研究情况。我也看不出那是什么动物，于是我对教授说：“这肯定是鳄鱼吧？”

“短吻鳄！短吻鳄！在南美洲都根本不会有真正的鳄鱼。他们之间的区别——”

“我的意思是我看不出有什么非同寻常的——没有什么能够证明你刚才所说的话啊。”

他沉着地笑了笑。

“再看看下一页。”他说。

我还是没有办法领会。那一页画得满满的，都是风景，还大致地涂了颜色——显然是户外艺术家为了将来更加详尽地进行考察而画的。最突出的位置是一片浅绿色的羽状植被，倾斜着一路向上延伸，尽头是一片暗红色的悬崖，悬崖是一条一条的，很像我见过的玄武岩结构。岩石一直延伸过去，布满了整个背景。其中有一块孤立的金字塔形山峰，上面长着一棵大树，由中间的一个裂缝与悬崖的主体隔开。在这些悬崖的后面，是炙热的蓝天。而这些血色的悬崖顶上也生长着一些绿色的植被，像是镶上了一圈绿色的边儿。

“怎么样？”他问。

“这结构当然是很有意思，”我说，“但是凭我这点有限的地理知识还判断不出有什么妙处。”

“妙处！”他将我的话重复了一遍，“这个结构可以算得上的是与众不同，让人觉得不可思议。这个地球上没有任何人能够想象得到这种结构存在的可能性。现在，看下一页。”

我又翻过了一页，这一看我直接惊呼了一声。这一页上画满了我见到过的最奇特的生物。这东西只有瘾君子在吸了鸦片，神志不清的时候才想象得到。它长着家禽一样的头，身体像一只肿胀的蜥蜴，拖曳的尾巴上面长有一些向上的长钉，弯曲的后背上也长有一些高高的波浪齿，那样子就像十几个公鸡脖子上的肉垂连成一排长在那里。这只动物前面是一个矮得可笑的人，或者是个侏儒吧，正站在那里愣愣地盯着那东西。

“嗯，你对这个怎么看？”他一边带着胜利的态度摩擦着双手一边大喊。

“这是个怪物吧——奇形怪状的。”

“但是他为什么要画这样一只动物呢？”

“我猜是为了换点儿杜松子酒喝吧。”

“噢，这就是你能给出的最好的解释了，是吗？”

“那么，先生，你的解释是什么？”

“有一点很明显，这个生物是真实存在的。这是生活中真实场景的写照。”

要不是想到我们很可能会再进行一次“转轮烟花滚”，我肯定就放声大笑了。

“那当然，”我说，就像在迎合一个傻子的无稽之谈。“但是，我必须要承认，”我又继续说，“这个小个子的人确实让我不明白。如果他长得像个土著居民，我们还可以把他当作美洲的俾格米人（身材十分矮小的一个种族）存在的证据，但是从他戴着的遮阳帽看，他却应该是个欧洲人。”

他像一头气愤的水牛一样咆哮起来。“你真的是挑战我的极限了，”他说，“你真是让我开了眼界。脑神经麻痹！精神迟钝！太好了！”

他当时的表现太可笑了，我甚至都生不起气来。确实，跟他生气纯粹就是浪费精力，因为如果你要跟他生气的话就要一直生下去了。我厌倦地笑了笑，说：“这个人给我的第一印象就是个子很小。”

“看这儿！”他身子前倾，用一根长满汗毛，像一根香肠一样粗大的手指指着图画，大声嚷道，“你看见这只动物身后那棵植物了吗？我想你以为这是一株蒲公英或者球芽甘蓝什么的吧？嗯，那其实是一株象牙棕榈，与动物之间的距离是大概五十到六十英尺。你难道看不出来吗，这个人是有意被画上去的。要想站在这个猛兽前面活着把它画下来是根本不可能的。他把自己画进去就是要提供一个参照物。据估计，他的身高应该在五英尺以上。据估计那棵树的高度是他身高的十倍。”

“天啊！”我禁不住大喊出来，“那么，你觉得那只动物是——不会吧，就连查林十字街站那么大的地方也容纳不下这样的一只巨兽啊！”

“除去夸张的因素，画面上这只动物显然是它们种群中一个发育良好的范例。”教授洋洋自得地说。

“但是，”我大声说，“人类先前的经验也不能因为一张草图就被全盘否定了啊。”——我又往后翻了一页，发现后面没有什么内容了——“一个流浪的美国艺术家，没准画这张图的时候还吸了大麻，或者是因为高烧而神志不清，又或者只是出于他异想天开的想象而已。作为一名科学家，你不能根据这些就得出这样的结论啊。”

为了继续回答我，教授从书架上拿下来一本书。

“这是我一位才华横溢的朋友写的专题论文，他叫雷·蓝吉斯特！”他说，“这有一张插图你可能会感兴趣。啊，对，就是这儿！图片下注明：‘侏罗纪恐龙中剑龙可能的真实外貌。仅后腿的高度就达到了一个成年人身高的两倍。’那么，关于这个你怎么看？”他把打开的书递到我的手上。

我先看了看图片，图片中所画的那种已经灭绝了的动物的确是跟那位无名艺术家画的那张草图很相像。

“这的确是非同凡响。”我说。

“但是你还是不承认这是最终结论吗？”

“当然了，这可能就是一个巧合，或者，那个美国人之前看见过类似的图片，在他的脑子里还有印象。在他神志不清的时候，这种幻想是很容易出现的。”

“很好，”教授宽容地说，“我们暂且放下这个不谈。现在，请你来看看这根骨头。”这是那名死者的遗物。他将骨头递到我的面前。那根骨头大约六英寸长，比我的拇指要粗一些，一头有一些干了的软骨组织。

“你看这根骨头属于哪种已知的生物？”教授问。

我仔细看了看，努力地回忆着一些已被遗忘的知识。

“这可能是一根较粗的人类锁骨吧。”我说。

教授轻蔑地摆了摆手，表示不赞成。

“人类的锁骨是弯的。这根是直的。它的表面上有一个沟槽，这表示这里有一根肌腱，所以不可能是锁骨。”

“那我必须要坦白了，我真的不知道这是什么。”

“你不必因为暴露了自己的无知而感到羞愧，因为说实话，我认为全肯辛顿南区也不会有一个人能够叫出它的名字。”他又从药盒里拿出一块像豆子一样大小的骨头，“据我判断，你手中拿着的那根骨头就相当于人身上的这块骨头。依此你可以大致判断这只动物的大小。从软骨组织可以看出，这不是化石标本，而应该是新近的。对此你有什么话说吗？”

“当然了，有可能是大象——”

他皱起眉头，呲牙咧嘴，好像被谁弄疼了一样。

“别！在南美洲不要提大象。即便是在这寄宿学校盛行的时代——”

“嗯，”我打断了他，“那就是某种体型较大的南美动物——貘，比如说。”

“年轻人，你要知道，我在自己的专业方面是很精通的。这根骨头既不属于貘，也不属于任何动物学界已知的动物。它应该属于一种体形很大，非常强壮，而且也非常凶猛的动物，这种动物存在于地球上，却一直没能引起科学界的注意。你还是不信吗？”

“至少我现在很感兴趣了。”

“那么你这个人还不算无可救药。我感觉你这个人骨子里还是有些理智的，所以，我愿意花些耐心帮你挖掘一下。现在，我们不谈那沉闷乏味的美洲了，听我继续讲下去。你应该也能想象到，这件事情如果我不去做更深层次的挖掘的话我是不会甘心离开亚马逊的。根据一些迹象，我大致推断出了那名死亡的旅行者行进的方向。我主要依据的是当地的一些传说，因为我发现在当地所有河流部落中流传着一些关于一片神奇的土地的传言。库鲁普利，你肯定听说过吧？”

“没有。”

“库鲁普利是树木之灵，很可怕，很恶毒，人们唯恐避之不及。没有人能够说出它是什么形状或是什么性质，但是在亚马逊流域一提起来就令人心惊胆战。现在，所有的部落对于库鲁普利生存的地点都达成了一致，认为那个美国人就来自那个方向。那个方向一定有什么特别可怕的东西。而弄清楚那种东西是什么就是我的工作任务。”

“那你是怎么做的？”我先前的轻率无礼此时已经消失殆尽了。这个人影响力很大，让人不由自主地注意他，对他产生尊敬的情绪。

“当地人对这件事比较忌讳，甚至根本不愿意谈起，我通过我的见识来说服他们，给他们送礼物，并且，我必须得承认，也用了一些胁迫的手段，终于找到了两名向导。过程我就无须赘述了，经历了不知道多少次冒险，走过了不知道多远的距离，我们一直坚持着方向，最终来到了一个国家。这个国家从来没有被记载过，也从来没有被我那些运气不佳的先辈们发现。能否麻烦你看看这个？”

他递给我一张照片——大概有半个盘子那么大。

“照片有点儿损坏了，这是因为，”他说，“在我们渡河的时候，船翻了，装着还未冲洗出来的胶卷的箱子给摔坏了。结果是灾难性的，几乎所有胶卷都毁掉了——这是无法挽回的损失。这张就是仅存的几张之一。有人解释为证据不足或是畸形，这还都可以接受。有人认为是我造的假，我也没有心情跟这些人争辩。”

照片已经褪色得不成样子了，又模模糊糊的，很容易被那些心存不善的评论家解释错误。照片上是一片灰蒙蒙的景色，经过一番仔细辨认，我发现那是一片绵延距离很长，又很高大的悬崖，远远看上去像一个巨大的瀑布，前景是一片有点倾斜的平原，长着一些树木。

“我想这就是那张画上所画的那个地方吧。”我说。

“就是那儿。”教授回答说，“我在那儿找到了那家伙露营的痕迹。现在来看这个。”

那是同一地点拉近后拍的一张照片，但是照片已经很不清楚了。但我还是能够确定无疑地看出一个独立的、顶上长着一棵树的高峰，独立于后面的悬崖。

“我对此确定无疑。”我说。

“嗯，终于有所突破了，”他说，“我们还是有进展的，不是吗？那么，你现在能不能注意看一下那个山峰的顶部？你看到什么了吗？”

“一棵大树。”

“那树上呢？”

“一只大鸟。”我说。

他递给我一支放大镜。

“没错，”我透过放大镜看了看，“一只大鸟站在树上。这鸟的喙似乎很大。我觉得是一只鹈鹕吧。”

“我真的没法恭维你的眼力，”教授说，“那不是鹈鹕，也不是什么鸟。我要说我后来把那东西打下来了，你一定会很感兴趣吧。那是唯一一件我能带回来的证据，证明我所有的那些经历。”

“那么它在你的手上？”这下终于有了确凿的证据了。

“曾经在我手上。但是就是在那次翻船事故中，不仅我的照片被毁掉了，这东西也不幸被弄丢了。那次我真是损失了不少东西。它消失在激流里的时候我拼命地想要把它抢回来，但是只抓住了它翅膀的一部分。被冲上岸的时候我已经失去了知觉，但我还是把我的宝贝标本紧紧地抓在手中。现在放在你面前的就是。”

他从抽屉里拿出一样东西，那看起来像是一只巨大蝙蝠翅膀的上半部分，至少有两英尺长，是一根弯曲的骨头，下面还有一层薄膜似的东西。

“一只巨大的蝙蝠吧！”我说。

“根本不沾边儿，”教授严厉地说，“作为一个生活在教育与科学氛围里的人，我简直难以相信动物学的基本知识竟然普及得这么差。可能你不了解比较解剖学的基本知识，你都不知道鸟的翅膀其实是他的前臂，而蝙蝠的翅膀是三根延长出来的手指，中间以薄膜相连吗？那么，这样的话，这根骨头显然不是前臂了，你自己也能看到，这个薄膜是长在一根骨头上的，所以它不可能是一只蝙蝠。那么，如果它既不是鸟也不是蝙蝠的话，会是什么呢？”

我那点儿可怜的知识储备早就不够用了。

“我真不知道。”我说。

他又打开了先前向我提到过的那本书。

“看这儿，”他指着图片中一只正在飞行的怪物说，“这张图片画的是一只双型齿翼龙，或是翼龙，是侏罗纪时期一种能够飞行的爬行动物。下一页是它的翅膀结构的图解。麻烦你将它与你手中的标本对照一下。”

我低头一看，一种惊异的感觉像电流一样瞬间传遍了全身，我信了。绝对就是那个东西。这几样证据加在一起让人无法反驳。草图、照片、教授的讲述，现在再加上真实的标本——这些证据已经足够了。我把自己的看法表达了出来——带着热情，因为我感觉教授之前确实是被人们误解了。他靠在椅子靠背上，眼睛低垂，脸上带着宽容的微笑，似乎在享受着这突然出现的一丝阳光。

“这可是我听到过的最重大的事件了！”我说。此刻，虽然我对科学依然没有产生激情，但是我作为一名新闻工作者的激情确实被激发出来了。“这个发现太重大了。您发现了一个失落的世界，可以算得上是科学界的哥伦布了。我为我之前表现出来的怀疑郑重地道歉。这件事太不可思议了，但是我一看到这些证据就明白了，这对每个人来说都是好事。”

教授满意地“嗯”了一声。

“那么，先生，你后来又做了什么呢？”

“当时正是雨季，马龙先生，我的补给已经耗尽了。我对那个大悬崖几个地方进行了探测，根本找不到可以攀登的地方。那块我看见和打下翼龙的金字塔形石头还有爬上去的可能。我也算是一个攀岩能手，我拼尽全力爬到了那块山峰的半山腰。从那个高度看来，我对那崖壁顶上的平坦地带有了更多的了解。那块平地很大，向东向西都无法看到尽头。下面是一片沼泽和丛林密布的区域，蛇虫遍地，成了这个独立的国度的天然屏障。”

“你还看到其他生命的迹象了吗？”

“没有，先生，我没有，但是在我们在悬崖脚下扎营的那一周里，我们听到有很奇怪的声音从上面传出来。”

“那么那个美国人画的那种动物呢？您怎么解释？”

“我们只能假设他想方设法爬到了最高点，在那里看到了那只动物。因此，我们知道肯定有一条能够让我们爬上去的路。当然我们也知道，那肯定是一条非常艰难的路，否则那些动物早就下来踏平了周围的国家。这样解释还算清楚吗？”

“但是它们是怎么到了那儿的呢？”

“我觉得这个问题不难回答，”教授说，“只能有一种解释。南美洲这个地方，你可能也听说过，是一片由花岗岩组成的陆地。在很久以前，这个地方曾经突然发生过一次大规模的火山喷发。这些悬崖，我要说，都是玄武岩，因此，属于火成岩。一个区域，可能大概有苏塞克斯（英格兰东南部一旧郡名）那么大吧，带着那上面的所有生物被抬升了起来，又因为四周有陡峭的悬崖阻隔，使它完全脱离了四周陆地的影响。那么结果是什么？平常意义上的自然法则失去了作用。广泛影响到这个世界上的物竞生存原则在这里得到了弱化或改变。结果本该消失的物种被保留了下来。仔细观察你就会发现，翼龙也好，剑龙也好，都是存在于侏罗纪时期，在生命演化的过程中都属于很古老的物种。是那些特殊而又偶然的条件使它们违反了自然规律被保留了下来。”

“但是你掌握的证据确凿，这是肯定的。你只需要把它们展示给专家就可以了。”

“我当初也是这么想的，多么天真啊。”教授苦涩地说，“我只能告诉你事情根本不是这样的，我四处碰壁，处处遭遇怀疑，原因部分来自于愚蠢，部分来自于嫉妒。先生，向任何人阿谀奉承或是在遭到怀疑的时候向人家去解释证实，这都不是我的性格。在遭遇第一次的质疑之后，我就不再屈尊向人家展示我掌握的确凿证据了。我非常讨厌这个话题——我不想再谈下去了。当那些像你一样的人，那些代表着公众愚蠢的好奇心的人，来探听我的隐私的时候，我没有办法做到有尊严地面对他们。我这个人，我必须得承认，脾气火爆，在遇到挑衅的情况下又有暴力倾向。恐怕你已经注意到这一点了。”

我摸了摸受伤的眼睛，没有说话。

“关于这一点我的夫人经常劝我，但是我觉得任何有尊严的人都应该有我这样的感觉。但是，今晚，我决定尝试一下控制我的情绪，于是我邀请你来看了这些东西。”他将桌子上的一张卡片递给我，“你看，珀西瓦尔·沃尔德伦先生，一位颇有声望的博物学者，将于今晚八点半在动物学研究会的报告大厅做一场题目为《年代的记录》的报告。我受邀作为特邀嘉宾，到讲台上对演讲者进行公开鸣谢。到时候，我会把握住这个宣传自我的机会，通过运用我非凡的机智和谨慎，我会说上几句话，这样就可能会引起公众一定的关注，并且激发他们对这一问题进行进一步了解的欲望。不会是什么有争议的观点，你明白，就是给他们一点儿暗示，表象之下还有更多有待于挖掘的东西。我会尽全力控制自己的情绪，我要看看通过这样的自制，我能否获得更令人满意的结果。”

“那我能去吗？”我热切地问。

“嗯，当然了。”他诚挚地说。他拥有着一种非凡的和蔼气质，其影响力几乎与他的暴力一样强大。他那仁慈的笑容给人的感觉相当美好，他那半闭的眼睛和浓黑的胡须之间露出的双颊会突然变成两只红苹果的模样。“无论如何要来。对我来说，知道大厅里至少有一个人是支持我的，心里会感觉比较欣慰，尽管这个支持者对这个问题了解不多，懵懵懂懂。尽管沃尔德伦这个人根本就是个骗子，但是他还是有不少的追随者的，因此，可以想象，到场的观众应该不在少数。现在，马龙先生，我跟你聊的时间已经远远超出我的预期了。任何个人都不应该独占本属于全世界的东西。我很期待在今晚演讲时看见你。同时，你要明白，我给你的这些东西都不能用于公开宣传。”

“但是，麦卡德尔先生——我们的新闻主编，你知道的——肯定会问我来这里的情况的。”

“你爱怎么说怎么说。你可以加上一句，如果他再派别的人来打扰我，我就拿着马鞭去拜访他。但是你要保证今天我告诉你的这一切都不能见报。那么，今晚八点半动物研究所报告大厅见。”我又最后看了一眼他那红苹果一样的脸颊、水流一样的蓝色胡子，还有透着心胸狭窄的眼神，就被他挥挥手赶出了房间。

第五章　质疑

带着与教授第一次会面给我带来的身体上的冲击，以及第二次会面给我带来的精神上的冲击，我从查林杰教授家走了出来。这时的我，看上去就是一个意志消沉的记者。在我那隐隐作痛的脑袋里面，一个念头一直在骚动：这个人讲述的故事肯定是真实的，一定会引起轰动，如果我能获得授权进行报道的话，肯定会获得极大的成功。一辆出租车停在路的尽头，我一跳上去，它就朝我的办公室疾驰而去了。麦卡德尔一如既往地坚守在他的工作岗位上。

“喂，”他充满期望地大声说，“情况怎么样？我在想呢，年轻人，你可能跟他打起来了吧。别告诉我他打了你了啊。”

“我们一开始是有一些分歧。”

“那是个什么人啊！你是怎么办的呢？”

“嗯，后来他理智了一些，我们聊了聊。但是我什么也没问出来——没什么值得报道的。”

“这可不一定。他把你的一只眼都打青了，这不就是报道的素材吗？我们可不能容忍这种恐怖的行径，马龙先生。我们要让这个家伙受到应有的惩罚。明天我要发表一篇有关于他的简短社论，批得他体无完肤。你给我提供素材，我要让这家伙一辈子抬不起头来。‘夸夸其谈教授’——用这个做标题你觉得怎么样？约翰·曼德维尔再现——卡里奥斯特罗——历史上所有的骗子和流氓。我就是要揭露他那骗子的嘴脸。”

“我不想这样，先生。”

“为什么？”

“因为他本来就不是个骗子。”

“什么？”麦卡德尔的声音近乎咆哮了，“你不会告诉我你真的相信他那些关于什么猛犸象、乳齿象和大海蛇的学说吧？”

“嗯，那个我也不知道，他没那么说。但是我相信他是发现了些新东西。”

“那么，看在上帝的份上，小伙子，你就把它写出来吧！”

“我也想，但是是我先答应他不报道他才同意告诉我的。”我把教授的叙述简化成几句话，“就是这么回事。”

麦卡德尔看上去对此深表怀疑。

“那么，马龙先生，”他最后说，“说到今晚的科学会议，那可是无论如何也没有任何私密性可言的。我觉得别的报纸肯定都没有去进行报道的兴趣，因为沃尔德伦已经被报道过十几次了，而且也没有人知道查林杰会在会上发言。如果幸运的话，我们可以抢先报道。你无论如何也要到会，你就好好给我们报道一下吧。我会在午夜前一直给你保留位置。”

这一天我可真是忙得够呛。我跟塔尔普·亨利在野人俱乐部早早吃了晚餐，期间跟他讲了一些我上午冒险经历的情况。他听着我的讲述，瘦削的脸上满是不相信的微笑，当听到我相信了教授的说法时，他竟然忍不住大笑了起来。

“亲爱的伙计，现实生活里可没有那样的事。无意中遇到了天大的发现，结果证据不见了，怎么会呢？这只能是小说里才有的情节。这家伙就像动物园猴山上的猴子一样诡计多端，简直是一派胡言。”

“但那个美国诗人呢？”

“根本就没这么个人。”

“我看见他的素描簿了。”

“你觉得是他画的那只动物吗？”

“当然是他了，要不然是谁？”

“好吧，那么，照片呢？”

“照片里什么都没有。你自己也承认了，你只看到了一只鸟而已。”

“是一条翼龙。”

“那是他的说法，是他让你在脑子里形成了翼龙这个印象。”

“好吧，那么，那些骨头呢？”

“第一根是从一锅土豆洋葱炖肉里捞出来的，第二根也差不多。只要你够聪明，也掌握了技术，那么伪造一根骨头比伪造一张照片难不了多少。”

我开始感觉有点儿不自在了，或许我真是相信得太过仓促了。但是，马上，我又产生了一种很高兴的念头。

“你来参加会议吗？”我问。

塔尔普·亨利表现出一副若有所思的样子。

“和蔼的查林杰，他不是一个受欢迎的人，”他说，“很多人都跟他有过节。他甚至可以称得上是伦敦第一号受憎恨的人。如果医学学生们出席的话，那么对他的指责肯定会没完没了的。对那样嘈杂的场合我可没兴趣。”

“至少你可以听听他怎么陈述自己的意见，这对他来说也算公道了。”

“嗯，或许只算得上是公平吧。好吧，今晚我听你的。”

到了报告厅，我们发现与会人员比我们之前想象的要多得多。一群白胡子的教授从一排电动车上走了下来，而步行的观众像黑压压的潮水一样从一道拱门里涌了进来。这个场面一看就知道，与会的观众不仅科学知识丰富，而且非常受欢迎。的确，我们一坐到座位上，立刻就清晰地感受到，大厅的后部和走廊里到处都充斥着一种年轻的，甚至是有点孩子气的气息。向身后望过去，我看到了几排非常熟悉的医学学生特有的脸。显然，各大医院都派来了代表。出席观众的举止看起来幽默诙谐，但又不大友善。大家热情洋溢地合唱着一些时下流行的歌曲的片段，这情景看起来怎么也不像是科学讲座的前奏，而且已经有人互相开起了玩笑，完全将这里当成了娱乐场所，这对于那些获奖者们是多么尴尬啊。

因此，当一把年纪的沃尔德伦博士头戴他那顶著名的卷边帽登台的时候，满场响起了“哪来的瓦片？”的叫声。他赶紧把帽子摘下来藏在椅子下面。患了痛风的沃德利教授一瘸一拐地走到座位那儿，大厅里四处传来对他脚趾的情况关切的询问，这显然让他尴尬不已。而引起最大轰动的则是我刚刚结识的人，查林杰教授。他进了门，向最前排尽头的位置走过去。当他那黑黑的胡须刚刚从拐角处露出来的时候，观众立刻爆发出热烈的欢迎声。那时，我开始怀疑塔尔普·亨利的推测了，我甚至想，这次聚会可能不仅仅是为了讲座，而是因为这位著名的教授即将出席会议的消息已经在外面传开了。

他一进来，前排衣冠楚楚的那些观众发出了一阵同情的笑声，好像刚才学生们对他们并没有表现出任何不欢迎似的。的确，那问候声爆发出来得很突然，有点儿吓人，就像动物园里的食肉类动物听到饲养员拿着喂食桶走近的时候发出的吼声一样。这问候声里带有些许无礼的语气，但是总得说来，我认为这只是高声的喧闹，意味着被欢迎者是一个给他们带来欢乐和乐趣的人，而不是一个受到厌恶和鄙夷的人。查林杰轻蔑地笑了笑，笑容里透着厌烦和容忍，那表情就像一个善良的人看到一窝汪汪叫的小狗一样。他缓缓地坐了下来，长长地呼了一口气，用手轻轻捋着胡须，眼皮低垂，用高傲的眼神看着面前拥挤的报告厅。欢呼声还没结束，主席罗纳德·莫里和演讲人沃尔德伦先生挤过人群来到台上，仪式开始了。

如果我说莫里教授跟大多数英国人一样有听力不济的毛病，他一定不会介意的。有人要表达一些值得倾听的内容时，却不肯费哪怕一点心思来琢磨一下怎么让别人听得进去，这其中的原因恐怕是现实生活中的一个难解之谜了。他们的表达方法就像是在通过一条根本不通畅的管子将泉水注入到蓄水池里一样，而实际上想要疏通这根管道是非常容易的事。莫里教授对他那白色的领带和桌上的玻璃水瓶评价了两句，然后又不无幽默地将话题转移到他右边的银烛台上。之后，他坐了下来。而沃尔德伦先生，一位以受欢迎而著称的演讲者，则在稀稀拉拉的掌声中站了起来。他瘦骨嶙峋，看上去有点严厉，说话嗓音有点儿生硬，行为举止也是咄咄逼人。但是他却非常擅长将别人的看法进行同化，而且，他也很清楚以什么样的表达方式能够使话题在那些外行的观众看来不仅通俗易懂而且充满趣味，对于看似根本不可能的事，他也有诀窍，那就是尽量用一些滑稽有趣的语言来解释。于是，类似昼夜平分日以及脊椎动物的形成这些话题经过他的诠释都成为很有意思的话题。

通过使用清楚甚至有时极富画面感的语言，他将一副创作的鸟瞰图展现在我们面前，这幅图只有用科学才可以解释。他向我们介绍了地球，大量的可燃烧气体，火焰蹿上天空。然后，他又给我们描绘了固化、冷却的过程，以及在这个过程当中山脉怎么形成，蒸汽如何变成了水，整个世界如何做好了让这戏剧化的生活上演的准备。关于生命的起源，他的态度颇为谨慎，没有解释得很清楚。但是，他提出，生命的胚芽根本熬不过高温的烘烤，这一点是毋庸置疑的。因此，生命出现的时间相对较晚。那么生命是在地球冷却过程中的无机因素中自己演化出来的吗？很有可能。或者，生命的胚芽是通过陨石从外太空带来的吗？这简直无法想象。总而言之，最聪明的人永远都是在这一点上最不教条的人。我们做不到——或者说至少是迄今为止我们还没有成功地做到在实验室里从无机材料中制造出有机生命。生与死之间的界限目前对于我们的化学来说还是不可跨越的。但是在自然界中还存在着更高水平更加微妙的化学，它在历史长河中发挥着强大的作用，它能创造出人类创造不出来的奇迹也并不是没有可能。这个问题还要留待以后解决了。

演讲者将话题继续，谈到了动物的出现，一开始是贝类和一些低级的海洋动物，然后是爬行动物和鱼类，最后又出现了袋鼠这种直接生出幼崽的动物，成为所有哺乳动物的直接祖先，所以，应该也是在座的每一位观众的祖先了。（“不对，不对。”后排一个学生提出了质疑。）他顿了一下，继续说：“那位系红领带的年轻人喊了‘不对，不对’，他可能认为自己是从蛋里孵出来的吧。我很愿意见见这位极具好奇心的人，希望会后他愿意等一下（笑声）。如果我们说这位系着红领带的年轻人就是自然漫长的进化过程的顶点，当然是很奇怪的提法。那么进化过程已经停止了吗？这位年轻人应该被认为是最后的物种，是进化过程的归宿和终点吗？”他提出了一种观点，认为不管那位年轻人在私人生活中拥有怎样的美好品质，宇宙的进化过程以他的出现作为结局肯定是不公正的，他还提到希望自己提出的这种观点不会让那位年轻人的感情受到伤害。进化不是一种被耗尽了的力量，它现在依然在起作用，并且它将来要创造的奇迹甚至会更大。

演讲者说这话的时候，台下当然免不了吃吃偷笑，但他也将这中途被打断的情况很巧妙地处理好。之后，他又回到了对过去画面的勾勒过程，随着海洋的干涸、沙滩的出现、岸边开始出现了动作缓慢的黏体动物，咸水湖里开始拥挤不堪，于是原来生活在海洋中的动物开始迁移到泥滩上，那里食物充足，于是它们的个体开始长得很大。“因此，女士们先生们，”他又补充道，“我们现在在威尔登或索伦霍芬这些地方看到一窝蜥蜴都吓得要死，幸亏那些大型的动物在人类出现之前很长时间就已经灭绝了。”

“我质疑！”台上发出了一声洪亮的叫喊。沃尔德伦先生一向严格地奉行纪律，又带有一点儿酸溜溜的幽默感，正如刚才在处理那位系红领带的年轻人的情况时所表现出来的那样。因此，打断他的演讲绝对是一种很冒险的行为。但是这次插话对他来说可能有点儿太荒唐了，所以他甚至都没有考虑应该怎么处理。那情形就像是莎士比亚风格遭遇了带有腐臭味的培根主义者，或是天文学家遭到天圆地方说抨击一样。他顿了顿，然后，抬高了嗓音，又慢慢地重复了一下自己的话：“在人类出现之前就已经灭绝了。”

“我质疑！”那个洪亮的声音又一次响起了。

沃尔德伦吃惊地挨个儿打量着台上坐着的一排教授，最后，他的目光落在了查林杰的身上。查林杰此刻正靠着椅背坐着，闭着眼睛，脸上带着愉快的表情，好像正在睡梦中微笑一样。

“我知道了！”沃尔德伦耸了耸肩说，“是我的朋友查林杰。”在一片笑声中，他继续自己的讲座，就好像他刚才听到的是最终的结论，没有必要再说什么了。

但是这件事到这里还远远没有结束。不管沃尔德伦以怎样的方法讲解过去的进化过程以及史前生物不可避免的灭绝，都必将引出一个结果——查林杰教授会像一头公牛一样咆哮起来。随后观众也参与了进来，教授一喊，他们就一起高兴地跟着大喊起来。报告厅里满满坐着的学生都参与了进来，每次查林杰教授的嘴一张开，还没发出任何声音，一声响亮的“质疑！”就从几百人口中一起爆发出来，之后，好像在作出回应似的，同样是几百个声音齐喊出“秩序！”“羞耻！”沃尔德伦虽说算得上是个坚毅的演讲者，一个内心强大的人，但也不禁慌乱了起来。他开始犹犹豫豫、结结巴巴，说话开始反反复复，甚至在说一句很长的句子时忍不住咆哮了起来，最终，他对这一切麻烦的源头变得怒不可遏。

“太让人难以忍受了！”他瞪着讲台对面，大喊一声，“我请求你，查林杰教授，请你不要再进行这样无知而又粗鲁的干扰了好吗？”

报告厅里一下子安静了下来，学生们安静了下来，兴致勃勃地看着奥林匹斯山上的两位大神吵了起来。查林杰那笨重的身躯从椅子上费力地站了起来。

“那么我也要请求你，沃尔德伦先生，”他说，“请你不要再发表这些严格来说根本与科学事实不符的学说了。”

这话引起了一阵骚动。出于消遣和憎恨的大喊中还夹杂了一些其他的声音。“羞耻！羞耻！”“听他说！”“把他赶出去！”“把他轰下讲台！”“公平竞争！”主席站起来，拍着双手，带着兴奋的情绪轻声说：“查林杰教授——个人的——观点——一会儿再提。”他那近乎自言自语的声音在一片喧闹声中几乎根本听不到。查林杰鞠了一躬，微笑着轻抚着胡须，重新坐了下去。沃尔德伦脸涨得通红，强忍住内心的怒火，继续演讲。每当他提出一个论断，他都会恶毒地看一眼他的对手。而对方则好像是睡着了一样，脸上一如既往地带着那开心的微笑。

最后，演讲终于结束了——我觉得这算不得是一次成熟的演讲，因为结束得非常匆忙，而且也毫无条理。论证的线索被粗鲁地强行打断，观众内心充满着期望、躁动不安。沃尔德伦坐了下来，主席尖声尖气地说了两句之后，查林杰教授站起来走到讲台边。为了更好地进行报道，我将他的发言逐字记了下来。

“女士们先生们，”在后边持续的一阵骚乱中，他开了口，“请原谅——女士们，先生们，还有孩子们——首先我必须要道歉，由于一时疏忽我遗漏掉了这很可观的一部分观众（台下一片喧哗，同时，教授抬起了一只手，他富有同情心地点了点他那巨大的头，好像他是一个主教，正在赐福于众人似的）。我有幸被选中为沃尔德伦先生刚才那生动而富有想象力的演讲进行致谢。演讲中他所提出的一些观点我不敢苟同，我有责任当面指出，但是，尽管如此，沃尔德伦先生已经很好地达成了他的目标，将自己想象中的地球历史讲解得简单明了，引人入胜。受欢迎的演讲者往往善于倾听别人的意见，我想沃尔德伦先生（此时他朝沃尔德伦眨着眼笑了笑）也一定会原谅我的。我要说这次演讲既肤浅又对人起到了误导作用，因为它所针对的是一群无知的观众，必须要照顾他们的理解能力（喝倒彩的声音）。一名受欢迎的演讲者骨子里就是个寄生虫（沃尔德伦先生愤怒地摆出了一个抗议的姿势）。

“为了金钱和名誉，他们对他们那些贫乏而默默无闻的同胞的工作进行进一步的挖掘。在实验室里得出的最微不足道的新发现，用于建造科学殿堂的一块砖，尽管得不出什么有价值的结论，也比那些足足浪费大家一小时的二手结论展示要强得多。我现在做出这样的反思，并不是故意想要贬低沃尔德伦先生，而是希望大家不要失去自己的主次观念，不要将新手误认为是领头人（说到这儿时，沃尔德伦先生对主席低声说了几句话，主席稍微站起一点儿，严厉地对着桌上的水瓶说了句什么）。但是，这种情况应该到此为止了（响亮而持久的欢呼声）！让我来讲点儿更有意思的吧。作为一个原创型的研究者，我要针对哪一点对我们今天的研究者提出质疑呢？就是地球上某些动物物种生命的持久性。关于这个论题，我不是以一个业余爱好者的身份，也不是以一名受欢迎的演讲者的身份来发表观点，我要说的是基于我作为一名科学家的良知，我不得不尊重事实。我要说沃尔德伦先生只是因为自己没有亲眼见过所谓的史前动物就说它们已经灭绝了，这种设想是非常错误的。正如他所言，它们的确是我们的祖先，但是，请允许我使用这个说法，它们是我们当代的祖先，只要我们拥有力量和胆识去寻找它们的栖息地，那些强大的、令人惊骇的动物依然可以呈现在我们眼前。那些我们认为只存在于侏罗纪，能够捕猎和吞食体型最大、最为凶猛的哺乳动物的怪兽，依然存在于当今世界（有人大喊'胡扯！''怎么证明？''你怎么知道的？''质疑！'）。

"你是问，我怎么知道的吗？因为我到它们的秘密栖息地走了一遭。因为我亲眼看到了（掌声，吼声，有人大喊'骗子！'）。我是骗子吗（有人热烈而喧闹地表示赞成）？我听到有人说我是骗子了，是吗？那个叫我骗子的人请站起来让我认识一下可以吗（有人喊：'他在这儿，先生！'一个戴着眼镜、看起来毫无恶意的小个子挣扎着被人从一群学生中推了起来）？就是你叫我骗子吗（'没有，先生，没有！'被指控的年轻人大喊了一声就像玩偶盒玩具里的人偶一样，转眼从视线里消失了）？如果这个报告厅里有任何人敢质疑我的话的真实性，演讲结束后我愿意跟他聊一聊（'骗子！'）。谁说的（那个没有恶意的人一边拼命挣扎着一边又被人高高地推起来）？如果我走到你们中间去（大家异口同声地喊'来吧，爱你，来吧！'喊声使得演讲一时间没法再进行下去，主席站了起来，挥舞着两只胳膊，那样子像是在指挥一个乐队。沃尔德伦教授脸颊通红，鼻孔扩张，胡子都炸了起来，已经处于狂暴状态了）——每一位伟大的发现者都曾经遭遇过这样的怀疑——来自这种傻瓜的怀疑。当伟大的发现摆在你面前的时候，你们根本不具备能够帮助你理解它们的直觉和想象力。你们只会朝那些为了开创科学的新境界险些失去生命的人扔泥巴。你们迫害先知！伽利略！达尔文！还有我——"人群发出持久的欢呼，发言彻底没法进行下去了。

我在演讲时匆匆做着笔记，几乎没有注意到刚才观众发出的嘈杂声现在已经变小了好多。观众的吼声刚才那么大，几位女士已经被吵得匆忙离开了会场。那些德高望重的学者似乎也受到了学生们情绪的感染，我亲眼看到那些白胡子的老人们站了起来，向那顽固不化的查林杰教授挥舞着拳头。全体观众像一锅开水一样，都沸腾了。查林杰教授向前走了一步，举起了两只手。这个人身上有着一种很强大，很引人注意，很有男子气概的气质，在他那命令式的姿势与威严的眼神面前，台下逐渐安静了下来。他好像是有一些很明确的信息要公布，他们都安静下来倾听着。

“如果要走，我不会强行挽留你们，”他说，“没有什么值得我那样做。事实就是事实，不会因为几个愚蠢无知的年轻人——还有，恐怕我还要提到，他们那同样愚蠢无知的导师——发出的几句吵吵嚷嚷就能改变的。我要说我开创了科学的一个新领域。你们可以提出质疑（欢呼声）。然后我要考考你们。你们能不能推举一两个人作为代表，来对我的论述进行考察？”

比较解剖学的老教授夏莫里先生从观众中间站了起来。这个人个子高高瘦瘦，一副严厉的样子，像一个干瘪的神学专家。他说，他希望查林杰教授告诉他刚才查林杰教授所提到的结论是否是两年前在去往亚马逊上游源头的那次旅行中得到的。

查林杰教授给予了肯定的回答。

夏莫里先生又问像华莱士、贝茨以及其他一些在科学界颇有声望的科学家在之前的考察中都没有做出的发现，他却做到了，这是怎么回事。

查林杰教授回答说，夏莫里先生似乎是将亚马逊河与泰晤士河弄混了，实际上亚马逊河是一条很大的河，给夏莫里先生讲一个有趣的情况吧，与它交汇的奥里诺科河流域，就有长达五万英里的河道是开放的，空间如此之大，一个人发现了另一个人遗漏的东西并不是没有可能。

夏莫里先生冷笑着说，他对泰晤士河与亚马逊河之间的区别当然是完全了解的，这种区别恰恰说明，任何关于前者的论断是可以进行验证的，而后者则不行。他请求查林杰教授公布发现史前动物的那个国家的经纬度。

查林杰教授回答说他出于某种原因不能公布那些信息，但是可以从观众中选出一个小组来，在提前进行一定警告的情况下向他们透露。夏莫里先生是否愿意参与到这个小组中，亲自来进行验证呢？

夏莫里先生说："当然，我愿意。"（热烈的欢呼）

查林杰教授说："那么我保证将指引你找到那些动物生存的地点。然而，既然夏莫里先生要验证我的结论，那么应该有其他一两个人跟他一起去才对。不瞒大家，这个过程中既有艰难又有危险。夏莫里先生需要一个年轻点的同伴。有志愿参加的吗？"

在这种情况下，一个人的人生危机一跃而出。当初我进入这个报告厅的时候，我还没有想过我即将投身到比梦境还要疯狂的冒险当中。但是格拉迪斯——这不就是她所说的那种机会吗？如果格拉迪斯在的话，她一定会让我去的。我站起身来，想要开口，却发现自己不知道要说些什么。跟我一起来的塔尔普·亨利扯了扯我的衬衫，我听到他在小声说着："坐下，马龙！别给大家看你的屁股啊。"就在这时，我发现坐在我前面几排的一个高高瘦瘦、一头深姜黄色头发的男人也站了起来。他用愤怒的目光狠狠地瞪着我，但是我丝毫也没有让步。

"我愿意去，主席先生。"我一遍又一遍地重复着这句话。

"姓名！姓名！"观众大喊。

"我叫爱德华·邓恩·马龙，是《每日公报》的记者。我承诺，一定会成为一名公正的见证。”

“你叫什么名字，先生？”主席问那个高个子男人。

“我叫洛德·约翰·洛克斯顿。我以前去过亚马逊，对那里的地形很熟悉，非常适合去做这次考察研究。”

“洛德·约翰·洛克斯顿，世界著名的运动员和旅行家，”主席说，“同时，有一位新闻界的成员参加这次考察当然也是件好事。”

“那么我提议，”查林杰教授说，“这两位先生都被选为这次会议的代表，同夏莫里教授一起进行这次考察，并报告我结论的真实性。”

于是，在一片喧闹和欢呼声中，我们的命运被决定了下来，而我被漩涡一样的人流裹挟着涌向门口，大脑被刚刚出现的新任务满满地占据着。我从报告厅出来后，看到人行道上有一群学生正在说说笑笑，一只胳膊伸出来举着一把伞，在人群中摇摇晃晃。然后，在一片牢骚和欢呼声中，查林杰教授的电动布鲁厄姆式汽车缓缓开动，而我则在雷金特大街那银色的路灯下慢慢走着，任由格拉迪斯和对我未来的设想占据了我的思绪。

突然，我感觉有人碰了碰我的胳膊肘。我转身一看，原来是那位毛遂自荐跟我一同去进行这次奇怪的探险的瘦高个男子，呈现在我眼前的正是他那带有一丝幽默又有点威严的目光。

“马龙先生，我明白，”他说，“我们马上就属于一个团队了。我家就在马路对面，在奥尔巴尼街。我希望耽误您半小时的时间，我有些话非常想跟您说。”

第六章　我是上帝的枷锁

我和洛德·约翰·洛克斯顿一起拐上了威戈街，穿过贵族聚居区那肮脏的入口。走到一条长长的、死气沉沉的巷子尽头，他推开一扇门，打开了电灯开关。几盏带有彩色玻璃灯罩的灯亮了起来，粉红色的灯光瞬时充满了我们面前的房间。我站在门口向四周看了看，立刻感受到一种异常的舒适和精致，同时还不乏男子气概。每一个角落似乎都能反映出一个富有的男人那奢侈的品位，但同时又透露着一个单身男子那种随意和凌乱。地上随意地铺着些丰满厚实的皮毛，还有一些色彩斑斓的垫子，奇奇怪怪的，看样子像是从东方某些市场购置的。墙上挂满了书画和印刷品，即使是以我不太精通的鉴赏眼光也很容易看出这些东西稀有而价值不菲。有拳击手的速写、跳芭蕾的女孩，有赛马，也有佛拉格纳尔享乐主义的作品，有杰拉德画的战争场面，也有特纳梦幻般的作品。但是在诸多的纪念品中，散落的一些奖杯猛然让我意识到他是当前最厉害的全能运动员之一。壁炉台上面放着两只桨，一支是深蓝色，另一支是樱桃红色。上面写着“牛津人”和“利安得”。桨的上面和下面摆放的分别是一支花剑和一副拳击手套，象征着在这两项运动中他们的主人也赢得过至高的荣誉。豪华厚重的各种比赛项目器械在墙上挂满了一圈，像护墙板一样。在这些东西上方还挂着几个产自拉多飞地的白色犀牛头，非常稀有，犀牛头的嘴唇对着下面的器械高傲地低垂着。

在厚实的红色地毯中间是一张路易十五时代风格的桌子，桌子主体颜色是黑色，带有金色装饰，是一件很不错的古董，可惜不完美的是，桌子上带有一些碎玻璃和雪茄头留下的印记。桌面上摆着一只银盘，装的是雪茄和一只光亮的酒架，洛德一言不发地从里面拿了两只高脚杯放到旁边的虹吸管那里。他指了指一张扶手椅让我坐下，将饮料放在椅子旁边，又递给我一支长长的哈瓦那雪茄。然后，他在我对面坐了下来，用他那双冷冷的淡蓝色眼睛看着我，那颜色就像冰冻的湖水，眼神闪烁、大胆而又怪异。

透过雪茄淡淡的烟雾，我仔细审视着那张曾经在照片上看到过多次的脸——鼻子弯弯的，凹陷的脸颊看起来有些疲惫，头发又黑又亮，但是头顶处的头发有些稀少，上唇浓密的胡须有点卷曲，下巴向前伸出，上面长着一小撮倔强的胡须。那张脸上带有一点儿拿破仑三世的特点，似乎又能看到一点儿堂吉诃德的影子，但是，最明显的是英国乡村绅士具备的最精髓的特点——敏锐、警觉、热爱户外运动，热爱狗、马这些动物。他的皮肤是砖红色，显然是风吹日晒的结果。两道浓眉挂在双眼上，使那本来看似冷漠的目光看起来近乎凶残，再加上紧蹙的眉头，使人产生的这种印象更为深刻了。他身材较瘦，但是却很结实——的确，他已经多次用事实证明了，在英格兰没有几个人能够在耐力运动方面胜得过他。他身高大约六英尺多点，但是因为肩膀很圆，所以看上去比实际上要矮一些。这就是著名的洛德·约翰·洛克斯顿。此刻，他就这样坐在我的对面，在令人无比尴尬的漫长的沉默中，用力咬着手里的雪茄，定定地看着我。

“嗯，”终于他开口说话了，“我们刚才就这样做了决定，小伙子我的朋友（他的口音有点含混，好像字与字之间断不开似的）。是，咱俩都是。我现在在想，你去的时候从来没想过会有这样的事，对吧？”

“从来没想过。”

“我也是。从没想过。咱俩现在都被扯了进来。我三个星期前才从乌干达回来，刚刚在苏格兰站稳脚跟，签了租房合同。这件事对我影响不小，对你的影响怎样？”

“嗯，这就是我的工作职责。我是《每日公报》的记者。”

“当然了——你承担下这项任务的时候就应经说过了。对了，如果你愿意帮忙的话，我有一个小小的请求。”

“乐意效劳。”

“冒点风险你不介意吧？”

“什么风险？”

“嗯，是巴林杰。你听说过他吧？”

“没有。”

“怎么会呢，小伙子，你平时在哪儿生活啊？约翰·巴林杰先生是北方最棒的运动员了。在跳远方面我还有优势，但要说跳高的话，他绝对可以做我的老师了。不训练的时候，他会酗酒，这已经是个公开的秘密了——用他自己的话说就是‘均衡一下’。周二他又喝多了胡言乱语起来，一直像个魔鬼一般发脾气。他的房间就在我楼上。医生说除非他能吃进点东西进去，否则可能就要见阎王了。但是他虽然卧床不起，却在床上放了一把左轮手枪，并且扬言说谁敢靠近他他就一枪一个。于是，那些服务人员都吓坏了。他是一颗硬钉子，是个混蛋，但也是一个神枪手。你不能眼睁睁地看着一位全国大奖赛的冠军就这么死了，你说呢？”

“那你想怎么办？”我问。

“嗯，我是想，我们俩可以突袭他。他可能正在睡觉呢，再说，就算最坏的情况，他也只能对付我们之中的一个，另一个人就可以控制他。我们可以用枕巾绑住他的胳膊，给他洗洗胃，然后就可以喂这位老伙计一顿足以挽救他生命的晚餐了。”

在这一天的劳累之后突然出现的这个任务可不是件容易的

事，而我觉得自己也并不是个特别勇敢的人。我拥有爱尔兰人典型的想象力，往往会把一些未知的和未经尝试过的东西想得比实际上还要糟糕。但在另一方面，我在成长的过程中就一直害怕懦弱，害怕被打上一种耻辱的烙印。我敢说，假如有人质疑我的胆量，为了证明自己，我甚至可以跳下悬崖，就像历史书上的匈奴人那样。但是促使我这样做的应该是自尊和恐惧多一点，而不是勇气。因此，尽管此时我一想到楼上那个醉汉每一根神经就都绷得紧紧的，但我还是用尽可能轻松的语气回答说，我非常乐意效劳。洛德 · 洛克斯顿再多说什么危险之类的话只会让我生气。

“再多说也没有什么帮助，”我说，“走吧。”

我们俩都站起身来。他“呵呵”地小声笑了两声，又在我胸口拍了两三下，然后重新把我按到椅子上坐下。

“好了，小伙子——你通过考验了。”他说。

我吃惊地抬头看着他。

“我今天早晨已经把杰克 · 巴林杰搞定了。我的晨服被那家伙打了个洞，上帝保佑他那双哆嗦个不停的手吧。我们给他穿上了件上衣，一个星期后他应该就没事了。我说，小伙子，希望你不要介意，好吧？你看，咱俩之间私下里这么说，在我心目中，这次南美的任务是一件很严肃、意义重大的事，因此，我希望自己的同伴是个值得依靠的人。所以我要考验你一下，你当然是完美地通过了考验。你知道，你我注定要担负起重任，因为这位夏莫里先生肯定从一开始就需要全方位的照顾。对了，你不会就是那位为爱尔兰打橄榄球的马龙先生吧？”

“替补队员而已。”

“我想我认识你。对里士满队的比赛，你上场的那次我就在看比赛呢——你是我在整个赛季看到的跑动最灵活的队员了。只要有时间，橄榄球比赛我是一场都不落的，因为这是我们现存的最有男人味儿的运动了。当然了，我约你过来不仅仅是为了谈运动的。我们谈谈正事吧。你看，《泰晤士报》第一页上有各轮船航班的时间。下周三有去帕劳的船，如果你跟教授方便的话，我想我们可以赶这班船，好吧？很好，我会跟他确认的。你的装备怎么解决？”

“我们报社会负责的。”

“会使枪吗？”

“大概是地方自卫队队员的水平吧。”

“天啊！就那水平？你们这些年轻的小伙子啊，平时根本不想练习射击。你们就像是没有蜂针的蜜蜂，连自己的蜂巢都保护不了。要是哪天有人来偷蜂蜜，你们就傻了。但是在南美洲，你必须要用枪的。因为，除非我们那位教授朋友是个疯子或是骗子，否则我们回来之前肯定会看见些怪异的东西。你手头有什么枪？”

他走到一个橡木的橱柜前，打开了柜门。我看到了一整排闪闪发亮的枪管并排放着，像是风琴的管子一样。

“我看看从我这儿能不能给你找把趁手的。”他说。

他将那些精致的来复枪一支接一支地拿出来，接连“卡啦”“哐当”两声将枪栓拉开又合上，然后拍一拍，又把它们放回到架子上，那动作温柔得像一位母亲在爱抚自己的孩子。

“这是一支布兰德五七七式无烟快枪，”他说，“我就是用它打到的那只大家伙。”他抬头看了看墙上挂着的那头白犀牛头。“就差十码，我就成为它的蹄下之鬼了。就是那一颗子弹让它丧失了唯一的机会，世界对弱者也是公平的。但愿你认识戈登，他是一位金戈铁马的诗人，对枪对马驾驭得都很完美。好，这有一支实用的——四七零，有望远镜瞄准器，双发射器，射程三百五十码。三年前，我就是用它打败了那些秘鲁的奴隶贩子。虽然上不了名人录，但是我可以这么说，我在这方面可以算得上是上帝的使者。有的时候，年轻人，我们每一个人都有责任维护人权和正义，否则你永远都不会觉得自己是一个有着纯净灵魂的人。所以有的时候我会自己发起一些小战争。自己宣战、自己作战、自己结束战争。看这些刻痕，每一个都代表一个杀死奴隶的杀人犯，数量不少，不是吗？那个大的代表彼得·洛佩兹，是他们的首领，是在普图玛约河的河汊里被我干掉的。好了，这有一把适合你的。”他拿出一支精致的棕色来复枪，上面带有银色金属装饰。“存放时擦得很亮，瞄准很精准，配有五只弹药筒。这家伙绝对能保证你的生命安全。”他把枪递给我，关上了橡木橱柜的门。

“还有，”他回到椅子边上坐下，接着说，“关于这位查林杰教授，你了解多少？”

“我是今天才刚刚认识这个人。”

“哦，我也是。我们要在一个不明底细的人指挥下去探险，这真是有点儿可笑。这人看着像一只傲慢的老鸟。而且，他那些科学界的同行们似乎也不大喜欢他。你怎么会对这事儿感兴趣的？”

我简短地给他讲述了今天早晨的经过，他认认真真地听着。然后，他画了一张南美洲的地图，放在桌子上。

“我相信他跟你说的每一句话都是事实，”他认真地说，“而且，我要提醒你，既然说到这个话题了，我还有些话要说。我非常喜欢南美洲这个地方，我想，如果你有机会从达里恩到火地岛这一线路贯穿的话，你会发现这是地球上最壮丽、最富饶、最神奇的一片土地。人们对这一地区还不够了解，也不知道它将来会发展成什么样。我刚才也跟你提到过了，我曾在那里发起了与奴隶贩子之间的战争，那个时候，我曾经到过这个地区的每一个角落，并且在那里度过了两个旱季。我在那里的那段时间，曾经听说过一些故事——印第安人的一些传统之类的，但是故事的背后是有一些深意的，这一点毫无疑问。你对那个国家了解越多，小伙子，你就越能体会到，任何事情都有可能——任何事情。那里有一些水路供大家行走，但水路之外的区域则是一片神秘，不为人知。在那大丛林里——”他用手里的雪茄在地图上的一片区域比划了一下，“或者是在这三个国家搭界的地方，出现什么怪事我都不会觉得奇怪。正如那家伙今晚说的，在那片面积跟欧洲差不多的森林里，有长达五万英里的水路纵横交错。虽然同时身处巴西的同一片森林里，我们两个人之间相隔的距离有可能会像从苏格兰到君士坦丁堡那么遥远。虽然我们随时随地留下记号，但迷路还是照样不能避免。为什么呢？河流落差最大的地方高达四十英尺，整个国家中有一半都是不能翻越的沼泽。在这样一个地方存在一些新奇、绝妙的东西有什么奇怪的呢？而我们为什么不去成为发现这些东西的人呢？此外，”他继续说着，那古怪而憔悴的脸上闪着兴奋的神色，“那里处处都有冒险运动的机会。我这个人就像一只旧高尔夫球——身上的白漆早就给磕掉了。就算再有什么磕磕碰碰也不会再给我留下什么印记了。但是，小伙子，冒险运动就像是生活中的盐巴一样。有了它才有继续活下去的动力。我们平时的生活太轻松、太无趣、太舒适了。给我一片宽广的天地吧，让我到荒野里去，手里握着一支枪，去寻找值得我去发现的东西。什么战争、越野障碍赛马、飞机，这些东西对我来说都不新鲜了，捕猎这样一种野兽对我来说就像吃一顿龙虾一样，倒是个有新鲜感的梦想。”他畅想着，禁不住“呵呵”笑了两声。

可能我跟这个刚刚认识的人耗得时间有点儿长，但是他在未来的一段时间里会成为我的同伴。这个人性情古怪，脾气和思维既怪异又有趣。最后，是因为考虑到要回去报告，我才恋恋不舍地离开了。他自己留在那粉红色的灯光里，一边给他最爱的那支来复枪的枪栓上着油，一边憧憬着即将迎接我们的冒险，咯咯地笑着。如果我们即将遭遇困难的话，我在整个英格兰都找不到比他更勇敢、头脑更冷静的同伴了，这一点在我心中是无比清楚的。

在度过了充满奇妙经历的一天之后，我不顾疲倦，深夜时分仍然坐在报社里向新闻主编麦卡德尔汇报整个事情的经过。他在听完之后认为这件事很重要，决定明天一早就向总编乔治·博蒙特先生汇报。我也承诺会以系列书信的形式将我们探险的情况随时向麦卡德尔报告，这些书信的内容是由《每日公报》即时刊登还是将来在合适的时候再刊登都需要根据查林杰教授的意愿决定，因为除了他之外没有人能确定哪些线索能够引导我们找到那片未知的神奇土地。经过一番电话询问，我们除了他对媒体的严词谴责外一无所获。最后，他答应如果报社在进行报道之前通知他，他将会在团队出发时就把所有有价值的信息提供给我们。我们又打了一次电话，也没有任何结果，听到的只有他的妻子在电话里的苦苦哀诉，说他这个人本来性情就很暴戾了，希望我们不要再让情况恶化了。那天稍晚一些的时候，我们又尝试了一次，结果听到的只是一片又摔又砸的声音，后来从总机那得到消息，查林杰教授家的电话听筒已经坏掉了。此后，我们没有再进行沟通的尝试。

现在，我亲爱的读者朋友们，我将无法再直接向你们讲述了。从现在开始（如果你们还能看到任何关于这段叙述的后续的话），只能由我所代表的报纸继续为你讲述了。我特意将这记录留给报社的编辑，这样即使我再也没有机会回到英格兰，这次有史以来最非同凡响的探险经历也可以为人们所了解。我此刻正在佛兰西斯卡航船公司的等候室里写下这最后的几句话，然后拜托舵手将它带给麦卡德尔先生保存。

在合上笔记本之前，我想勾勒一幅图画——这是对这个我即将离开的国家最后的记忆。那是一个暮春的早晨，潮湿阴冷、雾气昭昭，冰冷的细雨淅淅沥沥地下着。三个人穿着胶布雨衣，向码头走去，踏上了蓝色彼得的一艘航船的跳板。搬运工推着堆满了行李箱、衣服和枪支等物品的推车走在前面。夏莫里教授的身影细长、神情忧郁，他低垂着头，迈着拖沓的步子，好像是为自己做了错事而感到深深的愧疚似的。洛德·约翰·洛克斯顿则是精神勃勃，他头戴一顶猎人帽子，围着一条围巾，瘦削的脸上热情洋溢，甚至带着一丝灿烂的微笑。至于我，做准备期间的热闹气氛正好可以让我将那些痛苦丢到身后，这让我感觉到一丝快乐，毫无疑问，我在离开的时候也将这点快乐表现出来了。正当我们上船的时候，突然，身后传来了一声大喊。是查林杰教授，他答应要来送我们的。只见他像往常一样脸色通红，正气喘吁吁地向我们跑来。

“不用了，谢谢。”他说，“我还是不上船了。我只有几句话想交代一下，在哪儿说都一样。请大家无论如何不要觉得你们即将进行的这次旅行是受我所累。我希望你们能明白，这件事情跟我没有半点儿的关系，我个人对此没有半分的责任感。虽然你们的考察结果可能满足一群碌碌无为之辈的好奇心，让他们兴奋不已，但是事实就是事实，不会因为你们考察的结果而发生任何改变。我给你们的指引信息就在这个密封的信封里。你们到达亚马逊流域一个叫玛瑙斯的小镇后，还要到信封上写的日期和时间才能把它打开。我的意思你们听明白了吗？我就将我掌握的情况完全交付到你们手上了。马龙先生，我不会限制你的通信自由，因为你此行的目的就是要将事实进行通报。但是我对你有一个请求，关于你们的目的地，不要对细节情况进行详细地介绍，而且，在你回来之前什么都不要发表。再见了，先生。你虽然不幸从事了这项令人厌恶的职业，但你的一些所作所为使得我对你职业的一些厌恶情绪缓和了一些。再见，洛德·约翰。科学，在我看来，是一本未经打开的书，但是，无论如何，那片等候你的猎区一定会带给你惊喜。毫无疑问，经过这次探险，你必将有机会向你的同行们讲述你是如何将那飞速惊人的双型齿翼龙打下来的经历。还有你，夏莫里教授，我也要跟你说再见。虽然我个人不大相信，但是如果你还有自我完善的可能，你再回到伦敦的时候一定会成为一个更加睿智的人。”

说完之后，他原地转身。一分钟后，我站在甲板上，看着他那矮胖的身体左右摇摆着回到了火车上。我们的船也驶向了海峡。钟声响起，那是向舵手告别的声音。我们从此就要踏上旅途，“远航、再远航，沿着古老的航线。”愿上帝保佑等候我们的家人、朋友，保佑我们安全返航。

第七章　明天，我们将消失在一个未知的世界

对于我们这次奢侈的旅行中所涉及航运公司的工作人员，以及我们在帕劳所做的为期一周的短暂停留，我都不想赘述了（我只想对在此期间佩雷拉·达·平塔公司在设备方面给予我们的帮助致以诚挚的感谢）。对于我们在河道内行进的情况，我也只想简单提及。那条河河面宽阔、水流平缓、水流中带有一些泥土的颜色，我们乘坐一条比之前跨越大西洋时乘坐的轮船小一些的汽船逆流而上。我们穿过了奥比杜斯那一条条狭窄的河道，终于到达了那个名叫玛瑙斯的小镇。在那里，多亏了英国—巴西贸易公司的代表——肖特曼先生，我们才摆脱了那些廉价的当地小旅馆。我们在他的农场里受到盛情款待，一直住到查林杰教授指定允许我们打开那封信的那一天。但在介绍那天的惊喜之前，我想将我们这个团队里的成员再勾画得更加清楚一些，也对我们在南美洲已经召集起来的同伴作一个介绍。我就随意表达了，麦卡德尔先生，我将素材提供给您，由您来酌情考虑怎样使用，因为毕竟，这些材料要经由您的双手展示给全世界的人们。

对我来说，夏莫里教授在科学方面的成就颇高，凭我的能力连简明概括都做不到。以他给人留下的第一印象，他根本不适合这样一次艰苦卓绝的探险，但事实并非如此。他身材高挑，骨瘦如柴，但是好像从来不知疲倦。不管身处什么环境，周围发生了什么情况，他这个人都是行事枯燥无味，说话爱冷嘲热讽，又常常没有丝毫的同情心。虽然他已经是六十六岁高龄了，但在我们

偶尔遭遇的种种困境中，我从来没有听他表达过任何的不满。我之前曾经认为他可能是这次探险中的一个拖累，但是，事实证明，他的耐力比我一点儿都不差。他的性格天生多疑，又有点儿尖刻。一开始，他从不隐瞒自己认为查林杰教授是个骗子的想法，他认为我们从事的是一件完全荒谬可笑的任务，除了失望和危险以外，我们在南美洲收获不到任何东西。而当我们回到英国，迎接我们的也必将是阵阵嘲笑。从南安普顿到玛瑙斯这一路上，他带着与他那瘦弱的身体不相称的激情，摆动着稀疏的山羊胡子，一遍又一遍地将这样的观点灌输到我们耳朵里。自从登上了陆地，看到身边形形色色的昆虫和鸟类，他才获得了些许的安慰，因为他对于科学的投入绝对是全心全意的。白天，他带上短枪，拿着蝴蝶网，穿梭在树林里；夜晚，他则会仔细统计自己已经捕获了多少品种。他这个人有着不少奇怪的特点，比如，他对衣着从不在意，也不讲究个人卫生，对于一些个人习惯也是极其心不在焉，而且，烟瘾很大，一支石楠的烟斗几乎没有离过嘴。他年轻的时候也进行过几次科学探险（曾与罗伯森一起去过巴布亚岛），露营、划舟这些事情对他来说没有什么新鲜的。

洛德·约翰·洛克斯顿与夏莫里教授有一些特点非常相似，但也有一些方面差异巨大。他比夏莫里教授年轻二十岁，但是身材是一样的又干又瘦。至于他的长相，据我回忆，在我留在伦敦的那部分记叙中我已经描写过了。他衣着非常干净整洁，总是穿着一身白色的工装和一双棕色的长筒防蚊靴，每天至少剃须一次。像大部分行动主义者一样，他说话简明扼要、言简意赅，并且很容易陷入沉思，但是他又很善于回答别人提出的问题，也善于与人交谈，说话的时候语气古怪、急促，同时又带着点儿幽默感。虽然对于此行的目的，夏莫里教授是嗤之以鼻的，然而他却一直是深信不疑的。他说话声音温柔，举止也安静，但是那双闪闪发亮的蓝色眼睛里却隐藏着一种狂暴的愤怒和难以改变的决心，这两种特质因为受到了束缚反而变得更加危险。他很少谈及自己在巴西和秘鲁的探险经历，但是我亲眼看到了，当他出现在那个流域当地居民中间的时候，那些人把他当成是一个英雄、一个保护神一样敬仰着。那些人管他叫作“红酋长”，他的探险经历在那些人中间已经成为一个传奇故事，而我所了解的真实情况也的确算是够让人惊叹不已的了。

那是多年前的事了，洛德·约翰·洛克斯顿曾在位于秘鲁、巴西和哥伦比亚交界处的这片荒无人烟的土地上树立起了这样的形象。在这片富饶的土地上，野生的橡胶树枝繁叶茂。然而像在刚果的情况一样，这些树木并没有给当地的土著居民带来什么好处，他们憎恶这些树木的程度甚至和憎恨那些强迫他们在达里恩的老银矿里劳动的西班牙人一样。一群邪恶的混血统治着国家，他们武装了一些支持他们的土著人，而其他土著人则被迫成为奴隶，受尽非人的折磨为他们收集橡胶，并将橡胶投放到河水中，使之沿着水流漂流到帕劳。为了捍卫那些不幸的受害者的利益，洛德·约翰·洛克斯顿对他们提出了告诫，但是得到的回应只有威胁和羞辱。于是，他正式向奴隶主彼得·洛佩兹宣战，将一批逃亡的奴隶招募进自己的队伍，给他们武装，指挥了一场战役，手刃了臭名昭著的混血奴隶主，打破了他所代表的体系。

这个有着姜黄色头发，嗓音温和，举止随和自然的人肯定是引起了南美洲大河两岸居民的极大兴趣，虽然这些人对他的感情可能会很复杂，土著居民对他产生的当然是感激之情，而那些想要开发利用当地资源的人则对他恨之入骨。他从前的经历所带来的一个有利方面是他能够讲一口流利的当地语言，这种语言有三分之一的葡萄牙语因素，又有三分之二的印第安语因素，目前在整个巴西都是通用的。

我之前曾经提到过，洛德·约翰·洛克斯顿是个南美狂。他只要一谈到这个地方，就抑制不住自己内心的激情，而这种激情极具感染力，即使是像我这样一个对这里一无所知的人，也不可避免地被他吸引了注意力、激发了好奇心。我多么希望我能够再现他演讲时的风采。他那专业精准的知识，还有丰富活泼的想象力，都在使他的魅力绽放着。就连夏莫里教授在倾听的时候，脸上那一贯的愤世嫉俗、怀疑、挑剔的微笑竟然也慢慢消退了。他给我们讲述了这条大河的历史，这条河流正在被迅速开发（首批征服秘鲁的人正是在它的河面上跨越了整个南美大陆），然而在变幻莫测的河流两岸背后又依然有着众多不为人所知的情况。

"那是什么？"他指着北方大声说，"森林、沼泽，还有茂密的丛林。谁知道那里面会藏着什么？那么南边呢？沼泽、森林、荒野，没有任何一个白人曾经涉足过。我们四周处处都是情况不明之地。在狭窄的河道范围之外到底有什么，谁能知道？在这样一个国家会出现什么情况，谁又说得清楚？谁又能证明查林杰老先生说的一定不是真实情况呢？"

一说到这个，那一贯的轻蔑嘲笑的表情又出现在夏莫里教授的脸上。他就那么坐着，在那石楠根雕刻的烟斗喷出的烟雾笼罩中，冷酷地、一言不发地摇着头，丝毫也不掩饰自己的讥讽。

关于我这两位白人伙伴的情况我想暂时介绍这么多吧，相信随着记叙的继续，他们的性格和缺点一定会进一步显露出来，当然，我自己也是一样。除了这些人之外，我们也已经招募了一些在将来必将扮演重要角色的新成员。第一个是一个大个子的黑人，名叫赞波，看上去就像一位黑种的大力神，像马一样忠诚，智力也跟马差不多。他是由帕劳当地的一家汽船公司推荐的。他那一口磕磕巴巴的英语就是在他所服务的船上学来的。

戈麦斯和曼纽尔同样是在帕劳加入了我们的队伍。他们是两个来自上游的混血，运送着一车红杉木刚刚到达。两个人都是皮肤黝黑、胡须浓密、凶猛强悍，像豹子一样精瘦灵活。他们以前都是生活在我们要去探索的亚马逊河上游一带，正是基于这一点，洛德·约翰·洛克斯顿才决定要让他们加入队伍。他们中那个叫戈麦斯的还有一个优势，那就是他能说一口流利的英语。只要付给他们每个月十五美元的薪水，这些人就愿意充当我们的仆人，做饭、划船，任何事情他们都愿意做。除此之外，我们还招募了三名来自玻利维亚的莫霍土著人，他们在整个水域的部落里算得上是最擅长捕鱼和驾船的了。我们把他们为首的一个称为莫霍，以他们的部落名字命名，另外两个一个叫作乔斯，另一个叫作费尔南多。就这样，三个白人，两个混血，一个黑人，还有三个土著人组成了一个团队，要去进行一次小小的探险。而在这非凡的旅程开始前，我们还需要在玛瑙斯这个小镇等待一个指令。

在为期一周令人厌倦的等待之后，那一天，那一时刻终于到来了。亲爱的读者，你们可以在脑子里勾勒一下那个画面，在距离玛瑙斯小镇两英里的内陆，圣·伊格纳西奥庄园的客厅里光线昏暗，窗外是黄铜一样颜色的阳光，棕榈树那黑色的影子映在地上，和树本身一样清晰。空气中没有一丝风，到处都是昆虫发出的“嗡嗡”声，像是一场多音阶的大合唱，低音是蜜蜂发出的，而高音则由蚊子负责。室外是一个小小的花园，四周由仙人掌做树篱围了起来，还有开着花的灌木丛作为装饰，在斑驳的阳光中，大蓝蝶和蜂鸟拍动着翅膀，一下下地向花丛冲撞着。我们围坐在客厅的藤桌边，桌上放着那个密封的信封。信封上是查林杰教授歪歪扭扭的字迹：

洛德·约翰·洛克斯顿及同行者亲启。请于七月十五日十二点整准时在玛瑙斯开启。

洛德·约翰早就把手表放在了他身边的桌面上。

“还有七分钟就到了，”他说，“这老东西走得很准的。”

夏莫里教授用他那骨瘦如柴的手拿起了信封，脸上露出了一丝讥讽的微笑。

“我们现在打开还是七分钟之后打开会有什么区别吗？”他说，“这是他那套骗术和胡言乱语的一部分，虽然我不愿意这样说，但是这封信的作者根本就是臭名昭著。”

“嘿，算了，我们得一切严格按照规矩来。”洛德·约翰说。“这是老伙计查林杰的指示，我们正是因为他的好意才得以来到这个地方，所以如果我们不遵循他的指令可就不好了。”

“真是一项意义非凡的任务！”教授恨恨地说，“在伦敦的时候我就觉得这件事荒谬可笑了，现在我不得不说，离目的地越近我的这种感觉就越强烈。我不知道这信封里面是什么，但是，如果我们看到的没有任何明确的信息，我肯定登上去往玻利维亚帕劳的第一艘船，一分钟也不耽搁。毕竟，在这个世界上，除了证明一个精神失常的病人发表的某个荒谬说法是站不住脚的之外，我还有更有意义的工作要做。好了，洛克斯顿，现在时间到了。”

“时间到了，”洛德·约翰说，“你可以吹哨子了。”他拿起信封，用一把折叠小刀割开，从里面抽出来一张折叠的纸。他小心翼翼地将纸打开，平铺在桌面上，是一张白纸。他将纸翻了个面，同样什么都没有。我们几个面面相觑、不知所措，只有夏莫里教授那嘲弄的大笑声打破了沉默，显得与整个的气氛非常不协调。

“这就是公开承认了，”他大喊，“你们还想要什么？这家伙自己承认自己是个骗子了。我们现在就回去，向公众揭穿，这家伙就是一个厚颜无耻的大骗子。”

“是隐形墨水！”我提出了一种可能性。

“我觉得不是！”洛德·洛克斯顿将那张纸举起来对着光看了看。“不是，小伙子，没必要再欺骗自己了。我可以以人格担保，这张纸上从来没有写过字。”

“我可以进来吗？”走廊上传来了一个洪亮的声音。

一个矮胖的身影挡住了门口那一小片阳光。那个声音！那宽得不同寻常的肩膀！那个人戴着一顶幼稚的圆形草帽，上面还有一根彩色的丝带作为装饰，双手插在上衣口袋里，脚步轻盈。当这个人出现在我们面前的时候，我们禁不住一跃而起，吃惊得倒吸了一口气。查林杰！他将头往后一甩，站在金色的阳光中，那亚述人特有的浓密胡须，还有他那傲慢的低垂着的眼皮，挑剔、排斥的眼神，都显得那么引人注目。

“恐怕，”他一边看了看手表，一边说，“我迟到了几分钟。我必须承认，当初我把这个信封交到你们手上的时候，我根本就没想让你们把它打开，因为那时候我就已经打定了主意要跟你们一起进行这次考察了。拜那个笨蛋舵手和那混蛋沙滩所赐，我没能及时赶到。这才给了我的同事——夏莫里教授污蔑中伤的机会。”

“我得说句话，先生，”洛德·约翰语气严厉地说，“幸亏你及时出现了，我们才松了口气，否则我们的任务还没开始就要结束了。但是到了现在我也还是没法理解你的行为怎么会这么怪异。”

查林杰教授没有回答，而是进了屋，跟我和洛德·约翰一一握了握手，又带着傲慢的态度生硬地向夏莫里教授鞠了一躬，然后在一张柳条椅上坐了下去，椅子在他体重的作用之下“咯吱咯吱”地摇晃了几下。

“关于这次旅行你们都做好准备了？”他问。

“明天就可以出发。”

“那好，就明天出发。你们现在不需要什么指示图了，因为有我亲自做向导，什么图纸都比不了。其实从一开始我就决定了，这次调查研究由我亲自主持。我想你们也都愿意承认吧，就算是再详细的图纸也比不上我的智慧和建议。至于我在那封信上使用的那个小计谋嘛，情况清楚得很，如果当时我把自己的意愿告诉你们，我还得想方设法地抵制与你们同行带来的令人不愉快的压力。”

“这压力肯定不是来自于我，先生！”夏莫里教授大声嚷了出来，“只要大西洋上还有另外一艘船我也不会与你同行。”

查林杰抬起一只汗毛浓密的大手朝他挥了挥。

“我相信，你只要稍微用用你的常识就会支持我的意见，并且认识到我还是应该自己独立行动，在需要我的那一时刻再出现。这个时刻现在已经到来了。你们现在不必再冒风险了。找不到目的地的情况不会出现了。从今往后，我来指挥这次探险活动，我命令你们今晚做好全部准备，明天一早我们就出发。我的时间很宝贵，你们的时间虽然比不上我的有价值，但是毫无疑问，也是不容浪费的。因此，我提议，我们应该尽可能快点儿行动，好让我早日将你们要看的东西展示给你们。”

洛德·约翰·洛克斯顿已经租好了一艘船，艾斯梅拉达号，我们将乘坐这艘船沿河逆流而上。在这个地区的气候条件下，其实我们为这次的探险选择什么时间并没有什么意义，因为无论冬夏，这里的气温都在华氏七十五到九十度之间。然而，在降水量方面则不是这样，每年的九月到五月是雨季，在这个期间，河水的水位线会逐渐升高，到达最高点的时候会超过最低水位差不多四十五英尺。到那时，河水甚至会漫过堤岸，在这个国家大片的荒地上形成泻湖，这大片的区域在当地被称为“咖泊”，里面大部分的地方对于步行来说太过湿软，而对于行舟来讲又太浅了。大约到了六月，水位开始逐渐下降，十月或十一月到达最低点。

我们探险的时间正值旱季，此时主河道及支流的环境基本上处于正常状态。

这条河水流比较平缓，每英里的落差不超过八英寸。这里的条件最适合航行了，东南风盛行，船只可以顺风顺水地一直漂到秘鲁边境。而我们因为艾斯梅尔达号那性能良好的引擎，完全可以对抗那缓慢无力的水流，可以做到像在风平浪静的湖面上那样快速地行进。我们一直朝西北方向航行了三天，距离河口已经有一千英里远了，而那里的河面依然很宽广，我们的船行驶在河中央时，两边的堤岸看起来只是远远的地平线上两团模模糊糊的影子。

在离开玛瑙斯之后的第四天，我们驶入了一条支流，从河口来看，这条支流比主河道窄不了多少。然而，驶入之后，这条支流迅速变窄。又经过了两天的航行，我们到达了一个土著的村庄。在查林杰教授坚决要求下，我们在那里登陆了，艾斯梅尔达号也返回了玛瑙斯。他解释说，我们很快就会遇到急流，把船留下来也没有什么用处了。他私下里又补充说，我们现在已经到了那个神秘国度的门口，这个秘密知道的人越少越好。同样是为此，他还要求我们每个人都保证我们绝不发表或传播任何关于我们这次旅行具体地点的线索，就连那些招募来的助手也都同样庄严地发了誓。也是由于这个原因，有些情况我没法进行清楚的讲述。我也要警告我的读者朋友们，在我提供的一些地图或图表中，一些地点的位置关系可能是正确的，但是方向却是经过精心打乱的，因此这些资料不能作为来这个国家进行探险的确切依据。不论查林杰教授要求我们保密的考虑是否合理，我们都别无选择，只能遵守，因为如果我们不服从他提出的条件，他宁愿抛弃这整个团队。

八月二日，随着我们送走了艾斯梅拉达号，我们彻底切断了与外界的联系。接下来的四天里，我们从土著人那里征用了两只大独木舟，这两只独木舟是用竹皮制作而成的，重量很轻，遇到障碍的时候我们可以将它们抬过去。我们将所需物资都装上船，又雇佣了两名土著人帮助我们划舟。据我了解，这两个人的名字分别是阿塔卡和伊帕图，正是他们随同查林杰教授进行的上一次考察。一提到要再现上次的经历，他们似乎感到很恐惧，但是在这些族长制的国家，首领拥有绝对的权威，只要在他眼中价码合适，这些普通的宗族成员也没有什么选择的余地。

所以，明天，我们就要进入一个未知的国度了。我将把这份报告用独木舟传送回河下游，对于那些关心我们命运的人们，这也许是最后的消息了。亲爱的麦卡德尔先生，根据我们之前的约定，我将这封信寄给你，是删减、修改，或是做什么其他的处理，都由你全权决定。尽管夏莫里教授总是持怀疑态度，查林杰教授的坚定态度还是给了我很大的信心，我有理由相信我们的领队一定会兑现他的承诺，带领我们走向一次非同凡响的旅程。

第八章　新世界偏远地区的纠察员

远在家乡的朋友们此刻应该替我们感到欢欣鼓舞了。我们达成了目标，至少在一定程度上，我们证明了查林杰教授的观点是可以被验证的。的确，我们还没有登上那片高地，但此刻这个地方就在我们眼前，甚至连夏莫里教授的情绪也克制了很多。虽然他还不至于现在就承认他的对手是正确的，但是至少他对自己那无休无止的反对意见已经没有那么坚持了，现在大部分的时间，他都是在安安静静地细心观察了。而此时，我也必须重新开始我的记叙，从上次结束的地方继续下去。我们招募的一个土著人受了伤，要回去养伤，因此，我将这封信托付他带回去。对于他是否能够把信带到我也没有多大把握。

我在写上一封信的时候，我们在一个土著人的村庄附近走下了艾斯梅拉达号，正准备进一步向目的地靠近。然而我这封信必须要以坏消息开始了，因为今晚团队中出现了第一个严重的个人冲突问题（两位教授之间无休无止的争吵我就略去不谈了），可能会导致很严重的后果。我曾经提到过那个英语说得很好的混血，戈麦斯——很能干，人也很好，但是经常会有一些不安的情绪，我想是由于像他这样的人经常有比较强的好奇心吧。就在昨晚，我们在对计划进行进一步讨论时，他就潜伏在我们的小屋外面偷听。而这一幕被大块头的黑人赞波看见了。赞波本身对我们就非常忠实，再加上他对混血的种族仇恨，不由分说地就将戈麦斯揪了出来，拖到了我们面前。戈麦斯恼羞成怒，抽出一把刀来，幸亏赞波力大无比、单手就把刀夺了过来，才没被戈麦斯刺伤。最后，双方被大家喝止了，被迫握手言和，大家都希望这件事情不会产生什么隔阂。至于那两位积怨已久的教授，情况也没有得到任何改善。不得不承认，查林杰挑衅能力堪称一流，而夏莫里的毒舌也不甘示弱，这对双方关系的恶化都没起什么好作用。昨天夜里，查林杰说，他从来也不愿意走到泰晤士河的堤坝上向河面上看一看，因为看到自己最终的归宿会有些伤感。当然了，他所指的是威斯敏斯特教堂。然而，夏莫里这时候却不合时宜地欢欣鼓舞起来，他脸上带着讥讽的微笑说他能理解，米尔班克监狱最近被拆掉了。以查林杰的自负当然不能容忍他这样的说话方式了。但他只是微笑着，用哄孩子的怜悯语气重复着："真是的！真是的！"的确，这两位都像孩子一样——一个身材瘦削，不好相处；另一个傲慢自大，不好对付。但是两个人都拥有绝顶聪明的头脑，使他们自己处于时代科学领域的前沿。头脑、性格、灵魂——一个人对人生了解越多，就越能体会到每个人是多么独特。

第二天，我们正式开始了这次非凡的探险旅程。我们将需要带的物资全部装进两只独木舟，并且将人员也进行了分配，每只独木舟上六个人，出于和平方面的考虑，特意将两位教授分到了不同的独木舟上。个人来讲，我比较喜欢跟查林杰在一起。他说话比较和蔼幽默，不说话的时候也是高高兴兴地走来走去，从哪儿看都是一副善良的好人样。当然，从以前的相处我也知道，他这个人变起脸来也很快，就像六月里的万里晴空突然就会下起雷雨。如果说跟他在一起你不可能自在，那么他的陪伴同样也不可能让你觉得枯燥无味，因为你根本摸不透他那火暴脾气什么时候会突然发作。

我们在一条大河上航行了两天。那条河的河面有几百码宽，河水颜色比较深，但是很清澈，因此我们大多数时间都能看见河底。亚马逊河的支流中大概有一半都具备这种特点，另外一半的河水则是发白的颜色，而且也比较浑浊。河水的这种区别在于它们流经的国家土壤的差异。深色的河水说明这一地段有植物腐败的情况，而发白的河水则证明当地是黏性土壤。

我们遭遇了两次急流，每次都被迫登陆，在陆地上行进了大概半英里的距离以进行躲避。河岸两边都是原始森林，比次生林要好走得多，我们抬着独木舟在里面穿行并没有费多大力气。那森林的庄严与神秘我想我会毕生难忘。那参天的树木，粗壮的树干，我这个在城市里出生长大的人甚至想象不出任何东西能够与之比拟。那些粗壮的树干直冲云霄，我们只能模模糊糊地看到，在我们头上很远的地方，一些旁枝伸了出来，这些旁枝继续向上弯曲，那弧度带有典型的哥特式风格。旁枝在很高的地方互相交织在一起，最终形成了一个郁郁葱葱的顶棚。偶尔会有一丝细细的阳光穿透在那顶棚笼罩之下的一片庄严与阴森，显得无比炫目。地上铺满了腐烂的植物，像是一层厚厚的、柔软的地毯，我们从上面走过的时候几乎都没有发出任何声音，我们的灵魂也受到了这安静的洗礼，仿佛正置身于黎明的大教堂似的。此时，甚至连查林杰教授也收敛了自己的大嗓门，改成小声嘟囔了。我本来对这些巨大的树木是一无所知的，但是多亏有我们的两位科学家，他们一一指出哪些是杉木，哪些是丝绵树，哪些是红杉树……这众多的树木使得这片大陆成为大自然礼物最主要的提供者。人类的生存本来就是主要依赖于植物世界的，来自动物的产品则是处于次要地位的。鲜艳的兰花和青苔铺满了黑黝黝的树干，一束阳光照射下来，正好落在一片金色的黄蔓上，那丛生的猩红色的西番莲，还有深蓝色的牵牛花，这情景就像进入了童话世界。在这幽暗的森林中，生命都厌恶黑暗，都拼命地向上生长，追求阳光。每一株植物，甚至是很矮小的植物，也都卷曲着，盘绕着，拼命地缠绕在比自己更高更壮的同类身上，向高处那一片绿色攀去。藤蔓植物生长得体型巨大，郁郁葱葱。其他不会攀爬的植物也有自己的办法逃离昏暗的阴影，荨麻、茉莉、棕榈树都围绕着杉木生长，并且努力长得更高。在那庄严的穹顶之下，我们的走动并没有惊动任何的动物，而在我们的头顶之上则是热闹非凡，蛇、猴子、鸟、树懒，各种各样的动物都生活在高处有阳光的地方。此刻，这些动物就在好奇地看着我们几个微小的、黑乎乎的身影跌跌撞撞地走在它们下方的一片昏暗中。每到黎明和黄昏，总有成群的吼猴聚到一起尖叫，马尾鹦鹉也发出尖锐刺耳的鸣叫声，但是白天最热的时候，充斥着我们的耳朵的就只有昆虫的“嗡嗡”声了。那声音听起来像是遥远的海浪声，在寂静无声、庄严肃穆的森林中传播开，最后消失在将我们包裹起来的昏暗中。只有一次，一只动物——可能是只穿山甲或熊——迈着罗圈腿和蹒跚的步子，笨拙地匆匆从阴影中跑过。那是我在这亚马逊的原始大森林里看到的唯一一个地面动物存在的迹象。

然而，我们却发现了一些迹象，证明在这神秘的隐蔽之处，人类的活动其实离我们并不遥远。就在进入支流后的第三天，我们注意到了一种非常奇特的低沉的击打声，那声音听起来很庄严、很有节奏，整个早晨都在断断续续地传来。我们第一次听到这种声音的时候，两只船之间的距离不过几码远。当时我们雇佣的那两位土著人仿佛忽然变成了青铜雕像，一动不动，脸上带着恐惧的表情专心致志地倾听着。

“那是什么声音？”我问。

“鼓声，”洛德·约翰漫不经心地说，“战鼓，我以前听到过。”

“对，先生，是战鼓的声音，”那个混血戈麦斯说，“那些是野蛮的土著人，亡命徒，不是曼索人。我们每走一步都被他们盯着，随时找机会要杀了我们。”

“他们怎么盯着我们？”我望了望眼前那一片漆黑静止的空旷之地，问道。

戈麦斯耸了耸他那宽宽的肩膀。

“土著人自然知道怎么盯着。他们有自己的办法。他们监视我们，用鼓语彼此交谈，要在合适的时机杀掉我们。”

到了那天下午——根据我口袋里的日记看，那应该是八月十八日，周二——至少六七种鼓声从不同的地方传来。鼓点有时急促，有时则缓慢，有时候明显能够听出是在一问一答，远远的东方传来一阵断断续续的敲击声后，在短暂的沉默后，北方紧跟着又传来了一阵连续的低沉鼓音。这持续不断传来的鼓声让人产生了一种不可名状的恐惧，让人的神经都在颤抖，那鼓点的节奏仿佛变成了戈麦斯刚才的那句话，一遍遍重复着：“找机会杀了你们，找机会杀了你们……”在那寂静的森林里没有一个人走动的声音。在那植物形成的幽暗的幕布之下一直是大自然的安宁与平静，然而在这幕布之后，一个信息却从未间断地传来。

“找机会杀了你们。”东边的人们说。

“找机会杀了你们。”北边的人们也在说。

整整一天，鼓声有时隆隆作响，有时轻声低语，我们那几位土著人伙计的脸上则随之阴晴不定。甚至连最强悍最狂妄的混血似乎也被吓住了。但是，那天也让我了解到，夏莫里教授和查林杰教授拥有的是最高形式的勇敢，那是科学思维的勇敢，那是一种和在阿根廷人中支持南美牧人，在马来半岛的猎头中间支持华莱士的做法类似的思想。人类的大脑不能同时容忍两种不同观点的存在，所以一旦大脑对某种科学现象产生了好奇心，它一定不能容忍自己对此的理解停留在主观的个人推断层面上，这个规律是由仁慈的大自然决定的。在当天持续不断神秘的威胁中，两位教授一直在细心观察森林里每一只鸟的翅膀以及河两岸的每一株灌木，期间虽然免不了言语上的争论，比如查林杰一声低声咕哝之后，夏莫里马上就以一声咆哮作为回应，但是他们一直没有对潜在的危险和那土著人的鼓声产生什么关注，就好像他们正坐在位于圣吉姆斯街的皇家社会俱乐部的吸烟室里，而非置身于这荒蛮的南美大森林里。只有一次，两个人屈尊对这鼓声进行了一番讨论。

“米兰哈食人族或是阿马主卡食人族。”查林杰的大拇指朝那鼓声回荡的森林一指，说道。

“肯定的，先生，”夏莫里回答说，“像其他类似的部落一样，我想他们使用的也是聚合成式的语言，应该是属于蒙古人那一类型的。”

“当然是聚合成式的，”查林杰宽容地说，“我不知道这个大陆上还存在着别的类型的语言，我已经掌握了一百多个音符了。但是我对蒙古人的说法持怀疑态度。”

“我想基本的比较解剖学知识就能证明这一点。”夏莫里愤愤地说。

查林杰猛地将下巴往前一伸，我们看到的只有他的大胡子和帽檐。“当然了，先生，最基本的知识就能证实。如果一个人知识贫乏，他就只能得出不一样的结论了。”

他们都用挑战的眼神盯着对方，远方的鼓声继续从各个方向传来：“找机会杀了你们——杀了你们。”

那天夜里，我们用大石头当锚，将独木舟停泊在河中央，并为可能出现的攻击做好了充分的准备。然而，什么都没有发生。第二天一早，我们又出发了，那鼓声在我们身后消失了。大概下午三点，我们遇到了一股速度很快的急流，持续了一英里多的距离——就是这股急流使查林杰教授在第一次旅行的时候翻了船。我必须承认，看到这股急流的时候，我的内心感到了一丝安慰，因为这是我们出发以来看到的第一个证明他的故事真实性的确切证据，虽然只是个微不足道的证据。我们的土著人伙计将独木舟和物资先后扛过了那里长得格外茂密的一片矮灌木丛，而我们四个白人则肩扛来复枪，在他们周围警戒着，提防着森林里可能会出现的危险状况。傍晚时分，我们终于成功渡过了急流，又向上游行进了十英里后，抛锚准备宿营了。我大概估算了一下，我们现在所处的地点距离这条支流与主河道交汇的地方已经有一百多英里远了。

第二天清早，我们再次启程。从黎明开始，查林杰教授就表现得极为焦虑，不停地仔细检查着河两岸。突然，他满意地呼喊了一声，然后指着河边的一棵树。那棵树以一种很特别的角度从河岸边伸出。

“你说那是什么树？”他问。

“显然是棵巴西棕榈。”夏莫里说。

“没错。我就是用这棵巴西棕榈作为地标的。从河对岸再往上走半英里就是那个秘密入口了。这些树一棵挨着一棵。这就是它们的神奇与神秘之处。在这里你们看到的不再是墨绿的灌木，而将是浅绿色生长迅速的树木。通往那个神秘国度不为人知的入口就在那片高大的白杨林中。去吧，穿过这个入口，你们就都明白了。”

那的确是一个绝妙的地方。到达那一排浅绿色的树木生长的地方后，我们又将独木舟向前撑了几百码，最后进入了一条水流平缓的浅溪，溪水清澈透明，可以清楚地看见溪底的沙子。小溪的宽度大约有二十码，两岸植被茂盛，生长的不再是灌木，而是芦苇。如果不是近距离观察，没有人会猜到有这样的一条溪流存在，更不会想象得到，在这条溪流的另一边竟然有一片仙境。

所谓仙境就是指以人类的想象力所能设想的最神奇的地方。

这里茂密的植被有一人多高，彼此交错，编织成了一顶天然的凉棚。穿过这条被金色晨光笼罩着的绿色隧道，就看到了静静流淌的、清澈碧绿的河水。河水本身就很美了，天空照射下来的光线仿佛经过了过滤和调和，落在河面上之后给河水增加了奇妙的色彩，看上去更是美得不可思议了。像水晶一样清澈，像玻璃一样平静，像冰山的边缘一样青翠，在那枝繁叶茂的拱门之下，那条小溪就这样在我们眼前延伸开来。我们的桨每划动一下都会在那亮光闪烁的河面上荡起千百个涟漪。这条道路通向一片神奇的土地。这里再也看不到任何土著人生活的迹象，而动物的活动却多了起来，而且从这些动物的温顺程度来看，它们应该从没遭遇过狩猎这样的事。毛茸茸的小黑狨猴露出雪白的牙齿，瞪着闪闪发光的眼睛朝我们叽叽喳喳叫着。时不时地，岸边会有一只鳄鱼跳入水中，随着沉闷的一声巨响溅起一个的水花。还有一只貘，全身漆黑、体态笨重，从灌木丛中盯了我们一会儿，然后慢吞吞地朝森林深处走去了。还有一次，一只黄色美洲狮的身影在灌木丛中盘踞着，用它那双绿色的眼睛从它黄褐色的肩膀上方投来凶恶的目光，对着我们怒目而视。这里的鸟类数量众多，尤其是涉禽，一群群的鹳、鹭、朱鹭等随处可见，蓝色、猩红、白色，从岸边伸出的每一根木头上都有。而我们船下那水晶一般清澈的河水中，各色各样的鱼也是应有尽有。

在这条仅能透过模模糊糊阳光的绿色隧道中走了三天之后，我们极目远眺，绿色的水面与拱门一样的绿色植物在远处连成一片，根本区分不开。这条奇妙的水路上是完全的平静，没有任何人类活动的迹象。

“这儿没有土著人，他们不敢来，库鲁普利。”戈麦斯说。

“库鲁普利是森林里的幽灵，”洛德·约翰解释说，“谁也不知道它是什么样的恶魔。那些可怜的家伙认为这个方向有可怕的东西，所以他们不来。”

到了第三天，我们显然不能再依靠独木舟继续向前行进了，因为小溪突然变得很浅。我们反复地搁浅。最后，我们不得不选择将船拉到岸边，放进灌木丛中，当晚就在河岸边休息了。天亮后，我和洛德·约翰沿着小溪向森林深处步行了几英里，发现河水变得越来越浅，于是我们又回来将消息报告给大家：正如查林杰教授所料到的，这里已经是独木舟能够到达的最高点了。因此，我们将独木舟拖上岸，藏在灌木丛中，用斧头在附近的一棵树上刻上了记号，确保我们回来的时候还能找到它们。然后，我们将行李分了分——枪支、弹药、食物、帐篷、毯子等——我们把东西扛在肩上，开始了旅程更为艰难的阶段。

这个新阶段的开始则是以两个火药筒之间激烈的争吵为标志的。自从加入这个团队的那一刻起，查林杰一直指挥着大家的行动，这显然已经引起了夏莫里极大的不满。此刻，查林杰又开始给另一位教授分配任务了（其实他只是让夏莫里拿着液压气压表而已），矛盾一下子就爆发了。

“我能问问你吗，先生？”夏莫里镇定地说，但是语气里明显带着恶意，“你觉得自己有什么资格在这儿发号施令？”

查林杰立刻怒目而视。

“我是这次探险的领队，夏莫里教授，我就有资格。”

“那我不得不告诉你，先生，我不承认你有这种资格。”

“是啊！”查林杰带着讽刺的表情笨拙地鞠了一躬，“我的地位可能还得需要你来认可吧。”

“没错，先生，你的话是否真实还有待于证实，而我们这个团队来到这里正是为了这项任务。先生，现在与你同行的都是判断你是否诚实的裁判。”

“天啊！”坐在一只独木舟边上的查林杰教授说，“如果是这样的话，你走你的阳关道，我过我的独木桥。如果你不承认我是领队的话，我就没有义务为你们领路了。”

幸亏洛德·约翰和我神智还算健全，阻止了两位博学的教授因为一时的任性和愚蠢使我们无功而返。经过一番争辩、恳求和解释，我们总算是让他们平静下来了。最后，夏莫里叼着烟斗，脸上带着一丝冷笑，继续向前走去，而查林杰也嘟嘟囔囔地跟在后面。偶然之间，我们幸运地发现我们这两位专家对爱丁堡的伊林沃思博士评价都不怎么样。从此之后，我们就安全了，每当两个人剑拔弩张的时候，只要我们一提起那位苏格兰动物学家的名字，两人立刻就将矛头一起对准了那个共同的对手，甚至因为他们对他的憎恶和辱骂而结成了临时的同盟，建立了临时的友谊。

我们沿着河岸继续向前走去，不久之后，小溪变得越来越窄，最后消失在一片沼泽中，里面的水草彼此交错，像一块巨大的海绵一样，水草很高，都能没过我们的膝盖。蚊子和各种飞虫在那个地方一群一群的飞舞着，多得吓人。幸运的是，我们在沼泽旁边找到了坚实的地面，通过在树木中间绕来绕去，我们终于绕过了那片足以要人命的沼泽，将它远远地甩在了后面。而那里无以数计的昆虫还在像一把风琴一样嗡嗡作响。

弃舟登陆后的第二天，我们发现四周的景色完全不一样了。我们脚下的路开始一路向上延伸。随着我们继续向上攀登，我们发现身边的树木变得越来越稀疏，植被也不像山下那样具备典型的热带特点了。在这里，亚马逊冲积平原上常见的高大树木不多见了，取而代之的是凤凰棕榈和椰子树，一丛丛的，稀疏地分布着，而在这些树木之间，生长着茂密的灌木。潮湿的山谷里长满了绥贝棕榈，它们的大叶子优雅地低垂着。我们完全靠指南针指示着行进的方向，有那么一两次，查林杰和那两名土著人之间的意见产生了分歧，当时查林杰愤愤不平，用他的原话说，我们的整个团队“宁愿相信未开化的野蛮人那根本靠不住的直觉也不愿意相信现代欧洲文化最先进的成果”。然而，到了第三天，我们的选择就被证实是正确的了，因为查林杰也承认他看到了上次探险的时候留下来的几个记号，而且，我们还在一个地方发现了四块被火烧黑的石头，显然是有人曾经在那里宿营留下来的痕迹。

路还是一直向上的。我们又用了两天的时间，穿过了一个石子遍布的斜坡。之后，我们看到的植被又一次发生了变化。这里生长的只有象牙棕榈树和大量的兰花，而我也学会了从中辨认出稀有的旗瓣堇色兰，还有洋兰和蛇形唇瓣兰那大红大粉的花朵。偶尔会有一条小溪出现在我们面前，河底满是鹅卵石，河岸上遍布着蕨类植物，河水就在山头之间浅浅的山谷里潺潺流动着。岸边则成了我们绝佳的宿营地点。河里有成群的鱼，有着蓝色的脊背，大小形状都和英国的鳟鱼差不多。我们捉了些上来，享用了一顿美味的晚餐。

弃舟之后的第九天，根据我的估计我们已经步行了一百二十英里左右，树木变得越来越矮小，几乎跟灌木差不多了。最后连这矮小的灌木也没有了，而是出现了一大片竹林，竹子生长得很茂密，我们只能让我们的几位土著人伙计用砍刀和锚钩临时砍出了一条道路才得以通过。那天我们从早晨七点折腾到了晚上八点，中间只休息了两次，每次一小时，总算通过了这片障碍。我简直想象不出有比这更单调乏味又令人疲倦的事情了。即使是在视野最开阔的地方，你能看到的范围也超不过十到十二码。而大部分时间，我抬起头看见的只是洛德·约翰的背影，而距离我左右两边不到一英尺的地方就是黄色的竹子，像两堵密不透风的墙，将视线挡得严严实实。一道阳光从高高的天空上投射下来，细得像刀刃一样。抬起头，可以看到，在我们头顶上方十五英尺的地方，在深蓝色的天空的映衬下，竹子的顶端在随风左右摇摆着。我不知道什么样的动物能够在这样的竹林里生存，但是有几次，我们听到在距离我们不远的地方有体型很大、很重的动物活动的声音。洛德·约翰根据声音推断可能是野牛。直到夜幕降临我们才穿过了这片竹林，然后就扎营休息了。经过这一天无休止的劳作，大家都累坏了。

第二天清早，我们又上路了。我们发现，这里的地貌又发生了变化。我们身后是密不透风的竹林，竹林的边缘清晰而整齐，就像河流的岸边一样。而我们面前是一片宽广的平原，微微有一点坡度，上面星星点点地长着一丛丛的树蕨，平原一边向远处延伸一边微微向上倾斜，边缘处是一道长长的，像鲸鱼脊背一样的山脊。我们大约中午时分到达了那个山脊，翻过去之后发现，另一边是一条浅浅的山谷，山谷另一边又是一个缓缓的斜坡，在天空上映出了一道低低的圆弧状的轮廓。当我们在爬那些连绵的小山中的第一座的时候，发生了一件事情，我也说不好这件事的重要性有多大。

与两名土著人一起负责领路的查林杰教授突然停下了脚步，异常兴奋地指着我们的右边。我们随着他的手望去，大约在一英里之外，一只好像灰色的大鸟一样的东西从地面上缓缓起飞，从空中平缓地掠过。它飞得很低，路线很直，最后消失在树蕨丛中了。

“你看见了吗？”查林杰狂喜着大喊，“夏莫里，你看见了吗？”

夏莫里教授正死死地盯着那只动物消失的地方。“你说那是什么？”他问。

“是一只翼龙，我对此深信不疑。”

夏莫里忍不住放声大笑，笑声里满是嘲弄。“乱弹琴！”他说，“我敢肯定，那是一只鹳。”

查林杰气得说不出话来，他把背包往背上一甩，继续赶路了。

然而，洛德·约翰三步两步赶上了我，手里拿着望远镜，表情比他平时还要更阴郁。

“它飞到树丛里之前我看清楚了，”他说，“我也不能断言它到底是什么，但是，我以我运动员的名誉担保，那绝对不是我在日常生活中见到的任何一种鸟。”

问题出现了。我们是否真的如我们的领队所言，已经到达了一个神秘国度的边缘，遇到了这个失落的世界里的一名成员呢？我将这件事情真实地呈现给各位读者朋友，没有一丝保留。但是就只有这么一件事，除此之外，我们再没看见一件异乎寻常的事情。

现在，我亲爱的读者朋友们，我带着你们沿着宽阔的大河一路走来，穿过了茂密的灌木丛，通过那高大的树木形成的绿色隧道，爬上长满棕榈树的长长的山坡，突破了竹林的封锁，越过长满树蕨的平原。最终，我们的目的地终于就在眼前了。爬过第二个山坡之后，呈现在我们眼前的是一片形状不太规则，棕榈树星罗棋布的平原，平原的尽头正是我之前在素描图中看到过的高高的红色峭壁。眼前的峭壁与图画中绝无二致。峭壁离我们的宿营地点最近的一点大概在七英里以外，以这个点为基准逐渐向远处延伸，一直到我们的视线所不及之处。查林杰像只骄傲的孔雀一样昂首阔步地走在前面，夏莫里一言不发，但是脸上依然是写满了怀疑。总有一天我们的疑问会被全部解开。乔斯的胳膊被断掉的竹子扎伤了，坚持要返回，于是我将这封信交给他，希望他能将信带到。我会继续将未来的情况记录下来。我在信中还附上了一幅粗略的路线图，结合看的话会使你们更加容易理解我的讲述。

第九章　谁能预知未来？

我们遇到了一件可怕的事情。谁能预知未来？我不知道这个麻烦怎么才能结束。或许我们注定要在这人迹罕至的奇怪地方度过余生了。我的大脑一片混乱，对于当时的现状和未来都搞不清楚。在当时看来，现状糟得不能再糟，而未来也像光明根本无法穿透的黑夜。

我们当时的处境简直糟糕到了极点；而且，对你们透露我们所在的确切地理位置或是请求朋友们前来救援也没有任何益处。就算真的有人前来救援，相信在他们到达南美洲之前，我们的命运也已经被决定下来，注定无法改变了。

当时的实际情况就是，我们就好像到了月亮上，任何来自人类的救援对我们来说都是那么遥不可及。如果我们想渡过难关，恐怕能够依靠的就只有我们自己了。幸好我还有三个优秀的同伴，他们都拥有异于常人的高智商和不可撼动的勇气，这是我们唯一的希望。看到同伴们脸上那无畏的表情，我就好像看到了黑夜中的一丝微光。表面上，我装作和他们一样全然不在乎的样子。但是我的内心却完全被忧虑和恐惧占据了。

我会尽量详细地为你们讲述接下来发生的一系列事件，这些事件使我们不可避免地遭遇了一场大灾难。

我在上一封信中写道，距离我们所到之处大约七英里远的地方有一道巨大的红色峭壁，毫无疑问，那道峭壁环绕着的，就是查林杰教授提到过的那处高地了。随着我们进一步走近，我发现，这座峭壁的一些地方比他之前描述的要更高——某些地方能达到至少一千英尺的高度。而且，上面还有一些奇怪的条纹，我想那应该是玄武岩隆起所具备的特点。在爱丁堡的索尔斯堡峭壁就具有类似的特点。目测峭壁顶端的植被应该很茂盛，边缘上生长着一些灌木，而靠里一点的地方高大的树木丛生，但是上面没有任何生命的迹象。

当晚，我们就在峭壁脚下宿营。那里一片荒凉，我们头顶的峭壁不仅是直上直下，甚至在接近顶端处还向外伸出了一些，因此直接向上攀爬是根本不可能的。我们营地的不远处就是那个又细又高的石峰，我想我在前面的叙述中已经提到过了。那个石峰看起来就像一座塔的塔尖，它的最高处与峭壁顶上的高原在同一个平面上，但是中间有一个巨大的裂缝相隔。石峰顶上长着一棵高大的树。据我估计，大树的高度大概有五六百英尺的样子吧。

“就是在那上面，”查林杰指着大树说，“那就是那只翼龙栖息的地方。我爬到石峰的半山腰把它射了下来。我觉得像我这样一个擅长登山的人爬到山峰顶端不在话下，但是，当然了，就算爬上去了也没法到达峭壁顶上的高原。”

就在查林杰就翼龙这个话题侃侃而谈的时候，我朝夏莫里教授匆忙地看了一眼，而我惊奇地发现，他的脸上竟然第一次闪过了一丝幡然悔悟的表情。他那常见的冷笑从薄薄的嘴唇上消失了，取而代之的却是一丝苍白而疲惫的兴奋和惊奇。查林杰也看到了这个微妙的转变，因为初次尝到胜利的滋味而有些洋洋得意了。

“当然，”他用生硬呆板的语气讽刺地说，“我一说翼龙，夏莫里教授自然会明白那指的是鹳——只不过这只鹳身上没有羽毛，只有皮肤，生着膜状的翅膀，嘴里还有牙齿。”他又是眨眼又是笑的，还朝夏莫里鞠了一躬。夏莫里教授讪讪地走开了。

第二天一早，我们吃了一顿咖啡和树薯做的简单的早饭——

在物资方面我们必须要做到尽量精简。之后，我们组织了一次作战会议，讨论登上高原的最好的办法。

查林杰担任会议主席，他表情严肃庄重，好像是坐在法庭上的首席大法官似的。你可以想象这样的画面，他坐在石头上，他那幼稚可笑的草帽扣在他的后脑勺上，他那双眼皮低垂的眼睛骄傲地看着我们，就在他不紧不慢地介绍着我们的现状和未来的行动计划时，他那黑黑的胡须在不停地晃动着。

他面前是我们三个——我，在经过一番户外旅行后皮肤晒得黝黑，年轻又朝气蓬勃；夏莫里，神情严肃，又有点刻薄，一支烟斗从不离嘴；洛德·约翰，他灵敏而柔软的身体靠在他那把来复枪上，看起来动作敏捷，反应迅速，此刻正用热切的目光专注地望着查林杰。那两名肤色黝黑的混血和土著人在我们身后聚在一起。我们面前和头顶上，就是那些挡住我们去路的红色巨大岩石了。

"不用说，"我们的领队说，"上次来到这儿，我尝试了一切方法要爬上这个峭壁，如果说我失败了，我觉得任何其他人也都不可能成功，因为我的登山技术确实算得上很好了。当时我没有带任何登山所需的工具，但是这次不一样了，因为早有准备，这次我把工具都带全了。我肯定可以爬到那个独立的石峰顶上，但是它跟峭壁之间还有那么宽的距离，所以即使爬到顶上也没有什么意义。上次来的时候，雨季已经临近，我的给养也面临耗尽。这些条件都使我的时间十分有限，所以我只考察了我们所在地点以东六英里以内的距离，没有发现可以攀登的地方。那么，我们现在该怎么做？"

"似乎只有一种可行的方法，"夏莫里教授说，"既然你已经搜索了东面，我们这次应该沿着峭壁向西搜索，寻找可以攀登的地点。"

"说得没错，"洛德·约翰说，"也许这片高地并不大，我们可以绕它一圈，结果无非有两种，要么我们找到一个比较容易攀登的地点，要么我们回到原地。”

“我已经对我们这位小朋友解释过了，”查林杰说（他对我用了这种称呼方式，好像我是一名十岁的小学生似的），“这地方不可能有容易攀登的地点，原因很简单，如果有的话，那么这片高地就不可能是完全孤立的了，也就不可能形成一个违背生存法则的区域了。但是，我承认，一些专业的登山运动员能够攀登上去，而体型笨重的动物又下不来的地点还是很有可能存在的。”

“你怎么知道的，先生？”夏莫里尖刻地问。

“因为我的前辈，美国人梅普尔·怀特曾经爬上去过。否则他是怎么画出那个素描簿上的怪兽的呢？”

“这只是你的推理，又没有事实能够证明，”夏莫里固执地说，“我承认了你说的高地，因为我现在亲眼见到了，但是我还没有找到任何证据证明这上面有任何形式的生命。”

“说实话，先生，你承认什么或是不承认什么真的一点儿都不重要。这片高地现在就活生生地摆在你的面前，任凭你再愚蠢也不能否认了，一想到这一点我就无比高兴。”他向上望了一眼，然后，让我们感到特别意外的是，他竟然从他坐着的石头上站了起来，抓住夏莫里的脖子，将他的脸扳向空中。“现在，先生！”他大喊一声，声音都因为兴奋而有些嘶哑了，“你能承认这高地上确实有动物生存了吗？”

我先前说过，一些茂密的植物在峭壁的边缘上生长着，并且伸出来了一些。此刻，在那些植物之间突然出现了一个黑色的、闪闪发光的物体。那个物体慢慢地向前伸出，伸到了大裂缝的上方，这时我们看清了，那是一条巨大的蟒蛇，但是它的头是扁平的，像铁锹的形状，非常怪异。它在我们头顶上方摇摆、颤抖了一分钟，它光滑弯曲的身体在清晨阳光的照射下显得很有光泽。

然后，它又慢慢缩回，消失不见了。

夏莫里对此很感兴趣，所以当查林杰扳着他的脖子让他向上看的时候他竟然丝毫也没有反抗。现在，他甩开查林杰，恢复了尊严。

“如果说，查林杰教授，”他说，“你能不用掰着我的下巴说话的话，我会感到很高兴的。就算出现了一条热带巨蟒你也没有权利这样做。”

“但是高地上有动物这是不争的事实啊。”查林杰用胜利的语气说，“现在任何人，不管是有偏见还是太迟钝，都无法否认了。我认为我们现在最好的选择就是拆了帐篷，一路向西，找到攀登上去的方法。”

崖底的地面上碎石遍布，坑坑洼洼，因此我们走得很慢，也很艰难。然而，突然，我们看到了一些让我们欣喜不已的东西。那是一个曾经的宿营地点，地上有几个空的芝加哥肉罐头盒子，一个标着“白兰地”的瓶子，一把坏了的开罐器，还有旅行者留下的很多其他东西。我们将一张皱巴巴的破旧报纸展开，发现那是一张《芝加哥民主报》，只是日期已经看不到了。

“不是我的，”查林杰说，“肯定是梅普尔·怀特留下的。”

洛德·约翰一直在好奇地盯着宿营地点旁边一棵巨大的树蕨。“我说，看这儿，”他说，“我觉得这应该是一个路标。”

一根坚硬的木条被固定在树上，指着正西的方向。

“肯定是个路标，”查林杰教授说，“还有呢？可能他遭遇了危险的状况，我们的先驱留下了这样的记号，这样任何追随他脚步的人都可以知道他往那边儿走了。我想我们应该接着往前走下去，看看还有没有什么其他迹象。”

我们确实发现了其他的一些东西，但是那是些恐怖而出人意料的东西。我们在峭壁下发现了一片竹林，跟我们之前穿过的那片有点儿像。那林子里的竹子很多高达二十英尺，顶端锐利而强韧，像一根根锐利的矛站在那里。我们从竹林边缘通过时，我的目光被竹林中一个闪闪发光的白色物体吸引了。我将头向前伸了伸，发现自己看见的竟然是一颗完全没有肉的头骨。再仔细看看，其实整个身体的骨架都在那里，只不过头骨已经与身体分离了，落在离竹林边缘更近几英尺的地方。

我们的土著人用弯刀朝竹林砍了几下，清理出了一片区域，我们仔细地研究了一下这个旧时的惨剧留下的痕迹。骨架上只覆盖着几片碎布，那应该是腐烂的衣服。但是它只剩骨头的脚上还穿着靴子，很明显这个死去的人是个欧洲人。骨架中间散落着一只纽约的哈德逊金表和一支自来水笔。还有一只银色的香烟盒，盒盖上写着："来自美国的 J.C."。根据金属锈蚀的程度来看，惨剧应该就发生在不久之前。

"这会是谁呢？"洛德·约翰说，"可怜的家伙，看来他身上的每一根骨头都碎了。"

"竹子都从他碎掉的肋骨中间长出来了。"夏莫里说，"竹子这种植物生长很迅速，但是它们现在也已经有二十英尺高了，尸体已经躺在这儿这么久了，真是不可思议。"

"关于这个人的身份，"查林杰教授说，"我应该可以确定。就在我去庄园追上你们之前，我一路沿河而上，我特意就关于梅普尔·怀特的情况询问了很多人。帕劳的人们根本没听说过他。然而幸运的是，我掌握了一条很明确的线索，他的素描簿里有一幅画，上面画的是他在罗萨里奥与一位牧师共进午餐。我经过一番波折终于找到了这位牧师，虽然那是个爱抬杠的家伙，他坚持要求我指出现代科学对他信仰的腐蚀作用，但是不管怎样，我从他那里还是得到了些有用的信息。梅普尔·怀特四年前从罗萨里奥经过，也就是我看见他尸体那时的两年以前。他那时并不是单独一个人行动的，他有一位朋友，是个美国人，名叫詹姆斯·科尔夫。梅普尔与牧师见面的时候，詹姆斯没有下船，所以牧师也没有见过他的面。因此，我认为，我们现在看到的肯定就是詹姆斯·科尔夫的遗体。”

“而且，”洛德·约翰说，“他死亡的原因也是显而易见的。他是从崖顶掉下来或是被抛下来的，身体被竹子刺穿了。不然的话，他的骨头怎么会断成这样，而穿过他尸体的竹子又怎么会长了这么高呢？”

我们围在这些破碎的骨头周围，突然意识到洛德·约翰·洛克斯顿的话是正确的，大家都一言不发。峭壁的顶部向外突出着，伸到了竹林的上方。他是从上面掉下来的，这一点确定无疑。但是他确实是掉落下来的吗？这是个意外吗？又或者，那片未知的世界已经被一些可怕的不祥之兆笼罩了。

我们谁都没有说话，继续沿着峭壁向前走去。峭壁平滑而连续，像我在图画中看见过的巨大的南极冰川，一望无际，高高耸立在探测船的桅杆上方。

走了五英里，我们没有看到一个裂缝。突然，我们看到了一样东西，这让我们内心重新燃起了希望。我们发现了一个凹陷进去的石坑，因为上面有石壁保护，所以雨水冲刷不到里面。石坑里面用粉笔画着一个又大又粗的箭头，赫然指着西方。

“又是梅普尔·怀特，”查林杰教授说，“他预感到有人会紧随他的脚步来这里探索。”

“那么他有粉笔吗？”

“我从他背包里的物品中发现了一盒彩色的粉笔。我记得当时白色的那支已经是个粉笔头了。”

“这显然是个很有价值的证据，”夏莫里说，“我们只能接受他的指引，继续向西了。”

我们又向前走了五英里，在一块石头上看到了另一个白色的箭头。在箭头所指的地方我们第一次发现石壁上出现了一条窄窄的裂缝。在裂缝里面，我们又看到了第二个指引标志，箭头指着向上的方向，似乎表示它所指示的地方在地平面以上。

那个地方显得很庄严，石壁很高大，头顶只露出了窄窄的一线蓝天，并且，两边的石壁顶端都长满了葱茏的植物，只有朦朦胧胧的光线能照到裂缝的底部。我们已经有好几个小时没吃东西了，并且这一路走来，乱石遍布，我们都疲惫到了极点，但是我们的神经都绷紧了弦，不容许自己有片刻停留。然而，我们还是决定在这里扎营。我们把搭帐篷的任务留给几个土著人，而我们四个和那两名混血向那个狭窄的裂缝走去。

裂缝最外面顶多有四十英尺宽，但是当我们朝里看去，我们发现裂缝其实并不深，并且，两壁都太直太滑，根本不可能从这里攀登上去。显然，我们的那位先驱所指的不应该是这个地方。我们原路返回——这个裂缝的深度也就四分之一英里——突然，洛德·约翰那敏锐的目光发现了我们要找的东西。就在我们头顶的上方，在黑暗的阴影中，有一个颜色更深的圆圈。这肯定是一个山洞的洞口。

峭壁低端的地上松散地堆着一些石头，要爬上去并不困难。当我们爬上去时，所有的疑虑都烟消云散了。我们不仅在那里找到了推断中的洞口，并且在洞口边上，还又一次看到了那个箭头标志。就是这儿了，梅普尔·怀特和他那不幸的朋友就是通过这里爬上去的。

我们兴奋不已，顾不上返回营地就迫不及待地要开始我们的探险了。洛德·约翰背包里有一支手电筒，我们就以它来照明。他跟在手电筒投射在地上的黄色小光圈向前走去，其他人排成一列纵队，紧随其后。

这个山洞显然是由水冲蚀而成的，石壁很光滑，地面上满是圆形的石头。山洞不大，仅容一个成年人弯腰通过。在以与地面平行的角度向里面延伸了五十码后，山洞开始以四十五度的角度向上延伸。然后，角度变得更陡了，我们开始手脚并用在松散的石块间爬行，不断有石块从我们身下滚落。突然，洛德·约翰大喊了一声。

“堵上了！”他说。

我们聚在他的身后，在手电筒昏黄的光线中看到，前面是一面由破碎的玄武岩堆积而成，高达洞顶的石墙。

“洞顶坍塌了！”

我们尝试着抽出了几块碎石，但也是徒劳。结果是上面较大块的石头也松动了，变得摇摇欲坠，随时都有可能掉下来砸到我们头上。很明显，凭我们的力量根本不可能把路重新清理出来。梅普尔·怀特爬上崖顶的路已经走不通了。

大家心情沮丧到了极点，根本没有心情说话，我们跌跌撞撞地从漆黑的山洞里走下来，回到了宿营地点。

然而，就在我们即将走出裂缝的时候，发生了一件事情。这件事情对我们后来的经历有着重要的意义。

我们当时正聚集在裂缝里的地面上，正好位于洞口大概四十英尺以下，突然，一块巨石落了下来，带着强劲的力道从我们身边滚过。我们几个勉强没被砸到。我们没有看见石头是从什么地方滚来的，但是，我们那两名混血助手还站在洞口，他们说石头从他们身边滚落下来，所以，一定是从崖顶落下来的。但是，我们抬头看了看，峭壁顶上那些茂密的植物纹丝不动。然而，有一点是可以肯定的，这块石头是冲我们而来的，所以这件事应该是人为的——应该是心肠极其狠毒的人，仇恨来自于高地之上。

我们匆忙地从裂缝里撤离，这个新的动向以及它对我们的计划可能产生的影响牢牢地占据着我们的脑海，挥之不去。我们这一路走来遭遇了不少困难，但是如果我们即将面临的不再仅仅是来自大自然的阻隔，还增加了来自人类刻意的反对，那么我们要完成计划恐怕就彻底没有希望了。然而，当我们抬起头，望着几百英尺以外峭壁顶端那茂密而美丽的植物时，我们当中没有一个人产生在探明究竟之前就放弃努力、返回伦敦的想法。

经过讨论，我们决定，最好的选择就是继续环绕这片高地前进，看看能否找到其他攀登上去的方法。我们走着走着，发现峭壁的高度变低了很多，并且走向由向西变成了向北，如果我们将此理解为一个圆圈的弧度的话，可以判断整个圆周其实并不算太大。最坏的情况就是，我们在几天之后就又回到起点了。

我们当天行进的距离大概有二十二英里，结果没有找到任何希望。根据我们所携带的无液气压计显示，自从离开独木舟后，我们一路向上，现在已经在海平面以上三千多英尺了。因此，这里的气温和植被都发生了不小的变化。我们终于可以摆脱那些在热带旅行过程中令人头疼不已的可怕的昆虫了。这里偶尔还可以见到几棵棕榈树，也有很多树蕨，但是亚马逊流域那些典型的树木在这里完全看不到踪影了。在地上的乱石中间，各种旋花植物、西番莲和秋海棠随处可见，让我想起了家乡。其中的一株红色秋海棠与斯特里塔姆的一座别墅窗前摆放的一盆花颜色一模一样——我的思绪禁不住向往事飘去。

当晚——我说的是我们开始环绕高地的第一天——等待我们的是一次伟大的经历。奇迹距离我们如此之近，我们却一直疑虑重重，而这次经历终于将我们的疑虑消除殆尽。

我亲爱的麦肯德尔先生，当你读到这封信的时候你会意识到，报社派给我的任务不仅仅是像追一只大雁那样简单而没有意义，这还是有史以来第一次，只要到了教授允许我们进行报道的那一刻，世人将会看到一篇令人不可思议的好文章。只有在我将确切的证据带回伦敦我才敢将这篇文章发表，否则我恐怕是要被扣上“大骗子”的帽子再也摘不下来了。我相信您也是这么认为的，除非我们做好了面对众口一词的批评和质疑的准备，这是这种文章通常会引起的反应，否则您肯定也不愿意将报社的名誉完全寄托在这次冒险上。所以，这则消息很有可能会成为报纸头条，但是它暂时还要在编辑的抽屉里耐心等待一下，等待一个合适的时机。

但是那件事却是转瞬即逝，而且也没有任何后续情况，唯一留下的痕迹只是加强了我们的信念。

当时的情况是这样的。洛德 · 约翰猎到了一只刺豚鼠——一种小型的，像猪一样的动物——我们把其中半只给了土著人，剩下的半只则在火上烤着。天黑后空气里有了一丝凉意，我们都聚在火堆周围。那天晚上没有月亮，天上只有些星星，所以能见度不高。突然，一个东西像一架飞机一样从黑暗中嗖的一声俯冲下来。瞬间，一对坚韧的巨大翅膀像一顶帐篷一样把我们盖在下面，从我面前一闪而过的是一根长长的、像蛇一样的脖子，一对凶猛而贪婪的红色眼睛和一只锋利的喙，我不禁吃惊地张大了嘴巴，因为我看见那喙里满满的都是闪着亮光的细小牙齿。等我们回过神来，我们的晚餐就已经不见了。一个宽约二十英尺的影子一跃而起飞到空中，天上的星星都被遮蔽了，之后，它就消失在我们头顶上方的山脊之后了。我们都围坐在火堆旁，惊讶得说不出话来，当时的情形就像哈尔皮埃出现在维吉尔的英雄们面前似的。

夏莫里首先打破了沉默。“查林杰教授，”他用一种严肃的、因为激动而微微有些颤抖的语调说，“我应该向你道个歉。先生，我真是大错特错了，我请求你忘记我过去所犯的错误。”

夏莫里这话说得很大方，自我们出发以来，这两个人第一次将手握到了一起。我们第一次目睹翼龙竟然带来了如此的成果。为了消除这样的两个人之间的对立，我们失去一顿晚餐也算值了。

但是，如果说史前生命在那片高地上存在，那它们的数量肯定也不是很多，因为在接下来的三天里，我们没有再看到一只恐龙的影子。在此期间，我们穿过了峭壁东北边一片令人生畏的不毛之地，不是遍地乱石就是荒凉的沼泽，有很多野禽栖息其中。本来那一带是根本无法通过的，如果不是沿着峭壁底部有一条坚硬的石脊，我们就只能原路返回了。很多时候，那亚热带沼泽里的烂泥和污水都没过了我们的腰部。更糟糕的是，这地方似乎还是加拉卡卡蛇最喜欢的繁殖地，而这种蛇在南美洲算得上是毒性最大也最喜欢攻击的一种了。我们一次次地看见这种蛇在泥沼里翻滚着，并向我们窜过来。我们只能随时把枪拿在手里，拉开枪栓，心里才会觉得安全一点。尤其是里面一个漏斗形的坑，至今想起来都让我心有余悸。里面遍布的苔藓将水面染成了鲜绿的颜色。那似乎是这些蛇的一个巢穴，坑里无数的蛇都在朝我们这个方向蠕动，这是加拉卡卡蛇的一个特性——只要看见人类就会发起攻击。蛇多得用枪根本打不过来，所以我们只能撒开腿拼命向前跑去，直到筋疲力尽。当我们回头望过去，身后目所能及的地方到处都是这些可怕的动物在水草中浮浮沉沉的头颈。在我们当时正在绘制的地图上，我们把这里命名为加拉卡卡沼泽。

远处的峭壁已经不再是红色，而是变成了巧克力一样的棕色，这边的高地顶上的植被更加稀疏了，并且高地的高度也降低到了三四百英尺，但是我们依然没有找到适合攀登的地点。即使有那么一两处第一眼看上去还行，但仔细一看也就否定了。你可以从我在乱石滩上拍摄的照片看出峭壁的陡峭程度。

“有一点可以肯定，”在我们讨论当时情况的时候我说，“雨水一定会通过一定的途径流下来。所以峭壁上肯定会有水道的。”

“我们的小朋友也有灵光一闪的时候。”查林杰教授拍着我的肩膀说。

“雨水肯定要向下流到一个地方的。”我又重复了一遍。

“他还很坚持自己的看法呢。唯一的缺陷就是我们从刚刚亲眼所见的情况可以得出一个结论，那就是石壁上根本就没有什么水道。”

“那么，水能流到哪儿去呢？”我继续坚持着。

“我想一种合理的解释是，如果水没有流到外面，那肯定就是流到里面去了。”

“那么高地中央应该有个湖泊。”

“我也是这么想的。”

“几乎可以肯定，那个湖就是个旧的火山口，”夏莫里说，“从现在我们掌握的信息看，这极有可能是个火山。但是，不管用什么方式能够证明，我想高地的地面都应该是向里倾斜的斜坡，中间有相当大的一片水面。过剩的水也许会通过一条地下通道排到加拉卡卡沼泽里去。”

“或者是蒸发使水量维持了均衡。”查林杰说。接着这两位学识渊博的人就又开始了他们习以为常的争吵，争吵的内容对于我们这些门外汉来说就像天书一样，根本听不懂。

六天后，我们走完了环绕高地的第一周。我们又回到了位于那座独立的石峰旁边的营地。大家都很沮丧，因为我们这一路观察的应该说是很仔细了，但是可以肯定的结果是根本没有一处地方是凭人类之力能够攀登上去的。梅普尔·怀特用粉笔做记号标记出的路径现在也根本走不通了。

我们接下来该怎么办呢？我们储备的枪支弹药和生活物资现在还很充足，然而总有一天这些东西是会耗尽的。再过两个月，雨季就该到了，到时候我们将根本找不到容身之处。峭壁上的石头比大理石还硬，因此，如果想在这么高的石壁上开凿出一条攀登的路径，我们的时间和物资都不允许。可以想象，我们当晚面面相觑，大家都一言不发。我记得的入睡前最后一幕是查林杰像只巨大的牛蛙一样蹲在火堆旁，双手托着他那巨大的脑袋，陷入了沉思，就连我跟他说“晚安”他也完全没有反应。

但是，第二天一早查林杰向我们问早安的时候却像变了一个人——整个人身上都闪耀着一种满意和喜悦的光芒。我们聚到一起吃早饭时，他眼睛里带着一种虚假的自谦的表情看着我们，那眼神好像在说：“我知道你们怎么夸我都不过分，但是请你们不要说了，免得我害羞脸红。”他的胡须乱糟糟地支棱着，他的胸脯高高挺起，双手交叉放在身前。所以，可能在他的想象中，他正优雅地站在特拉法尔加广场那空空的神坛上，也成为一个能让伦敦民众震惊的人。

“找到啦！”他大喊一声，他那闪闪发光的牙齿在乱蓬蓬的胡须中若隐若现，“先生们，你们应该祝贺我，我们也应该彼此祝贺。问题解决了。”

“你找到上去的方法了？”

“我想是的。”

“怎么上去？”

作为回答，他指了指我们右边那座尖尖的山峰。

我们抬头一看，脸上的惊喜之情立刻消失殆尽了。我们当然可以爬上这座山峰，但是它和高地之间还隔着一条巨大的深渊呢。

“我们根本不可能过得去。”我倒抽了一口气说。

“至少我们都可以到达顶上，”他说，“等我们爬上去，我就可以向你们展示我思维的无限创意还没有枯竭。”

吃完早饭后，我们打开了领队带来的装有爬山物品的包裹。他从里面拿出了一卷很轻又很结实的绳子，绳子大概有一百五十英尺长，上面带有铁爪器、夹子和其他的一些工具。洛德·约翰是个很有经验的登山者，夏莫里以前也曾经参与过一些艰苦的登山活动，因此在这个团队中，我在登山方面可以算是菜鸟级别了。但是我年轻力壮，活力充沛，可以稍稍弥补一下我经验不足的缺陷。

虽然弄得我蓬头垢面，但是这座山峰实际攀爬起来并不是特别困难。前半段路十分容易，但是再往上爬，山峰变得越来越陡峭了，到了最后的五十英尺，我们只能是手脚并用，抠住石头之间的小缝隙和小棱角奋力往上爬了。如果不是看到查林杰爬到了顶峰将绳索系在那棵大得出奇的树上，我肯定坚持不下来，夏莫里也够呛（看到体态如此笨拙的一个人能够完成这样的任务真是很受激励）。在绳索的帮助下，我们很快从那陡峭的崖壁上爬了上去，到达了一小片野草丛生的平地。那片平地四周大概都是二十五英尺长，这就是山峰的最高点了。

喘息一平复下来，我第一眼看到的就是我们来时穿过的那个国家那不同寻常的景色。

整个巴西平原似乎都呈现在了我们眼前，它无限地向远处延伸，直到边缘消失在远方天边那朦朦胧胧的蓝色薄雾中。我们视野的前景是一个长长的斜坡，到处都是散落的石块，时不时地会有几棵树蕨点缀其中。再往远处望去，在那马鞍形的山峰后面，是一片黄绿色茂密的竹林，我们正是费了千辛万苦才从那里穿了过来。比竹林更远的地方，植被慢慢地茂盛了起来，所形成的森林一直延伸到目光所及之处，根据目测大概有两千多英里长。

我正沉浸在这一片雄伟的景观中，突然，教授那有力的手落到了我的肩膀上。

“这边来，小朋友，”他说，“不要后退！永远不要往后看，永远都要看向我们伟大的目标。”

转身之后，我发现，高地与我们所站的地方高度相当。那些茂密的灌木、偶尔的一两棵树，都是那么近在眼前，以至于我们都忘了面前有这样一条难以跨越的鸿沟。这条裂缝大概有四十五英尺宽，但是在我看来，这个距离跟四十英里没有什么区别。我一只胳膊抱住大树的树干，俯身向裂缝下望去。地面上等待我们的助手现在都成了一个个小黑点儿，正仰着头看着我们。这座山峰的陡峭程度跟我面前的峭壁差不多。

“这可真是稀奇，”夏莫里教授用沙哑的嗓音说。

我转身一看，他正兴致勃勃地仔细观察着我抱住的那棵树。那光滑的树皮和细小、有棱纹的叶子看起来很眼熟。“有什么稀奇的，”我大声说，“是一棵山毛榉。”

“没错，”夏莫里说，“在遥远的异乡找到了同乡。”

“不仅是同乡，我亲爱的先生，”查林杰说，“而且，请允许我补充一下你的比喻，还是一位很有价值的盟友。这棵山毛榉可以成为我们的救世主。”

“天啊！”洛德·约翰大声喊了出来，“一座桥！”

“没错，我的朋友们，一座桥！我昨晚集中精力冥思苦想了一个小时还是有所收获的。我还记得有一次我们的小朋友说了一句很有道理的话，当一个人陷入绝境的时候，他的创造力往往是无限的。我想昨晚的情形大家都承认我们是陷入绝境了。但是一旦毅力和智慧集中到一起，出路就一定能找到。我们可以造一座跨越深渊的吊桥。等着瞧吧！”

这真是一个奇思妙想。这棵树有六十多英尺高，只要它倒下去的方向正确，就能够很轻易地横跨这道裂缝。查林杰爬山的时候肩上就背了一把斧头，现在，他把斧头递到了我的手上。

“我们的小朋友体力精力都充足得很，”他说，“我想由他来完成这项任务是再合适不过了。但是，我请你注意，你一定不能根据自己的想法胡来，一定要精确地执行我们的指令。”

根据他的指示，我需要在树干上他所指定的地方砍些口子，保证树能按我们预期的方向倒下去。这棵树本来生长的就向高地的方向倾斜得厉害，所以要让它向那边倒过去并不困难。

我和洛德·约翰轮流着开始认认真真地砍起树来了。一个小时多点之后，随着一声响亮的咔嚓声，大树朝前倒去，树冠搭在了裂缝另一边的高地上，树枝都埋没在对面的灌木丛中。被砍断的树干向我们所站的平台边缘滚去，曾经有一刻我们都以为肯定是要失败了。然而，它竟然在距离边缘几英寸的地方停了下来，一条通往一个未知世界的桥梁就这样架成了。

查林杰教授摘下他的草帽，依次深深地向我们鞠躬致意，而我们也都一言不发地跟他握了握手。

“我请大家赋予我荣幸，”他说，“成为第一个踏上那片未知的土地的人——这在未来的历史写作中无疑会成为一个备受关注的话题。”

正当他朝那座桥走过去的时候，洛德·约翰用手一把抓住了他的上衣。

“伙计，”他说，“我不同意。”

“不同意，先生！”他转回头，胡子向前支棱着。

“难道你不明白吗，先前我服从你的领导是因为那时涉及的是科学领域的事情，是你的强项，现在是我的强项了，该轮到你服从我的领导了。”

“你的强项，先生？”

“我们都有自己的专长，而打仗是我的专长。据我理解，我们现在正在入侵一个陌生的地域，那边是什么情况根本不清楚，说不定到处都是各种类型的敌人。因为缺乏常识和耐心而盲目地闯入不是我的管理理念。”

这抗议提得很合理，无可辩驳。查林杰猛一仰头，耸了耸他厚实的肩膀。

“那么，先生，你说应该怎么办？”

“据我所知，在那片灌木丛中应该有一群食肉动物正在等待午餐。”洛德·约翰望着桥那头说，“为了不变成它们的盘中餐，我们最好学聪明一点。所以，一方面我们要希望那边没有什么危险，以此来宽慰自己；另一方面，我们在行动方面要万分小心，千万不能掉以轻心。因此，我和马龙先下去，把四杆来复枪和戈麦斯他们俩带上来。然后，我们可以先派一个人过去，其余的人用枪掩护，等他确认安全后其他人再过去。”

查林杰坐在树桩上，不耐烦地哼哼着。但是我和夏莫里都一致同意在涉及这样实际的问题时，洛德·约翰应该成为我们的领头人。由于在最难爬的地段有了垂下去的绳索，这次爬起来比上次容易多了。我们只用了不到一个小时的时间就把四把来复枪和一杆猎枪拿上来了。那两名混血也一起爬上来了。洛德·约翰还让他们背上来一大包生活物资，以备我们的第一次考察持续时间可能会比较长。我们每个人都背上了子弹带。

所有准备工作做好之后，洛德·约翰说：“好了，查林杰，如果你还坚持要成为第一个过去的人，请吧。”

教授一向容忍不了任何形式的发号施令，于是，他气哼哼地说：“对于你仁慈的许可我真是感激不尽呢。既然你这么善良地允许了，那我就当仁不让了。”

他双腿跨到独木桥两边坐着，背上背着一把短柄斧头，一下一下向前跳着，一会儿就到达了独木桥的另一端。他爬起来，举起胳膊挥舞着。

“终于到啦！”他大喊着，“终于到啦！”

我紧张地盯着他，模模糊糊地感觉到可能会有什么可怕的东西从他身后的绿色屏障中向他扑过去。但是什么都没有发生，只有一只色彩斑斓的怪鸟从他脚下飞起，消失在了树丛中。

夏莫里是第二个过去的。在当时紧张的情形下，他表现出了惊人的坚韧。他坚持要背上两把来复枪，这样等他过去之后两位教授手里就都可以有武器了。

我紧随其后。在通过的时候，我努力克制着往深渊下望去的欲望。我快到达的时候，夏莫里向我伸出了他的枪托。我扶着枪托又挪动了一点距离之后就紧紧抓住了他向我伸出的一只手。

至于洛德·约翰，他却是走着过去的——在没有任何支撑的情况下！这个人一定有着钢铁般的意志。

就这样，我们四个人都踏上了这片土地，这片梅普尔·怀特眼中的仙境，一个失落的世界。对于我们几个人来说，这都是一个无与伦比的胜利的时刻。谁能想到这竟是一场前所未有的灾难的序幕呢？让我简单地介绍一下这灭顶之灾是怎么降临到我们头上的吧。

我们离开了高地的边缘，在灌木丛中艰难地向里面走了大概五十码的距离，突然一声恐怖的碎裂声从我们身后传来。我们急忙沿原路返回。独木桥不见了！

我向深深的峭壁底下望去，地上凌乱一片，都是树枝和树干的碎片，正是我们那棵山毛榉。是平台的边缘崩裂了，所以它滚下去了吗？一时之间，这个想法都占据了我们的头脑。然而，接下来，我们却注意到了对面顶峰上一张黝黑的脸，是混血戈麦斯的脸，慢慢地向我们这边伸了过来。是的，那就是戈麦斯，但已经不是那张总是带着谦恭的微笑、带着像面具一样刻板表情的戈麦斯的脸了。现在，这张脸上面容扭曲，目光如炬，那是一张因为憎恨和报复带来了疯狂的快感而抽搐的脸。

“洛德·约翰！”他大喊，“洛德·约翰·洛克斯顿！”

“嘿！”我们的同伴说，“我在这儿。”

一阵尖利的笑声从裂缝那边传来。

“是，你就在那儿，你这只英国狗，你就在那儿待着吧！我等了又等，现在机会终于来了。你觉得上去很难吧，你会发现要想下来更难。你们这些该死的傻瓜，你们被困在那儿了，谁也跑不了！”

我们都吃惊不小，谁也没有说话，只是站在那里面面相觑。草地上有一根断掉的树枝，那应该就是他用来充当杠杆将我们的独木桥撬下去的工具。那张脸消失了一会儿，又出现了，比刚才显得更加疯狂。

“本来我们在山洞口差点就用石头砸死你们了，”他疯了似的大喊，“但是这样更好。你们会死得更慢，更痛苦。你们会在那边慢慢变成一堆白骨，谁也不会知道你们死在哪里，更不会有人来给你们收尸。等你快死的时候，想想洛佩兹——那个五年前在普陀马约河畔被你枪杀的人，我就是他的哥哥。而现在，不管将来发生什么我都可以开心地死去了，因为他的仇报了。”一只手愤怒地朝我们挥了挥，然后就什么声音都没有了。

如果这个混血在完成报复之后就悄无声息地逃走，他可能就不会遭遇后来的厄运了。就是拉丁人那难以抵制的愚蠢的冲动促使他表现得戏剧化一些，结果却导致了他的灭亡。洛德·约翰·洛克斯顿，这个在三个国家获得了“上帝的枷锁”称号的人，可不是那么好惹的。戈麦斯从距离我们这边远一点的山峰一侧向下爬去，但是在他还远远没有到达地面的时候，洛德·约翰已经沿着高地的边缘跑去，找到了一个能够看到戈麦斯的地点。随着一声清脆的枪响，虽然我们什么都没看见，但是我们听到戈麦斯的尖叫声以及他落下的身体发出的“砰”的一声从远处传来。洛克斯顿阴沉着脸向我们走来。

“我真是个有眼无珠的傻子，”他恨恨地说，“都是我的愚蠢使你们陷入了这场麻烦。我本该记得的，这些人对仇恨不会轻易忘记，我该对他们多加防备的。”

“那另一个呢？肯定是他们两个合力将独木桥撬下去的。”

“我本来可以杀了他的，但我还是放他走了。也许他并没有参与呢。也许我当时杀了他比较好，你说得对，他肯定帮忙了。”

现在我们回想起来，那个混血的一些行为的确是有一些用心险恶——他总是急切地想了解我们的计划，他在我们帐篷外偷听被捉住，还有我们都时不时地看到过的他那充满愤恨、鬼鬼祟祟的表情。我们还在讨论这件事，还在努力地让自己接受这新的情况，突然，我们的注意力被山下平原上发生的一幕吸引了。

一个身穿白衣的人，看样子应该是逃跑的那名混血，正在拼命地奔跑，看上去是一副死亡正在身后追赶的样子。就在他身后几码远的地方，是我们忠诚的黑人助手赞波那乌黑的身影。在我们的注视下，他跳上了逃跑的混血的后背，用胳膊勒住了他的脖子。两个人一起在地上翻滚起来。过了一小会儿，赞波站起身来，盯着躺在地上的混血看了一会儿，然后朝我们高兴地挥了挥手，向我们这边跑了过来。那个白色的身影一动不动地躺在平原上。

我们的两名叛徒都被消灭了，但是他们的行为造成的危害却是消除不了的。我们再也没有办法回到那个山峰上去了。我们本来是属于文明世界的，现在我们却成了这片高地的本地人。这两者之间完全没有联系。眼前的这片平原上就停泊着我们来时乘坐的独木舟。在远处，在那弥漫着紫色雾气的天边，就是那条能将我们带回文明世界的河流。然而，我们却与这些失去了联系。仅凭人类的奇思妙想根本无法跨越我们和我们过去的生活之间的深渊。一个短暂的时刻改变了我们生存的所有条件。

就在此时，我意识到了我的三位同伴是什么人。他们表情严肃，并且思维缜密，但是他们都一言不发。当时，我们只能耐心地坐在灌木丛中等待赞波到来。终于，他那张忠诚的黑脸和大力神一样的身影出现在山峰上。

“我现在该怎么做？”他说，“你们告诉我，我来做。”

这个问题真是问起来容易答起来难。现在只有一件事是确定的，他是我们与外部世界唯一可靠的联系了，绝不能让他离开我们。

“不会，不会！”他大喊着，“我不离开你们。不管发生什么情况，我都守在这里。但是我拦不住土著人。他们已经在说了，太多库鲁普利住在这地方，他们要回家。现在你们这情况，我拦不住他们。”

实际上，我们雇佣的这几个土著人最近已经用很多方式表达了他们对这次旅行的厌倦，很想回去了。我们也不得不承认赞波说的是实话，他确实没有办法拦住他们。

“让他们明天再走，赞波，”我大声说，“我好让他们捎信回去。”

“好的，先生！我保证让他们等到明天。”黑人说，“但是我现在能做点儿什么？”

我们要求他做了不少事情，这位忠实的助手都一一照做了。首先，在我们的指示下，他把绳索从树桩上解了下来，将一头扔到我们这边。那根绳子比晾衣绳粗不了多少，但是很结实，虽然我们不能用他搭成一座桥梁，但是如果我们需要攀爬的话它也会很有用。然后，他将他搬运上山峰的一包物资拴在了绳子另一头，让我们拉了过来。即使我们找不到其他的食物，这些也足够我们消耗一星期的了。最后，他返回山峰下，又搬上来了两包其他的东西——一箱子弹，还有很多其他的东西。我们都是将绳索扔到他那边，再把东西拖回来。傍晚时分，他再次保证了会将几个土著人留到明天之后，爬下了山峰，回到了地面上。

于是，在高地上度过的这第一夜，我都是在一只以蜡烛为光源的灯笼的照射下，将我们所有的这些经历写了下来。

我们就在峭壁的边缘上扎营吃了晚饭，在其中一个箱子里找了两瓶矿泉水解渴。我们急需寻找水源。但是我想，即使是洛德·约翰这个身经百战的人，今天也是够受的了，我们暂时还都不想贸然地闯入这片未知的土地。我们都尽量克制自己，没有点火，也尽量不发出任何声音。

明天（或者应该说是今天，因为写到这里的时候已经是黎明时分了），我们将要对这片神奇的土地发起第一次探索。我什么时候还能带信回来——或者我是否还有机会写信——我也不知道。此时，我能看到那几个土著人还在下面，我想赞波应该已经准时上来取信了，希望这封信能够顺利地送到你们手中。

注：我越是细想就越是觉得我们陷入了绝境。我对能够回到家乡已经不抱希望了。如果峭壁边缘上也长有一棵大树的话，我们还可以砍倒它搭建一座可以让我们返回的桥梁，但是五十码以内根本没有树。而凭我们几个的合力，根本不可能从别处将这样一棵树干抬过来搭成桥。那根绳索呢，也太短了。我们没有办法在绳索的辅助下爬下去。没希望了，我们的处境已经没希望了！

第十章　最神奇的事情发生了

最神奇的事情发生了，而且还一直在持续。

我所携带的所有纸张就只有五本旧笔记本和一些零散的碎纸，我所带的笔也只有这一支自来水笔，但是只要我的手还能活动，我就会坚持将我们的所有经历和印象记录下来，因为我们是唯一看到这一切的人类团体，我应该趁记忆还很清晰的时候，在灭顶之灾降临之前把这一切记录下来，这很重要。也许赞波最终能够把这封信带到河边，或者我也能有所奇遇亲手把信带回去，又或者，有其他的勇士循着我们的踪迹来到这里——当然，他们最好带架单翼飞机来——他们最终也能找到我的这本手稿，总之，不管怎样，我都假设我写的东西会成为一部对一次真实的经典探险活动不朽的记录。

就在我们被可恶的戈麦斯困在高地上的第二天早晨，我们开始了新阶段的历程。我在这片土地上的第一个遭遇让我心里产生了非常不快的情绪。天亮之后，我小睡了一会儿，当我起来的时候，刚好看见自己的腿上落着一个奇怪的东西。我的裤腿卷起了一点儿，裤腿和袜子之间露出了一小截皮肤。就在那块皮肤上，我看到了一颗很大的、略带紫色的葡萄。我吃了一惊，俯身将它拿了起来。结果，可怕的事情发生了，这颗葡萄竟然在我的手指间爆裂了，顿时血浆四溅。我厌恶的叫声吸引两位教授走到我的身边。

“太有趣了，”夏莫里朝我的胫骨弯下腰来说，“一只巨大的吸血壁虱，我想，应该还没有归类吧。”

“我们的第一颗劳动果实，”查林杰用他那低沉的声音和学究式的语调说，“我们至少应该给它起名叫马龙尼硬蜱。我敢说，小朋友，被咬了一口带来的小小的不便远远不能跟将你的名字写入动物学的著作带来的荣耀相提并论。这只可爱的动物刚饱餐了一顿就被你捏碎了，真是可惜了。”

“肮脏的害虫！”我大喊一声。

查林杰教授扬了扬他那一对粗眉毛表示抗议，又用一只手拍了拍我的肩膀以示安慰。

“你应该培养一下你的科学意识和超然的科学态度，”他说，“在像我这样一个性格和善的人眼中，壁虱那柳叶刀一样的喙和它那膨胀的胃部是大自然的杰作，跟孔雀和极光一样，都是很美丽的事物。你以这种不欣赏的态度来评价它真是让我难受。只要我们给予应有的关注，我们肯定能捕获其他标本的。”

“那是肯定的，”夏莫里冷冷地说，“因为我刚看见一只钻到你衬衫领子里去了。”

查林杰一下子跳了起来，发出像公牛一样的吼声，然后疯了一样地撕扯着自己的外套和衬衫想把它赶出来。我和夏莫里一时顾不上帮他，禁不住放声大笑起来。最后，我们一起把查林杰的衣服扒了下来，露出了他粗壮的身体（腰围有五十四英寸）。他的身上长满了黑色的汗毛，对于那只壁虱来说就像一片茂密的丛林一样，还好，我们赶在他还没有被叮咬之前把它捉了出来。但是，周围的丛林里到处都是各种可怕的害虫，显然我们必须要更换一下营地了。

但是，我们要先向我们忠实的黑人朋友交代一番。此刻，他正站在对面的山峰上，将一堆可可粉和饼干给我们扔过来。我们让他留下够维持他生活两个月的物资，剩下的部分送给那些土著人，作为对他们提供的服务和将我的信带回亚马逊的酬劳。几个小时后，我们看到土著人每个人头顶一个包裹，排成一列纵队已经沿着我们来时的路走到了平原的远处。赞波住进我们留在山峰脚下的小帐篷里，成为我们与高地下的世界唯一的联系。

现在，我们该制定下一步的行动计划了。我们将宿营地点由虱虫遍地的灌木丛搬到了一片林中的小空地，四周都由茂密的树林围绕着。这片空地中间有一些平坦的石板，旁边还有清澈的泉水。我们就舒服地坐在这片干净的空地上，制定了对这片新奇的土地进行探索的初步计划。头顶茂密的枝叶间不时传来几声鸟叫——尤其是其中一种鸟叫我们以前都没听过，是一种类似咳嗽的“咳咳”的声音——但是除了这些声音就再也没有任何生命的迹象了。

我们首先要做的事情就是将我们手中的一些物资列一个清单，这样我们就知道我们赖以生存的都有哪些了。我们自己带上来了一些，赞波借助绳索帮我们运过来了一些，现在我们的储备还算充足。最重要的是，我们手中有四杆来复枪，一千三百发子弹，还有一支短枪，虽然只有一百五十只中号的弹药筒，但是暂时也可以帮助我们抵御可能会出现的危险。食品供应方面，维持几个星期不成问题。此外，我们手中还有充足的烟草，还有一些科学研究用的工具，包括一只大型望远镜和一只小型的双筒望远镜。我们把这些东西都集中到空地上，并且，为了预防意外情况发生，我们用斧头和刀砍下一些带刺的植物，用它们围成了一个直径大约十五码的圆圈。这里暂时会成为我们的大本营——我们把物资放到里面保存，如果有突发的危险状况，我们也可以在里面暂时躲避。我们还给它起了个名字——查林杰堡垒。

我们完成了这些准备活动后已经是正午时分了，但是这里的天气并不算是酷热难当。这边高地的主要特点是，温度比较适中，植被的覆盖也是不多不少。围绕这片空地的树林中，山毛榉、橡树、桦树都能见到。其中最高大的是一棵银杏树，它那粗壮的树枝和茂密的树叶刚好笼罩在我们所建造的堡垒上方。我们就在这棵银杏树的树荫中继续我们的讨论，从开始行动之初就担任了领队的洛德·约翰向我们说起了他的想法。

“只要没有任何人或动物看见我们的踪迹或听见我们的声音，我们就是安全的。”他说，“一旦它们知道我们在这儿的存在，我们的麻烦就来了。目前还没有迹象表明它们发现我们了。所以我们现在需要暂时潜伏一阵，悄悄地进行侦查。在与我们的‘邻居’建立友好的关系之前，我们必须要谨慎行事。”

“但我们必须要采取行动啊。”我壮着胆子说。

“当然，亲爱的小朋友！我们是要采取行动。但那也得是在理智的指导下。我们离开的距离一定不能太远，保证我们能够及时回到基地。最重要的是，除非事关生死，否则我们绝对不能开枪。”

“但是你昨天就开枪了。”夏莫里说。

“好吧，我实在克制不住了。但是，当时风很大，而且风是朝高地外刮的。所以枪声应该不会在高地上传播很远的。对了，我们应该怎么称呼这个地方呢？我想我们应该给它起个名字吧！”

大家提出了几个建议，都没有获得一致认同，最后大家还是听取了查林杰的意见。

“这地方只能用一个名字命名，”他说，“那就是发现它的先驱的名字。就叫梅普尔·怀特高地吧。”

于是，这片高地的名字确定了下来，同时也被标在由我负责绘制的那张图上。我相信，将来它也会出现在地图册上的。

平安地穿越梅普尔·怀特高地是我们目前面临的最急迫的任

务。我们亲眼所见的一些证据表明，这片土地上生存着某种不为人知的生物，而且，根据梅普尔·怀特的素描簿记录，这里很有可能还会出现更加危险、更加可怕的怪物。从竹林中那具骨架的状态看，死者应该是从上面掉下去的，那意味着这地方甚至有可能有人类居住，而且还是心狠手辣之辈。我们现在被困在这片高地上，根本没有逃离的可能，显然前面是危机四伏。对于洛德·约翰凭经验提出的一些预防措施，我们都认真地采取了。然而，我们都按捺不住内心想要前进、一探究竟的冲动了，我们肯定不能总是在这片神奇的土地的边缘逗留着。

于是，我们把所有物资放在刚刚建好的堡垒里，又用一些带刺的灌木枝挡住了入口。之后，我们沿着从营地边的泉眼里流出的一条小溪，缓慢而谨慎地向这个神秘的国度进发了。不管到达什么地方，我们都可以沿着小溪原路返回我们的营地。

我们一直走着，直到发现了一些痕迹。从这些迹象判断，前方等待我们的真的是一些不可思议的东西。这时候，我们的神奇之旅才算是刚刚开始。

我们进入了一片茂密的森林，里面的很多树木虽然我都不认识，但是我们这个团队中有一位植物学家——夏莫里教授。他告诉我们这些树木属于针叶树和苏铁科植物，在下面的世界早已经灭绝了。在这边森林中穿行了几百码后，我们发现小溪变宽了，形成了一片不小的沼泽。前面是一片浓密的芦苇丛，据夏莫里介绍，那应该属于木贼科，或叫马尾云，还有一些树蕨点缀其中。树蕨和芦苇都随着微风轻轻摇摆着。突然，走在最前面的洛德·约翰抬起一只手停了下来。

“看这个！”他说，“天啊！这一定是鸟祖宗的脚印吧！”

我们面前的软泥地上赫然印着一个巨大的三趾脚印。看样子，留下这只脚印的不明生物穿过了沼泽，进入了森林。我们都停下了脚步，仔细观察着那个丑陋畸形的印记。如果那真的是由一只鸟留下的——否则还有哪种动物的脚会是这样的呢？——那么，这只鸟的脚要比鸵鸟的大得多，相应的，这只鸟的身高也一定是鸵鸟的好几倍。洛德·约翰急切地朝四周望了望，并顺手往手中的猎枪里塞了两只子弹。

“我敢以一个好猎手的名义打赌，”他说，“这脚印是刚刚留下的。留下它的动物离开这里超不过十分钟。你们看，水还在不停地往那较深的印子里渗透！啊！你们看，这还有一只小的！”

很明显，是一大一小两只同种类的动物在并排奔跑。

“但是，你们看这个是什么？”夏莫里教授得意洋洋地说，同时，用手指着那些三趾脚印之间的散落分布着的一些五指印记，看起来有点像人类的手掌印。

“威尔德！”查林杰欣喜若狂地大喊。“我在威尔德粘土地上看见过这种脚印。留下这种脚印的是一种直立行走的动物，它们脚上长有三个脚趾，行走过程中前爪会时不时地在地上落一下，而它们的前爪上正是长着五根指头。不是鸟，亲爱的洛克斯顿——绝对不是鸟。”

“那是怪兽吗？”

“不是，是一种爬行动物——恐龙。别的动物不可能留下这样的印记。它们在九十多年前曾让一位杰出的博士困惑不已，但是，我们所生活的这个世界上，谁能产生过这样的希望，希望看到这样的一幕呢？”

他的声音越来越小，慢慢变成了自言自语，而我们则都已经惊呆了，站在那里一动不动。追踪着这些印记，我们离开了沼泽，进入了一片树木和灌木混生的林子。在林中一片宽阔的空地上，我们看见了五只有生以来见过的最奇怪的动物。我们一边在灌木的掩护下蹲伏着前进，一边仔细地观察着这些动物。

正如我刚才所说，这里有五只动物，两只成年的，三只幼年的。它们身材高大，就连幼年的那几只块头也有大象那么大。那两只成年的就更不用说了，比我见过的所有动物都大得多。它们皮肤的颜色跟石板差不多，像蜥蜴一样，皮肤上布满了鳞片，在阳光的照射下泛着微光。五只动物都是蹲坐在地上，以粗壮有力的尾巴和长着三根脚趾的巨大后腿作为支撑平衡着身体，长着五根指头的前爪则将头顶的树枝拉扯下来，将树叶送到自己口中。怎样将它们的形象生动地描述给你们呢？我觉得它们就像几只巨大的袋鼠，身高大约二十英尺，皮肤则跟黑色的鳄鱼差不多。

我们一动不动地盯着这让人不可思议的场景，都忘了时间。风向是朝向我们这边的，并且风力很大，因此我们隐藏得很好，并没有暴露。三只小恐龙不时地围着他们的父母蹦跳嬉戏，动作非常笨拙，它们那巨大的身体跳到空中，又落到地上，就会发出一声闷响。而那两只成年的恐龙则好像是力大无穷。其中的一只想吃一棵很高的树上长着的叶子，结果却够不着，只见它用两条前腿抱住树干直接把大树拔了下来，好像那只是一棵小树苗似的。我觉得，从它的行为可以看出，它不仅发育得肌肉发达，并且头脑也不那么简单了。当大树巨大的重量向它的头顶压过来时，它连续地发出了几声尖锐的叫声，好像是在表示，虽然自己体型巨大，但是它也知道自己能够承受的力量是有限的。显然，刚才的情况让它感觉周围可能会有危险，因此他摇摇晃晃地、慢吞吞地穿过了树林，它的配偶和三只巨大的恐龙宝宝也紧随其后离开了。

它们灰色的身体在树干间穿梭着，随着露出树干的头起起伏伏，它们慢慢从我们的视线里消失了。

我看了看我的同伴们。洛德 · 约翰目光凝视着前方，一根手指搭在他手中那支猎枪的扳机上，狂热的目光透露出的是他作为一名猎手的热切。如果能将这么一颗头挂到他在奥尔巴尼的住处壁炉台上方的那两只桨之间，估计让他用什么交换他都愿意吧！然而，理智还是使他控制住了自己，因为我们只有隐藏好自己不让这里的动物发现，才有可能完成对这片神奇土地的探索。两位教授已经看得入了迷。他们无意识地抓住彼此的手，站在一起的样子好像两个小孩看一件稀奇的事一样。查林杰的脸笑得像一朵鲜花一样，而夏莫里脸上讽刺尖刻的表情也渐渐褪去，被惊奇和敬畏的表情取代了。“永别了！”最后，他终于大声说了一句，“远在英国的人们会怎么看待这里的一切呢？”

“亲爱的夏莫里，让我来告诉你吧，对于他们怎么说我非常肯定，”查林杰说，“他们会说你是个可恨的撒谎精，科学骗子，跟你和别人对我的评价一模一样。”

“如果有照片为证呢？”

“造假，夏莫里！拙劣的造假！”

“如果带标本回去呢？”

“啊，那我们就说服他们了！马龙和他那些下流的英国新闻界的同事们没准都已经开始尖声为我们宣传了吧。八月二十八日——这一天我们在梅普尔·怀特高地上亲眼看到了五只禽龙。你就在日记里这么写，小朋友，然后赶紧把它送到你上司手里去。”

“那就等着挨你上司踢吧，”洛德·约翰说，“伦敦的人们看待事情的方式不太一样，我年轻的朋友。很多人永远都不会公布自己的探险经历，因为知道别人不可能相信他。但是谁又会跟他们计较呢？在未来的一两个月中，我们都会沉浸在这个美梦中。您刚才说这些是什么动物？”

“禽龙，”夏莫里说，“在黑斯廷斯、肯特、苏塞克斯这些地方，这样的足迹遍地都是。英格兰南部曾经植被丰茂，是这些动物的乐园。后来环境发生了变化，这些动物就灭亡了。而在这里，自然环境得以保存，于是它们也存留了下来。”

“如果我们能活着离开这里，我一定要弄颗头带回去。”洛德·约翰说，“天啊！如果索马里兰的乌干达人看见这东西，他们的脸估计都会变成绿色吧！我不知道你们的感受，但是我总觉得我们现在是如履薄冰啊。”

我也感觉我们身边情况不明、危机四伏。四周的树林里光线阴暗，威胁似乎无处不在，而每次我们抬头望着头顶影影绰绰的树枝，一种恐惧的感觉都会悄然占据我们的心。的确，我们看见的这几只动物虽然体型笨重，但是并不凶残，看样子不会伤人，但是在这片神奇的土地上，还会生存着什么其他动物呢？会不会有什么凶残的动物从它们位于石块中间或是灌木丛中的巢穴里突然向我们扑来呢？我对史前生命几乎没有什么了解，但是我清楚地记得一本书中说过，如果把这些动物跟狮子老虎放在一起，就像把猫跟老鼠放到一起一样。如果在梅普尔·怀特高地上也有这样的动物生存怎么办呢！

也许上天已经注定了，在今天上午——我们来到这片神奇的国度的第一个上午——我们就要见识身边所潜伏的危险了。这真是一次令人憎恨的探险，我一想起来就会心生厌恶。如果正如洛德·约翰说的，这片林中空地上出现的禽龙对我们来说是一场美梦的话，那么沼泽中出现的翼龙就真算得上是我们永远的噩梦了。让我为您细细讲述接下来发生的事情吧。

我们在树林中以非常缓慢的速度穿行，一部分原因是洛德·约翰要先进行侦察，确认安全才允许我们前进，另一部分原因是几乎每走一步，两位教授都会因为呈现在他们眼前的新品种的花草或昆虫而惊叫赞叹不已。我们一直沿着小溪右侧的岸边前进，大概走了两三英里的距离之后，前面出现了一片面积不小的开阔地。穿过一片灌木丛后是一堆乱石——整个高地上石块遍布。我们正在及腰深的灌木丛中慢慢地朝乱石堆走去，突然，一种奇怪的声音传来，像是有人在急促地低语，又像是口哨的声音，声音似乎是从我们前面不远的地方传来，四周立刻变得十分嘈杂。洛德·约翰抬起一只手，示意我们停下，而他自己则弯腰俯身快速地向乱石堆旁跑去。只见他在石头的掩护下偷看了一下，做出了一个吃惊的姿势。然后，他站直了身体凝视着前方，注意力完全被他所看见的东西吸引了，好像已经把我们忘记了。终于，他挥手让我们过去，并且给我们做了一个要小心的手势。从他所有的行为判断，即将呈现在我们面前的应该是一些非常神奇但又十分危险的东西。

我们爬行到他的身边，向石堆后面望去。原来那里是一个坑，可能从前这里是高地上一个较小的火山喷发口。坑内部是一个碗的形状，从我们所在的地方往里几百码的地方，是一潭浮着一层绿色泡沫的死水，水潭周围长满了芦苇。这地方本身就很奇怪了，而里面的居民更是让它看起来像是但丁的《地狱篇·七界》里的一幕。这是翼龙的一个栖息地。我们目光所及之处，聚集着几百只翼龙。幼龙都聚集在水边玩耍，而一些丑陋的母龙则正在孵化一些颜色微黄、外壳类似皮革的恐龙蛋。这一大群丑陋的爬行动物的活动发出了震撼的喧闹声，空气中弥漫的一股恐怖的霉臭味令人作呕。再上面一点的区域，每一只雄龙都栖息在一块石头上，它们身材高大、肤色灰黑、身体皱皱巴巴，看起来不像是有生命的动物，倒更像是已经死去的动物标本，显得有点恐怖。雄龙平时蹲坐着一动不动，只有红色的眼珠时不时地转动一下，还有偶尔一只蜻蜓飞过它们身边的时候，它们那老鼠夹一样的嘴会迅速张开咬住蜻蜓。它们蹲坐的时候将上臂折叠，巨大的膜状翅膀收起，凶恶的头高高抬起，那姿势像是一位披着一件丑陋的灰白色披肩、身材巨大的老妇人。我们面前这个深坑里的翼龙大大小小加起来应该有不少于一千只。

本来，两位教授对这次研究史前生命的机会都很珍惜，让他们一整天都待在那里他们都很愿意。他们指出，水塘中的鱼和石块间的死鸟给这些翼龙提供了食物，而且我还听到他们互相恭贺，说是终于弄清楚了为什么在某些已知区域——比如剑桥绿沙地——会发现大量的这种会飞的恐龙的骨骼了，因为现在我们亲眼看见了，它们像企鹅一样，是喜欢群居的动物。

然而最后，本来弓身待着的查林杰由于想证明被夏莫里反对的某个观点，将头伸出了石块的掩护之外，结果差点给我们带来灭顶之灾。突然，离我们最近的一只雄龙发出一声像哨子一样尖利的叫声，同时拍打着它长达二十五英尺的坚韧的翅膀，直冲云霄。母龙和幼龙都聚集到了水边，而最上面一圈正在警戒的雄龙一只接一只地都飞到了空中。看到至少一百只体型如此巨大、外表如此丑陋的动物在我们头顶拍打着巨大的翅膀真是一种奇妙的景观，但是，很快，我们就发现我们根本没有资本在这里逗留下去了。起初，那些巨大的猛兽在空中以大圆圈的轨迹飞行，似乎在侦察危险程度到底如何。之后，它们的飞行高度逐渐减低，飞行轨迹的直径也越来越小，最后，终于将焦点聚集在我们身上，围着我们“嗖嗖”地一圈圈飞着，它们灰白色的巨大翅膀拍打时发出的干巴巴的“沙沙”声充斥了我们的耳膜，让我想起了有比赛时亨顿飞机场上的声音。

“朝树林跑，别散开，”洛德·约翰举着枪大喊，“这些猛兽不怀好意。”

就在我们准备撤退的时候，翼龙的包围圈缩小了，离我们最近的那几只的翅膀几乎都要碰到我们的脸了。我们用枪杆还击，但是那翅膀没有任何部位是坚固，可以打得上力的。突然，在这一片“嗖嗖”声中，一根灰白色的长脖子伸了出来，脖子顶端那尖利的喙朝我们猛啄过来。紧接着，其他翼龙也都一只一只的接连效仿。夏莫里惨叫了一声，赶忙用手捂住了脸，瞬间，他脸上的血像泉水一般喷了出来。我感觉自己的后颈被狠狠地戳了一下，立刻头昏眼花起来。查林杰倒下去了，正当我弯腰想把他扶起来时，我后背又遭到了袭击，于是我也倒下了，正好砸在他的身上。就在这时，洛德·约翰手里的猎枪发出了一声清脆的枪响。我们抬头一看，一只翼龙断掉了一只翅膀，正在地上挣扎，它的嘴巴大大地张开，朝我们瞪着血红的眼睛，发出"咯咯咕咕"的声音，那样子很像中世纪图画中的恶魔形象。它的同类一听到这种声音就立刻飞到高一点的空中，继续在我们头顶盘旋。

"现在，"洛德·约翰大喊，"赶快逃命！"

我们步履蹒跚地穿过了灌木丛，等我们到了树林边上，这些怪物又追了上来。夏莫里被扑倒了，我们赶紧把他拉起来，跑进了树林。这下我们才算是安全了，因为在茂密的树枝下面那些巨大的翅膀根本没有施展的空间。我们狼狈不堪、情绪低落，慢吞吞地向大本营方向走去。走了很长时间之后，我们依然能够看见在深蓝色的天空上，那些翼龙以很高的高度在我们头顶盘旋，因为太高，它们看起来只有鸽子般大小，可以明显地看出，它们的眼睛一直在密切关注着我们的动向。当我们进入了更加茂密的树林后，它们才终于放弃了追逐，从我们的视线里消失了。

我们在小溪旁边坐下来稍事休息。"这次经历既有教育意义又非常有趣，"查林杰一边清洗青肿的膝盖一边说，"对于这些翼龙被激怒时的习惯，夏莫里，我们现在再了解不过了。"

夏莫里正在擦拭从前额的一个伤口里流出的鲜血，而我也正在包扎我颈部肌肉的一个严重的伤口。洛德·约翰上衣的肩部被扯掉了一块，幸好皮肤只是被翼龙的牙齿轻微地擦伤了。

"值得注意的是，"查林杰继续说，"我们的小朋友受的肯定是刺伤，洛德·约翰的上衣肯定是被咬坏的。而我自己所受的是它们翅膀的攻击。所以从我们几个人的情况可以总结出它们各种的进攻方式。”

“当时正是生死关头，”洛德·约翰神情严肃地说，“而且我也想不出来还有比死在那种肮脏的怪兽魔爪之下更恶心的死法了。对于我忍不住开了枪，我很抱歉，但是，天啊，当时真没有选择的余地了。”

“要是你没开枪我们根本活不到现在。”我劝说着。

“开枪也许没有什么有害的影响吧，”他说，“在这样的树林中，经常会有树枝断掉或是树木倒下的情况，那些声音跟枪响也差不多。但现在，如果大家同意的话，我想今天我们经历的刺激已经不少了，我们最好还是回到营地，拿出医疗箱治疗一下吧。谁知道这些怪兽丑陋的嘴巴里会不会有什么毒液呢？”

可以肯定，有史以来没有任何一个人曾经经历过我们今天所经历的一切，因此我们每个人的心中都被一种新奇和惊叹的情绪充斥着。终于，我们沿着小溪边回到了我们营地所在的那片林中空地，看到了我们用带刺的树枝建造的堡垒，当时，我们的想法是：这段历险终于告一段落了。然而，我们还没来得及休息一下，就发现其实我们需要担心的还有很多。查林杰堡垒的大门没有打开，墙壁也完好无损，然而，显然在我们离开的时候有某种强大而奇怪的动物来过了。它没有留下任何印记，因此也无法判断是什么动物。只有从一棵高大的银杏树断掉的树枝上可以判断出它来去的方向，但是从我们物资的状态可以发现充足的证据表明它来访的目的并不友好。东西撒得到处都是，一个肉罐头的盒子被摔得粉碎，显然是为了将里面装的东西弄出来才弄成这样的。一个弹夹被摔散了，像火柴一样散落了一地。其中一只黄铜的子弹壳也在旁边摔成了碎片。一种模糊的恐惧感又一次侵袭着我们的灵魂，我们都用害怕的眼神向四周黑乎乎的树影里扫视着，感觉里面潜伏着一些可怕的东西。当我们回到高地的边缘，听到赞波关切的问候声，看到他在对面山峰上坐着对我们露出灿烂的笑容，心情真是无比的舒畅。

“一切都好，查林杰先生，一切都好！”他对着我们大喊，“有我在这儿，不用怕，我随时都在这儿供您差遣。”

面前宽广无垠的景色一直绵延到富饶的亚马逊流域，看到这样的景色，看到赞波忠诚的黑色脸庞，我们才恍惚记起，我们是生活在这二十世纪的地球上，而不是被什么魔力带到了远古处于荒蛮状态的地球。视线尽头被那一团紫色雾气笼罩着的正是那条宽阔的大河，河面上的大型汽船来来往往，人们悠闲地谈论着生活中的琐事，而我们则被放逐到这远古时代的动物聚居的地方，对远方的人类世界凝视着向往着。

作为这封信的结尾，我还要记录下这精彩的一天中的另一件事。由于受了伤，两位教授的脾气变得更加恶劣了，此刻，他们正在关于攻击我们的动物究竟是属于翼龙还是双型齿翼龙争论不休，两人的声音一个高过一个。为了躲清静，我独自到离他们稍远一些的地方，坐在一棵倒掉的树干上吸烟。洛德 · 约翰缓缓地朝我这边走过来。

“我说，马龙，”他说，“你还记得那些怪兽生活的地方吗？”

“记得清清楚楚。”

“是个火山口，对吗？”

“没错。”我说。

“你注意到那里地面上的情况了吗？”

“都是石头。”

“但是水边呢——芦苇生长的地方。”

“是一种浅蓝色的土壤。看样子有点像黏土。”

“没错。一个布满蓝色黏土的火山口。”

“怎么了？”我问。

“噢，没什么，没什么！”说完他又朝着还在继续争吵的两位科学家那边慢慢走去了。夏莫里尖利刺耳的嗓音和查林杰低沉的嗓音一直此起彼伏。本来，我已经忘记了洛德·约翰的话，结果当晚晚些时候他又在自言自语地小声嘟囔：“蓝色黏土——火山口的蓝色黏土！”之后，我再也支撑不住，疲惫不堪地睡着了。

第十一章　我也成了英雄

洛德·约翰·洛克斯顿之前担心攻击我们的可怕动物在我们身上制造的咬伤可能有毒，事实证明他的猜测是正确的。我们在高地上第一次历险之后的第二天一早，我和夏莫里的伤口都剧烈地疼痛起来，而且还发起了高烧，查林杰的膝盖也瘀青得厉害，根本走不了路。因此，我们这一整天都待在营地没有离开。洛德·约翰一直忙着将我们唯一的防御——带刺的篱笆墙——加宽加高。我们也都竭尽所能提供了些力所能及的帮助。我还记得，整整一天，我的内心都被一种恐惧盘踞着，我总觉得我们被人密切地观察着，但是敌人是谁，它隐藏在哪里，又全然无从猜测。

我把这种挥之不去的困扰向查林杰教授说了，而他认为我这是因为发烧产生的幻觉。我一次又一次地快速扫视着四周，认为我一定能看见什么，结果除了我们的篱笆纠结的黑影和笼罩在我们头顶上拱顶一般的树枝树冠什么都没有。然而，我心中的这种感觉越来越强烈，总觉得有东西在很近的地方不怀好意地盯着我们。我想起了土著人对库鲁普利的迷信——那种可怕的、鬼鬼祟祟的树木之灵——我还想象着，这些恐怖的神灵会将任何擅闯他偏僻而神圣的静居之地的人折磨致死。

当天夜里（我们在梅普尔·怀特高地度过的第三个夜晚），我们经历了极其恐怖的事情，事后我们都庆幸洛德·约翰花了那么大力气来加固我们的营地。当时，我们都围着即将熄灭的火堆睡着了。突然，一连串尖利的喊叫声传来，我们都醒来了——

或者应该说我们都被惊醒了。这喧闹嘈杂的声音就来自距离我们营地几百码范围以内的某个地点，我都不知道怎么形容当时的情形。那种声音像火车引擎一样震耳欲聋，但是又不完全一样。引擎的声音是清晰的、机械的、尖锐的，而这种声音响亮而有穿透力，能让人的心里产生剧烈的恐惧和痛苦的感觉。我们用手捂住耳朵，想抵御这令人神经颤抖的声音。瞬间，我出了一身冷汗，心脏也感觉极其不舒服。所有生活中的苦痛折磨，所有来自上天的控诉，无尽的忧伤，似乎都集中和凝结到了那可怕痛苦的喊叫声中。伴随着这响亮尖利的声音，还有一种低沉的、断断续续的笑声。一种是咆哮般的嘶哑的“咯咯”笑声，一种是尖利的大叫声，两种声音混杂在一起显得荒诞异常。这种令人心惊胆战的二重唱持续了大概三四分钟，林中受惊的鸟纷纷起飞，惊扰得枝叶沙沙作响。然后，又是在一瞬间，这种声音就彻底消失了，就像它出现的时候一样突然。我们在令人毛骨悚然的寂静中呆呆地坐了很长时间。终于，洛德·约翰回过神来，将一捆树枝扔到火堆上，红红的火焰照亮了我和同伴们专注的脸庞，也照亮了我们头顶上粗大的树枝。

“那是什么？”我小声说。

“明早就知道了，”洛德·约翰说，“它离我们很近——就在这片林中空地上。”

“我们能够碰巧听到一场史前的惨剧真是荣幸，这是在某个侏罗纪泻湖边上的芦苇丛中上演的一场戏剧，一只凶猛的恐龙在烂泥潭里将一只不太凶猛的恐龙制服了。”查林杰的语气中出现了前所未有的严肃，“人类在进化史上出现较晚，这绝对是件幸运的事。凭人类的勇气和力量根本无法与早些时候存在的一些生物抗衡。凭古代人的投石、投棒或是弓箭又怎么能抵抗今晚出现的这些动物呢？即使是用现代的来复枪，也不一定有百分之百的胜算。”

“我想我要支持我的小伙伴，”洛德·约翰抚摸着他的枪说，“当然，这野兽的实力也不容小觑。”

夏莫里抬起了一只手。

“别说话！”他大喊，“有动静。”

一种低沉的、规律性的“啪啪”声打破了这一片死寂。是某种动物走路的声音——是柔软而沉重的脚掌谨慎地踏在地上发出的有节奏的声音。它在我们营地的四周慢慢转了一圈，然后在我们的门口停了下来。一种“丝丝”声起起伏伏——是那动物的呼吸声。我们与这可怕的动物之间只隔着一道简陋的篱笆。我们都赶紧抓起了来复枪，洛德·约翰把一根小木条从篱笆上抽了出来，弄成了一个射击口。

“天啊！”他小声说，“我看见它了！”

我弯下腰从他的肩膀上方向缝隙里望去。没错，我也看见了。在黑黑的树影中间，还有一个颜色更深的阴影，颜色漆黑、模模糊糊——正蹲在那里，对我们虎视眈眈。它身高跟马差不多，从身体的大致轮廓可以看出，它应该是非常强壮有力。它口中“丝丝”的喘息声像发动机高速运转时发出的声音一样，响亮而富有节奏感。当它移动的时候，我觉得我好像看到了两道恐怖的绿色目光。同时，还有一种令人心神不宁的“沙沙”声，好像是它正在慢慢地向前爬动。

“我觉得它马上就要跳起来了！”我一边扳上扳机一边说。

“别开枪！别开枪！”洛德·约翰小声说，“在这样一个安静的夜晚，枪声能传出几英里远。不到万不得已千万别开枪。”

“如果让它越过篱笆我们就完了。”夏莫里说。他一说话嗓音立刻爆发成了一阵紧张的笑声。

“不，不能让他越过篱笆，”洛德·约翰厉声说，“但是不到最后一刻不要开枪。没准我能有办法对付这个家伙。无论怎样我也要试试。”

这是我所见过的人类最勇敢的行为了。他俯身从火堆里捡起一根正在燃烧的树枝，通过他在我们的大门上弄出的一个暗门钻了出去。伴随着一声吓人的吼声，那只动物朝前走过来。洛德·约翰没有丝毫犹豫，迈着轻快的步子向它跑过去，将正在燃烧的木棒朝那畜生的脸掷去。就在那一刻，我看到了一只恐怖的脸，就像一只巨大的蟾蜍，皮肤上疙里疙瘩，一张张开的大嘴里满是鲜血。随后，树丛中发出了树枝断裂的声音，我们可怕的来访者仓皇离开了。

“我就知道它怕火。”洛德·约翰回到我们身边一边笑一边说着，同时把手中的树枝扔到柴堆里去。

“你真不该这么冒险！”我们都大喊了出来。

“除此之外没有什么别的办法了。如果让他闯进人群里来，我们试图打倒它的过程中肯定会误伤彼此的。再说了，即使我们从篱笆这边开枪把它打伤了，它也会很快冲过来，我们根本就逃生无望。总而言之，我们应该庆幸摆脱了它。话又说回来了，那究竟是个什么东西？”

我们那两位学富五车的教授犹犹豫豫地看了看彼此。

“说实话，我也不能肯定那是什么动物，”夏莫里一边说，一边拿着烟斗就着火堆点着。

“为了不犯错显示出一种对科学的保留态度，”查林杰以一种相当傲慢的态度说，“既然你是这样，我也只想笼统地说我们今晚遇到的肯定是某种食肉恐龙。我之前就提到过，我早就预见到这种动物在高地上是一定存在的。”

“我们必须要注意，”夏莫里说，“有很多史前生物是我们从来没有见过的。随意地给我们有可能见到的动物起名字是非常轻率的看法。”

“没错。我们只能尝试将它们进行笼统的归类。明天我们可能会发现更多的证据，或许可以帮助我们做进一步的识别鉴定。现在，我们只能继续休息了。”

“但是必须要有人站岗，”洛德 · 约翰坚决地说，“在这个地方我们可不能再冒险了。接下来的时间，每个人两小时，轮流放哨。”

“反正我要抽完这斗烟，我就站第一班吧。”夏莫里说。从那一刻起，我们保证时刻都有人站岗放哨。

天亮之后不久，我们就发现了夜里将我们惊醒的可怕叫声来自哪里了。前一天禽龙出现的那片林中空地成了可怕的屠杀现场。从地上一摊摊的血迹和草地上四处散落的大肉块来看，我们起初想象着是有大群的动物惨遭屠杀了。然而通过仔细查看遗骨，我们发现受害者只是一只体型笨重的怪物，尸体已经被撕得粉碎。凶手的身体应该不会比死去的这只更高大，但是肯定比它要凶猛很多。

两位教授一块一块地仔细查看着尸体碎块，在上面找到了锋利的牙齿和巨大的爪子留下的印记。两个人依然在争论不休。

“我们暂时还不能下定论，”查林杰将一大块白色的肉块放在自己膝盖上说，“所有迹象都表明应该是一只剑齿虎，这种动物在我们的石砾岩洞窟中还有发现，但是我们实际看见的动物毫无疑问体型要更大，并且更具有爬行动物特征。我个人认为应该是异龙。”

“或是斑龙。”夏莫里说。

“没错。任何一种比较大型的食肉动物都有可能。它们中有些是最为可怕的动物种类，曾经成为地球的祸害，却又是博物馆的福音。”他因为自己的奇思妙想洪亮地笑了几声。因为，尽管他没有什么幽默感，但是即使他只是讲了个不怎么可笑的笑话，他也要用大笑的方式表示对自己幽默的欣赏。

“最好还是小声点，”洛德·约翰简短地说，“我们不知道附近会有什么。如果那个家伙回来吃早餐在这看到我们，那我们可就笑不出来了。对了，禽龙尸体上的这个印记是什么？”

在那长满鳞片的灰白色皮肤上，肩膀上的位置，有一个黑色的环形物体，看样子有点像用沥青画成的印记。我们都看不出那是什么东西，但是夏莫里提出他在我们两天前看到的那几只幼龙身上也看到了类似的印记。查林杰什么都没说，但是表现出一副高傲自大的样子，好像在说：“只要我愿意做就没有什么做不到的。”于是，洛德·约翰直接征求他的意见了。

“如果有幸获得阁下许可开口说话，我将很愿意说说我的看法。”他用讽刺的语气说，“我还不习惯在你的领导下完成任务。我也没有培养起在为一个无害的玩笑话笑笑之前还要先征得你的允许的意识。”

直到对方道了歉，我们这位敏感的朋友受伤的心灵才受到了些许的抚慰。他激动的情绪终于平静了下来，他坐在一棵倒下的大树上，以他一贯的讲话风格向我们详尽地讲起了自己的看法，那样子好像在面对上千人的课堂讲授什么重要知识似的。

“关于那个印记，”他说，“我倾向于同意我的朋友和同事——夏莫里教授。我也认为那是用沥青印上去的。由于这片高地是一片天然的、高级的火山，沥青又是一种与火成岩的作用力密切相关的物质，我可以肯定地说，它一定是以液体的形态存在的，这些动物一定是通过某种方式接触到了这种液态的沥青。一个更重要的难题是关于在林中空地上留下痕迹的肉食恐龙怎么会在这里存在的问题。我们大概都了解，这片高地的面积跟英国一个普通的郡差不多。在这样一个相对较小的空间里，某些在下面的世界早已灭绝的生物种类共同生活了很多年。现在，有一点是非常清楚的，在如此长的一段时间里，繁殖情况不明的食肉动物或者吃完了能够作为它们食物的动物，或者被迫改变了它们食肉的习性，或者已经由于食物贫乏而饿死了，然而我们所看到的情况并非如此。因此，我们只能这样设想，通过限制这些凶猛动物的数量，自然的平衡得以保持。所以，在一连串有趣的问题当中，急需我们解决的一个就是，找出限制这些动物数量的方法，弄清楚这种方法是怎么操作的。我大胆猜想，我们将来会有机会近距离研究这些食肉恐龙的。"

"但是我大胆猜想，我们不会。"我说。

教授只是扬了扬他的浓眉，那表情跟一位老师听到一个调皮学生上课的时候插了一句与主题不相关的话的时候一样。

"可能夏莫里教授也有些意见要发表吧，"他说。然后两位专家就一起沉浸在了一种高深的科学氛围中，最后两人猜想，一种可能性是为了应对食物短缺的情况，这些肉食动物的繁殖率发生了变化。

那天上午，我们又对这片高地的一小部分进行了探索。我们有意避开了翼龙栖息的那片沼泽，这次，我们不再沿着小溪向西，而改为向东。这个方向的高地上树木依然茂密，而且还生有很多的矮树丛，这使我们行进的速度非常缓慢。

梅普尔·怀特高地给我留下的恐怖印象至今在我脑子里都挥之不去，但是高地这边却是另一片天地。整个一上午我们都在烂漫的花丛中穿行。据我观察，这些花的颜色大部分是白色或黄色，据两位教授介绍，这些都属于原始的花草种类。大片的地面都被这种花草完全覆盖了。走在这齐膝深的，柔软美妙的地毯上时，我们几乎要醉在这浓郁的花香中了，在英国常见的蜜蜂也始终围绕在我们身边"嗡嗡"作响。我们在树下通过时，发现很多树上结着的果实把树枝都压弯了，这些果实有些我看着很熟悉，有些却从没见过。我们选了一些被鸟啄食过证明无毒的果实采摘，这下我们的饮食种类丰富了不少。在我们穿越的丛林中，地面由于野兽踩踏而变得坚硬，形成了很多小路，而在更加湿软的区域，我们更是看到了各种奇怪的足迹，其中有不少是禽龙留下的。在一片树林中，我们发现了几只大型的恐龙正在进食树叶，洛德·约翰通过他的望远镜观察了一下，发现这些恐龙身上同样留下了沥青的印记，只是和我们上午看到的那个不在一个部位。我们不明白这个现象说明什么。

我们还看到了一些小型动物，比如豪猪、穿山甲、野猪还有长着弯曲的长牙的花斑马。还有一次，我们在树林里休息的时候，看到一只很大的褐色动物从远处一座绿色的山坡上跑了过去，速度很快，我们都没来得及判断那是只什么动物。洛德·约翰说那是一头鹿，如果他说的是正确的，那么这只鹿的大小得跟从我家乡的沼泽地中时不时挖出的爱尔兰麋鹿的大小差不多。

自从我们的营地被不明动物侵扰过之后，我们回来的时候心里总有点忐忑不安。然而这次却是一切如常，没有发现任何异常。

当晚，我们就我们目前的状况和未来的计划进行了热烈的讨论。我必须要详细地给大家交代一下这次讨论的内容，因为这次讨论是我们通过接下来几周的探索对梅普尔·怀特高地获得了一个全面认识的新起点。辩论是由夏莫里首先挑起的。这一整天他都是牢骚满腹的。此刻，洛德·约翰关于明天的行动计划说了几句，结果他内心的苦闷一下子爆发了。

“我们今天要做的，明天要做的，每天要做的，”他说，“就是找到出路摆脱我们所陷入的困境。你们都绞尽脑汁要进入这片土地。要我说，我们应该计划一下怎么走出去了。”

“我真没想到，先生，”查林杰抚着满脸浓密的胡须，亮开了大嗓门，“竟然会有人持有这么可耻的观点。你现在所在的这片土地是开天辟地以来，对一名有抱负的博物学家最有诱惑力的土地了，而你现在竟然在我们未曾收获哪怕对它以及这上面的生物最肤浅的了解之前就提出离开。我觉得你应该有更高一些的追求，夏莫里教授。”

“你要记住，”夏莫里酸酸地说，“我将一大班的学生撇在伦敦，现在只能由不称职的代课老师来管。这一点跟你的情况可不大一样，查林杰教授，因为据我所知，你从来没有受到委任从事过任何教学工作。”

“的确如此，”查林杰说，“我觉得让一个有能力从事最高水平原创研究的人转而追求更低级的目标，这本身就是一种亵渎。这就是我坚决不接受任何教育方面任命的原因。”

“举个例子听听！”夏莫里带着讥笑的表情说。

而洛德·约翰则赶紧换了个话题。“我必须要说，”他说，“如果仅仅带着目前我们对这个地方的了解就回到伦敦，那可真是太遗憾了。”

“就这么回去的话，我也没有勇气去见我们报社的老麦卡德尔。”我说，（您一定会原谅我在记录中如此直率的，对吧，先生？）“如果我将这份报告半途而废的话，他一定不会原谅我的。而且，我觉得这个话题也没有讨论的必要，因为即使我们想要下去，也没有办法下去。”

“通过一些最原始的常识，我们的小朋友弥补了很多非常明显的智力空白，”查林杰说，“他糟糕的职业的相关利益对我们来说当然是无关紧要的，但正如他所说，我们根本没有下去的可能，因此再去讨论也是白费力气。”

“那再做什么别的努力也是白费力气，”夏莫里叼着烟斗瓮声瓮气地说，“我来提醒你们一下，我们是带着伦敦动物学研究会会议委任给我们的明确任务来到这里的。这个任务就是验证查林杰教授的论述是否真实。现在，我必须要承认，他的这些论述可以得到认可。因此，我们的初步任务已经完成了。至于进一步的具体任务，难度和规模都很大，我们需要一次更大规模的考察，使用更专业的设备才能应对。我们难道非要尝试独立完成吗？这么做的必然结果就是我们连现在已有的成果都无法带回，又何谈对科学有什么贡献呢？当初我们不也觉得绝无可能上来的吗？查林杰教授最后想出了解决方法。我想现在，我们也应该请他调动同样的智慧，将我们送回我们的世界。”

我承认，当夏莫里将自己的意见说明之后，我也觉得那是完全合理的。就连查林杰也深有感触，如果能证明他的论断正确的证据无法传回的话，那些怀疑他的论断的敌人将永远没有机会被驳倒了。

“怎样下去的难题乍看之下是不能解决的，”他说，“但是我坚信智慧可以解决一切问题。我接受我同事的意见，目前看来在梅普尔·怀特高地长期逗留下去的确是不可取的，我们马上就要面对怎样返回的问题。然而，我们至少应该对这片土地做最基本的研究，带回一些能够对自然图鉴有贡献的资料，在此之前，我坚决不会离开。”

夏莫里不耐烦地哼了一声。

“我们已经花了整整两天的时间进行考察了，”他说，“而我们对于这个地方地理条件的了解比刚到的时候并没有任何增加。只有一点是清楚的，这里植被非常茂盛，要想走遍这片高地，了解各部分之间的关系，恐怕要花上几个月的时间。如果这里的中央是一个顶峰，情况可能还会有所不同，但是至今为止我们看到的都是向下的斜坡。我们越是向前走，俯瞰整个高地的可能性也就越小。”

听到这里我突然灵光一闪。我的目光刚好落在了一棵高大的银杏树扭曲多瘤的粗大树干上，这棵树的枝叶像一把大伞一样罩在我们的头顶。如果它的树冠比其他树木都大，那么，它的高度肯定也超过了其他树木。如果高地的边缘真的是它地势的最高点的话，那么这棵生长在边缘上的大树为什么不能被我们当作俯瞰整片高地的一座瞭望塔呢？小时候在爱尔兰，我就练就了一身爬树的本领。在地面上，我的同伴们都比我优秀，但是在树上，他们肯定都比不上我。只要我能爬上这棵大树最低的枝杈，不出意外的话也肯定能爬上它最高的枝杈。我的同伴们都很欣赏我的想法。

“比起某些爱发号施令、外表可靠的人来，”查林杰鼓着他那红苹果一样的双颊说，“我们的小朋友更能解决一些实际的问题。我要为这个提议鼓掌。”

“天啊，小伙子，你这就开始行动了！”洛德·约翰拍了拍我的后背说，“我们怎么没有想到呢！还有不到一个小时天就要黑了，如果你能把笔记本带上去的话，你就可以把这里的情况画一个大致的草图了。我们可以把这三个弹药箱放在树下，我可以站在箱子上托你一把。”

我面对着树干，他正站在箱子上将我轻轻地向上托起，突然查林杰向上一跳，猛地将我向上一推，我像一颗子弹一样向树冠冲了过去。我用两只胳膊紧紧地抱住树枝，双腿拼命地用力猛蹬，终于，先是我的身体，然后是我的双膝，都移到了树枝上。我头顶上方有三根结实的树枝，形成一架巨大的梯子，中间还夹杂着些纵横的枝杈，攀爬起来很方便，所以，很快我就已经看不见地面上的情况了，向下望去，看到的只有浓密的枝叶。我时不时地会遇到一个比较难爬的地方，有一次我甚至爬上了一根高八到十英尺的攀缘植物，但是我爬得很快，很快，查林杰隆隆的嗓音就好像是从我下方很远的地方传来似的。然而，那棵树真的很大，我抬头望了望，头顶上的枝叶丝毫没有要变得稀薄一点儿的意思。我正在攀爬的一根树枝上长着一丛茂密的、像灌木一样的植物，看样子好像是一种寄生植物。我歪了歪头，想看看那丛植物后面是什么，结果我看到的东西让我既吃惊又害怕，差点没从树上摔下去。

就在一两英尺以外，赫然就是一张脸，正直勾勾地盯着我的脸看着。一只动物就蹲在那丛植物的后面，就在我向那边张望的同时，它也在向我这边张望。那是一张人类的脸——或者说，至少它比我见过的任何猴子的脸更加具备人类的特征。那张脸比较长，面色苍白，上面长满小疙瘩，鼻子扁平，下巴突出，而且长着浓密的连鬓胡须。浓眉下的一双眼睛里是野蛮冷酷的目光，它张开嘴呲着牙低吼了一声，那声音听起来好像在诅咒我似的，趁此机会，我看到了它嘴里长着弯曲锋利的犬牙。那一刻，我在它眼睛里看到了憎恨与恐吓，然后，又快速地闪过了一丝难以抗拒的恐惧。它纵身一跃，跳进了一团纠缠在一起的绿色枝条中间，随之传来了一声树枝断裂的声音。它的身体长满毛发，像是一只红色的猪一样。它的身影在我眼前一闪而过，然后消失在了一团绿色的枝叶中。

“怎么回事？”洛克斯顿从树下喊道，“你出什么事儿了吗？”

“你们看见了吗？”我的神经绷得紧紧的，一边用双臂抱住树枝，一边大喊。

“我们听到声音了，像是你的脚踩滑了。是怎么回事啊？”

本来我看到猿人突然的出现感到非常害怕，我甚至开始犹豫是否应该回到地面上将这事儿讲给我的同伴们听。然而，既然我已经爬了这么高，如果还没完成任务就回去的话似乎有点丢脸。

因此，在休息了相当长的一段时间后，我恢复了勇气，调匀了呼吸，继续往上爬去。除了有一次我踩断了腐烂的树枝，用手抓住上面的树枝摇荡了几秒外，总的来说，攀爬还是比较容易的。渐渐的，我身边的枝叶开始稀疏起来，通过抚过我脸庞的微风可以判断，此刻我已身处整个森林之上了。然而，我下定决心，在我到达最高点之前先不观察四周的情况。所以，我还在一直往上爬，直到身下的树枝在我体重的作用之下开始弯曲了，我才找了一个树杈落下了脚，在保持身体平衡的情况下开始放眼向四周望去，我发现呈现在我眼前的是这片神奇的土地的全景图，美妙无比。

太阳此刻就挂在西边的地平线上，虽然已是黄昏，但光线还算明亮，因此整片高地现在都在我的视野之内。从我所在的高度看，这片高地的轮廓是个椭圆形，长约三十英里，宽约二十英里。它的形状大致像一个浅浅的漏斗，边缘地势较高，中间地势较低，最中心是一个不小的湖泊。湖泊的周长大约有十英里，在傍晚的光线中显得碧绿而美丽。湖边生长着一圈茂密的芦苇，点缀着几个黄色沙洲的湖面在柔和的阳光中闪耀着金色的光芒。沙洲边上横卧着一些长长的黑色物体，个体比鳄鱼大，长度比独木舟要长些。通过望远镜，我可以看出它们是有生命的，但是它们究竟是什么动物，我也无从猜想。

我们所处的高地这一边，斜坡上长满了树木，偶尔会有一小片空地，树林一直向坡下延伸了五六英里，一直到中心湖的边上。那片禽龙出现的空地就在我的脚下，而再远一些的地方是一片圆形的林中空地，那就是翼龙聚居的那片沼泽了。而高地的另一边则呈现出一副完全不同的景象。在这边，高地外部所具有的玄武岩石壁也出现在了高地的内部，形成了一座高约二百英尺的悬崖，悬崖底下是一个林木覆盖的斜坡。透过望远镜，我可以清楚地看到，在这些红色石壁的底部，离地面还有一些距离的地方，分布着不少黑色的圆点，我猜想那应该是一些山洞的洞口。其中的一个洞口还闪着微微的白光，但是我也看不出那是什么东西。我坐在树杈上画着图，直到太阳没入了地平线，光线暗了下来，我再也无法分辨细节了。于是，我爬下了大树，回到了正在急切地等待我的同伴们身边。当时我俨然成了这次探险的英雄。计划是由我独立想出的，又由我独立执行的。我绘制的这张图可以使我们省下一个月的时间，不用在未知的危险中盲目地探索了。团队中的每个人都郑重地握了握我的手。

但在大家对这张地图的细节展开讨论之前，我先将我在树枝中偶遇猿人的事情讲给他们听了。

“他是一直都在那儿的。”我说。

“你怎么知道的？”洛德·约翰问。

“因为一直都有一种感觉萦绕在我心间，那就是有某种不怀好意的东西在盯着我们。我跟你说过的，查林杰教授。”

“我们的小朋友当然提过这样的情况。而且，他也是我们中唯一一个具有凯尔特人气质的，这种气质会让他对这样的印象极为敏感。”

“心灵感应理论……”夏莫里一边装烟斗一边说。

“现在没有时间谈这么大的话题，”查林杰果断地说。

“现在，告诉我，”他继续说，那语气俨然是一位在主日学校发表演说的主教，“你有没有注意到，那只动物的大拇指有没有弯到它的手掌上？”

“不能，我肯定。”

“它有尾巴吗？”

“没有。”

“它的脚有抓握能力吗？”

“我想如果它的双脚不能握住树枝的话它肯定做不到在树枝

之间如此快速地行动。”

“我记得，在南美洲，一共有三十六个猴子的种类——你可以查记录，夏莫里教授——但是类人猿却从未被载入记录。显然，这片高地上有它的踪迹，它的外貌跟多毛的大猩猩也并不相像。而且，大猩猩的踪迹也从没在非洲和东方国家以外的地区出现过。”（听到这里我很想插句话，因为我看着他就在想，我在肯辛顿就见过大猩猩的表亲了。）

“这只是属于有连鬓胡须而且无色的一种，根据后一个特征判断，它应该是长期隐居在树上的。我们需要考虑的问题是它到底是更接近猿类还是更接近人类。如果它更接近人类的话，那么它很可能就是大众所说的‘遗失的同类’。解决这个问题是我们的首要任务。”

“根本没有这种事，”夏莫里鲁莽地说，“既然通过马龙先生的智慧和行动（我实在抵制不了引用他原话的冲动），我们拿到了这张地图，那么我们现在唯一的任务就应该是要安全地离开这个鬼地方。”

“苟且偷生。”查林杰咕哝着。

“这叫保存实力，先生。我们现在的任务是将我们已经看见的带回去，由他人继续做进一步的探索。在马龙先生给我们绘制这张地图前你们都是同意我的意见的。”

“是，”查林杰说，“我承认如果确定了我们考察的成果能够传送回我们的朋友手中的话，我也会很安心的。至于我们怎么从这个地方下去我目前一点想法也没有。但是，到现在为止我还没有遇到过任何我富有创意的大脑所解决不了的问题。我承诺，明天我就会集中精力解决从这里下去的问题。”于是，这个话题暂时搁置了。

当晚，在篝火和一根蜡烛的微光中，这个失落的世界的第一张地图画成了。我将自己从“瞭望塔”上看见的所有细节都标注在了地图上相应的位置。查林杰的铅笔悬在那一大片代表中心湖的空白上方。

“我们给它起个名字吧。”他问。

“你为什么不借此机会让你的名字永存史册呢？”夏莫里用他一如既往的酸酸的语气说。

“我相信，先生，会有其他更有私人意义的事让我的名字传承下去，”查林杰严肃地说，“只有无知的人才会通过将山峰或河流以自己的名字命名，借此流传下去，这有什么意义？我不需要以这样的方式纪念自己。”

夏莫里脸上露出了一丝扭曲的微笑，刚想开口发起新的攻击，洛德·约翰急忙打断了他。

“轮到你了，小伙子，你来给这个湖命名吧。”他说，“是你先看见的，天啊，如果你想让它叫‘马龙湖’，别人也没有权利反对。”

“没错，让我们的小朋友来给它起名字吧。”查林杰说。

我当时一张口脸就红了。“那么，”我说，“就叫它格拉迪斯湖吧。”

“你不觉得‘中心湖’这个名字更能描述它的特征吗？”夏莫里说。

“我还是喜欢‘格拉迪斯湖’。”

查林杰怜悯地看了看我，带着嘲弄与不赞成的表情摇了摇他巨大的头颅。“孩子终究是孩子，”他说，“那就叫‘格拉迪斯湖’吧。”

第十二章　森林里的情况恐怖至极

我在前面提到过——或者也许没提到，最近我的记忆有点混乱——因为我挽救了当时的危急情况，或者至少可以说是在挽救危急情况的时候提供了不小的帮助，我的三位同伴对我表达了诚挚的感谢。我是这个团队中最年轻的成员，不仅年纪小，而且从经验、性格、知识，以及所有塑造一个男子汉的特点方面都比他们几个欠缺，因此从一开始，在他们的光芒照耀之下我都显得黯然失色。而现在，我也终于绽放了自己的光彩。一想到这，我的心里顿时暖暖的。唉！没想到这只是挫败到来之前一时的荣耀罢了！这小小的洋洋自得在一定程度上增加了我的自信，却也在当晚触发了我人生当中最为恐怖的经历，直到现在，只要一想起，我依然心有余悸。

事情是这样的，由于在树上的经历，我有点儿过度兴奋，所以久久不能入睡。当时值守的是夏莫里。只见他蜷缩着身子坐在微弱的篝火旁边，他瘦弱的身影显得有点古怪，他将来复枪横放在膝上，随着他每一次古怪的点头，他那尖尖的山羊胡都会微微地颤动。洛德·约翰身披一件南美特色的雨披静静地坐着，而查林杰震耳欲聋的呼噜声和咬牙声在树林里回荡着。一轮满月挂在天上，月光明亮，空气中有一丝清冷。这样一个夜晚多适合散散步啊！一个念头就在刹那间产生了："有何不可呢？"想象一下，假如我现在偷偷地溜出去，到中心湖那里，早餐时就可以带回一些有关那里的信息，到那时，我岂不是成了这个团队中更有价值的成员了？然后，如果夏莫里的意见占了上风，而我们也找到了下去的方法，我们就可以带着关于这片高地最核心的秘密的第一手材料回到伦敦了。而这份材料是由我独自获得的。我想起了格拉迪斯，想到了她说的话："我们身边到处都有成为英雄的机会。"我似乎听到了她说这话的声音。我也想到了麦卡德尔。这篇文章足够占上三个栏的版面了！一个发展事业的大好机会啊！下次爆发大战的时候没准我还能得到成为战地记者的机会呢。我抓起一杆枪——我口袋里还有不少子弹——我麻利地扒开我们围栏入口处挡着的那些带刺的灌木枝，溜了出去。我回头看了一眼，只见夏莫里依然在微弱的篝火前一下下点着头，那样子像是一个古怪的机械玩具——真是最无用的守卫。

然而，我还没走出一百码就已经在为自己的轻率后悔不已了。在前面的记录中我可能也已经提到过，我总是想象着自己是一个真正富有勇气的人，却很害怕在别人眼中成为一个胆小的人。正是这种想法让我坚持走下去。在没有任何收获的情况下我肯定不能就这么灰溜溜地回去。即使我的同伴们将来不会想起我，不会知道我的弱点，我自己心中令人难以忍受的羞愧也永远难以消除。

然而，当我意识到我所在的处境，顿时感到不寒而栗，如果能够摆脱这件事情，我宁愿放弃当时所拥有的一切。

森林里的情况恐怖至极。这里的树木都很粗壮，枝叶也非常茂密，林中看不见一点月光，高处的几根树枝在墨蓝色星空的背景下像金属丝缠绕在了一起。当目光习惯了阴暗的光线后，就会发现林中的黑暗也分几个层次——有的地方能够朦朦胧胧地看见东西，而这一片阴暗中还零散地分布着一些煤炭一样漆黑的斑点，像是山洞的洞口一样，每当我经过一个，都会因为恐惧而战栗。我想起了被折磨致死的禽龙那绝望的叫声——那在林中回荡着的恐怖叫声。我还想到了在洛德·约翰火把的微光中看到的那张疙里疙瘩而且还有些肿胀的血盆大口，而我现在就在它的猎场上。说不定哪一刻它就会突然从暗影里冲出来扑到我身上——这不知名又可怕的怪物。我停下脚步，从口袋里拿出一只弹夹，打开枪膛。一摸枪杆我的心就开始突突直跳，我拿的竟然不是来复枪，而是一支猎枪！

想要返回营地的冲动又一次占据了我。当然，现在我拥有了一个完美的借口可以退缩——谁也不会再因此而轻看我，但是愚蠢的冲动又一次占了上风。我不能失败——绝对不能。毕竟，即便我带的是来复枪，也跟猎枪没什么区别，当我遇上危险的时候也根本派不上用场。如果我回营地去换枪，想要在不被发现的情况下重新离开是根本不可能的。到那时，我免不了要跟他们解释，我就不可能再单独行动了。稍做犹豫之后，我又重新鼓起勇气，将那杆没用的枪夹在胳膊下面，继续向前走去。

森林中的黑暗让人惊恐不安，而在我们发现过禽龙的那片空地上，苍白的月光如流水般倾泻下来，更是让人心神不宁。我藏身于灌木丛中，警惕地向外望去。目光所及之处并没有发现那些大型野兽的身影。或许它们中的一员惨遭厄运这件事已经驱使它们离开了自己的栖息地。在这月光如银、薄雾弥漫的夜色里，我看不到任何动物的踪迹。因此，我壮了壮胆，以极快的速度穿过了这片空地。然后，在丛林的另一边，我找到了那条小溪，以此作为我路线的指引。这是个活泼的同伴，河水欢快地流动着，像一个孩子在嘻嘻哈哈地嬉闹，让我不禁想起了儿时在英国西南部夜间垂钓的那条鳟鱼河。只要我一直沿着这条小溪走下去，就一定能走到中心湖边，而只要我再沿着小溪走回来，就一定能回到营地。有时候，我需要绕开浓密的灌木丛，会看不见它，但我保证自己时时都能听到它水花飞溅的叮咚声。

随着我朝斜坡下方越走越远，我也发现树木变得越来越少，而灌木成了这里的主要植被，只有偶尔几棵大树点缀其中。这种地形更加方便了我前行，并且保证我能够在隐藏自己的情况下观察四周的情况。我慢慢接近了翼龙栖息的那片沼泽，突然，随着一阵干巴巴、脆生生的翅膀拍打的声音，一只巨大的翼龙——身长至少达到了二十英尺——从离我不远的某个地方拔地而起、直冲云霄。在它的身影从月亮上划过的那一刻，明亮的月光清楚地透过了它膜状的翅膀，在清洌的月光中，它就像是一具正在飞行的骨架。我赶紧将身体低伏在灌木丛中，因为上次的经历告诉我，只需它发出一声叫声，立刻就会有上百只令人作呕的同类应声而起。我耐心地等待着，直到它重新落下才敢继续悄悄地前行。

那是一个极其安静的夜晚，但我走着走着，慢慢注意到了一种低沉的隆隆声，一种持续的低语声，声音的来源好像就在我的前面。我越向前走，声音越大。最后，这声音变得清清楚楚，确定就在我前面不远的地方。当我停下脚步，声音还在持续地传来，因此，它应该是来自于一个固定的源头。那声音听起来像一壶水或是一大锅汤沸腾了一样。很快，我就找到了它的源头。我在一小片空地的中央找到了一个小湖泊——或者说是一个池塘，因为它的大小也就和特拉法加广场的喷泉池差不多——湖里满满的，都是一些沥青一样的黑色液体，液体的表面很多大气泡鼓起又随即爆裂。湖面上方的空气因为热气而显得有些微微发亮，而湖边的地面也很烫，我都不敢用手去触摸。很明显，多年前造就这片神奇高地的大火山到现在还没有将它的能量完全耗尽。

湖边的地面被繁茂的植物覆盖着，在这些植物中间，时不时地会有一些黑色的由熔岩形成的石块或土块露出，但这个丛林中的沥青湖还是我们得以判断这个古老的火山口还在活跃的首要依据。我没有再花时间仔细查看，因为如果我想在早晨回到营地，现在就必须要加快脚步了。

那是一次极其恐怖的经历，在我的有生之年我都不会忘记。空地里月光明亮，我只能在边缘的树荫中悄悄潜行。我在树丛中匍匐前进，一旦听到一点野兽经过引起的树枝断裂声，就赶紧停下来一动不动，心脏砰砰跳个不停。时不时地，总会有一些巨大的身影隐隐呈现，但又很快消失——巨大而又无声的身影，似乎是什么动物用长着厚厚的肉垫的脚悄悄走路似的。我就这样走走停停。每次停下来我的心里都会涌起返回营地的冲动，但是每次我的自尊心都战胜了恐惧，驱使我一直向着自己的目标走去。

最后（根据我的手表显示，当时是子夜一点），我终于看到了灌木丛中间出现了一片粼粼的波光。又过了十分钟，我已经走进了中心湖旁的芦苇丛中。我渴急了，捧起湖水痛快地喝了一气。湖水清凉，水质清新。我注意到湖边有一条比较宽的小路，上面遍布着动物的足迹，说明很多动物都来这里饮水。水边不远处孤零零地矗立着一大块火山岩。我爬到岩顶，四周的风景尽收眼底。

我看到的第一件东西就让我吃惊不已。当我描述我从大树顶上看到的景象时，我曾经提到过，在远处的崖壁上我看到了很多黑点，看起来像是一些山洞的洞口。现在，当我再次观察那同一面崖壁时，我看到四处都有一些光斑，那些光斑形状规整，颜色微红，像是黑夜中飞机上的窗口一样。一开始，我以为这可能是火山活动中熔岩发出的微光，然而马上我就意识到不可能。火山活动都是在火山口中，不可能出现在高高的岩石上。那么，这会是什么呢？虽然不可思议，但实际情况一定是如我猜想的一般。这些微红的光点一定是山洞中映出的火光——只有可能是由人类之手点燃的火。这里有人，就在这里，这片高地上。我这次的探险得出了一个多么辉煌的成果啊！这真是一个我们可以带回伦敦的特大新闻！

我在巨石上对着这些微红色的、颤抖的光斑观察了很长时间。我估计它们离我大概有十英里远，然而即使是在这个距离，我也能观察到这些火光会不时地闪烁，或因有什么物体经过火前而变得朦胧而微弱。一个民族生活在如此奇怪的一个地方，如果能有机会走进他们，窥探他们，以便能够回到我的同伴们身边时将这个民族的长相和性格讲给他们听，就算让我付出任何代价我都愿意！当然，目前这一切都没有实现的可能，而在我们对他们有一个较为明确的了解之前肯定也暂时不能离开高地了。

格拉迪斯湖——属于我的湖——此刻正像一片水银一样陈列在我的面前，湖中心反映出一片雪白明亮的月光。湖水很浅，很多地方都能看到微微高出水面的沙洲。在平静的水面上，处处都有生命的迹象，有的时候是水面上荡起一圈圈涟漪，有的时候是银色的鱼儿跃出水面，有的时候又有一些怪兽灰白色的拱形后背从眼前掠过。在一个黄色的沙洲上，我还看到了一只巨大的天鹅似的动物，身体笨拙，脖子长而柔软，正在沿着沙洲的边缘摇摇晃晃地慢慢移动着。一会儿它潜入水中；一会儿，它那弯曲的脖子和高昂的头又浮出了水面；最后，它又潜了下去，消失不见了。

我的视线离开了那些远处的景色，又重新开始关注我的脚下。湖边的饮水处来了两只动物，样子长得像巨大的犰狳。它们蹲在水边，舌头一吐一缩地喝着水，舌头又长又灵活，像一根红色丝带一样。一只巨大的公鹿带着一只母鹿和两只小鹿也来到“犰狳”身边喝水。公鹿头上长着树枝一样的鹿角。地球上其他任何地方都没有发现过这种鹿的踪迹，就连我见过的驼鹿或是麋鹿身高也只到它的肩膀。它鼻子喷了一股气，好像在发出警告似的，然后带着它的配偶和幼崽消失在了芦苇丛中。那两只“犰狳”也赶紧离开了。我定睛一看，原来小路上又有一只更大的动物走过来了。

一时之间，我想不起曾经在哪里见过这种动物了。它身材巨大笨拙，拱形的后背上缘长着一排三角形的刺一样的东西，一颗长得像鸟头形状一样的头，并且向地面低下去。突然，我想起来了。是剑龙——就是梅普尔·怀特在他的素描簿上画出的那个形象，就是它最初引起了查林杰的注意！它就在那儿——有可能这就是那位美国的艺术家见到的那一只。它巨大的身体每移动一步，大地都会随之颤抖，他喝水的巨大声响在宁静的夜晚回荡着。有那么五分钟，它就站在我脚下的火山岩旁边，只要我一伸手就能触摸到它后背边缘上那丑陋的锯齿。之后，它就又笨拙地走开，消失在了林立的巨石中间。

我看了看手表，当时是深夜两点半，是我该启程返回营地的时间了。关于我该朝哪个方向走没有任何疑问，因为我来的时候一路上都是沿着我左手边的那条小溪。现在，那条小溪的入湖口就在距离我身下的巨石几十米远的地方。因此，我兴高采烈地出发了，因为我感觉自己任务完成得很好，并且即将为我的同伴们带回非常有用的消息。当然，最重要的消息是：我看到了闪着火光的洞穴，并且确认了里面居住着完全土栖的人类。除此之外，我还可以给他们介绍中心湖的情况。我可以确定地告诉他们湖边湖中有着各种各样奇怪的动物，我亲眼看见的几种原始动物都是我们原来从未见过的。我边走边想，这个世界上估计没有几个人经历过比这更奇怪的夜晚，或是通过这样的经历给人类增加更加有用的知识。

我慢吞吞地往回走着，这些乱糟糟的思绪在脑子里翻来覆去。走到大概一半的路程时，身后突然传来了一种奇怪的声音，我猛地一下回过神来。那是介于打呼噜和咆哮之间的一种声音，低沉而有穿透性，听起来极具威胁。显然，在离我不远的地方一定有什么奇怪的动物。我朝四周扫视了一遍，却什么都没看见，于是，我赶紧加快速度赶路了。我又走了大概半英里，这种声音又出现了，还是在我的身后，但是比以前显得更响亮、更具威胁了。我当时闪过了一个念头，一只怪兽——不知道是什么样的怪兽——就在我身后，刹那间，我的心跳似乎都停止了。一产生这个念头，我浑身的毛发倏地竖了起来，浑身的皮肤也都变得冰凉。如果说这些怪兽将彼此撕成碎片是物竞天择、适者生存的一部分，但是，当它们面对一个现代的人类时，它们竟然选择谨慎地进行追踪和抓捕，这种事情想想也让人毛骨悚然。我脑海里又一次出现了洛德·约翰火把的微光中那张长着血盆大口的脸，那似乎是来自于但丁描写中的地狱最底层的恐怖一幕。我双膝颤抖着，站定了脚步，回头定定地望着我身后那条被月光照得雪亮的小路。那一幕景色像梦境一样安静。我眼前除了洒满银光的空地和灌木丛中的黑色斑点什么都没有。然而，那种嘶哑的呱呱声又一次打破了寂静，这一次比以前离我更近，也更响亮，我感到了前所未有的威胁感和紧迫感。这下可以确定无疑了。一定有东西在跟踪我，而且每一分钟都在向我逼近。

我整个人像麻痹了一样，依然定定地盯着我刚刚走过的路。突然，我看到了它。在我刚刚经过的那片空地离我较远的那一头，有什么东西正在灌木丛中移动。一个巨大的黑影从灌木丛中一跃而起，跳到了月光照耀下的空地。我是经过深思熟虑才选择了“跳”这个字的。因为那只怪兽行动起来就像一只巨大的袋鼠，是以两条有力的后腿为支撑，直立着身体向前跳跃的，而它的两条前腿则蜷缩在自己的身前。它的块头和力气都很大，像一只直立着身体的大象。尽管身材笨重，它的动作却出奇敏捷。当我看到它的那一刻，我多么希望那是一只完全无害的禽龙啊，然而，以我对恐龙聊胜于无的了解，我也能判断这绝对不是一只禽龙。禽龙的头很像鹿头的形状，线条温和，长着三只巨大的脚趾，以树叶为食。而眼前的这只怪兽则长着一张蟾蜍一样的脸，宽大而扁平，跟我们在营地遭遇的那只一模一样。它惊悚的叫声和超强的追踪能力使我相信，这肯定是一只食肉恐龙，是这个地球上出现过的最凶猛的动物。这只巨大的怪兽一边迈着大步慢慢向前跳跃，一边每隔二十码左右就将前腿和鼻子接近地面。它是在用嗅觉辨认我的行进路线。有时候它也会走错，然而，很快它就会修正路线，继续沿着我走过的路追踪上来。

即使是到了现在，只要一想起那噩梦般的经历，我都会冒出一头冷汗。我能怎么办呢？我握了握手中的猎枪。这东西能有什么用处？我绝望地望了望四周，想找一块石头或是一棵树，而我当时正身处于一片矮树丛中，放眼望去最高的也不过是一棵小树苗。而我心里明白，我身后的那只怪兽能够像扯断一棵芦苇一样不费吹灰之力地拔下一棵大树。我唯一的机会就是快跑。我在坑坑洼洼、高地不平的地面上不可能跑得很快，但当我绝望地观察四周地形的时候，我突然看见一条被踩踏得很坚实的小路正好横在我的面前。在我们探险的过程中曾不止一次见过这种由各种野生动物踩踏形成的小路。沿着这条小路我可能能够逃脱，因为我本来就跑得很快，而现在身体状况又很好。我扔掉手中无用的猎枪，拼尽全力向前跑出了半英里远。这是我人生中唯一一次如此疯狂的奔跑。一直跑到四肢酸痛，胸口起伏不停，由于缺氧喉咙像要着火了一样，而因为忌惮身后的怪兽，我还是片刻不停地坚持跑下去。终于，我停了下来，再也挪动不了脚步了。一时之间，我觉得自己肯定已经把它甩掉了。我身后的小路上一片寂静。突然，身后又响起了巨掌拍在地上发出的“砰砰”声和大怪物肺部发出的响亮的喘息声，怪兽又一次追了上来。它的身体几乎碰到了我的后脚跟。我不禁茫然失措了。

我刚才在原地逗留了那么长时间才逃跑，真是愚蠢至极。之前它一直是通过气味追踪我的，所以动作还比较缓慢。但是自从我开始奔跑之后，它就看见了我。从那一刻起它开始靠视觉追踪我，它根据那条小路就可以判断我逃跑的方向了。此刻，它正在大步地跳过离我最近的一个转弯处。月光洒在它突出的巨眼上，洒在它张开的大嘴中露出的巨大牙齿上，洒在它短小有力的前臂那闪闪发亮的指尖上。我吓得大叫了一声，赶紧转身顺着小路继续逃跑了。我身后那只怪兽发出的粗重的喘息声越来越大。他重重的脚步就落在我身边。我感觉它随时都会扑到我的后背上来。突然，伴随着一声巨响，我掉进了什么东西里面。顿时，我陷入了一片漆黑和寂静中。

有那么几分钟，我失去了意识，等我清醒过来之后，我感觉到自己被一种刺鼻的怪味包围着。黑暗中，我伸了伸手，一只手摸到一个大肉块一样的东西，另一只手则摸到了一根巨大的骨头。我头顶上是一片圆形的，闪耀着星光的天空。以此判断我应该是身处一个深坑的坑底。我摇摇晃晃地慢慢站起身来，从头到脚都感到特别僵硬、酸痛，但我强忍着活动了一下身体。当我混乱的大脑恢复清醒之后，我恐惧地抬头望了望，以为会看见怪兽恐怖的头颅轮廓。然而，看了半天也没有半点怪兽的影子，上面也没有任何声响。于是，我开始慢慢地四处走动、摸索，想弄清楚我偶然掉进来的是一个什么地方。

正如我上面提到的，这是一个大坑，四壁都很陡峭，坑底较为平坦，大概有二十英尺宽。坑底散落着一些肉块，有些已经腐烂得很严重了。坑中臭气熏天，让人喘不过气来。被地上的肉块磕磕绊绊了很多次后，突然，我摸到了一样坚硬的东西——坑中间有一根立柱坚实地竖立着。立柱很高，我伸手摸了摸，没有摸到顶端。而且，立柱上面好像还覆盖着一层油脂一样的东西。

我突然想起自己口袋里还装着一盒蜡火柴。我划着了一根，这下终于对我落入的这个地方有了一点了解。这是个陷阱——由人类的手建造出来的陷阱。坑中间的立柱高约九英尺，顶端被特意削尖了。立柱上面覆盖着一层黑乎乎的东西，应该是被它刺穿的动物留下的血迹。坑底四处都是一块块的动物遗骸，看样子应该是人为砍切成碎块的，目的可能是将立柱清理出来，以便刺穿下次跌落进来的动物。我还记得查林杰曾经说过，这片高地上不可能有人类生存，因为人类手中掌握的武器在横行高地的怪兽面前是显得那么微弱无力。但是现在，他们显然已经找到了生存下去的办法。不管这些土栖的居民是什么人，他们以有着狭窄入口的洞穴为居所，保证那些大型的爬行动物无法入侵。而在洞外，他们又以自己发达的大脑在动物经常经过的小路上建造了这样的陷阱，上面以树枝覆盖，尽管这些动物高大凶猛也难逃一劫。人类永远都是统治者。

坑壁虽然陡峭，但对于一个行动能力正常的人来说要爬上去也并不困难。然而，我还是在坑底犹豫再三，生怕那只差点把我弄死的怪兽还在上面没有离开。我怎么知道它不是潜伏在坑边的灌木丛中，正等着我上来呢？然而，当我回忆起查林杰和夏莫里关于大型爬行动物生活习性的一段对话时，我就鼓起了勇气。两位教授一致认为，这些怪兽其实智力很不发达，它们颅腔狭小，微不足道的脑容量使它根本不具备推理能力。它们之所以从这个地球上其他地方灭绝，自身的愚蠢显然也是应该负一部分责任的，因为它们根本无法适应变化了的环境。

如果它此刻潜伏下来等我出现的话，意味着它必须要认识到我遇到的是什么情况，它必须要具备一些识别因果关系的推理能力才能做出这样的举动。对于一只仅由掠夺的本性驱使、智力低下的动物来说，看到我消失之后，正常的反应难道不应该是首先感到吃惊，继而放弃追逐，最后转而寻找其他猎物吗？我爬到坑边向外张望着。星光逐渐暗淡了下来，天空开始微微泛白，凉爽的晨风吹在我的脸上，感觉很舒服。视野中没有怪兽的踪迹，也听不到它的声音。我慢慢地爬上来在地面上坐了一会儿，做好了一旦有危险出现就立刻跳回坑中的准备。然而，四周一直一片寂静，天也慢慢亮了起来。我鼓足勇气，开始沿着来时的小路悄悄往回走。走了一截之后，我看到了自己扔掉的猎枪，又走了一会儿，就到了那条指引我行进路线的小溪边。于是，我一边不时地回头张望着，一边慢慢向营地走去。

突然出现的一个情况让我想起了我的同伴们。在清晨的一片安宁与晴朗中，一声尖锐而响亮的枪响从远处传来。我马上停下脚步侧耳倾听。但是再没有任何声音了。开始我心里一紧，想着会不会是他们突然遭遇了什么危险。然而，我随即冷静了下来，脑子里出现了一种更为简单也更为自然的解释。现在已经是天光大亮。他们肯定已经注意到我的失踪了。他们可能以为我在树林里迷路了，于是想用枪声指引我回去的方向。我们确实曾经有过禁止开枪的约定，但是如果他们认为我遭遇了危险，我想他们也会毫不犹豫地打破这个约定。所以，我现在应该加快脚步，好早点回去消除他们的疑虑。

我已经筋疲力尽了，所以想走快点却是力不从心。但我终于还是回到了自己熟悉的区域。现在，我的左边就是翼龙栖息的那片沼泽，而我面前，正是禽龙活动过的那片空地。再穿过一片树林，我就回到查林杰堡垒了。我亮开嗓门大喊了一声，想借此消除他们的恐惧。

然而我却没有听到任何回应。一种不祥的预感袭上心头。我赶紧加快了脚步。营地的围栏出现在我的眼前，虽然看上去跟我离开的时候没有什么两样，但是门却敞开了。我冲了进去。在冷冷的晨光中映入我眼帘的是可怕的一幕。我们的物资乱七八糟地洒了一地。我的同伴们都不见了。而还在阴燃着的篝火旁边，草地被一摊血染成了深红色。

我被这一幕吓坏了，一时之间几乎丧失了理智。对于我当时的反应，我只保留了一些模模糊糊的记忆，就像一个人做过的噩梦也只能记住一些片段一样。我记得我当时在空空的营地四周的树林里到处乱跑，疯了一样地呼喊着同伴们。但是我却一直没有听到任何回答。我产生了一个可怕的想法，我可能再也见不到他们了，我可能被独自抛弃在这个可怕的地方了，再也不可能回到下面的世界，我的余生可能都要在这噩梦般的地方度过。这些想法让我处于几近崩溃的状态。我绝望到想要撕扯自己的头发，捶打自己的脑袋。直到这时我才意识到自己对这些同伴、对查林杰的平静与自信、对于洛德·约翰·洛克斯顿带点专横又富有风趣的冷静有多依赖。没有他们，我就像一个迷失在黑暗中的孩子，无能又无助。我都不知道该去哪里，该做什么。

我困惑地坐了一会儿。之后，我冷静下来，开始考虑我的同伴们可能遭遇了什么样的不幸。从营地中混乱的场景看，这里应该是发生了某种袭击，袭击发生的时间就是枪响的那一刻。枪只响了一声，说明袭击的发生和结束都在顷刻之间。来复枪都在地上，其中一支——洛德·约翰那支——后膛中的弹夹空了。查林杰和夏莫里的毯子都在火堆边，说明两个人当时都还在睡觉。弹药箱、装食物的箱子、相机等散落四处，不过一样都没少。但是，那些暴露在外的食物——我记得数量应该不在少数——却都不见了。由此推断，发起突袭的应该不是土栖居民，而是某种动物，因为如果是前者的话，他们一定会把所有东西都拿走的。

但是如果是动物，不管数量有多少，我的同伴们到哪里去了呢？如果是极其凶猛的野兽，他们同时遇害倒不是没有可能，但是至少他们的遗骸也会留下来。地上确实有一摊血迹，证明暴力冲突确实曾在这里出现过。前一天夜里追赶过我的那只野兽也的确有能力像猫叼耗子一样叼走一个人。如果是那样的话，其他人也会上前追赶的。但是他们肯定也会带着枪。我越是转动疲惫困惑的大脑冥思苦想，就越是想不出什么合理的解释。我又在树林里仔细搜索着，也没有找到任何有价值的线索。我甚至一度迷了路，在树林中漫无目的地转了一个小时后，才凭着好运气回到了营地。

突然，我想到了一件事情，心里才稍稍有了点安慰。我并不是完全意义上的独自一人。还有一个忠实的伙伴就守候在崖底，只要我一呼唤就会出现在我面前——赞波。我来到高地的边缘向下望去。他就在那里，在篝火旁边的小帐篷里，蜷缩在一堆毯子中间。然而，让我感到吃惊的是，他身边还坐着一个人。一时之间，我高兴得心怦怦直跳，因为我以为那是我的某个同伴安全地下去了。但是我定睛一看，内心的喜悦顿时消失得无影无踪。初升的太阳照在那人的皮肤上，映出了微红的光泽。那是一个土著人。我一边朝赞波大喊着，一边挥舞着手中的手帕。赞波立刻抬头看着我的位置，挥了挥手，转身开始攀登山峰了。不一会儿，他就站在了我的面前。我给他讲了上面发生的情况，他的神情变得凝重起来。

“肯定是魔鬼把他们带走了，马龙先生，”他说，“你们闯进了魔鬼的领地，于是，他就要把你们全部带走。你听我的，马龙先生，快点下来，否则他也会把你带走的。”

“我怎么下去呢，赞波？”

“你用树做桥梁，马龙先生。把树向这边推倒。我帮你把它固定在这边的树桩上，这样就能搭好桥了。”

“我们想过这个办法。但是这边没有那么大的树。”

“让人去找绳子，马龙先生。”

“让谁去？去哪找？”

“去土著人的村庄啊。土著人村庄里藏着很多绳索。下面那个土著人，让他去。”

“他是什么人？”

“就是我们雇佣的土著人中的一个。其他人打了他，还抢走了他的报酬。他又回来找我们了。他随时都能帮着送信、找绳索，——什么事儿都行。”

送信！好主意。也许他能给我带来一线生机，至少，这样做能保证我们的生命没有白白牺牲，我们在科学上的重大发现可以及时地传送到家乡的朋友们手中。我已经写好了两封信。今天这一天，我会再把第三封写完，保证将我们最新的情况记录下来。土著人会将这些信件送回下面的世界。于是，我让赞波傍晚时分再上来，而我这一天都在孤独和痛苦中回忆着昨夜的经历。我还写了一张字条，让赞波嘱托那个土著人将字条交给他见到的第一个白人商人或汽船船长，恳请他们将绳索借给我们，这是我们生还的唯一指望了。傍晚时分，我在钱包里面装了三枚一英镑的硬币，将钱包连同这些信件一起给赞波扔了过去。他会将这些东西转交给那个土著人，并且再三承诺一定会带着绳索回来的。

所以，亲爱的麦卡德尔先生，你现在应该明白了，这些信件是怎么传送到你手上的，万一将来再也没有机会见到你手下不幸的记者，你也能明白个中原委了。今晚我疲惫至极，心情也沮丧到了极点，也顾不上再做什么计划了。明天我一定要好好想一想，该通过什么方法既能去搜寻我不幸的朋友们的踪迹，又保证他们万一回到了营地，我也能及时了解。

第十三章　永生难忘的一幕

太阳慢慢地沉到西方的地平线以下，一个忧郁的夜晚降临了。我呆呆地望着下面广阔的平原上那个土著人孤独的身影——我们获救的唯一希望——直到地面上升起了粉红色的薄雾，我的视线受到了阻隔，远处的大河已经看不见了。

当我回到我们一片狼藉的营地时，天已经黑透了。我离开高地边缘时看到的最后一幕是赞波身边红红的篝火，他忠实的守候对于我阴郁的灵魂来说正像那黑暗中广袤的大地上的一点亮光。比起刚刚遭受这巨大打击的时候，我现在觉得心情轻松了些，因为想到下面世界的人们能够有机会了解我们的所作所为，至少我们的名字不会跟我们的身体一起陨落，而将因我们的付出和努力而永垂青史。

在曾惨遭厄运的营地中入眠让人心生畏惧，而搬到茂密的丛林中去睡也好不到哪去，反正只有这两种选择。一方面，理智告诉我一定要保持警惕；但另一方面，疲惫又让我无暇顾及戒备。我爬到了一棵大银杏树的树枝上，但那圆滑的树枝上又哪有栖身之处呢？只要我一睡着，肯定会跌落下来摔断脖子的。于是，我又爬了下来，思考着还有什么别的办法。最后，我无奈地关好了围栏门，点起了三堆篝火，让它们排列成一个三角形。饱餐一顿之后，我陷入了沉沉的睡眠。第二天，天才刚刚破晓，我就被惊醒了。然而，伴随我醒来的，竟是一个大大的惊喜。我感觉到一只手在触摸我的胳膊，我的神经瞬间绷紧，赶紧伸手拿枪。然而，等我睁开眼，却欣喜若狂地叫喊了起来，在灰白色冷冷的光线中，我看见洛德·约翰·洛克斯顿正单膝跪在我的身边。

我定睛一看，确定是他——但是跟他平时的样子一点都不一样了。我离开的时候他还举止镇定、言语正常、衣着整洁。而现在的他却面色苍白、情绪狂暴、气喘吁吁，看样子是以飞快的速度跑了很远的距离。他瘦削的脸上满是划痕和鲜血，衣服破烂不堪，帽子也不见了。

我吃惊地盯着他，但他没有给我发问的机会。他一边抓起我们储备的物资，一边急促地对我说话。

“快，小伙子！快！”他大喊，“时间宝贵。拿上枪，两支都拿上。我拿另外两支。带上所有的子弹，衣服口袋都装满。再拿吃的，六罐就行了。对了！没时间说话也没时间思考了。快走，不然我们就完了！”

我还没有完全清醒过来，也想象不出这到底是怎么回事，就已经跟在他身后疯了似的在树林中跑起来了。我两只胳膊下面各夹着一支来复枪，手里还拿着一些食物。他带领我在茂密的树林中钻进钻出，最后钻进了一丛繁茂的灌木中。他不顾灌木上的尖刺，仍然往里猛冲，直到钻进了灌木丛中心的位置，才停了下来，把我拉到他的身边趴下。

“好了！”他喘着粗气说，“我觉得我们在这儿是安全的。他们肯定会去营地，这是他们的第一个想法。我们躲在这儿能够迷惑他们。”

“这是怎么回事？”我调整了一下呼吸后说，“教授们呢？追杀我们的是什么？”

“猿人，”他大声说，“天啊，真是一群禽兽！别大声说话，他们听力很灵敏——视力也很灵敏，但是据我判断，嗅觉好像不怎么样，所以我觉得他们应该不会靠嗅觉闻出我们的藏身之处。

你去哪儿了，小伙子？当时你不在。”

我压低了嗓音，用几句话简短地讲述了一下我的经历。

“太糟糕了。”听到关于恐龙和陷阱的情况时他说。“待在这个地方不是长久之计。我真的不知道万一被那些恶魔抓住的话会是什么样的下场。我以前曾经被巴布亚吃人族抓住过，但是，跟这些人比起来，那些吃人族简直就是绅士了。”

“当时是什么情况？”我问。

“当时是清晨。两位教授又产生了分歧。但还没来得及开始争吵。那些猿人从天而降，多得不计其数。我想他们应该是趁黑夜集结起来的，直到我们头顶上的大树无法承受他们的重量了，才掉了下来。我开枪打中了一个猿人的肚子，但当我们还没明白是怎么回事时，就已经被他们抓住了。我说他们是猿，但他们手里拿着棍棒和石头，而且还在叽叽喳喳地交谈，后来，他们还用藤条绑住了我们的手。因此，他们比我以前游历时见过的任何野兽都要聪明。猿人——他们的真实身份——猿与人之间的过渡生物，但愿他们还处于过渡阶段。他们抬出了他们那名受伤的同伴——他身上的伤口血流如注——然后，他们围着我们坐了下来，脸上的表情冰冷无情。他们个子很高，跟人差不多，但比人要更强壮。一对红眉毛下灰玻璃一样的眼睛透着好奇的眼神，他们就这样坐着盯着我们看。查林杰不是个胆小的人，但即使是他也吓坏了。他挣扎着站起身来，朝他们大喊大叫。他像个疯子一样地发着脾气，咒骂着他们，我想当时他有点失去理智了。就算面前站着的是一排他最憎恨的记者，他肯定也不会骂得更难听了。”

洛德·约翰一边在我耳边小声地讲着事情的经过，一边用敏锐的目光四处扫视，手里紧紧握着竖在地上的枪。我听得入了迷，轻声地问：“那他们是什么反应？”

“我以为这下我们要完蛋了，但是事情却出现了转机。他们围在一起叽叽喳喳讨论了一会儿。然后，其中一个猿人来到查林杰面前。你听了可能会发笑，小伙子，但是我真的觉得他们应该是亲戚。如果不是亲眼所见我也不相信。那个老猿人——应该是个首领——活脱脱就是一个红种人的查林杰，几乎具备了查林杰长相的所有特点，有过之而无不及。他个子不高，肩膀很宽，胸脯厚实，脖子短到几乎没有的程度，长着一脸红色的络腮胡，浓密的眉毛像一丛野草一样，眼睛里面的神情似乎在说‘想干吗，你他妈的？’哪一部分都像得出奇。当那个猿人站在查林杰身边，一只爪子搭在查林杰肩上时，看上去俩人真是一模一样。夏莫里有点歇斯底里，又是大笑又是大哭。那些猿人也笑了，至少他们发出了一种令人厌恶至极的‘咯咯’声。紧接着，他们就拉扯着我们向森林中走去了。我们的枪支和物品他们都没动——我想他们认为那是些危险的物品吧——但是他们把我们那些拆掉包装的食品都拿走了。我和夏莫里在一路上吃了不少苦头——你看我的皮肤和衣服就知道了，因为他们拉扯着我们在荆棘里穿梭，而他们自己的皮肤像皮革一样坚韧，所以根本不会受到任何伤害。但是查林杰的待遇还不错。四个猿人把他高高地扛在肩上。他那高高在上的样子活像一个古罗马的帝王。什么声音？”

一种奇怪的声音从远处传来，听起来有点像响板。

“是他们！”洛德·约翰一边将弹夹装进枪膛一边说，“把枪都装满子弹，小伙子，我们千万不能被活捉，你说呢？他们兴奋的时候就会弄出这样的声音。天啊！如果看到我们，他们就有的兴奋了。就像《勇士格雷》里唱的‘钢枪紧握在手，徘徊在生死间。’现在你听得到他们的声音吗？”

“离我们很远。”

“那还好，但是我想现在树林里应该到处都是他们的人。好吧，我接着讲我们的悲惨经历。他们把我们带到了他们的聚居地——靠近悬崖边缘的一个大树林里有着上千座用树枝和树叶搭建的小屋。离这儿大概有三四英里远。那些肮脏的畜生把我浑身上下摸了个遍，我感觉自己这辈子都洗不干净了。他们把我们绑了起来——绑我的那个可真是把好手，对于捆绑打结这些事情像个水手一样娴熟——我们就这样被四脚朝天地绑着，扔到了一棵树下，旁边还有一个身材高大的猿人手持棍棒守卫着。我说的'我们'只包括我和夏莫里两个人。而查林杰这个老家伙却是坐在树上，吃着松子，很是享受。当然，他也拿了些水果给我们吃，还亲手帮我们解开了束缚我们的藤条。他和他的双胞胎兄弟坐在树上，叽里呱啦地聊得火热，还用他低沉的嗓音唱着歌，一副很开心的样子。你如果看见了那一幕，也会忍俊不禁的。但是，以当时的情形，估计你也猜得到，我们可笑不出来。他们在一定的限制范围内会允许他自由行动，但是对我们却相当警惕和敌对。一想到你没被抓住我们还是感到非常安慰的。"

"现在，小伙子，我来告诉你一件真正让你吃惊的事情吧。你说你看到了人类存在的迹象，什么火啊，陷阱啊之类的。而我们则是亲眼见到了这里的土栖人，同样是无比凶残，跟这些猿人作对的小个子家伙。看样子，高地的一边是由人类统治的，就是你看到那些洞穴的一边，而另一边则是由猿人统治，两边经常会爆发血腥的战争。据我了解情况就是这样。昨天猿人抓了十几个土栖人，当作俘虏监视起来。你一辈子都没听过那样的尖叫声和叽里咕噜说话的声音。那些土栖人是一些小个子的红种人，他们被捆绑着，身上还有咬伤，因此根本不能走路。猿人就地处死了两个土栖人，然后，硬生生地将另一个的一只胳膊扯了下来——真是无比野蛮。没想到那些小个子家伙却是那么坚强勇敢，愣是吭都没吭一声。但是，我们受的惊吓却是不小。夏莫里晕了过去，就连查林杰也吓呆了。我觉得他们好像没动静了，你觉得呢？”

我们专心地听了听，除了几声鸟叫划破了森林的沉寂，再没有别的声音了。于是，洛德·约翰继续讲了下去。

“我想你好不容易逃过了这一劫，年轻人——我的朋友。除非把那些猿人抓住才能保全你，否则的话他们肯定会再回到营地，就难免把你也卷进来了。当然，就像你说的那样，他们从一开始就在那棵大树上监视着我们，所以，他们对于我们中有一个逃掉了的这个情况肯定也是一清二楚。但是，即便如此，他们也只能想到回到营地来抓捕你。所以，今天早晨我赶在他们之前回来找你。唉，我们之后的经历也是让人心惊肉跳。你还记得我们在崖壁下面发现那个美国人骨架的地方吗？那些锋利的竹子？那里正处于猿人栖息地的下方，他们的俘虏就是被逼从那个地方跳下悬崖的。我估计如果我们仔细寻找，就会在那里发现很多骸骨。那块地方的上方是猿人的一个阅兵场，他们举行了一个仪式。然后那些可怜的土栖人被迫一个接一个地跳下悬崖，而猿人们则饶有兴致地站在一边看着，看看跳下去的人是被摔成了碎片还是被刺穿在锋利的竹子上。整个部落的成员排成一排站在悬崖边，连我们也被带过去观看。四个土栖人跳了下去，就像编织针刺穿黄油块儿一样被竹子刺穿了。难怪我们发现的那个美国佬肋骨间都是竹子了。那一幕确实恐怖，但是也相当有趣。即使我们心里打着鼓，担心下一个跳下去的就是我们自己，但我们还是入迷地看着那些土栖人跳下去。

“然而，厄运暂时还没有降临到我们的头上。他们留下六个土栖人进行今天的表演——反正我是这么想的——但是我也怀疑今天的重头戏可能是我们。查林杰可能还能有幸逃脱，但我和夏莫里是不可能了。他们的语言有一半是靠手势比划，因此并不难懂。所以，我想，是时候拼死一搏了。我在头脑里反复计划了很久，已经形成了一两个清晰的计划。全靠我自己了，因为夏莫里根本帮不上忙，查林杰情况也好不到哪去。他们唯一一次聚到一起还在争吵，因为关于那些抓住我们的红头发恶魔的科学分类两个人意见不统一。一个说他们属于爪哇森林古猿，而另一个则认为是爪哇直立猿人。疯子——两个人都是疯子！但是，正如我刚才所说，我还是想出了一两点有用的信息：第一，这些畜生在开阔地上没有人类跑得快。你看，他们腿短，而且不直，身体又笨重。就连他们中跑得最快的跟查林杰比，跑一百码的距离也要落后几码，更不用说跟你我比了。另外一点是，他们不认识枪。我想他们还不明白那个被我打伤的家伙是怎么受的伤。只要能把枪拿回来，就一定能有机会。

“于是，今天清晨我就逃跑了，我对着守卫的肚子狠踢了一脚，把他放倒了，然后赶紧全速向我们的营地跑去，在那里找到了你，又拿了枪，后面的事情你就知道了。”

“那教授们呢！”我惊慌失措地大喊。

“这个嘛，我们必须要回去把他们救出来。我当时不可能带上他们一起逃跑。查林杰还在树上，而夏莫里也没那个能力。当时唯一的机会就是我跑回来拿枪，再回去营救他们。当然，也许那些猿人会在他们身上实施报复。我觉得他们不会对查林杰怎么样，但是夏莫里就不一定了。但是即便不如此，夏莫里的下场也好不到哪儿去。这一点是可以肯定的。所以我逃跑的举动也说不上让情况恶化了。当然了，我们依然有义务回去把他们救出来，或是跟他们共患难。所以，现在是该下定决心的时候了，今晚之前，事情必须要有个了断。”

我在这段在尽量模仿洛德·洛克斯顿急促的讲述，他使用的句子短小而有力，整个谈话过程中，一直在使用带点幽默又有点鲁莽的语气。但他是个天生的领导者。越是面临着危险，他就表现得越自信，他的语言就越生动，他冷酷的眼睛里燃烧起了激情的火焰，连他堂吉诃德式的胡须都好像因兴奋而微微颤抖了起来。他热爱危险，他疯狂地迷恋着冒险经历的戏剧性——他爱一切能将团队成员紧紧团结起来的因素——他永远将人生中的每一次冒险看作是一项体育运动，是人和命运间的一次激烈的搏斗，而死亡则是在这场搏斗中失败的代价。这些观点让他在危难时刻成为一名很出色的队友。如果不是为其他两名同伴的生死担忧，能够跟这样一个人一起投入到这样一件事情中还真算得上是一件乐事呢。我们正要从藏身的灌木丛中站起来，突然，他抓住了我的胳膊。

“天啊！”他小声说，“他们来了！”

从我们的伏身之处向外望去，正是一条小路，茂密的树枝树干像是在小路上方搭建了一道拱门，在这道“拱门”的遮蔽下，光线显得很昏暗。一帮猿人此刻正从小路上通过。这些猿人双腿弯曲、弓腰驼背，双手还时不时地扶一下地面，他们排成一列纵队，一边沿着小路小跑，一边还扭着头左右观望着。他们行走时蹲伏的步态使他们显得比实际身高矮了一些，但凭我的估计，这些猿人身高大约五英尺，胳膊很长，胸脯大大鼓起。很多猿人手里都拿着棍棒，从远处看，就像是一队浑身长毛的畸形人。这些猿人从我们面前匆匆经过，然后就消失在灌木丛中了。

“时机还不到，”洛德·约翰说，“我们要耐心等待，等他们停止搜索的时候才是最好的机会。那时候我们返回他们的聚居地，看能不能找到他们的软肋。再等等，一小时后我们就行动。”

我们利用这段时间打开一罐食物，补充了点能量。从前一天早晨起，洛德·约翰除了些水果就什么都没吃，因此吃起东西来像头饿狼一样。吃完早饭后，我们在衣袋里装满子弹，双手各握一支来复枪，踏上了营救同伴的征程。在离开之前，我们精心地给位于这个灌木丛中的藏身之处做了记号，并标记了它和查林杰堡的相对位置，以便将来需要的时候还能回来。我们悄悄地在灌木中间穿行着，一直走到悬崖边缘，这里离我们原来的营地不远了。我们暂时停下了脚步，洛德·约翰给我大概讲了一下他的行动计划。

“进入树林之后就是那帮畜生的天下了，”他说，“我们在明，他们在暗。但在开阔地情况就不一样了，他们跟不上我们的跑动速度。所以，我们要尽量在开阔地带活动。高地的边缘比里面树木少，因此在那里我们比较有优势。慢点走，随时保持警惕，枪要握紧。最重要的是，只要还有一颗子弹就千万不要让他们活捉——我就交代这么多了，小伙子。”

走到悬崖边时，我探出头向下望了望，我们的老好人黑人赞波正坐在我们下方的石头上抽烟呢。我本想跟他打个招呼，将我们现在的处境告诉他，但是那样太危险了，万一被猿人听到就麻烦了。树林里好像到处都是猿人，我们时不时地就能听到他们叽里呱啦的谈话声。一听到他们的声音我们就赶紧藏到最近的灌木丛中趴下不动，直到声音消失才敢继续行动。因此，我们的行进速度很慢。至少过了两个小时，洛德·约翰的动作变得警惕了，由此判断我们应该是接近目的地了。他示意我趴着别动，自己则向前爬了过去。很快他又回来了，一脸急切的表情。

“来，”他说，“快来！上帝保佑！希望我们没来迟！”

我浑身都在因兴奋和紧张而发抖，我赶紧匍匐前进，爬到他的身边，透过灌木的缝隙向面前的空地望去。

眼前的一幕我至死都不会忘记——如此怪异、如此不可思议，我都不知道怎么向您形容，也许多年后，当我再次坐在野人俱乐部的大厅里，看着对面死气沉沉的河岸时，即使是让我自己相信这确实是我亲身经历过的事都会很困难。到那时候，任何人都会说这是个荒诞的噩梦，是发高烧时说的胡话。所以，趁着记忆还清晰，我现在就把它记录下来，至少现在趴在我身边潮湿的草地上的那个人知道，我说的不是假话。

我们面前是一片宽阔的空地——大约几百码见方——上面长满了绿油油的草皮和欧洲蕨，一直延伸到悬崖边。围绕这片空地另外半圈的是一片树林，树枝之间有很多用枝叶搭建而成的小屋，一个堆在另一个上面，很奇怪。就好像是由一间间小房子组成的一个村落。这些小屋的门口和树枝上都挤满了猿人，从他们的个头判断应该是这个部落的妇女和儿童。这些猿人构成了整幅画面的背景，都在饶有兴致地看着眼前的一幕，而这一幕也同样是让我们看得目瞪口呆。

在这片空地靠近悬崖边的地方，集结了几百名这种长着红毛的猿人，长得样子很吓人，其中一些的身材很还高大。这些猿人显然受到了某种纪律的约束，都整齐地站成了一排。再前面站着的是一小群土栖人——一些个子不高，长得干净利落的红种人，他们的皮肤在强烈的太阳光照射下发出青铜一样的光泽。一个高高瘦瘦的白种人站在这些土栖人旁边，低着头，抱紧双臂，看样子是又惊又怕。当然，那确定无疑就是夏莫里教授。这些俘虏四周都有几个猿人看守着，要想逃跑是根本不可能的。

在所有这些人旁边，紧挨悬崖边上站着的两个身影吸引了我的目光，这两个人长得奇形怪状，荒唐滑稽，如果不是在这样紧张的环境下一定会让人忍不住笑出声来。其中一个是我们的同伴查林杰教授。他身上的外衣破得像碎布条一样，衬衫更是烂得不成样子。他那浓密的胡须成了黑乎乎乱糟糟的一团，盖在他宽大的胸脯上。他的帽子也丢了，在我们探险过程中长得长长的头发现在也乱七八糟的，像在头上顶着个鸟窝一样。只是隔了一天时间，他似乎就由一名现代文明的最高级产物变成了南美洲最原始的野蛮人。他身边站着这个领地的主人，这些猿人的首领。洛德·约翰说的没错，他在各方面都和我们的查林杰教授长得很像，只是他的皮肤是红色而非黑色。都是又矮又胖的身材，厚重的肩膀，胳膊垂在身前，粗壮浓密的胡须搭在胸前。唯一能够区分两者的是眉毛以上的前额部位，一个长着猿人典型的斜坡一样低低的额头，而另一个则长着欧洲人典型的宽大的眉骨和头盖骨。除此之外，这位猿人首领简直就是一个荒唐可笑的仿版查林杰教授。

虽然我用了这么长时间来描述这一切，但是这些印象刻印在我的大脑中却只用了几秒钟的时间。转瞬之间，又有新的情况需要我们来思考了，一场好戏正在上演。两个猿人拉扯着一个土栖人来到了悬崖边。看见首领举手示意后，两个猿人分别抓住那个土栖人的双手双脚用力地来回晃了三次，然后，用力将这可怜的家伙扔下了悬崖。他们用了很大力气，那个土栖人先是被高高抛起，在空中划出了一个弧线，才开始降落。等他从视线中消失后，除了守卫之外，所有的猿人都蜂拥至悬崖边，先是静静地看着，继而爆发出了一阵疯狂而兴奋的欢呼声。他们跳着、挥舞着长着毛的长胳膊，无比欢喜地号叫着。之后，他们又从悬崖边退回，自动排起了队，等待下一个可怜的家伙被扔下去。

这次轮到夏莫里了。两个首位抓住他的手腕，残暴地将他推到悬崖边。他瘦削的身体和细长的四肢拼命挣扎着，那样子很像一只正在被拽出鸡笼的母鸡。

查林杰跑到首领面前疯狂地挥着手，哀求着、恳请着，希望能够救夏莫里的性命。但是那个猿人却粗暴地一把把他推到一边，摇了摇头。然而，猿人首领没有想到，这竟是他在这个世界上做出的最后一个有意识的举动了。洛德·约翰的枪响了，首领倒了下去，飞溅的血液在地上染红了一片。

“朝人群密集的地方射击！射击！小家伙，射击！”洛德·约翰大喊着。

可能最普通的人灵魂深处也隐藏着一种狂暴的本性吧。我这个人本性是很温和的，有多少次就连看见野兔受伤嘶叫时也会泪湿了眼睛。然而，此刻的我却完全被屠杀的欲望控制了。我站起身来，打空了一个又一个弹夹，又马上打开后膛装子弹，紧接着又是疯狂的射击。我欢呼着、叫喊着，宣泄着屠杀带来的快感。我们两个人，四支枪，破坏力强大。控制夏莫里的那两名守卫都倒下了。而夏莫里则像个醉汉一样，摇摇晃晃地站在那里，完全没有意识到自己已经自由了。而那些成群的猿人暴徒则在慌乱地四散奔逃，不明白这死亡风暴由何而来，也不明白它会导致怎样的结果。他们挥着手，做着手势，尖叫着，被已经倒下的那些绊得东倒西歪。之后，他们又一窝蜂地号叫着冲到树林中躲避，只留下他们那些被打伤的同伴躺在地上。一时之间，那些俘虏们被孤零零地留在了空地中间。

还是查林杰反应快。他一把抓住夏莫里的胳膊，拉着他拔腿朝我们跑过来。两名守卫跳起来就追，结果也被洛德·约翰的两发子弹打倒了。我们跑到空地上接应两位教授，并将装满子弹的两支枪分别塞到他们手中。但是夏莫里虚弱至极，几乎连步子都迈不动。而猿人则已经开始从惊慌中恢复过来。他们已经开始向灌木丛走来，马上就要切断我们的退路了。我和查林杰一人抓住夏莫里一只胳膊，架起他就跑，而洛德·约翰则负责掩护我们撤退，只要那些野蛮的畜生一接近我们就马上开枪射击。在最初的一英里，那些叽里呱啦直叫的畜生一直紧追不舍。但是后来，他们的势头也慢慢退了下去，因为他们逐渐见识了我们的威力，不敢挑战我们百发百中的来复枪了。

当我们跑回营地时，回头一望，没有人追来。虽然我们当时以为没有人跟着我们回来，但是我们却是错了。我们刚刚关上围栏上用带刺的灌木做成的门，握了握彼此的手，然后一屁股坐在泉水旁边的地面上喘息着，却听到一阵轻快的脚步声，接着，门外传来了一声微弱的而哀伤的叫声。洛德·洛克斯特赶紧抄过一支枪冲上前去，猛地一下把门推开。只见门外是那四个幸存下来的土栖人，他们瘦小的身子因为害怕而颤抖着，正脸朝下趴伏在地上，祈求着我们的保护。其中一个土栖人挥舞着双手指了指四周的树林，意思是他们身边处处都是危险。然后，他将身子猛地向前一冲，双臂抱住洛德·约翰的双腿，将自己的脸贴在上面。

“天啊！”洛德·约翰困惑地扯了扯胡须，说，“我说——真是活见鬼了，我们该拿这些人怎么办？起来，小家伙儿，别拿你的脸蹭我的靴子啊。”

夏莫里一边坐起来，一边往自己的破烟斗里塞着烟草。

“我们救了他们的命，”他说，“是你们让我们摆脱了死神。哎呀！这事办得真不错！”

“令人钦佩！”查林杰大声地说，“令人钦佩！不仅我们几个，就连整个欧洲科学界都应该感激你们今天的作为。我可以肯定地说，如果我和夏莫里牺牲了，那将会是现代动物学史上的巨大损失。你和我们的小朋友，你们真是好样的。”

他又对我们露出了那慈父般的微笑，但是如果欧洲科学界此刻看到他们选出来代表着未来希望的天之骄子是这样一副蓬头垢面、衣衫破烂、袒胸露乳的样子，不知道会是什么表情。他坐在那里，双膝之间夹着一个肉罐头，手里抓着一大片澳大利亚冷羊肉。那个土栖人抬头看了他一眼，惊叫了一声，就又伏倒在地，紧紧抱住了洛德·约翰的腿。

“别害怕，可怜的小家伙儿。”洛德·约翰一边说，一边拍了拍土栖人的头，“他看到你的样子害怕，查林杰。天啊！小家伙儿，他只是个人，跟我们其他人是一样的。”

“没错，先生！”教授大喊了一声。

“嗯，查林杰，还多亏了你长相比较奇特。要不是你长得那么像那个首领——”

“我郑重地告诉你，洛德·约翰，你说话可有些放肆了。”

“呃，可是事实确实如此啊。”

“先生，我请求你换个话题吧。你说的这些既无关主题又莫名其妙。我们目前面临的问题是应该怎么处理这些土栖人。很明显，我们应该护送他们回家，但是前提是我们要知道他们的家在哪里。”

“这倒没什么难的，”我说，“他们就住在中心湖另一侧的洞穴里。”

“哦，我们的小朋友知道他们住哪儿。我想应该离这儿不近吧。”

“得有二十多英里吧，”我说。

夏莫里叹了口气。“反正我是走不到那儿。肯定是那些野蛮的畜生追上来了，你们听。”

话音未落，我们就听见猿人那叽里呱啦的叫喊声从远远的树林深处传来了。那几个土栖人又一次被吓得轻轻叫出声来。

“快走，快！”洛德·约翰说，“你搀着夏莫里，小伙子。这几个土栖人负责拿东西。快走，别让他们看见。”

用了不到半小时，我们就走到了我们先前藏身的那个灌木丛，藏了进去。整整一天的时间，猿人亢奋的叫喊声持续地从我们原来的营地那边传来，但是没有人追过来，而我们这一群，不管是土栖人还是白人，都因为过度疲惫而陷入了深深的睡眠。傍晚时分，我正打着盹，忽然觉得有人在拉扯我的衣袖，我睁开眼一看，原来是查林杰正跪在我身边。

“你一直在做着记录，希望有朝一日能出版吧，马龙先生。”他一脸严肃地说。

“我的身份就是一名新闻记者，职责就是记录。”我回答说。

“没错，洛德·约翰的一些胡言乱语你可能也听到了，就是说什么我长得像——”

“对，我听见了。”

“我想无须赘言了吧，任何关于那种看法的宣扬——如果你在你的记录中轻率地提到这点——对我来说都是极大的冒犯。”

“我会好好尊重事实的。”

“洛德·约翰的评价有时候并不符合事实，而且，对于那些未开化民族对我的尊严和品格表现出来的尊重，他也是妄加揣测。你明白我的意思吧？”

“完全明白。”

“这件事情由你自己考量吧。”他停顿了一会儿又说，“猿人的那位首领真的算得上是一个很特别的人物——个性相当率直，又充满了智慧，你看出来了吗？”

“相当非同凡响。”我说。

这下教授似乎心里一块石头落了地，又重新躺下睡着了。

第十四章　这是真正的征服者

我们以为那些追赶我们的猿人对我们的藏身之处一无所知，然而很快，我们就知道自己这个想法是大错而特错的了。树林里没有一点声音——连树上的叶子都纹丝不动，我们身边的一切完全处于静止状态——但是凭第一次的经验，我们就应该知道，这是一种多么狡猾而又富有耐心的动物，在机会到来之前，他们会不露声色地观察着，等待着。不管我这一生会是怎样的结局，我敢肯定我都不会遇到比那天上午更接近死亡的情况了。请容我慢慢讲述事情的原委。

由于昨夜受到惊吓，吃的又少，我们醒来时都处于极其疲惫的状态。夏莫里身体依然很虚弱，几乎站不起来，但是他凭着胸中的一口气，依然是一副不服输的样子。我们商量了一下，决定在原地再待上一两个小时，吃点东西，解决我们急需能量的问题，然后出发去高地的另一边，去寻找我之前在中心湖边看到的土栖人居住的那些洞穴。我们寄希望于那些被我们救过的土栖人，希望能因为他们的几句美言而受到他们同族人的欢迎。之后，既然我们已经完成了任务，又对梅普尔·怀特高地有了进一步的了解，我们下一步的任务将是全心全意地考虑如何逃出高地，返回家乡这个生死攸关的问题了。甚至连查林杰也承认我们此行的目的已经完全达到了，从此刻起，第一位的问题就是将我们惊人的发现带回文明世界去。

我们现在终于有时间从容不迫地观察被我们救了的那些土栖

人了。他们个子不高，活泼好动，身材精瘦但却很壮实，长长的黑头发用一根皮绳绑在脑后，身上也穿着用兽皮制成的衣服。他们的脸上没有毛发，发育良好，并且表情和善。他们的耳垂撕破了，血淋淋的，说明他们原本穿了耳洞，戴着饰品，后来被那些抓住他们的猿人扯掉了。我们虽然听不懂他们的语言，却发现他们之间交谈得很流利，而且在他们交谈过程中，有很多次都指着彼此发出“阿卡拉”这个音，我们推测这可能就是他们这个民族的名称。有时候，他们的脸会因为恐惧和憎恨抽搐着，举起握紧的拳头向树林挥舞着大喊：“哆哒！哆哒！”这肯定是他们对自己敌人的称呼了。

“你对他们了解多少，查林杰？”洛德·约翰问，“至少我弄明白了一件事情，那个剃光前额的小家伙应该是他们的一个首领。”

确实，其中的一个土栖人明显与众不同，其他土栖人跟他说话时都表现得毕恭毕敬。虽然他看起来是这群人中最年轻的一个，但却表现出了非同寻常的高傲。只见查林杰刚刚将自己的大手在他头上一放，他就双眼一瞪，像一只受惊的野马一样跳开了。然后，他将手放在自己的胸脯上，摆出一副很高贵、很有尊严的样子，嘴里反复说了几遍“马里塔斯”这个词。而教授则厚着脸皮抓住了离他最近的另一个土栖人的肩膀，继续对人家评头论足，好像他正在教室里拿着一个罐装的标本讲课一样。

“这一类型的人类，”他用他一贯的大嗓门说，“无论是从颅容积、脸型、还是其他方面评判，都不能算是低等的人类，他们甚至比很多南美洲的部落都还要高级。关于在这样一个地方为什么会出现这样的进化，我想我们还无法解释。关于这个问题，这片高地上生活的猿人和那些原始动物之间存在着如此巨大的差异，我想它们是在本地进化而成的说法很难成立。”

“那它们是从哪儿来的？”洛德·约翰问。

“这个问题肯定会马上在欧洲和美国的每一个科学团体中引发热烈讨论的。”教授回答说。

“不管真实性如何，我自己对这种情况的理解——”他一边说着一边深吸一口气，胸脯鼓起很高，同时骄傲地环视了一下四周，“就是在这片高地特有的环境下，进化已经进行到了脊椎动物阶段，同时旧的动物种类得以保存下来，与新型的动物共存。因此，我们在这里能看见貘这样存在历史很长的现代动物，大鹿、食蚁兽，同时还有侏罗纪时代的一些爬行动物种类。类型多种多样。现在又发现了猿人和土栖人。该用怎样的科学思维看待他们的存在呢？我只能用来自外部世界这种方法解释。一种极大的可能性是南美洲本来就存在着一支类人猿，在过去漫长的岁月里，一个偶然的机会，它们来到了这片高地上，然后慢慢进化成了我们看到的那个样子，其中一些的——”说到这儿，他严厉地看了我一眼，“外貌和身材，如果跟他们的智商匹配的话，我敢肯定地说，可以作为他们那个种族的典型代表。至于那些土栖人，我可以肯定地说，他们是从下面的世界迁移上来的。可能是饥荒或是战争的原因迫使他们迁到这里。出于躲避那些凶残的动物的需要，他们以我们的小朋友说的洞穴作为避难所，但是仅仅躲避还是不够的，他们肯定也曾艰苦地对抗过野兽，尤其是对抗那些把他们视为入侵者并以那些大型野兽不具备的狡猾对他们发起无情的战争的猿人。因此土栖人的数量不多。好了，先生们，我给你们解释的还算清楚吧？你们还有什么问题吗？”

夏莫里教授当时情绪相当低沉，根本没有心情争辩，但他在查林杰长篇大论的过程中还是时不时地用力摇摇头表示反对。洛德·约翰只是刮着枪栓，说如果打起来的话他肯定不行，自己体重和级别都不够高。而我则像往常一样，用平淡无奇、纪实性的语言忠实地作着记录。正在这时，我们注意到一个土栖人不见了。

“他去取水了，”洛德·约翰说，“我们给了他一只牛皮水袋，他就走了。”

“回原来的营地取水了吗？”我问。

“不是，去溪边了。就在那片树林那边。超不过两百码远。但是这家伙肯定是不紧不慢的。”

“我去看看。”我一边说一边拿起了我的来复枪，朝小溪方向走去，留下我的朋友们在原地准备简单的早餐。您可能会觉得，虽然距离不长，但我就这么放弃了灌木丛的掩护也太过轻率了，但是，毕竟猿人的聚居地在离我们几英里以外的地方，而且，据我了解，那些猿人并没有发现我们的藏身之地，更何况我手里还拿着枪，即使他们来了我也不怕。然而，到此刻为止，我还没有领教他们的狡猾与凶悍。

溪水流动潺潺的声音从我前方传来，但是因为有纵横的树枝和灌木遮挡，我暂时还看不见小溪的影子。我在树丛中艰难地穿行着，刚好走到一个我的同伴看不到的地段，忽然，我注意到一棵树下的灌木丛中有一堆红红的东西。我走过去一看，被吓得不轻，竟然是那个走失的土栖人的尸体。他侧身躺在地上，四肢摊开，头部以一种极不自然地角度扭曲着，像是在低头盯着自己的肩膀一样。我大喊一声，告诉我们同伴们出事了，同时弯着腰向那具尸体跑过去。我的守护神肯定就在身边，或许是出于对危险本能的警觉，又或许是因为听到了树叶微弱的“沙沙”声，我抬头向上望去。我头顶上方不远处就是茂密的枝叶，两只长着红毛、肌肉发达的长胳膊正从这枝叶之间慢慢伸下来。眼看一双大手就要悄无声息地扼住我的喉咙。我赶紧向后一跳，虽然我速度不慢，这双手的速度却是更快。虽然我的脖子侥幸逃脱了，但是一只大手还是抓住了我的后颈，而另一只则抓在了我的脸上。我赶紧抬起双手护住自己的喉咙，果然，随后，我脸上那只大手就向下一滑，落到了我的双手上。那双大手一用力，我的脚就离开了地面，我感到后颈承受的压力越来越大，大到几乎超过了我颈椎的承受能力。我开始有些神志不清醒了，但我依然拼尽全力，想把那双大手扯开。我一抬头，只见一张狰狞的脸上，一双淡蓝色冷酷无情的眼睛正冷冷地盯着我。这双眼睛似乎具备催眠的魔力。我再也无力挣扎了。那只畜生感觉到我的身体越来越虚弱无力，令人作呕的大嘴一咧，两颗雪白的尖牙分别从两侧的嘴角露出来，而他手上的力道却更大了，掐着我的脖子继续向上向后掰过去。我眼前似乎出现了一团椭圆形的彩色薄雾，耳边似乎也响起了银铃般的声音。模模糊糊中，我听到一声枪响，我感觉自己被抛到地上。之后，我便失去了意识，一动不动了。

我醒来的时候，发现自己正仰面躺在我们所藏身的灌木丛中的草地上。不知道是谁从小溪里打来了水，洛德·约翰正将水撩拨起来一些洒在我的头上，而查林杰和夏莫里则正将我的头扶起来，脸上都是关切的表情。在那一刻，我终于看到了两个人在科学的面具遮挡之下善良的人性。其实我的伤并不算严重，可能更多的是因为惊吓才晕了过去，半小时之后，虽然头还是有点疼、脖子有点僵硬，但是身体已经基本没有什么问题了。

“你可真是命大，年轻人，”洛德·洛克斯顿说，“我听到你的喊声跑过去看时，你的脖子都快被拧断了，双脚在半空中乱踢，当时我心想，完了，我们要损失一个同伴了。因为匆忙，我没有打中目标，好在他放开了你，像一道闪电一样地逃走了。天啊！要是我有五十个带枪的人手就好了。我就能将这帮恶魔消灭掉，让这片土地比刚被我们发现的时候干净一些。”

现在的情况非常明了，猿人不知道用什么方法追踪到了我们，现在我们处于被全方位监视的状态。白天我们还不用怕他们，但是到了晚上，他们很有可能就会动手了，所以我们还是尽快远离他们的聚居地比较好。我们周围三面都是树林，如果贸然进入很有可能就会中了埋伏。然而另一面是通往中心湖方向的一个斜坡，坡上生长的大部分是些低矮的灌木，偶尔有几棵树点缀其中，不时还会有几片开阔的空地。这正是我独行探险的那次所走的路线，因此，我知道这就是通向土栖人居住的洞穴的道路。因此，毫无疑问，我们是要选择这条路线了。

只是有一个大大的遗憾，我们要离原来的营地越来越远了，不仅仅是舍不得还留在那里的物资，更是因为我们也将与赞波失去联系了，因此，也就失去了与外部世界的唯一联系。但是，至少我们将枪带在身边了，子弹也还充足，至少暂时还不至于有生命之虞，但愿不久之后我们就找到机会回去，与我们的黑人重新建立联系。他承诺要在那里等我们，我们相信他绝不会食言。

刚刚过午，我们就起程了。那个年轻的首领走在最前面当向导，但是对于我们让他帮忙拿些东西的请求，他却愤怒地拒绝了。其他两名幸存的土栖人背上我们微薄的物资紧随其后。我们四个白人则端着上了膛的枪走在最后面。我们刚一出发，身后寂静的密林中就传来了猿人的一声吠叫，听起来像是因为我们的离开而发出的胜利的欢呼，或是对于我们的逃跑而进行的嘲笑。回头望去，映入眼帘的只有茂密的树林，但是从那一声欢呼持续的时间就可以判断有多少敌人正潜伏其中。然而，我们并没有发现他们有追来的迹象，很快，我们就进入了更为开阔的地带，也就走出了他们的势力范围。

四个白人中，我走在最后面，看到前面三个同伴的样子，我脸上忍不住露出了笑容。我眼前的这位还是那晚那个洛德·约翰吗？当时他坐在奥尔巴尼的住所中，坐在那些被粉红色灯光笼罩着的波斯毯和名画中间，过着那样奢侈的生活。还有那位，那还是在恩摩尔公园宽敞的书房里，坐在那张宽大的书桌后面，高傲自负的教授吗？还有最后这位，这还是主持动物学研究会会议的那个简朴呆板的身影吗？我眼前的这三个人满身泥污、绝望至极，看上去比世界上任何流浪汉都更惨。我们来到高地上也就一个星期的时间，但是我们替换的衣服都留在下面了，这一个星期又过得极其艰苦，尤其是除了我之外的三个人，还经受了猿人的折磨。这三个人的帽子都已经丢了，现在都用手帕包着头，身上的衣服破得像碎布条一样，脸上胡子拉碴、肮脏不堪，都已经认不出本来面目了。夏莫里和查林杰两个人都跛得厉害，而我在经历了上午的惊吓后也虚弱得几乎迈不开步子，我的脖子也被掐得像一块僵硬的木板。我们这个团队的确算不上威风，也难怪走在前面的土栖人时不时回头看我们时脸上满是惊恐的表情。

接近傍晚时分，我们走到了湖边。一走出灌木丛，一湖碧水像明镜一般呈现在我们眼前。我们的土栖人朋友欣喜地惊叫一声，热切地指着他们面前。大家举目望去，的确是一番壮丽的景色。只见光泽如镜的湖面上有一只规模不小的独木舟舰队向我们脚下的湖岸划来。我们刚一看见它们时它们还在几英里之外，然而它们行进速度很快，眨眼之间就已经近在眼前了。船上的人已经能够看清楚我们的样子。人群中立刻爆发出了雷鸣般的欢呼，只见船上的人都站起身来，举起手中的船桨和长矛疯狂地挥舞着。很快，他们又弯腰奋力划船。独木舟快速地穿过间隔我们的那片水面，停泊在岸边的沙滩上。这些人都跳下独木舟向我们跑过来，伏倒在地大声地向那名年轻的首领致意。最后，一个年龄稍长的人从人群中站了出来。这个人戴着用亮晶晶的玻璃珠子穿成的项链和手镯，身披一种琥珀色带斑点的兽皮。他先是跑上前去，无比温柔地拥抱了我们救下的那个年轻人。然后，又看了看我们几个，问了几个问题，听完回答后，便很尊贵地走到我们面前，也一一拥抱了我们。之后，在他的命令下，整个部落的人都拜倒在我们面前的地上，向我们致意。面对这样的膜拜，我感觉有些害羞，有些不自然，从表情可以看出，洛克斯顿和夏莫里也有这样的感觉，但是查林杰却在太阳光下乐得像一朵盛开的花一样。

“或许他们属于一些未开化的人类种类，”他一边捋着胡子，一边环视着这些人说，“但是他们在自己尊长面前的行为举止却值得我们这些所谓文明的欧洲人学习。这些人天然具备的本能才是更正确的，真是奇怪！”

很明显，这些土栖人到这里来的本来目的是来打仗的，每个人都拿着武器，有的拿着长矛——一根长长的竹竿一头安上了一个骨头制成的尖头——有的拿着弓箭，有的则是拿着一根棍棒，有的身侧挂着石头制成的战斧。他们用阴郁、愤怒的目光盯着我们身后的树林，嘴里还不断重复着“哆哒”这个词，很显然，这帮人来到这里的目的就是去解救老首领的儿子，或是为他复仇。而据我们推断，这位老首领的儿子正是我们救的这个年轻人。现在，整个部落的人围成一圈蹲着开起了会，而我们几个则坐在一边的一块玄武岩上看着。先是有两三位勇士发了言，最后，我们救的那个年轻人发表了一通鼓舞人心、滔滔不绝的演讲，他在演讲过程中使用了大量生动的表情和动作，就连我们这些完全不懂他们语言的人也能清楚地明白他表达的意思。

“回来了又有什么用？”他说，“死亡是迟早的事。你们的同胞已经死去了。就算我平安回来了又怎样？其他人都死掉了。危险与我们如影随形。我们现在就集合起来，做好准备。”他指了指我们。“这些人是我们的朋友。他们作战能力又强，又像我们一样憎恨猿人。他们能——”说到这里他指了指天空，“——控制雷电。如此良机错过了还会再有吗？让我们勇敢地面对吧，或者现在死得其所，或者将来安全地生活。否则的话，我们又有何颜面回去面对我们的女人呢？”

这些小个子的红种人勇士坚决拥护他们的小首领，他刚一讲完，他们立刻就爆发出了一阵雷鸣般的掌声，同时举起他们手中粗糙的武器挥舞着。老首领走到我们面前，一边指着树林，一边提了几个问题。洛德·约翰做了个手势告诉他等一下，然后转身跟我们商量。

“那么，大家都说说自己的打算吧，”他说，“就我自己而言，我很愿意消灭这些猴子，如果就此让这些畜生从地球上消失也没什么值得遗憾的。我愿意站在这些红皮肤的小家伙这边，帮他们打赢这一仗。你呢，小伙子？”

“当然，我也没问题。”

“你呢，查林杰？”

“我坚决配合。”

“你呢，夏莫里？”

“我们似乎已经偏离这次考察的目的很远了，洛德·约翰。说实话，当初离开伦敦的时候我可没想到要领导一群原始人反抗类人猿的殖民统治。”

“来的时候我们确实没想到，”洛德·约翰微笑着说，“但是谁让我们遇上这样的情况了呢？那么你的决定是什么？”

“虽然这么做比较有争议，”终于，夏莫里下定了决心，“但是既然你们都要冲上前去，我也没什么理由独自退缩。”

“那就这么定了。”洛德·约翰说，然后又转身对首领点了点头，拍了拍手中的枪。

老首领依次紧紧握了握我们的手，而他的人则爆发出了有史以来最热烈的欢呼声。当天时间已经太晚了，不适合再行动了，土栖人在原地扎起了简陋的营地。他们在营地四周点起了篝火。几个土栖人先前离开营地走进了丛林，而现在这几个人赶着一头小禽龙回来了。这只禽龙和我们之前看到的那几只一样，肩膀上也用沥青画上了一个标记。一名土栖人俨然一副主人的样子，走上前去通知屠夫可以宰杀。这时候我们才明白了，原来这些大型动物都是他们的私有财产，是他们所驯养的牲畜。而那些曾让我们困惑不已的标志则只是一些显示这些牲畜属于哪个主人的记号。这些禽龙迟钝、温和、食素，它们四肢发达、头脑简单，一个孩子就能围拢、驱赶它们。几分钟之后，这只禽龙就被分割完毕，肉块同一些被土栖人从湖里插上来的长着硬鳞的大鱼一起挂在了各个火堆的上方。

夏莫里躺在沙滩上睡着了，而我们其他几个人则在水边慢慢散着步，想对这片神奇的土地多增加一点了解。有两次我们又看见了被蓝色泥土覆盖的坑，跟我们在翼龙栖息的沼泽看到的一样。这些是原来的火山口，不知道为什么，这些东西引起了洛德·约翰极大的兴趣。而吸引查林杰的，则是一座冒着泡、“咯咯”作响的泥浆喷泉，泥浆的表面由一种奇怪的气体形成了巨大的气泡，这些气泡不断形成着、胀大着、爆裂着。他将一根空心芦苇的一头插进气泡里，用一根点燃的火柴接近芦苇另一头，伴随着一声刺耳的爆炸声，一小朵蓝色的火焰冒了出来，他像一个小男孩一样开心地大喊起来。他又找了一个皮革制成的袋子，从芦苇的末端收集了一袋子这种气体，把口封上后一松手，袋子径直飞到了空中。

“易燃气体，显然又比空气轻很多。我敢肯定里面含有大量的游离氢。地球上的资源还没有耗尽，我的小朋友。我可能已经展示了一个伟大的思想是怎样让大自然的万物物尽其用的吧。”不知道为什么他有些洋洋得意，但到底是为什么，他却不再多说了。

对我来说，站在水边放眼望去，除了平静的湖面就什么都没有了。因为我们人数众多，人群中声音又比较嘈杂，几乎所有动物都受到惊扰离开了，只有几只翼龙还在我们头顶盘旋着，等待机会享用腐肉。但是在中心湖那玫瑰色的水面上就是另一番景象了。湖水中热闹非凡，各种奇奇怪怪的动物浮浮沉沉。不时有灰白色的脊背和高高的锯齿状背鳍带着一圈银边浮出水面，又马上沉入深深的水底。远处的沙滩上也不时出现一两只笨拙的爬行动物，有巨大的海龟、长相怪异的蜥蜴，还有一只身形扁平的巨大动物，看起来就像油乎乎的黑色垫子正在翻滚着、跳跃着，慢慢地向湖水移动着。水面上到处都会有某种动物的头高高露出水面，像是些巨大的蛇头。这些高大的头在向前游动时像天鹅一样优雅地起起伏伏，脖颈前面的水面受到冲击泛起了水花，而后面的水面上则留下一圈圈涟漪。当其中的一只摇摆着身体走上了距离我们几百码远的沙滩时，我们终于看到了它细长的脖颈下那水桶一样的身体和巨大的脚蹼。刚刚跟上来的查林杰和夏莫里都忍不住齐声惊呼赞叹起来。

"蛇颈龙！是一只淡水蛇颈龙！"夏莫里大喊，"有生之年我竟然有幸看到这样的景象！亲爱的查林杰，我们可以算是开天辟地以来最幸运的动物学家了。"

直到夜幕降临，土栖人的篝火在黑暗中闪出点点红光，我们的两位科学家才恋恋不舍地离开了那片原始的湖泊。当我们躺在黑暗中的沙滩上，依然能时不时地听见生活在湖中的大型动物喷着响鼻跳入水中的声音。

第二天清早，大家早早地就起来了，经过一个小时的准备，我们就出发踏上了征讨之路。我常常梦想着自己有朝一日会成为一名战地记者。而我命中注定要报道的这场战争竟是如此原始、如此野蛮。这是我第一次上战场。

在刚刚过去的这个晚上，又有一批土栖人加入到我们的队伍中，我们的力量得到了进一步的壮大，我们的战士已经多达四五百人。走在队伍最前面的是一排侦察兵，其他人排成纵队紧随其后，大家沿着斜坡慢慢穿过灌木丛生的那片土地，一直走到接近树林边缘的地方。在这里，队伍调整了一下队形，手持长矛的士兵和弓箭手们排成横队。洛德·约翰和夏莫里站在右翼，而我和查林杰则站在左翼的位置。这是一场夹杂着现代元素的石器时代的战争——我们配备着来自圣吉姆斯大街和斯特兰德大街枪支制造商制造的最新产品。

没用多长时间我们的敌人就来应战了。树林的边缘突然传出一声尖利的叫嚷，一大群猿人手持棍棒和石头朝土栖人队伍的中间地带冲过来。这种举动的确勇敢，但是却算不上聪明，因为猿人的罗圈腿根本跑不快，而他的对手却像猫一样的身手敏捷。土栖人的箭一支接一支地射进那些猿人的身体里，而那些凶残的野兽则还在口吐白沫、眼露凶光地紧握武器向前冲着。这一幕的确让人心生畏惧。一个身材魁梧的大家伙冲到我的面前，胸口和肋间插着无数支箭，疼得哇哇大叫。为了解除他的痛苦，我朝他的头开了一枪，他四肢摊开地倒在了芦荟丛中。然而，这却成了我开的唯一一枪，因为攻击是从土栖人的队伍中央发起的，土栖人此刻根本不需要我们的帮助。所有冲到开阔地来的猿人都是有来无回。

但是当我们进入树林，情况变得艰苦起来。进入树林之后一个小时左右，我们遭到了顽强的抵抗，情况几乎到了失控的地步。手握粗大棍棒的猿人从矮树丛中跳出来攻击土栖人，往往他们还没有被长矛刺中，就已经有三四个土栖人倒下了。被他们砸中的东西都变得粉碎。其中一个猿人甚至将夏莫里的来复枪都砸成了碎片，另一个则正朝他的头砸过去，如果不是被一个土栖人的长矛刺穿了心脏，夏莫里肯定就完了。树上还有一群猿人正朝我们扔着石块、木块之类的东西，不时还会有一只狂暴地跳到我们的队伍中疯狂地搏斗，直到被我们打倒为止。我们的盟军一度快要顶不住压力了，如果不是我们用来复枪助阵，他们肯定要溃败了。但是老首领很快就又将他的士兵团结起来，发起另一轮攻击，这次反而是猿人开始溃败了。夏莫里现在是手无寸铁，而我的子弹也渐渐地不多了。在队伍的另一侧，我们同伴的来复枪还在“噼噼啪啪”响个不停。

一时之间，猿人开始恐慌、溃败。这些大个子的家伙尖叫着、咆哮着在树林中四散奔逃，而我们的盟军则欢呼着紧追不舍。世代的争斗，他们有限的历史中的种种憎恨与暴行，他们记忆中的所有虐待和迫害，都在这一天了结了。最终，人类还是占了上风，而半人半兽的猿人则只能永远生活在被指定的区域。虽然猿人都在尽力逃脱，但是终究还是难以摆脱被消灭的命运。在茂密的树林里，到处都能听到土栖人那欣喜的欢呼声，弓弦拨动的声音，以及猿人从他们隐蔽于树枝中的藏身之处摔落的声音。

我正跟在其他人身后走着，突然看见洛德·约翰和查林杰朝我们走了过来。

“战争结束，”洛德·约翰说，“把打扫战场的任务留给他们吧。我们还是少看见点儿好，免得睡不着觉。”

查林杰眼中满是杀戮的欲望。

“这真是我们的荣幸，”他大声说，那样子活像一只自负的斗鸡，“能亲身参与人类历史上一次典型的决定战役——一次能决定世界命运的战役。朋友们，一个国家占领了另一个国家有什么意义？什么意义都没有。不管谁胜利了都一样。但是在这种残酷的战争中，在人类文明刚刚萌芽的阶段，穴居的原始人战胜了虎群，或是象群被驯服了，这些才是真正的征服——这种胜利才有意义。由于一个偶然的机遇，我们见证了、并且帮助决定了这样一场竞赛。这片高地上的未来必将属于人类。”

为这样一场惨剧辩护真的需要强大的信念。我们一起在树林中走着，看到无数的猿人密密麻麻躺在地上，身上插满了长矛或箭。时不时地，还能看见一小群疲惫的土栖人聚集在一起，说明那里还有一个陷入绝境的猿人在拼命抵抗。我们前方总有呐喊和怒吼的声音传来，指示着追击的方向。猿人被赶回了他们的聚居地，在那里背水一战，而现在，这最后的抵抗也失败了，我们赶到时正好看见了最让人触目惊心的一幕。最后幸存的大约八十到一百个猿人被赶到了悬崖边的那片空地上，两天前我们就是在这里目睹几个土栖人被扔下悬崖的。土栖人的长枪兵围成一个半圆，向猿人围拢过去。片刻之间，三四十个猿人被杀死在了原地，而剩下的则是惨叫着、挥舞着胳膊，却难逃被推下悬崖的命运。就像他们的俘虏一样，他们重重地摔下悬崖，被六百英尺以下锋利的竹子刺穿了身体。正如查林杰所说，人类在梅普尔·怀特高地上永远确立了他们统治者的地位。雄性的猿人被杀的一个不剩，猿人的聚居地遭到了捣毁，雌性和幼年的猿人则被迫沦为奴隶，不知持续了多久的竞争终于被画上了一个血腥的句号。

我们当然也是这场胜利的受益者。这下我们又可以回到原来的营地，拿回我们留下的物资了。而且，我们也可以重新与赞波建立起联系。刚才猿人从远处的悬崖雪崩一样掉落下来的景象着实让他受到了不小的惊吓。

“快离开，主人，快离开吧！”他使劲仰着头大喊着，“再不走肯定会被魔鬼抓住的。”

“这话说的真是再有道理不过了！”夏莫里坚定地说，“我们冒的险也不少了，这与我们的身份地位都不相符。我请你信守诺言，查林杰。从现在起，你要倾尽全力想出办法，让我们离开这个可怕的地方，重回文明世界。”

第十五章　我们亲眼看见了奇迹

我每天坚持着记录，因为我坚信终有一天阳光会穿透云层，照耀在我们身上。然而现在，我们却被困在这里，不知道怎么逃脱，这真是让我们气恼无比。然而，我依然想象着会有那么一天，我们会因为被困在这里而高兴，因为尽管违背了我们的意愿，我们却因此有幸目睹了发生在这个神奇的地方，以及发生在生活在这里的人们身上的奇迹。

土栖人的胜利以及猿人的灭绝标志着我们命运的转折。从此之后，我们成了高地真正的主人，因为我们用神奇的力量协助土栖人消灭了他们世代的敌人，所以他们对待我们抱有一种感激混合着些许敬畏的态度。所以他们可能也很愿意看到我们这样一个强大而又不可估量的群体离开，但是关于怎么离开，他们也没有任何头绪。他们用手势告诉我们，原来有一条隧道连接着高地之上和高地之下两个世界，也就是我们之前看见的那个山洞洞口。猿人和土栖人都是在不同的时期通过这个隧道来到高地上的，梅普尔·怀特和他的助手也是通过这个途径上来的。然而，就在一年前，发生了一次严重的地震，位于高地上的通道这一端塌陷了，再也找不到了。当我们用手势语表达想要下去的意思时，土栖人只是摇摇头耸耸肩。他们有可能是帮不上忙，也有可能是不愿帮忙。

在土栖人大获全胜之后，幸存的猿人族群受到驱逐离开了自己的家园（他们的哭声震天），在土栖人聚居的洞穴旁边定居了下来，从此以后，他们将成为忠心侍候主人的奴隶。这简直就是巴比伦的犹太人或是埃及的以色列人的一个翻版。

当夜幕降临时，我们还能听到树林中传来悠长的哭号声，那是远古的以西结正在悼念失落的荣耀，召唤猿人聚居地往日的光辉重现。从此以后，他们将为土栖人伐木取水。

战役结束两天之后，我们随着我们的同盟军回到了高地的另一边，在他们聚居的山崖下扎了营。他们邀请我们住进他们的洞穴，但是洛德·约翰坚决地推辞掉了，因为他认为那样会将我们置于他们的控制之下，如果他们心生歹念的话情况就非常危急了。所以，我们单独住着，一方面跟他们保持着友好的关系，另一方面随身带着枪，随时准备应对任何紧急情况。我们还经常到他们的洞穴里去拜访。那些洞穴是非常舒适的住所，但是究竟是人为建造的还是天然形成的就不得而知了。这些洞穴都整齐地排列在同一高度，崖壁上层是红色的火山玄武岩，下层以坚硬的花岗岩为地基，而洞穴都是在中间一层石质较为松软的石头上挖出来的。

洞口高出地面大约八十英尺，由长长的石头台阶与地面连接，台阶又窄又陡，大型动物都爬不上去。洞内温暖而干燥，深浅不一，灰色的墙壁上有不少用烧黑的木棍画的精美图画，图画上的形象都是高地上生活的各种动物。即使这片高地上的所有动物都灭绝了，洞壁上的图案也能为未来的探险者提供各种奇怪的动物在这里生存过的确切证据——恐龙、禽龙、鱼蜥蜴——而且竟然是和我们生活在同一时代。

我们已经了解到，禽龙这种温顺的大型动物已经被人类驯服，成为会行走的“肉库”，那么我们也有理由相信，虽然手中只是握着原始的武器，但是人类已经在这片高地上建立起了绝对的支配地位。然而，不久之后，我们就有机会了解到，事实并非如此。

在我们将宿营地点搬到土栖人聚居的洞穴旁边的第三天，惨剧发生了。那天，查林杰和夏莫里一起来到湖边，指挥着几名土栖人帮他们用鱼叉插大蜥蜴，用来制作标本。我和洛德·约翰留在营地里。不少土栖人分散地站在洞穴前面长满青草的斜坡上，各自忙着手中的活计。突然，一声尖叫响起，随后又有上百个声音此起彼伏，都在重复着同一个词——“斯托埃”。男人、女人、孩子飞快地从各个方向跑回来躲避，他们疯了一样地爬上台阶，涌入洞穴。

我们抬头一看，他们都在岩石上方向我们挥舞着胳膊，示意我们上去跟他们一起躲避。我们两个赶紧抓起上了子弹的来复枪，跑出去看究竟是出现了什么样的危险。

突然，十四五个土栖人从不远处的树丛中冲出来，飞奔着逃命，紧跟在他们后面的是两头巨大的怪物。我们定睛一看，正是骚扰过我们的营地、又在我独行的时候跟踪过我的那种怪兽。从长相上看，它们就是两只长相吓人的蟾蜍，也是蹦跳着前进的。但是，从身材大小上看，它们实在是大得离谱，比最高大的大象还大。我们以前看见这些怪物都是在夜晚，的确，它们属于夜行动物，除非受到惊扰，否则不可能在白天出现。我们不禁被眼前的一幕惊呆了，只见两只怪兽长满疙瘩、肮脏不堪的皮肤上覆有一层类似鱼身上的黏膜，在阳光的照射下散发出七彩的光泽，随着它们的跳动，身上似乎有一道彩虹笼罩。

但是，我们根本没有时间多看，只在片刻之间，它们已经追上了前面的猎物，开始血腥屠杀了。它们跳到被追赶上的土栖人身上，将全身的重量压下去，将人压得粉身碎骨，紧接着又向另一个人身上跳去。

那些可怜的土栖人惊恐地大叫着，在这些残酷无情、恐怖无比的怪兽面前却又无能为力，只有拼命向前跑。他们一个接一个地倒下了，等我们得以出手相救的时候，就只剩下五六个人了。

但是我们能提供的帮助也是微乎其微，结果我们也被卷进了被追杀的窘境。跑了大约两百码，我们一枪接一枪地射击，已经打光了枪里的子弹，但是却收效甚微，好像落在那两只怪兽身上的不是子弹，而是小纸球一样。它们爬行动物慢吞吞的天性根本不怕什么伤口，它们的脑中枢只分布在脊髓中，用任何现代的武器都伤不到。我们所能做的就只有用枪的响声和光亮分散它们的注意力，进而起到牵制它们的作用。我们和那几个土栖人则趁机赶紧向台阶跑去。虽然现代的子弹对它们不起作用，但土栖人制作的毒箭却很有效。他们先将箭头浸在毒毛旋花子汁液中，然后又放在腐肉中浸泡。这种箭对于猎杀野兽的猎人没什么作用，因为毒素发作比较缓慢，还没等毒素发挥作用，猎手就已经把野兽杀死了。但是，此刻，我们被两只怪兽追到了台阶下，流星雨一样的箭从头顶崖壁上的洞穴呼啸而来。

瞬间，它们好像变成了巨大的刺猬。它们似乎感觉不到疼痛，只是虚弱地在台阶上艰难地爬着、流着口水，在笨拙地爬了几码后，又摔落到了地面上。终于，毒液发挥作用了，其中一只怪兽发出一声低沉而响亮的呻吟，巨大的扁平脑袋就摔到地上了。另外一只则先是在原地一边古怪地转着圈，一边厉声哭号着，又在地上痛苦不堪地翻滚着，几分钟后，才僵直地躺在地上不动了。

土栖人蜂拥着从洞穴中出来，欢呼着胜利，围着怪兽的尸体狂热地跳起了舞，享受着消灭了另外两个最危险的敌人给他们带来的狂喜。当晚，他们将怪兽的尸体进行了分割，并将之运走，不是为了当作食物——因为箭头上的毒依然在尸体里——只是怕它们会成为瘟疫的温床。然而这两只巨大的爬行动物那大如坐垫的心脏还留在原地，依然在缓慢地、有节奏地跳动着，微微起伏着，好像一个脱离了肉体而依然存活的生命一样。直到第三天，这神经性的跳动才慢慢停了下来，这可怕的东西终于静止不动了。

等到将来的某一天，我以罐头盒为桌，用一支破烂的铅笔头在一本破旧的笔记本上写作的艰苦条件得到了改善，我会再详细地写写阿卡拉土栖人——我们与他们共度的时光，以及我们对神奇的梅普尔·怀特高地些许的了解。但现在，至少我的记忆会永不磨灭，这段时间的每一分钟、每一件事情，都像儿时对一些奇闻怪事的记忆一样，既牢固又清晰。这些印象在我头脑中刻印至深，永远不会随着时间的推移而渐渐淡去。当合适的时机到来时，我会再细细描写那神奇的一幕幕场景。

比如，一天夜里，皎洁的月光洒在大湖的湖面上，一只名叫鱼龙的奇怪动物——其长相一半像鱼一半像海豹，鼻子两侧各有一只长有骨质眼皮的眼睛，头顶还长着另一只眼睛——落入了土栖人的渔网，在我们奋力将它拖上岸时，我们的独木舟都差点被掀翻了。也是在同一天夜里，水中猛地窜出一条绿色的水蛇，把查林杰独木舟上的舵手卷走了。

还有一些栖息在湖东面肮脏的沼泽中的巨大白色动物——直到现在我们也没弄清楚那到底是兽类还是爬行动物类——它们只在夜间出来活动，在黑暗中飞快地掠过时身上还发出一些微弱的磷光。土栖人非常害怕这些动物，他们根本不敢接近那个地方。而我们虽然去过两次，而且每次都看见了这些动物，但是由于有深深的沼泽阻隔，我们也根本没有机会进行近距离观察。我们只看清楚了这些动物体型比牛还大些，还散发着一种奇怪的麝香味儿。

还有一次，查林杰被一只大鸟追赶，最后跑到岩洞里才算躲过去了。那只大鸟跑得很快，个头比鸵鸟还高出很多，长着像秃鹫一样的脖子，眼神看上去也是冷冰冰的，那样子就像一具行走的尸体。就在查林杰爬到安全高度的同时，巨鸟弯曲而锋利的喙对准查林杰的靴子后跟狠狠地啄了一口，像是一把凿子凿下去了一样。然而这次，现代的武器就足以搞定它了。随着洛德·约翰的一声枪响，这只从头到脚高达十二英尺、名为窃鹤的大鸟扑棱着浑身的羽毛，四肢抖动着，两只浑黄的眼珠直勾勾地向上瞪着倒了下去。不知道我有生之年是否有幸在位于阿尔巴尼亚的这个小生态中再看见这样的头骨了。最后，我肯定还会记录一下箭齿兽——一种身高十英尺的巨大天竺鼠，长着长长的獠牙——黎明时分，它在湖边饮水时被我们猎杀了。

总有一天我会更加详细地描绘这一切，而现在我只能简要地描绘这些令人愉悦的夏日黄昏，在湛蓝的天空下，我和同伴们一起躺在林边茂盛的草地上，对着从我们头顶掠过的陌生飞禽和从洞穴中爬出来窥视我们的新奇怪兽惊叹不已，而我们头顶的树枝上挂满了累累甘美的果实，身下的草丛里也有数不清的不知名的野花对着我们探头探脑。还有那些漫长的月夜中，我们徜徉在波光粼粼的湖面上，带着惊异和敬畏看那奇异的怪兽突然跃出水面溅起的水花和涟漪；或是奇怪的生物在幽暗的深水中闪过的一道绿色影子。将来的某天，我会详细地回忆这些细节，用我的笔一一记录下来。

但是，也许你会有这样的疑问，既然你们日夜都在冥思苦想，寻找返回下面的世界的方法，怎么还会有这些经历，在那里耽搁这么久呢？我的回答是，我们的团队中没有一个人不在为这个目标努力着，但是却没有任何成效。我们很快发现了一个事实：土栖人绝对不会帮助我们离开。在其他任何方面，他们都是我们的朋友——甚至可以称得上是我们忠实的奴隶——但是一旦我们提出请他们帮忙搬运木板在崖壁和山峰之间的裂缝上搭建桥梁，或是借些皮带、藤条之类可以编织绳索的东西，他们总是委婉地拒绝，态度无比坚决。他们总是微笑着，眨眨眼，摇摇头，就再也没有下文了。连老首领对我们也是这样的态度，只有马里塔斯，那个被我们救过的年轻人，同情地看着我们，用手势比划着，对于我们无法实现的愿望表示遗憾。

自从我们大胜猿人的那一战之后，他们将我们视为神明，加上我们手中拿着的管状神秘武器，他们相信只要跟我们在一起，好运就会常伴他们身边。只要我们同意留在高地上，他们承诺给我们每人提供一眼独立的洞穴居住，还会给我们每人配上一名红皮肤的妻子。虽然到目前为止他们还没有表现出任何恶意，但是我们都笃定地认为我们返回高地下的计划很有保密的必要，因为我们有理由担心他们最后可能会使用暴力迫使我们留下。

在过去的三个星期里，我冒着来自恐龙的威胁（其实除了在夜晚这样的威胁也不是很大，因为，我前面可能也提到过，这些动物的习性是喜欢夜间活动），曾经两次回到我们原来的营地，保持着与守候在山崖下的黑人赞波的联系。我对着远方的大平原望得眼睛都酸了，盼望着祈祷中的帮助奇迹般地出现。然而长长的地平线上除了仙人掌就什么都看不见了。

"他们很快就会回来了，马龙先生。用不了一个星期了，那些土著人就会带着绳子回来，把你们接下来。"我们的好人赞波总是这样欢快地大喊。

当我第二次回到崖边与赞波联系时，我隔了一夜才回到了营地，在此期间我遇到了一件奇怪的事情。我沿着记忆中的路线往回走着，到了离翼龙栖息的沼泽一英里左右的一个地点时，突然发现一个奇怪的物体正在靠近我。我定睛一看，那是一个正在行走的人，他整个人被装在一个用弯曲的藤条编成的框架里，他身体四周都围着一圈这样的框架，所以看起来像是被装进了一个钟形的笼子里。等我走近一看，更是吃惊地张大了嘴巴，那竟然是洛德 · 约翰 · 洛克斯顿。他一看见我，就从他那奇怪的保护壳中钻了出来，一边大笑着一边朝我走过来。他怪异的举动让我觉得很疑惑。

“哈哈，小伙子，”他说，“谁想到会在这儿遇到你呢？”

“你这到底是在干什么？”我问。

“去拜访我们的朋友，翼龙。”他说。

“为什么？”

“这些野兽很有意思，你不觉得吗？但是不怎么好亲近！你还记得吧，那些家伙对陌生人可不怎么友好。所以我做了这么个东西，好让它们别那么注意我。”

“但是你到沼泽里来要干什么？”

他用询问的眼神看着我，脸上明显带着犹豫不决的表情。

“你不觉得除了两位教授，其他人也可能会有求知欲吗？”最后，他终于开口说，“我正在搞研究。你知道这些就够了。”

“不好意思，我无意冒犯。”我说。

他又恢复了以往的和善，笑了。

“别见怪，小伙子。我来帮查林杰抓一只‘恶魔的幼崽’。这是我的任务。我不需要你跟我同去。这个笼子能保证我的安全，但是你没有这样的保护。再见，夜幕降临的时候我就回营地了。”

他转身离开了，独自藏在那个奇怪的笼子里向树林走去了。

如果说洛德·约翰此时的行为怪异的话，那么查林杰则比之更甚。他对于土栖人妇女似乎拥有一种独特的吸引力，他总是随身携带一片巨大的棕榈树叶子，如果那些女人追得紧了，他就像赶苍蝇一样用它驱赶她们。只见他像喜剧里的苏丹一样，手拿象征权威的标志，浓黑的胡须向前翘着，一步一顿地慢慢踱着步子，身后跟着一队穿着树皮做的简陋衣服、大眼睛的土著女子，这恐怕是我记忆中最怪诞的画面了。

至于夏莫里，他被高地上的各种昆虫和飞鸟深深吸引了，他的所有时间（除了相当一部分用来谴责查林杰还没有让我们摆脱困境之外）都用来清洗、累积他的标本了。

查林杰每天清早都习惯性地独自出去散步，回来时有时脸上会带着一种阴郁的严肃表情，俨然一个肩负拯救整个团队重任的样子。一天，他又手拿棕榈叶，在身后诸多崇拜者的尾随下，引领我们走进了他的秘密工厂，将他的绝密计划展示给我们。

那是一片棕榈林中间的一块空地。空地上是一眼满是泥浆的间歇泉，我之前对这种泉也进行过描写。泉边放着很多用禽龙皮切割成的皮带，还有一个大大的皱巴巴的膜状物，应该是从我们从湖中捕来的鱼蜥的胃上刮下来晒干的。这个巨大的袋子一头被缝上了，另一头只留下了一个小孔。几根竹子的一端插入了这个小孔，而另一头则连接到那圆锥形的泥浆池中，用于收集泥浆间歇泉中析出的气体。不久之后，那个皱巴巴的大胃慢慢膨胀起来了，而且像要飘起来的样子，查林杰赶紧将它系到周围树干上的绳索拉紧了一些。半小时后，一个不小的气球就形成了，从皮带的绷紧程度和震颤程度看，它的提升力量应该不小。查林杰高兴得就像第一次当父亲一样，一言不发地站在旁边微笑着，捋着胡子，对他智慧的结晶感到非常满意。夏莫里首先打破了沉默。

"你不是想让我们到这个东西上去吧？"他冷冷地说。

"我是想，亲爱的夏莫里，展示一下它的力量，在你亲眼看过之后，就不会再对它产生怀疑了。"

"你现在就可以打消这个念头了，"夏莫里坚决地说，"世界上绝不会有任何事能让我相信这样的荒唐事。洛德 · 约翰，我相信你也绝不会支持这样的愚蠢行为吧？"

"独特创造，我这么称呼它，"洛德 · 约翰说，"我们看看它怎么用吧。"

"马上，"查林杰说，"这些天来，我为解决怎么下去的问题绞尽了脑汁。至少我们知道，爬下去是不现实的，原来的隧道也已经没有了。我们也无法通过建造桥梁回到我们来时借助的山峰上。那我还有什么办法呢？不久前，我曾跟我们的小朋友提到，这里的间歇泉里会析出游离氢。于是我自然就产生了一个制造一只气球的想法。我承认，我一度产生过困扰，用什么来做气体的容器呢？但是看到这些爬行动物巨大的内脏后，这个问题就迎刃而解了。请看结果吧！”

他将一只手放在自己破烂的衣服前襟上，另一只手骄傲地向上指着。

此刻，那只气球已经膨胀成了一个完美的球形，球下的皮革绳索震颤得很厉害。

“极端愚蠢！”夏莫里哼了一声，不屑地说。

这个主意让洛德·约翰很兴奋。“聪明的老伙计，不是吗？”他小声对我说，然后又大声对查林杰说：“再做个吊篮怎么样？”

“那是我下一步的计划。关于怎么制作，怎么跟气球连接，我都计划好了。同时，我也会向大家展示这个装置具备承受我们每个人重量的能力。”

“我们所有人，你肯定吗？”

“不，我计划的是我们每个人像坐降落伞一样回到下面，然后再通过某种方式将气球拉上来。要完善将气球拉上来的方法对我来说也不是难事。如果它能承受得住我们每个人的重量，将我们缓慢地运送下去，那么它就完成使命了。我现在就向大家展示它这方面的能力。”

他拿出一大块玄武岩，岩石中间凿了一个洞，这样绳索就可以很方便地系在上面了。绳索是我们来时爬上山峰使用的那条。绳索长达一百英尺，虽然细但是很结实。他准备了一个皮带圈，上面有很多皮带垂下来。皮带圈被放置在气球顶上，而那些垂下的皮带则从气球下扎紧，这样人的体重产生的压力就会均匀分散在各根皮带上。然后，那块玄武岩被拴在皮带上，绳索则垂了下来，在查林杰教授的胳膊上绕了三圈。

“现在，”查林杰带着期望的微笑说，“我要展示气球的威力了。”话音未落，他就拿一把刀将拉住气球的绳索都割断了。

我们遇到的是在探险过程中最迫在眉睫的危险。气球以惊人的速度飞向空中。一瞬间，查林杰被气球的力量拉得双脚离了地，被气球拖行着。我赶紧伸手抱住了他的腰，却发现我自己也被拉扯着升到了空中。洛德·约翰赶紧抱住了我的双腿，但是我感觉到他也被拉离了地面。当时，我想象着，四个冒险家在他们发现的土地上空像一串香肠一样的漂浮着。但是，幸运的是，虽然这诡异的装置拉力巨大，但绳索所能承受的拉力毕竟是有限的。只听见一声脆响，我们都跌坐到了地面上，身上缠满了绳索。等我们摇摇晃晃站起身来时，那块玄武岩已经成为远方深蓝色天空上的一个小黑点，而且还在继续急速上升着。

“太棒了！”查林杰一边抚摸着受伤的胳膊，一边无畏地说。“这实验结果真是令人满意至极。我没想到会这么成功。一个星期之内，先生们，我承诺，第二个气球就会准备好，到时候你们就可以踏上我们回家安全而舒适的征程的第一步了。”

至此，我就将背景都交代清楚了。现在，该将话题拉回关于我们旧宿营地的叙述了。赞波已经在这里等了很久。现在，我们经历过的所有困难和危险都像一场梦一样留在了我们头顶高高的红色崖壁上。虽然是以我们完全意想不到的方式，但我们总算是安全地回来了，总的来说还是很让我们满意的。一个半月到两个月之后，我们就能回到伦敦，很可能我们本人会比这些信到得更早。此刻，我们的渴望的心、我们的灵魂都已经飞向了家乡，那个对我们来说有着诸多珍贵东西的地方。

就在我们跟查林杰经历了利用气球回家的历险的当天晚上，

我们的命运开始有了变化。我曾提到过，族群中唯一一个对我们离开的意愿持同情态度的就是那个被我们救过的年轻首领。只有他不愿意违背我们的意愿把我们强行留在这个陌生的地方。他用手势语尽量给我们提供着信息。那天，夜幕降临之后，他来到我们的营地，递给我（不知道为什么，他总是特别喜欢跟我打交道，可能是因为我们的年纪比较接近吧）一小卷树皮，然后神情严肃地指了指他头顶上方的一排洞穴，将手指放在自己嘴唇上，表示不要声张，然后又偷偷回到了他的族人中间。

我把那块树皮拿到篝火边，大家一起研究起来。那块树皮大概一英尺宽，树皮内壁上画有一些线条，我来这么形容吧：这些线条是用木炭画在白色的树皮内壁上的，第一眼看上去很像是潦草的音符。

“不管这是什么，我发誓这东西肯定对我们至关重要，”我说，“从他交给我们时脸上的表情就能看出来。”

“除非他是个爱搞恶作剧的原始人，”夏莫里说，“我觉得这也是人类进化的一项基本技能。”

“这东西很像是个脚本。”查林杰说。

“像几内亚的智力竞赛题，”洛德·约翰伸长脖子看着说。突然，他伸出手一把抓住树皮。

“天啊！”他大喊一声，“我想我猜出来了。小伙子一开始的猜想是对的。看这儿！树皮上有多少个标记？十八个。嗯，你们想想看，我们头顶上的洞穴刚好是十八个。”

“他递给我的时候指了指上面的洞穴。”我说。

“那么，这就说得通了。这是张洞穴的地图。你们看！十八个洞穴排成一排，有的深，有的浅，有的还有分支，跟我们看到的实际情形一样。这是张地图，这儿还标了一个十字。这个十字代表什么？标十字的这个洞穴比其他的都深得多。”

“这个洞穴是贯通的。”我喊了出来。

“我想我们的小朋友猜对了，”查林杰说，“如果不是这个洞穴是贯通的，我不明白一个对我们心存善意的人为什么要让我们注意它。但是，即使洞穴是贯通的，它位于另一侧山崖上的洞口距离地面也还有一百多英尺。”

“一百英尺！”夏莫里喃喃地说。

“噢，我们的绳索也还有一百多英尺长，”我大声说，“我们肯定能下得去。”

“那些洞穴中的土栖人怎么对付？”夏莫里又提出了反对意见。

“我们头顶上的这些洞穴根本没有土栖人居住，”我说，“这些洞穴都是用作谷仓和库房的。不如我们现在就上去，查看逃出去的路？”

高地上有一根干燥的木煤——据我们的植物学家说，属于南洋杉——土栖人经常拿它来制作火炬。我们每人拿了一把树枝，小心翼翼地沿着杂草丛生的台阶向地图上画的那个洞穴走去。我估计的没错，这里空空如也，只有不少的蝙蝠，我们一进去就围着我们的头乱飞起来。因为不想让土栖人注意到我们的行动，我们在黑暗中摸索着，迈着蹒跚的脚步慢慢往前走去，在转过几个弯后，我们已经进入洞穴相当一段距离了。于是，我们点亮了火炬。这个隧道干爽漂亮，光滑的灰色墙壁上画满了土栖人的各种符号，我们头顶上是拱形的洞顶，脚下则踩着白花花的沙子。我们急匆匆地沿着隧道向前走去，突然，有人发出了一声失望的叹息，我们停下了脚步。我们面前赫然耸立着一块陡峭的巨石，上面连个可容老鼠通过的裂缝都没有。这条路根本走不通。

我们呆呆地看着这意料之外的障碍物，内心无比愁苦。与堵住梅普尔他们上来时通过的隧道不同，看样子这块石头并不是因为地震塌方堵在这里的。

洞穴尽头的墙壁跟洞穴侧面的墙壁一样。这本来就是死路一条。

“没关系，朋友们，”不屈不挠的查林杰说，“我们还有气球的计划呢。”

夏莫里哼了一声。

“我们是不是进错洞了？”我说。

“不可能，年轻人。”洛德·约翰用手指点了点地图说，“从右数第十七个，从左数第二个。就是这个洞穴没错。”

我看了看他手指指着的那个记号，突然高兴地大叫一声。

“我明白了！跟我来！跟我来！”

我手举火把，沿着我们来时的路快步往回走。“这儿，”我指着地上的几根火柴，“就是我们点起火把的地方。”

“没错。”

“嗯，这个洞穴中有个岔路，先前我们没有点亮火把，所以在黑暗中错过了路口。如果我们走右边那条岔路就能找到另一个较长的洞穴了。”

果然被我说中了。我们又往前走了大约三十码，一个黑乎乎的大洞口赫然出现在石壁上。进入洞口后，我们发现这个洞穴比之前那个宽很多。我们又沿着这个洞穴急匆匆地走了几百码，跑得上气不接下气。突然，我们面前那一片拱形的黑暗中出现了一道暗红色的光辉。我们吃惊地瞪大眼睛看着。好像是一团静止不动的火焰出现在通道中间，挡住了我们的去路。我们加快脚步向它走过去。它还是那样一动不动，没有声音，也没有温度，像一张宽大的幕布一样在我们眼前散发着光辉，照亮了整个洞穴，将地面上的沙子映得闪闪发光，像华丽的珠宝铺了一地。等我们再走近，才看出它那圆圆的形状。

“是月亮，天啊！”洛德·约翰喊了出来，“我们出来了，小伙子们！我们出来了！”

确实是一轮满月，月光正从崖壁上的一个洞口洒进来。那个洞口不大，跟一个窗户差不多，但是足以满足我们的需求了。我们将头伸出洞口一看，从这里下去并不是很困难的事，我们离地面并不是很远了。这里的崖壁有些弧度，要从下面爬上来是根本不可能的，所以我们也没有进行近距离的观察，难怪上来的时候我们没有发现这个洞口。我们试了试，借助我们的绳索是可以下去的。然后，我们就高高兴兴地回到了宿营地，为明晚再回来做最后的准备。

我们的行动必须要快，还要保密，因为即使是到了最后时刻，我们还是有可能遭到土栖人的阻挠。我们决定只带上枪支和子弹，把其他的物资都留下。但是查林杰要带走的一些东西却实在是有些笨重，我简直都不愿意提，他收拾好的一个包裹真是没少让我们费力气。白天终于慢腾腾地过去了，当夜幕降临时，我们终于做好了出发的准备。我们费力地将行李拖上了台阶，然后回过头，最后长久地看了一眼这片神奇的土地，这片猎人和勘探者眼中的宝藏，对于我们每个人来说充满了魔力和浪漫的地方，一片我们历过险、受过苦、又让我们收获颇多的土地——我们的乐园，我们愿意这样怜爱地称呼它。左边一排洞穴中已经亮起了红色的火焰。位于我们下方的斜坡上，响起了土栖人说笑的声音。再远处是一片茂密的树林，而在最中心的位置，则是那个孕育着多种怪兽的大湖，在黑夜中闪着粼粼的波光。正当我们凝视时，黑夜中传来了不知什么动物发出的一声清晰响亮的嘶叫声。那似乎是梅普尔·怀特高地在向我们告别。我们转身钻进洞穴，踏上了回家的路。

两个小时后，我们已经带着行李回到了崖壁下。除了搬运查林杰的行李，其他都没费什么力气。返回地面后，我们顾不上其他，就马上开始寻找赞波的帐篷了。

天刚亮我们就到了，但是却吃惊地发现，营地里并不是孤零零的一堆篝火，而是十几堆。原来是营救我们的队伍回来了。二十名土著人从河边带着木桩、绳索，以及各种各样能够用来在峡谷上搭建桥梁的工具回来了。这下好了，至少我们明天出发去亚马逊河的时候，不用发愁搬运行李的问题了。

于是，我带着谦虚和感激的心情结束了这篇记录。我们目睹了那么多的奇迹，灵魂也受到了我们所经历的一切的洗礼。每一个人都收获匪浅。我们可能会在到达帕劳时稍作休整，那样的话，这封信就会领先我们到达伦敦，否则，它就会和我们同时到达。不管怎样吧，我亲爱的麦卡德尔先生，我都希望能尽快见到你。

第十六章　游行！游行！

首先，我要对返回途中亚马逊流域那些善良而又好客的朋友们表达我们深深地感激之情。我尤其要特别感谢佩纳罗萨先生以及巴西政府的其他一些官员，感谢他们为我们的返回所做出的特别安排。还有帕劳的佩雷拉先生，多亏他细心周到的考虑，提前为我们准备好了全套的服装，我们才得以以体面的模样回到文明世界。而对于他们的礼遇，我们唯一的回报却是对他们的欺骗。但是在那样的环境下，我们也别无选择。在这里我想告诉他们，如果他们再费力气去追寻我们当初的足迹，也只是白费时间和力气。我记录中使用的都是假名，我可以非常肯定地下结论，无论他们研究得有多仔细，他们也不可能到达距离我们的神秘世界一千英里以内的范围。

我们原以为因为我们到来的消息而狂热的只有我们必须途经的那些南美国家的人们，但是我们真没有想到关于我们探险经历的传言引起的喧嚣早已席卷了整个欧洲。当我们到达距离南安普顿五百英里的艾佛尼亚时，我们接到了一封接一封来自各种机构的电报，都表示愿意出高价从我们这里换取哪怕一点点的信息。这下我们才意识到，我们引起的不仅是来自科学界，还有来自社会各界的关注。但是，我们团队内部达成了约定，在我们见到动物学研究会的成员之前，绝不向新闻界透露任何确切的消息。我们是受到动物学研究会的委托进行这次考察的，所以理所当然应该将第一份报告交给这个团体。因此，尽管我们到达南安普顿的时候被新闻记者团团围住，但是我们坚决不透露一点消息。结果，公众的注意力全部聚焦在了十一月七日的发布会上。发布会的场面极其热烈，起初任务发起的那座动物学研究会报告厅显得太小了，根本无法容纳那么多的观众。组织者又想将会议安排在阿尔伯特报告厅，但是后来发现那里还是不够大。所以，会场最后定在了位于摄政街的女王报告厅。

发布会的时间定在我们到达之后的第二天晚上。当然，我们首先都有自己比较迫切的私事要处理。关于我的那件私事，我现在还不愿意讨论。当时远隔千山万水时我可能还会想，会谈，情感上没有那么大的波动。在这本书的开始我就向读者交代过了，是什么原因促使我进行了这次探险。所以，按照常理，我也应该将这个故事继续讲下去，交代一下故事的结局。即便是不成功，我也应该勇敢面对。毕竟，因为这件事情，我才有幸参与了一次如此奇妙的冒险经历。对于当时激励过我的人，我是肯定要心怀感激的。

现在，我还是先谈一谈对于我们这次探险来说最后一个至关重要的时刻吧。正当我冥思苦想，考虑怎么对此进行最贴切的描述时，我的目光刚好落在了我的报社于十一月八日发行的那份报纸上，那是由我的朋友、同事麦克多纳写的一篇极其精彩的报道。我何不把这篇报道转抄下来呢——连题目带内容？我承认，我们报社对这件事情进行报道的热情比较高，毕竟我是代表我们报社直接参与了整个过程的，而其他日报对这件事的关注程度其实也不会低多少。

我朋友的报道是这样的：

一个新世界

发布会在女王报告厅举行

场面热烈

意义非凡

摄政街的狂欢夜

敬请关注!

（特刊）

动物学研究会最近备受公众关注的一次会议于昨晚在女王报告厅举行。去年由动物学研究会派出一个调查小组到南美洲进行考察，对查林杰提出的在那一区域史前生命依然存在的观点进行了验证。会上，他们就自己的考察结果进行了汇报。这在科学史上可以称得上是一个有纪念意义的日子，会议轰动异常，令与会者毕生难忘。（噢，亲爱的麦克多纳，开头句写得真够震撼的！）

原则上，有入场资格的仅限于动物学研究会成员及其友人，但是友人这个概念弹性很大，因此，在距离预定的开幕时间——晚上八点——还有一个小时的时候，大礼堂里就已经座无虚席了。而很多民众因为无理由地被排除在外而愤愤不平，混乱中甚至发生了殴斗，结果是数人受伤，其中H部门的斯科布尔检查员不幸大腿骨折。并且，在七点四十五分时，骚乱多时的人群终于冲破了报告厅的大门。

顷刻间，不仅过道上站满了观众，而且为媒体预留的位置也被侵占了。据估计，当时有多达五千人在报告厅等候那几位归来的探险家。终于，探险家们走上了讲台，在讲台前部的座位上落了座。此刻的讲台上可谓星光熠熠，已经坐满了来自英、法、德等国杰出的科学家。同时列席的还有瑞典科学界的代表，来自乌普萨拉大学的著名动物学家塞尔吉乌斯教授。四位英雄一露面，会场上立刻一片沸腾，观众起身鼓掌欢呼，几分钟后才渐渐平静下来。然而，具备敏锐观察力的人可能会发现，在欢迎的掌声中也掺杂着一些不和谐的因素，由此可以推断，会议过程中可能会有一些碰撞和火花出现。可以肯定，当时他们也都没有预见到他们即将发生的转变。

关于四位探险家的相貌无须赘言，各大报纸事先都已经刊登了他们的照片。他们经历的各种艰难困苦似乎在外表上没有留下多少痕迹。只是查林杰教授的胡子好像更蓬松了些，夏莫里教授似乎变得更加清心寡欲了，洛德·约翰·洛克斯顿好像比原来还瘦了，三个人的肤色比出发时都黑了不少，但是，看上去都非常健康。至于本报的代表，著名运动员、国际知名橄榄球球手E.D.马龙，则像是受过了严格的训练，当他扫视观众时，诚实而平凡的脸上满是善意的笑容。（好吧，马克，等没人的时候再找你算账！）

对四位冒险家致以热烈欢迎之后，观众重新坐下来，恢复了平静，担任会议主席的达拉谟公爵开始致辞。“面对面前的号召和邀请时，”他说，“他没有丝毫的犹豫。我们尚且不知道这个考察委员会的发言人，夏莫里教授如何评价，但是公众盛传这次探险获得了极大的成功（掌声）。显然，浪漫的时代并没有消亡，我们有幸见证，最天马行空的想象与最尊重事实的科学调查也有交汇的一刻。在他落座之前，他不会再补充什么，不会再诉说他的欣喜——他们都应该感到欣喜——这些绅士们完成了危险的任务，现在健康平安地归来了，因为有一点无法否认，如果这次探险中出现了任何意外，那将是动物科学界的巨大损失。”（极其热烈的掌声，据细心人士观察，查林杰教授此时也加入了鼓掌的队伍。）

接下来夏莫里教授起身发言，引发了又一轮极其狂热的激情欢呼。在他整个演讲过程中，热烈的掌声都不时爆发出来。本文不会完整引用夏莫里教授的演讲，本报将另出一份增刊，刊登本报特别通讯记者关于这次探险的手记。因此，本文只记录一些要点。他首先讲述了本次旅程的起因，并就先前对于查林杰教授的论断表示怀疑而进行了诚挚的道歉，而查林杰教授也接受了他的道歉。然后，他详细地描述了他们这次探险的历程，期间还刻意隐瞒了关于那片无比神奇的高地地理位置的信息，使得公众无从追寻。他大概描述了从主河道逆流而上，一直到达悬崖底下的路线，当他生动地讲述他们在试图登上高地时遭遇的重重困难，最后牺牲了两名混血助手的生命才得以成功时，观众都听得入了迷。（夏莫里这样处理这个细节是出于不想在会上引发任何争议性问题的想法。）

他用生动的语言为观众再现了他们登上高地之巅，又因独木桥滚落悬崖而被困高地的情景。之后，教授又继续为观众讲述了他们在那片神奇的高地上见识的各种令人恐惧又令人着迷的事件。关于个人的历险方面他很少谈及，而是把重点放在了通过对高地上各种神奇的兽类、鸟类、昆虫和植被的观察而获得的科学方面的丰厚收获上。收获尤其丰富的是在鞘翅目和鳞翅目昆虫方面的发现，在短短几个星期之内教授就发现了四十六种属于鞘翅目和九十四种属于鳞翅目的新品种。然而，让公众更加瞩目的是大型动物的发现，尤其是一些已经灭绝很长时间的大型动物。他所列举的种类繁多，但是毫无疑问，如果时间允许他们进行更加细致的调查，那么成果肯定比现在还要丰硕。他们的团队目睹了十几种在现有的科学条件下不为人知的动物，虽然只是获得了远距离观察的机会。我们马上就要将这些动物进行分类，以及进一步细致的研究。比如他提到的一条蛇，肤色呈深紫色，身长五十一英尺；还有一种白色的动物，据推测属于哺乳类动物，在黑夜中全身能发出磷光；以及一种黑色的巨大飞蛾，据土栖人介绍，这类飞蛾的咬伤带有剧毒。除这些全新的生命种类之外，高地上也生存着很多已为人所知的史前生命，它们当中的一些生存时间可以追溯到侏罗纪时代的早期。

马龙先生有一次在湖边的一个饮水处看到了一只身材高大、长相怪异的剑龙，正是当初那个美国冒险家在素描簿上画出的这片神奇土地的代表性动物。他还介绍了他们最早看见的两种神奇的动物——禽龙和翼龙。他们曾经不止一次地惊动了成群的食肉恐龙，遭到了追赶攻击。那可算得上是他们在高地上遇到的最强悍的动物了。之后，他们又遭遇了一种凶残的大鸟——窃鹤，以及依然在高地上生存活动的麋鹿。然而，真正让观众兴趣倍增、热情高涨的是他对于神秘的中心湖的描述。听到实事求是的教授用理智的语气讲述着生活在这片神奇的水域中的三只眼的鱼蜥怪兽和巨大水蛇，观众几乎要不时地掐自己一下，以确认这是实际发生的场景，而不是梦境。接下来，他又讲到了土栖人以及猿人对他们离奇的殖民统治。这些猿人可能由爪哇猿人属进化而来，并且与人类的亲缘关系比我们了解的同属其他动物更近，所谓"遗失的同类"。最后，他带着戏谑的态度描述了查林杰教授发明的既新奇又危险的飞行器。关于整个调研小组历尽磨难终于得以重返文明世界的演讲令人难忘。

按照计划，演讲进行到这里就该结束了，接下来应该由来自乌普萨拉大学的塞尔吉乌斯教授进行致谢和表示祝贺了，但是，事实很快证明这场发布会注定不会进行得如此顺利。会议的整个过程中，都时不时地会有一些反对意见浮现出来，终于，来自爱丁堡的吉姆斯·伊林沃思博士在会场中央站起来。伊林沃思博士提出了一个问题：在下定论之前是否应该再进行一些适当的修正。

主席："当然，先生，如果有进行修正的必要。"

吉姆斯·伊林沃思博士："尊敬的阁下，很有修正的必要。"

主席："那么我们就尽快来做吧。"

夏莫里教授："请听我解释，尊敬的阁下，这个人与我有私怨。早在我在《科学季刊》上发表关于深水生物的研究成果时他就提出过反对意见。"

主席："恐怕我无权干涉个人恩怨，继续。"

伊林沃思博士曾经对探险团队成员的观点公开提出过反对意见。虽然身边的观众想尽力拉他坐下，但是伊林沃思博士体魄强健，嗓音洪亮，他竟然压制住了场上的喧闹，将话讲完了。从他站起来的那一刻起，我们就能清楚地看到，虽然在观众中不占多数，但会场中的确有一部分对他持同情态度的朋友。但是大部分公众还是持一种谨慎的中立态度。

伊林沃思博士首先对查林杰教授和夏莫里教授的科学研究工作进行了高度评价。关于公众对他的话语带有偏见的解读，他表达了自己深深的遗憾，声称那只是对科学事实狂热追求的自然流露。从本质上来讲，他的处境与上次会议中夏莫里教授的处境是完全相同的。上次会议中，他的同事查林杰教授提出了一种论断，当时他也是持质疑的态度。而现在他也亲自提出了同样的论断，却不允许别人质疑。这是什么道理（观众有的喊"对"，有的喊"不对"。其间大家还听到查林杰教授从话筒中传出了，提出要暂时离开主席台，把伊林沃思博士扔到大街上去）？一年前，我们从一个人口中听到了一则奇闻。而现在，四个人带来的却是更加令人震惊的说法。对于一件如此具有革命性、如此令人难以置信的事情来讲，难道能够就此下定论吗？近年来已有实例证明，对于某些探险者发现新大陆的说法，公众有点过于轻信了。难道伦敦动物学研究会也要将自己置身于此种处境吗？他承认考察团队的成员都具备优秀的品格。但是人性是复杂的。即使是教授也很容易受到名利欲望的诱导，就像飞蛾扑火一样。人在叙述一件事情的时候，都希望能够比对手叙述的更加神奇、更加夸张，而对于耸人听闻的成功之类的消息，记者们也从来不会抵制，他们甚至还会在报道过程中肆意使用自己的想象力以增加效果。考察小组中的每一位成员都有自己的动机来夸大考察的成果（“羞耻！羞耻！”），他说他本无意冒犯（“你才是！”发言被暂时打断了）。能够证明这些奇谈怪论的进一步证据真的少得可怜。这意味着什么？照片。在这样一个特效满天飞的时代照片还能作为有说服力的证据吗？还有什么？我们听到了一个利用飞行和绳索降落的故事，这就使得大型标本的展出成为了不可能。这个故事编得很巧妙，但却不那么可信。洛德·约翰·洛克斯顿曾经提出自己有一颗窃鹤的头骨，他说他也只有看看那颗头骨了。

洛德·约翰·洛克斯顿：“这家伙是想说我是个骗子吗？”（一阵喧嚣）。

主席：“安静！安静！伊林沃思博士，请你说出自己的结论，提出你的修正意见。”

伊林沃思博士：“尊敬的阁下，虽然我话还没有说完，但是我对您的裁定表示尊重。那么，我的结论是，虽然夏莫里教授的演讲精彩异常，但是整件事情的性质应该是‘未经证实’，应该由一个成员更多，更为可靠的调查委员会重新进行考察。”

这个修改意见一提出，报告厅里一片哗然。大部分观众都因为对四位冒险家的这种诋毁而愤慨，他们气愤地大喊：“不予支持！”“驳回！”“让他滚出去！”而在同时，反对者——不可否认，他们的人数也不少——则在为这个修改意见欢呼，也在大喊着“安静！”“支持！”“公平！”后排几名医学院的学生甚至扭打了起来。最后，因为观众中有着相当数目的女士才避免了场面的彻底混乱。然而，突然之间，喧闹停了下来，观众平静了下来，报告厅里变得一片寂静。查林杰教授从座位上站了起来。他的相貌和举止都很引人注目，他抬起一只手示意安静，观众马上满怀期望地平静下来，听他讲话。

“今天的出席者很多都还记忆犹新，”查林杰教授说，“上次会议我发表演讲的时候也遭遇了同样愚蠢而又无礼的行为。当时，夏莫里教授是为首的反对者，尽管他现在已经受到了应有的惩罚，幡然悔悟了，但这件事情不应该就此被忘记。今晚，刚刚坐下的那个人发表了一番类似的甚至是更为无礼的言论，尽管与那种智商水平的人争辩象征着对自我能力的贬低，但是我还是会尽力尝试，希望能够打消其他人心中可能存在的类似的疑虑（观众爆发出一阵大笑，他的演讲停顿了一下）。我想无需提醒大家了，虽然身为本次考察调研活动主要负责人的夏莫里教授有幸成为今晚的发言人，但我依然是这个项目的主要发起人，而本次考察的成就也应该主要归功于我。正是由于我的指引，这三位先生才成功到达了目的地，而且，正如大家所了解的，我也就我先前论断的准确性成功地说服了他们。我们原本希望，当我们凯旋时，不要再有人质疑我们的结论。然而，通过以往的经验，我也预见到，我们并没有掌握足以让一个理智的人心服口服的证据。正如夏莫里教授解释过的情况，猿人们入侵我们的营地时把相机毁掉了。我们的底片大部分都没能保存下来。（后排传来了哄笑声，还有人大喊“说点儿有用的！”）我刚才说到了猿人，我忍不住要说，刚才听到的声音似乎让那些有趣的动物生动地再现在我的眼前（笑声）。虽然大量宝贵的底片都被损坏了，但是我们手中还保留了一些能够展示高地上生命情况的照片。是不是有人说这些照片是伪造的？（有人喊了一声‘是’，紧接着是几个反对的声音，结果又有几个人被赶出了报告厅。）底片可以任由专家检查。但是我们还有什么证据？在当时急于逃命的情况下，携带大量的行李是不现实的，但是我们竭尽全力拯救了夏莫里教授收集的蝴蝶和甲虫标本，其中包括很多新品种。这难道不能作为证据吗？（几个人喊：‘不能。’）谁说不能？”

伊林沃思博士（起立）：“我们的意思是这些标本有可能是从其他地方收集来的，而不是什么史前的高地。”（掌声）

查林杰教授：“当然，先生，我们必须要尊重您在科学方面的权威，虽然我也没怎么听说过您的名字。那么，先别管什么照片和昆虫标本了，就说说我们带回来的那些新奇而精准的信息吧，通过这些信息阐明的是一个全新的观点。例如，关于翼龙的生活习性——（有人大喊：‘胡说八道。’紧跟着又是一阵喧闹。）——我是说，关于翼龙的生活习性，我们获得了很大的启发。我公文包里有一张这种动物的照片，我现在展示给大家，大家肯定会相信——”

伊林沃思博士：“任何照片都说明不了任何问题。”

查林杰教授：“那您要看到实物吗？”

伊林沃思博士：“没错。”

查林杰教授：“看到实物您就相信了？”

伊林沃思博士（大笑）：“那是自然。”

此刻，当晚的气氛达到了高潮——历史上任何科学集会都没有制造出过这样的轰动。E.D.马龙先生站起身来，走到讲台后面。过了一小会儿，他又和一个大个子黑人一起出现了，两个人抬着一个巨大的长方形包装箱。很明显，箱子很有分量，两个人抬着箱子慢慢向前走着，最后，将它放在了教授的位置前面。观众都全神贯注地盯着眼前这一幕，一声不发。查林杰教授将箱子的推拉盖打开。他弯腰看着箱子里，打了几下响指，同时，他好像在哄骗着谁的说话声通过话筒传了出来：“出来，嗯，对，对！”片刻之后，伴随着一阵嘎嘎声和刮擦的声音，一个极其恐怖又令人作呕的动物从箱底钻了出来，站在了箱子边上。观众立刻变得目瞪口呆，就连达尔漠公爵在此时出人意料地惊叫了一声都没人注意到。那只动物的脸长得像个奇怪的滴水嘴，估计只有中世纪最蠢的建筑设计师才能想出这样丑陋的创意。那张脸长得邪恶又恐怖，两只红色的小眼睛就像两块燃烧的煤炭。一张大嘴半张着，露出了两排尖尖的牙齿，像鲨鱼的嘴一样。它的双肩上长有肉瘤，肩上的皮肤褶皱，像是围着一条褪了色的灰色围巾。那副模样活像我们儿时听的故事里的恶魔出现在了现实中。观众中一阵骚动——有人尖叫，前排的两位女士从座位上摔下去，昏了过去，讲台上也有几个人惊叫了出来。一时之间，一种恐慌的情绪充斥了整个报告厅。查林杰教授举起双手示意大家镇定，但是这个动作却惊扰了身边的翼龙。它肩上那围巾一样的皮肤突然一下炸了起来，像一对皮质的翅膀一样张开抖动着。教授赶紧伸手抓它的双腿，但是已经太晚了。它已经从箱子边上一跃而起，拍着那对长达十英尺、干巴巴、像皮革一样的大翅膀，在女王报告厅里绕圈飞了起来。大厅里的人们看到它那闪闪发光的眼睛和锋利的喙朝自己飞过来都吓得大叫起来，这倒使得这只怪兽变得更加狂暴了。它越飞越快，结果不断地撞在墙壁和屋顶的枝形吊灯上。“窗户！上帝啊，快把窗户关上！”教授站在讲台上大吼，像疯了一样地蹦跳着，挥舞着双臂。可惜，他说得太晚了！那只猛兽像只被关在灯罩里的飞蛾一样，在大厅的墙上乱撞着，不一会儿，就撞到了窗口，将它那丑陋的身体挤了出去，飞走了。查林杰教授跌坐在座位上，双手捂住了脸，而观众们见危险终于过去了，欣慰地长叹了一口气。

之后——噢！应该怎么形容之后的情形呢——先前持支持态度的大多数观众自然是情绪激昂，原来持反对态度的少数派如今也变得兴奋不已，两支队伍汇合成了一路大军，像一股巨大的浪潮一样从大厅后面卷到前台，伴随着声声呼喊和尖叫，讲台瞬间被人群淹没，四位英雄被卷到了浪尖。（了不起啊，迈克！）

如果说先前观众表现得不够公正，那么他们现在所作出的弥补也足够慷慨大方了。所有人都站起身来。所有人都在移动着、叫喊着、打着手势。四位探险家被欢呼的人群围了个密不透风。“举起来！举起来！”几百个声音齐声喊道。不一会儿，四位探险家就被举到了头顶。他们挣扎着想下来，但是没有成功。观众坚持要以这种方式向他们致敬。实际上，即使群众愿意放他们下来，恐怕也很难做到，因为他们身下的人群实在太密集了。“摄政街！摄政街！”群众大喊着。密集的人群中出现了一个漩涡，接着，人流就将四位探险家扛在肩上，涌向了大门。街上的场面也是异常壮观。那里已经有超过十万人在等候了。从朗汉姆酒店到牛津马戏团，到处都挤满了人。四位探险家被群众扛在肩头之上、在路灯照耀下的大街上刚一露面，人群中立刻爆发出雷鸣般的欢呼声。“游行！游行！”这是群众的呼声。于是街上密密麻麻的人群出发了，沿着摄政街、蓓尔美尔街、圣詹姆斯街、皮卡迪利街这个路线开始了游行。游行期间，伦敦的整个交通都被截断了，游行群众与警察和出租车司机之间爆发了多起冲突。最后，直到午夜时分，人群才将四位探险家在洛德·约翰·洛克斯顿位于奥尔巴尼街的住所门口放了下来。精力旺盛、一直在合唱“他们是快乐的好伙伴”的群众改为了合唱“天佑吾王”，以此作为游行的结束，伦敦很长时间以来最令人瞩目的夜晚终于画上了句号。

对于我的朋友麦克多纳的文章我就引用到这里。可以说，虽然辞藻华丽，但这可以算得上是一篇对于发布会的整个过程比较精确的报道了。整件事可能会令观众困惑、吃惊，但是却完全在我们的意料之中。读者朋友们肯定还记得，有一次我在返回营地的途中偶遇将自己装在保护笼中的洛德·约翰·洛克斯顿，他当时正要去为查林杰教授抓他所谓的“恶魔的幼崽”。我还暗示过离开高地时，教授的行李给我们带来了不小的困扰。如果让我描写我们返回的旅程，我会说，我们不得不用烂鱼来调动那只肮脏的翼龙的胃口。如果说我先前为什么一点都没有提到这件事，那当然是因为，教授坚持任何有关这件不可辩驳的证据的流言都不要被提前泄露出来，要等到关键时刻，他才会使用这张王牌来驳倒对手。

那只被带回伦敦的翼龙最后的命运又是如何呢？关于这个问题，我也没有确定的结论。据两位受惊的女士说，它在女王报告厅的屋顶上降落下来，像一尊恶魔的雕像一样一动不动地在那里停了几个小时。第二天，晚报上刊登了一件事，冷溪近卫团一个名为迈尔斯的二等兵因为擅自离岗而被军法从事。根据迈尔斯的辩解，他是因为一抬头看见天上有一只恶魔在飞才吓得扔了枪拔腿就跑的。但是法庭并不认可这样的理由。然而这可能跟我们所关心的问题密切相关。除此之外，唯一能找到的另外一个证据是来自由荷兰至美国的佛里斯兰轮船的航海日志，根据上面的记载，第二天上午九点，在位于右舷船尾十英里左右的地方，出现了一个不明生物，像一只飞行的山羊，又像一只巨大的蝙蝠，以超乎想象的速度朝西南方向飞去了。如果它返乡的直觉指引它找到了正确的路线，那么毫无疑问，欧洲最后这一只翼龙必将在大西洋的另一边找到它的归宿。

还有格拉迪斯——噢，我的格拉迪斯！——虽然那神秘的格拉迪斯湖，现在已经更名为中心湖，但她将永驻我的心中，永不磨灭。我不是在她身上看到了一丝强硬的性格吗？即便是我为遵守她的命令而自豪时，我不是也感觉到这种被爱驱使、不惜用生命去冒险的爱太过卑微吗？在我的内心深处，不是也时时会产生这样的想法吗？透过那张美丽的脸庞窥探她的灵魂深处，我看到的是自私和浮躁。而一次次的，我又马上打消了这样的念头。她爱的究竟是单纯的英雄主义和惊人的壮举，还是因为她只是无须奋斗和牺牲就可以享受那荣耀的光环？而所有的这些想法是否都是事后诸葛呢？这件事情给我的震动实在不小。甚至一度让我变得有些愤世嫉俗。但是，当我写下这段文字时，时间已经过去一个星期了，我们跟洛德·约翰·洛克斯顿还进行了一次意义重大的会面——唉，事实可能比想象的还要糟糕。

我来简单介绍一下事情的始末吧。到达南安普顿时，我并没有收到任何一封信或是电报，当晚十点，我回到斯特里特姆的别墅区，几乎已经抑制不住内心的忐忑了。她是生是死？我每夜睡梦中张开的双臂、如花的笑靥在哪里，她的男人因为她的一个突发奇想就拿自己的生命去冒险，她对此的赞美之词在哪里呢？我已经从高高的云端跌落下来，脚踏实地地站在地面上了。但是，我还想让自己重新飞到天上。于是，我沿着花园里的小路一路小跑，拳头雨点般地落在她的门上，听到格拉迪斯在屋里的应答声后，我不顾瞪大眼睛盯着我的女仆，大步走进了客厅。她正坐在一张矮脚长椅上，被钢琴旁边一盏带灯罩的落地灯发出的昏黄灯光笼罩着。我只用了三步就跨过了整个房间，一把握住她的双手。

“格拉迪斯！”我喊了出来，“格拉迪斯！”

她抬起头，一脸的吃惊。她身上发生了一些微妙的变化。她脸上的表情，冷酷的眼神，紧紧抿着的双唇，这一切对我来说都有点陌生。她抽回了双手。

“你要干什么？”她说。

“格拉迪斯！”我大声说，“怎么回事？你是我的格拉迪斯，不是吗——我的小格拉迪斯·汉格顿？”

“不，”她说，“我是格拉迪斯·波茨。让我来给你介绍一下我的丈夫吧。”

生活怎么可能如此荒谬呢！我竟然机械地对着一个姜黄色头发的小个子男人鞠了一躬，还跟他握了握手。他当时正蜷缩在一张扶手椅中，而那之前一直是我的专座。我们互相对视着笑了笑，点了点头。

“父亲让我们暂时住在这里。我们自己的房子正在收拾。”格拉迪斯说。

“哦，是吗！”我说，“那你没有收到我在帕劳写给你的信了？”

“没有，我没收到过信。”

“噢，那太可惜了！要是收到了就什么都清楚了。信里写得很清楚。”我说。

“关于你的情况，我跟威廉都讲过了，”她说，“我们之间没有秘密，我很抱歉。但是你既然可以抛下我独自跑到地球的另一头，那么我想你对我的感情也不会那么深吧，你不会生气吧？”

“不，不，一点也不生气。我想我该走了。”

“找个替代品吧，”小个子男人说，接着他又小声加了一句，“事情总是这样，不是吗？除非有一妻多夫制，才有可能，你明白的。”他像个白痴一样地笑了起来，而我则朝门口走去。

正要出门时，我突然产生了一种古怪的冲动，我转身回到我那胜利了的对手面前。他神情紧张地看着电铃的按钮。

“能回答我一个问题吗？”我问。

“嗯，只要问题合理就行。”他说。

“你是怎么做到的？你是不是找到了什么宝藏，还是找到了新极点，或者以前干过海盗的营生，又或是你曾经飞跃过英吉利海峡，还是什么别的原因？这爱情的魔力是哪里来的？你究竟是怎么得到的？”

他盯着我，那空洞、寒酸又好脾气的小脸上是一副无奈的表情。

“你不觉得这问题太涉及隐私了吗？”他说。

“好吧，那就回答这一个问题，”我大喊出来，“你是干什么的？你干什么工作？”

“我是个律师书记员，”他说，“在约翰逊及梅里韦尔律师事务所当助手，高等法院道四十一号。”

“晚安！”说完，我就像所有郁郁寡欢的心碎英雄一样，消失在黑夜中，心中像打翻了五味瓶，忧伤、气愤、嘲笑，各种情绪在我内心中涌动着。

再写一个小场景，这份记录就结束了。昨夜，我们几个一起在洛德·约翰·洛克斯顿的住处吃了晚饭。饭后，我们坐在一起又谈起了我们的历险，气氛友好融洽。在一个不同的环境中重新看到这些熟悉的老面孔感觉有点儿怪怪的。查林杰脸上还是带着那种傲慢的微笑，眼睑低垂，眼神偏狭，胡须气势汹汹地翘着，一边朝夏莫里发号施令，胸口一边一起一伏。而夏莫里也是老样子，那根短短的石楠烟斗依然是插在他那灰白的山羊胡和稀疏的络腮胡之间，那张疲倦的脸上满是争辩的表情，不管查林杰提出什么主张他都会立刻进行质疑。最后是当晚的主人，他的脸依然是粗糙而瘦削，一双蓝色眼睛像冰川一样闪着冷冷的目光，仔细看去，这样的目光深处又透着一丝幽默和搞怪的意味。我最后一次看见他们时，他们就是这样一副样子。

饭后，在他的私密空间——那个由粉红色灯光笼罩的、陈列着无数战利品的房间——洛德·约翰·洛克斯顿跟我们说了一番话。他从橱柜里拿出了一个旧雪茄盒，放到他面前的桌子上。

“这件事，”他说，“也许我早就应该谈谈了，但当时的时机还不成熟，我还需要再多了解一点情况。不要燃起任何希望，希望没有任何用处。但是我们目前面对的是事实，而不是希望。你们肯定还记得我们发现翼龙位于沼泽中的栖息地的那天吧？怎么回事呢？嗯，我当时注意到地上有些不同寻常的东西。可能你们没注意到，所以我想跟你们谈一谈。就是那个满是蓝色泥土的火山口。”两位教授点了点头。

“那么，在全世界我去过的那么多地方，堆满蓝色泥土的火山口却只有一个。就是南非金伯利的德比尔斯钻矿——那么然后呢？所以你们看，我想到了钻石。我做了个能保护自己不受翼龙伤害的装置，然后拿着小锄头在那儿度过了无比开心的一天。这就是我的收获。”

他打开了面前的雪茄盒，将里面的东西倒了出来。我们定睛一看，桌面上是二三十颗粗糙的石头，小的跟豆子差不多大，大的有栗子那么大。

“或许你们觉得我应该当时就告诉你们。好吧，我当时只是担心那里处处都是危机，如果不是非常谨慎的话很容易出危险。况且，那些石头也有大有小，成色也不一致，有些价值也不一定会很高。因此，我决定将它们带回来。回来后的第一天，我就拿了一颗送到思平克那里，让他进行了切割、琢磨和评估。”

他从口袋里拿出一个药盒，从里面倒出了一颗闪闪发光的钻石。那真是我平生见过的最光彩夺目的东西。

“这就是成品，”他说，“他给所有的这些石头估了价，最少值二十万英镑。当然，这些东西理应由我们几个平分。就这么决定了。那么，查林杰，你打算怎么花你的五万英镑？”

“如果你坚持这么慷慨大方的话，”教授说，“我要用这些钱建一个私人博物馆，这是我一直以来的梦想。”

“你呢，夏莫里？”

“我不要再教书了，这样就可以有充足的时间整理我那些白垩纪的化石了。”

“关于我自己的那份，”洛德·约翰·洛克斯顿说，“我要用它装备一个专业的探险队，再回那片迷人的高地看看。至于你嘛，小伙子，你肯定是用它来筹备自己的婚礼了。”

“还没这打算呢，”我挤出一丝可怜巴巴的微笑说，“我想，如果你愿意要我，我也愿意追随你再回高地。”

洛德·约翰·洛克斯顿没有说话，但是一只棕色的手从桌子另一边伸到了我的面前。

图书在版编目（CIP）数据

失落的世界 /（英）柯南·道尔（Conan Doyle，A.）著；张莹译．—南京：译林出版社，2015.10
（双语译林．壹力文库）
ISBN 978-7-5447-5743-0

Ⅰ.①失… Ⅱ.①柯… ②张… Ⅲ.①英语－汉语－对照读物 ②长篇小说－英国－现代 Ⅳ.①H319.4：I

中国版本图书馆CIP数据核字（2015）第200834号

书　　名 失落的世界
作　　者 〔英国〕阿瑟·柯南·道尔
译　　者 张　莹
责任编辑 陆元昶
特约编辑 张兰坡
出版发行 凤凰出版传媒股份有限公司
译林出版社
出版社地址 南京市湖南路1号A楼，邮编：210009
电子信箱 yilin@yilin.com
出版社网址 http://www.yilin.com
印　　刷 三河市华润印刷有限公司
开　　本 960×640毫米　1/16
印　　张 27
字　　数 210千字
版　　次 2015年10月第1版　2023年7月第4次印刷
书　　号 ISBN 978-7-5447-5743-0
定　　价 35.80元

THE LOST WORLD

Sir Arthur Ignatius Conan Doyle

CONTENTS

Chapter 1 THERE ARE HEROISMS ALL ROUND US

Mr. Hungerton, her father, really was the most tactless person upon earth,—a fluffy, feathery, untidy cockatoo of a man, perfectly good-natured, but absolutely centered upon his own silly self. If anything could have driven me from Gladys, it would have been the thought of such a father-in-law. I am convinced that he really believed in his heart that I came round to the Chestnut three days a week for the pleasure of his company, and very especially to hear his views upon bimetallism, a subject upon which he was by way of being an authority.

For an hour or more that evening I listened to his monotonous chirrup about bad money driving out good, the token value of silver, the depreciation of the rupee, and the true standards of exchange.

"Suppose," he cried with feeble violence, "that all the debts in the world were called up simultaneously, and immediate payment insisted upon, what under our present conditions would happen then?"

I gave the self-evident answer that I should be a ruined man, upon which he jumped from his chair, reproved me for my habitual levity, which made it impossible for him to discuss any reasonable subject in my presence, and bounced off out of the room to dress for a Masonic meeting.

At last I was alone with Gladys, and the moment of Fate had come! All that evening, I had felt like the soldier who awaits the signal which will send him on a forlorn hope; hope of victory and fear of repulse alternating in his mind.

She sat with that proud, delicate profile of hers outlined against the red curtain. How beautiful she was! And yet how aloof! We had been friends, quite good friends; but never could I get beyond the same comradeship which I might have established with one of my fellow-reporters upon the Gazette—perfectly frank, perfectly kindly, and perfectly unsexual. My instincts are all against a woman being too frank and at her ease with me. It is no compliment to a man. Where the real sex feeling begins, timidity and distrust are its companions, heritage from old wicked days when love and violence went often hand in hand. The bent head, the averted eye, the faltering voice, the wincing figure— these, and not the unshrinking gaze and frank reply, are the true signals of passion. Even in my short life I had learned as much as that—or had inherited it in that race memory which we call instinct.

Gladys was full of every womanly quality. Some judged her to be cold and hard; but such a thought was treason. That delicately bronzed skin, almost oriental in its coloring, that raven hair, the large liquid eyes, the full but exquisite lips—all the stigmata of passion were there. But I was sadly conscious that up to now I had never found the secret of drawing it forth. However, come what might, I should have done with suspense and bring matters to a head tonight. She could but refuse me, and better be a repulsed lover than an accepted brother.

So far my thoughts had carried me, and I was about to break the long and uneasy silence, when two critical, dark eyes looked round at me, and the proud head was shaken in smiling reproof. "I have a presentiment that you are going to propose, Ned. I do wish you wouldn't; for things are so much nicer as they are."

I drew my chair a little nearer. "Now, how did you know that I was going to propose?" I asked in genuine wonder.

"Don't women always know? Do you suppose any woman in the world was ever taken unawares? But—oh, Ned, our friendship has been so good and so pleasant! What a pity to spoil it! Don't you feel how splendid it is that a young man and a young woman should be able to talk face to face as we have talked?"

"I don't know, Gladys. You see, I can talk face to face with— with the station-master." I can't imagine how that official came into the matter; but in he trotted, and set us both laughing. "That does not satisfy me in the least. I want my arms round you, and your head on my breast, and—oh, Gladys, I want——"

She had sprung from her chair, as she saw signs that I proposed to demonstrate some of my wants. "You've spoiled everything, Ned," she said. "It's all so beautiful and natural until this kind of thing comes in! It is such a pity?! Why can't you control yourself?"

"I didn't invent it," I pleaded. "It's nature. It's love."

"Well, perhaps if both love, it may be different. I have never felt it."

"But you must—you, with your beauty, with your soul! Oh, Gladys, you were made for love! You must love!"

"One must wait till it comes."

"But why can't you love me, Gladys? Is it my appearance, or what?"

She did unbend a little. She put forward a hand—such a gracious, stooping attitude it was—and she pressed back my head. Then she looked into my upturned face with a very wistful smile.

"No it isn't that," she said at last. "You're not a conceited boy by nature, and so I can safely tell you it is not that. It's deeper."

"My character?"

She nodded severely.

"What can I do to mend it? Do sit down and talk it over. No, really, I won't if you'll only sit down!"

She looked at me with a wondering distrust which was much more to my mind than her whole-hearted confidence. How primitive and bestial it looks when you put it down in black and white! And perhaps after all it is only a feeling peculiar to myself. Anyhow, she sat down.

"Now tell me what's amiss with me?"

"I'm in love with somebody else." said she.

It was my turn to jump out of my chair.

"It's nobody in particular," she explained, laughing at the expression of my face, "only an ideal. I've never met the kind of man I mean."

"Tell me about him. What does he look like?"

"Oh, he might look very much like you."

"How dear of you to say that! Well, what is it that he does that I don't do? Just say the word,—teetotal, vegetarian, aeronaut, theosophist, or superman. I'll have a try at it, Gladys, if you will only give me an idea what would please you."

She laughed at the elasticity of my character. "Well, in the first place, I don't think my ideal would speak like that," said she. "He would be a harder, sterner man, not so ready to adapt himself to a silly girl's whim. But, above all, he must be a man who could do, who could act, who could look Death in the face and have no fear of him, a man of great deeds and strange experiences. It is never a man that I should love, but always the glories he had won; for they would be reflected upon me. Think of Richard Burton! When I read his wife's life of him I could so understand her love! And Lady Stanley! Did you ever read the wonderful last chapter of that book about her husband? These are the sort of men that a woman could worship with all her soul, and yet be the great er, not the less, on account of her love, honored by all the world as the inspirer of noble deeds."

She looked so beautiful in her enthusiasm that I nearly brought down the whole level of the interview. I gripped myself hard, and went on with the argument.

"We can't all be Stanleys and Burtons," said I; "besides, we don't get the chance,—at least, I never had the chance. If I did, I should try to take it."

"But chances are all around you. It is the mark of the kind of man I mean that he makes his own chances. You can't hold him back. I've never met him, and yet I seem to know him so well. There are heroisms all round us waiting to be done. It's for men to do them, and for women to reserve their love as a reward for such men. Look at that young Frenchman who went up last week in a balloon. It was blowing a gale of wind; but because he was announced to go he insisted on starting. The wind blew him fifteen hundred miles in twenty-four hours, and he fell in the middle of Russia. That was the kind of man I mean. Think of the woman he loved, and how other women must have envied her! That's what I should like to be, envied for my man."

"I'd have done it to please you."

"But you shouldn't do it merely to please me. You should do it because you can't help yourself, because it's natural to you, because the man in you is crying out for heroic expression. Now, when you described the Wigan coal explosion last month, could you not have gone down and helped those people, in spite of the choke-damp?"

"I did."

"You never said so."

"There was nothing worth bucking about."

"I didn't know." She looked at me with rather more interest. "That was brave of you."

"I had to. If you want to write good copy, you must be where the things are."

"What a prosaic motive! It seems to take all the romance out of it. But, still, whatever your motive, I am glad that you went down that mine." She gave me her hand; but with such sweetness and dignity that I could only stoop and kiss it. "I dare say I am merely a foolish woman with a young girl's fancies. And yet it is so real with me, so entirely part of my very self, that I cannot help acting upon it. If I marry, I do want to marry a famous man!"

"Why should you not?" I cried. "It is women like you who brace men up. Give me a chance, and see if I will take it! Besides, as you say, men ought to make their own chances, and not wait until they are given. Look at Clive—just a clerk, and he conquered India! By George! I'll do something in the world yet!"

She laughed at my sudden Irish effervescence. "Why not?" she said. "You have everything a man could have,—youth, health, strength, education, energy. I was sorry you spoke. And now I am glad—so glad—if it wakens these thoughts in you!"

"And if I do——"

Her dear hand rested like warm velvet upon my lips. "Not another word, Sir! You should have been at the office for evening duty half an hour ago; only I hadn't the heart to remind you. Some day, perhaps, when you have won your place in the world, we shall talk it over again."

And so it was that I found myself that foggy November evening pursuing the Camberwell tram with my heart glowing within me, and with the eager determination that not another day should elapse before I should find some deed which was worthy of my lady. But who—who in all this wide world could ever have imagined the incredible shape which that deed was to take, or the strange steps by which I was led to the doing of it?

And, after all, this opening chapter will seem to the reader to have nothing to do with my narrative; and yet there would have been no narrative without it, for it is only when a man goes out into the world with the thought that there are heroisms all round him, and with the desire all alive in his heart to follow any which may come within sight of him, that he breaks away as I did from the life he knows, and ventures forth into the wonderful mystic twilight land where lie the great adventures and the great rewards. Behold me, then, at the office of the *Daily Gazette*, on the staff of which I was a most insignificant unit, with the settled determination that very night, if possible, to find the quest which should be worthy of my Gladys! Was it hardness, was it selfishness, that she should ask me to risk my life for her own glorification? Such thoughts may come to middle age; but never to ardent three-and-twenty in the fever of his first love.

Chapter 2 TRY YOUR LUCK WITH PROFESSOR CHALLENGER

I always liked McArdle, the crabbed, old, round-backed, red-headed news editor, and I rather hoped that he liked me. Of course, Beaumont was the real boss; but he lived in the rarefied atmosphere of some Olympian height from which he could distinguish nothing smaller than an international crisis or a split in the Cabinet. Sometimes we saw him passing in lonely majesty to his inner sanctum, with his eyes staring vaguely and his mind hovering over the Balkans or the Persian Gulf. He was above and beyond us. But McArdle was his first lieutenant, and it was he that we knew. The old man nodded as I entered the room, and he pushed his spectacles far up on his bald forehead.

"Well, Mr. Malone, from all I hear, you seem to be doing very well." said he in his kindly Scotch accent.

I thanked him.

"The colliery explosion was excellent. So was the Southwark fire. You have the true descreeptive touch. What did you want to see me about?"

"To ask a favor."

He looked alarmed, and his eyes shunned mine. "Tut, tut! What is it?"

"Do you think, Sir, that you could possibly send me on some mission for the paper? I would do my best to put it through and get you some good copy."

"What sort of meesion had you in your mind, Mr. Malone?"

"Well, Sir, anything that had adventure and danger in it. I really would do my very best. The more difficult it was, the better it would suit me."

"You seem very anxious to lose your life."

"To justify my life, Sir."

"Dear me, Mr. Malone, this is very—very exalted. I'm afraid the day for this sort of thing is rather past. The expense of the 'special meesion' business hardly justifies the result, and, of course, in any case it would only be an experienced man with a name that would command public confidence who would get such an order. The big blank spaces in the map are all being filled in, and there's no room for romance anywhere. Wait a bit, though!" he added, with a sudden smile upon his face. "Talking of the blank spaces of the map gives me an idea. What about exposing a fraud—a modern Munchausen—and making him rideeculous? You could show him up as the liar that he is! Eh, man, it would be fine. How does it appeal to you?"

"Anything—anywhere—I care nothing."

McArdle was plunged in thought for some minutes.

"I wonder whether you could get on friendly—or at least on talking terms with the fellow," he said, at last. "You seem to have a sort of genius for establishing relations with people—seempathy, I suppose, or animal magnetism, or youthful vitality, or something. I am conscious of it myself."

"You are very good, sir."

"So why should you not try your luck with Professor Challenger, of Enmore Park?"

I dare say I looked a little startled.

"Challenger!" I cried. "Professor Challenger, the famous zoologist! Wasn't he the man who broke the skull of Blundell, of the Telegraph?"

The news editor smiled grimly.

"Do you mind? Didn't you say it was adventures you were after?"

"It is all in the way of business, sir." I answered.

"Exactly. I don't suppose he can always be so violent as that. I'm thinking that Blundell got him at the wrong moment, maybe, or in the wrong fashion. You may have better luck, or more tact in handling him. There's something in your line there, I am sure, and the *Gazette* should work it."

"I really know nothing about him," said I,"I only remember his name in connection with the police-court proceedings, for striking Blundell."

"I have a few notes for your guidance, Mr. Malone. I've had my eye on the Professor for some little time." He took a paper from a drawer. "Here is a summary of his record. I give it you briefly:—

'Challenger, George Edward. Born: Largs, N. B., 1863. Educ.: Largs Academy; Edinburgh University. British Museum Assistant, 1892. Assistant-Keeper of Comparative Anthropology Department, 1893. Resigned after acrimonious correspondence same year. Winner of Crayston Medal for Zoological Research. Foreign Member of'—well, quite a lot of things, about two inches of small type—'Societe Belge, American Academy of Sciences, La Plata, etc., etc. Ex-President Palaeontological Society. Section H, British Association'—so on, so on!—'Publications: "Some Observations Upon a Series of Kalmuck Skulls"; "Outlines of Vertebrate Evolution"; and numerous papers, including "The underlying fallacy of Weissmannism," which caused heated discussion at the Zoological Congress of Vienna. Recreations: Walking, Alpine climbing. Address: Enmore Park, Kensington, W.'

"There, take it with you. I've nothing more for you to-night."

I pocketed the slip of paper.

"One moment, sir," I said, as I realized that it was a pink bald head, and not a red face, which was fronting me. "I am not very clear yet why I am to interview this gentleman. What has he done?"

The face flashed back again.

"Went to South America on a solitary expedeetion two years ago. Came back last year. Had undoubtedly been to South America, but refused to say exactly where. Began to tell his adventures in a vague way, but somebody started to pick holes, and he just shut up like an oyster. Something wonderful happened—or the man's a champion liar, which is the more probable supposeetion. Had some damaged photographs, said to be fakes. Got so touchy that he assaults anyone who asks questions, and heaves reporters doun the stairs. In my opinion he's just a homicidal megalomaniac with a turn for science. That's your man, Mr. Malone.

Now, off you run, and see what you can make of him. You're big enough to look after yourself. Anyway, you are all safe. *Employers' Liability Act*, you know."

A grinning red face turned once more into a pink oval, fringed with gingery fluff; the interview was at an end.

I walked across to the Savage Club, but instead of turning into it I leaned upon the railings of Adelphi Terrace and gazed thoughtfully for a long time at the brown, oily river. I can always think most sanely and clearly in the open air. I took out the list of Professor Challenger's exploits, and I read it over under the electric lamp. Then I had what I can only regard as an inspiration. As a Pressman, I felt sure from what I had been told that I could never hope to get into touch with this cantankerous Professor. But these recriminations, twice mentioned in his skeleton biography, could only mean that he was a fanatic in science. Was there not an exposed margin there upon which he might be accessible? I would try.

I entered the club. It was just after eleven, and the big room was fairly full, though the rush had not yet set in. I noticed a tall, thin, angular man seated in an arm-chair by the fire. He turned as I drew my chair up to him. It was the man of all others whom I should have chosen—Tarp Henry, of the staff of *Nature*, a thin, dry, leathery creature, who was full, to those who knew him, of kindly humanity. I plunged instantly into my subject.

"What do you know of Professor Challenger?"

"Challenger?" He gathered his brows in scientific disapproval.

"Challenger was the man who came with some cock-and-bull story from South America."

"What story?"

"Oh, it was rank nonsense about some queer animals he had discovered. I believe he has retracted since. Anyhow, he has suppressed it all. He gave an interview to Reuter's, and there was such a howl that he saw it wouldn't do. It was a discreditable business. There were one or two folk who were inclined to take him seriously, but he soon choked them off."

"How?"

"Well, by his insufferable rudeness and impossible behavior. There was poor old Wadley, of the Zoological Institute. Wadley sent a message: 'the President of the Zoological Institute presents his compliments to Professor Challenger, and would take it as a personal favor if he would do them the honor to come to their next meeting.' The answer was unprintable."

"You don't say?"

"Well, a bowdlerized version of it would run: 'Professor Challenger presents his compliments to the President of the Zoological Institute, and would take it as a personal favor if he would go to the devil.'"

"Good Lord!"

"Yes, I expect that's what old Wadley said. I remember his wail at the meeting, which began: 'In fifty years experience of scientific intercourse——' It quite broke the old man up."

"Anything more about Challenger?"

"Well, I'm a bacteriologist, you know. I live in a nine-hundred-diameter microscope. I can hardly claim to take serious notice of anything that I can see with my naked eye. I'm a frontiersman from the extreme edge of the Knowable, and I feel quite out of place when I leave my study and come into touch with all you great, rough, hulking creatures. I'm too detached to talk scandal, and yet at scientific conversaziones I have heard something of Challenger, for he is one of those men whom nobody can ignore. He's as clever as they make 'em—a full-charged battery of force and vitality, but a quarrelsome, ill-conditioned faddist, and unscrupulous at that. He had gone the length of faking some photographs over the South American business."

"You say he is a faddist. What is his particular fad?"

"He has a thousand, but the latest is something about Weissmann and Evolution. He had a fearful row about it in Vienna, I believe."

"Can't you tell me the point?"

"Not at the moment, but a translation of the proceedings exists. We have it filed at the office. Would you care to come?"

"It's just what I want. I have to interview the fellow, and I need some lead up to him. It's really awfully good of you to give me a lift. I'll go with you now, if it is not too late."

Half an hour later I was seated in the newspaper office with a huge tome in front of me, which had been opened at the article "Weissmann versus Darwin," with the sub heading, "Spirited Protest at Vienna. Lively Proceedings." My scientific education having been somewhat neglected, I was unable to follow the whole argument, but it was evident that the English Professor had handled his subject in a very aggressive fashion, and had thoroughly annoyed his Continental colleagues. "Protests," "Uproar," and "General appeal to the Chairman" were three of the first brackets which caught my eye. Most of the matter might have been written in Chinese for any definite meaning that it conveyed to my brain.

"I wish you could translate it into English for me," I said, pathetically, to my help-mate.

"Well, it is a translation."

"Then I'd better try my luck with the original."

"It is certainly rather deep for a layman."

"If I could only get a single good, meaty sentence which seemed to convey some sort of definite human idea, it would serve my turn. Ah, yes, this one will do. I seem in a vague way almost to understand it. I'll copy it out. This shall be my link with the terrible Professor."

"Nothing else I can do?"

"Well, yes; I propose to write to him. If I could frame the letter here, and use your address it would give atmosphere."

"We'll have the fellow round here making a row and breaking the furniture."

"No, no; you'll see the letter—nothing contentious, I assure you."

"Well, that's my chair and desk. You'll find paper there. I'd like to censor it before it goes."

It took some doing, but I flatter myself that it wasn't such a bad job when it was finished. I read it aloud to the critical bacteriologist with some pride in my handiwork.

"Dear Professor Challenger," it said, "As a humble student of *Nature*, I have always taken the most profound interest in your speculations as to the differences between Darwin and Weissmann. I have recently had occasion to refresh my memory by re-reading——"

"You infernal liar!" murmured Tarp Henry.

"by re-reading your masterly address at Vienna. That lucid and admirable statement seems to be the last word in the matter. There is one sentence in it, however—namely: 'I protest strongly against the insufferable and entirely dogmatic assertion that each separate id is a microcosm possessed of an historical architecture elaborated slowly through the series of generations.' Have you no desire, in view of later research, to modify this statement? Do you not think that it is over-accentuated? With your permission, I would ask the favor of an interview, as I feel strongly upon the subject, and have certain suggestions which I could only elaborate in a personal conversation. With your consent, I trust to have the honor of calling at eleven o'clock the day after tomorrow (Wednesday) morning.

"I remain, Sir, with assurances of profound respect, yours very truly, Edward D. Malone."

"How's that?" I asked, triumphantly.

"Well, if your conscience can stand it——"

"It has never failed me yet."

"But what do you mean to do?"

"To get there. Once I am in his room I may see some opening. I may even go the length of open confession. If he is a sportsman he will be tickled."

"Tickled, indeed! He's much more likely to do the tickling. Chain mail, or an American football suit—that's what you'll want. Well, good-bye. I'll have the answer for you here on Wednesday morning—if he ever deigns to answer you. He is a violent, dangerous, cantankerous character, hated by everyone who comes across him, and the butt of the students, so far as they dare take a liberty with him. Perhaps it would be best for you if you never heard from the fellow at all."

Chapter 3 HE IS A PERFECTLY IMPOSSIBLE PERSON

My friend's fear or hope was not destined to be realized. When I called on Wednesday there was a letter with the West Kensington postmark upon it, and my name scrawled across the envelope in a handwriting which looked like a barbed-wire railing. The contents were as follows:

"Enmore Park, W.

"Sir,—I have duly received your note, in which you claim to endorse my views, although I am not aware that they are dependent upon endorsement either from you or anyone else. You have ventured to use the word 'speculation' with regard to my statement upon the subject of Darwinism, and I would call your attention to the fact that such a word in such a connection is offensive to a degree. The context convinces me, however, that you have sinned rather through ignorance and tactlessness than through malice, so I am content to pass the matter by. You quote an isolated sentence from my lecture, and appear to have some difficulty in understanding it. I should have thought that only a sub-human intelligence could have failed to grasp the point, but if it really needs amplification I shall consent to see you at the hour named, though visits and visitors of every sort are exceeding distasteful to me. As to your suggestion that I may modify my opinion, I would have you know that it is not my habit to do so after a deliberate expression of my mature views. You will kindly show the envelope of this letter to my man, Austin, when you call, as he has to take every precaution to shield me from the intrusive rascals who call themselves 'journalists'.

"Yours faithfully,

"George Edward Challenger."

This was the letter that I read aloud to Tarp Henry, who had come down early to hear the result of my venture. His only remark was, "There's some new stuff, cuticura or something, which is better than arnica." Some people have such extraordinary notions of humor.

It was nearly half-past ten before I had received my message, but a taxicab took me round in good time for my appointment. It was an imposing porticoed house at which we stopped, and the heavily-curtained windows gave every indication of wealth upon the part of this formidable Professor. The door was opened by an odd, swarthy, dried-up person of uncertain age, with a dark pilot jacket and brown leather gaiters. I found afterwards that he was the chauffeur, who filled the gaps left by a succession of fugitive butlers. He looked me up and down with a searching light blue eye.

"Expected?" he asked.

"An appointment."

"Got your letter?"

I produced the envelope.

"Right!" He seemed to be a person of few words. Following him down the passage I was suddenly interrupted by a small woman, who stepped out from what proved to be the dining-room door. She was a bright, vivacious, dark-eyed lady, more French than English in her type.

"One moment," she said. "You can wait, Austin. Step in here, sir. May I ask if you have met my husband before?"

"No, madam, I have not had the honor."

"Then I apologize to you in advance. I must tell you that he is a perfectly impossible person—absolutely impossible. If you are forewarned you will be the more ready to make allowances."

"It is most considerate of you, madam."

"Get quickly out of the room if he seems inclined to be violent. Don't wait to argue with him. Several people have been injured through doing that. Afterwards there is a public scandal and it reflects upon me and all of us. I suppose it wasn't about South America you wanted to see him?"

I could not lie to a lady.

"Dear me! That is his most dangerous subject. You won't believe a word he says—I'm sure I don't wonder. But don't tell him so, for it makes him very violent. Pretend to believe him, and you may get through all right. Remember he believes it himself. Of that you may be assured. A more honest man never lived. Don't wait any longer or he may suspect. If you find him dangerous—really dangerous—ring the bell and hold him off until I come. Even at his worst I can usually control him."

With these encouraging words the lady handed me over to the taciturn Austin, who had waited like a bronze statue of discretion during our short interview, and I was conducted to the end of the passage. There was a tap at a door, a bull's bellow from within, and I was face to face with the Professor.

He sat in a rotating chair behind a broad table, which was covered with books, maps, and diagrams. As I entered, his seat spun round to face me. His appearance made me gasp. I was prepared for something strange, but not for so overpowering a personality as this. It was his size which took one's breath away—his size and his imposing presence. His head was enormous, the largest I have ever seen upon a human being. I am sure that his top-hat, had I ever ventured to don it, would have slipped over me entirely and rested on my shoulders. He had the face and beard which I associate with an Assyrian bull; the former florid, the latter so black as almost to have a suspicion of blue, spade-shaped and rippling down over his chest. The hair was peculiar, plastered down in front in a long, curving wisp over his massive forehead. The eyes were blue-gray under great black tufts, very clear, very critical, and very masterful. A huge spread of shoulders and a chest like a barrel were the other parts of him which appeared above the table, save for two enormous hands covered with long black hair. This and a bellowing, roaring, rumbling voice made up my first impression of the notorious Professor Challenger.

"Well?" said he, with a most insolent stare. "What now?"

I must keep up my deception for at least a little time longer, otherwise here was evidently an end of the interview.

"You were good enough to give me an appointment, sir," said I, humbly, producing his envelope.

He took my letter from his desk and laid it out before him.

"Oh, you are the young person who cannot understand plain English, are you? My general conclusions you are good enough to approve, as I understand?"

"Entirely, sir—entirely!" I was very emphatic.

"Dear me! That strengthens my position very much, does it not? Your age and appearance make your support doubly valuable. Well, at least you are better than that herd of swine in Vienna, whose gregarious grunt is, however, not more offensive than the isolated effort of the British hog." He glared at me as the present representative of the beast.

"They seem to have behaved abominably," said I.

"I assure you that I can fight my own battles, and that I have no possible need of your sympathy. Put me alone, sir, and with my back to the wall. G. E. C. is happiest then. Well, sir, let us do what we can to curtail this visit, which can hardly be agreeable to you, and is inexpressibly irksome to me. You had, as I have been led to believe, some comments to make upon the proposition which I advanced in my thesis."

There was a brutal directness about his methods which made evasion difficult. I must still make play and wait for a better opening. It had seemed simple enough at a distance. Oh, my Irish wits, could they not help me now, when I needed help so sorely? He transfixed me with two sharp, steely eyes. "Come, come!" he rumbled.

"I am, of course, a mere student," said I, with a fatuous smile, "hardly more, I might say, than an earnest inquirer. At the same time, it seemed to me that you were a little severe upon Weissmann in this matter. Has not the general evidence since that date tended to—well, to strengthen his position?"

"What evidence?" He spoke with a menacing calm.

"Well, of course, I am aware that there is not any what you might call definite evidence. I alluded merely to the trend of modern thought and the general scientific point of view, if I might so express it."

He leaned forward with great earnestness.

"I suppose you are aware," said he, checking off points upon his fingers, "that the cranial index is a constant factor?"

"Naturally," said I.

"And that telegony is still sub judice?"

"Undoubtedly."

"And that the germ plasm is different from the parthenogenetic egg?"

"Why, surely!" I cried, and gloried in my own audacity.

"But what does that prove?" he asked, in a gentle, persuasive voice.

"Ah, what indeed?" I murmured, "What does it prove?"

"Shall I tell you?" he cooed.

"Pray do."

"It proves," he roared, with a sudden blast of fury, "that you are the damnedest imposter in London—a vile, crawling journalist, who has no more science than he has decency in his composition!"

He had sprung to his feet with a mad rage in his eyes. Even at that moment of tension I found time for amazement at the discovery that he was quite a short man, his head not higher than my shoulder—a stunted Hercules whose tremendous vitality had all run to depth, breadth, and brain.

"Gibberish!" he cried, leaning forward, with his fingers on the table and his face projecting. "That's what I have been talking to you, sir—scientific gibberish! Did you think you could match cunning with me—you with your walnut of a brain? You think you are omnipotent, you infernal scribblers, don't you? That your praise can make a man and your blame can break him? We must all bow to you, and try to get a favorable word, must we? This man shall have a leg up, and this man shall have a dressing down! Creeping vermin, I know you! You've got out of your station. Time was when your ears were clipped. You've lost your sense of proportion. Swollen gas-bags! I'll keep you in your proper place. Yes, sir, you haven't got over G. E. C. There's one man who is still your master. He warned you off, but if you will come, by the Lord you do it at your own risk. Forfeit, my good Mr. Malone, I claim forfeit! You have played a rather dangerous game, and it strikes me that you have lost it."

"Look here, sir," said I, backing to the door and opening it; "you can be as abusive as you like. But there is a limit. You shall not assault me."

"Shall I not?" He was slowly advancing in a peculiarly menacing way, but he stopped now and put his big hands into the side-pockets of a rather boyish short jacket which he wore. "I have thrown several of you out of the house. You will be the fourth or fifth. Three pound fifteen each—that is how it averaged. Expensive, but very necessary. Now, sir, why should you not follow your brethren? I rather think you must." He resumed his unpleasant and stealthy advance, pointing his toes as he walked, like a dancing master.

I could have bolted for the hall door, but it would have been too ignominious. Besides, a little glow of righteous anger was springing up within me. I had been hopelessly in the wrong before, but this man's menaces were putting me in the right.

"I'll trouble you to keep your hands off, sir. I'll not stand it."

"Dear me!" His black moustache lifted and a white fang twinkled in a sneer. "You won't stand it, eh?"

"Don't be such a fool, Professor!" I cried. "What can you hope for? I'm fifteen stone, as hard as nails, and play center three-quarter every Saturday for the London Irish. I'm not the man——"

It was at that moment that he rushed me. It was lucky that I had opened the door, or we should have gone through it. We did a Catharine-wheel together down the passage. Somehow we gathered up a chair upon our way, and bounded on with it towards the street. My mouth was full of his beard, our arms were locked, our bodies intertwined, and that infernal chair radiated its legs all round us. The watchful Austin had thrown open the hall door. We went with a back somersault down the front steps. I have seen the two Macs attempt something of the kind at the halls, but it appears to take some practise to do it without hurting oneself. The chair went to matchwood at the bottom, and we rolled apart into the gutter. He sprang to his feet, waving his fists and wheezing like an asthmatic.

"Had enough?" he panted.

"You infernal bully!" I cried, as I gathered myself together.

Then and there we should have tried the thing out, for he was effervescing with fight, but fortunately I was rescued from an odious situation. A policeman was beside us, his notebook in his hand.

"What's all this? You ought to be ashamed," said the policeman. It was the most rational remark which I had heard in Enmore Park. "Well," he insisted, turning to me, "what is it, then?"

"This man attacked me," said I.

"Did you attack him?" asked the policeman.

The Professor breathed hard and said nothing.

"It's not the first time, either," said the policeman, severely, shaking his head. "You were in trouble last month for the same thing. You've blackened this young man's eye. Do you give him in charge, sir?"

I relented.

"No," said I, "I do not."

"What's that?" said the policeman.

"I was to blame myself. I intruded upon him. He gave me fair warning."

The policeman snapped up his notebook.

"Don't let us have any more such goings-on," said he. "Now, then! Move on, there, move on!" This to a butcher's boy, a maid, and one or two loafers who had collected. He clumped heavily down the street, driving this little flock before him. The Professor looked at me, and there was something humorous at the back of his eyes.

"Come in!" said he. "I've not done with you yet."

The speech had a sinister sound, but I followed him none the less into the house. The man-servant, Austin, like a wooden image, closed the door behind us.

Chapter 4 IT'S JUST THE VERY BIGGEST THING IN THE WORLD

Hardly was it shut when Mrs. Challenger darted out from the dining room. The small woman was in a furious temper. She barred her husband's way like an enraged chicken in front of a bulldog. It was evident that she had seen my exit, but had not observed my return.

"You brute, George!" she screamed. "You've hurt that nice young man."

He jerked backwards with his thumb.

"Here he is, safe and sound behind me."

She was confused, but not unduly so.

"I am so sorry, I didn't see you."

"I assure you, madam, that it is all right."

"He has marked your poor face! Oh, George, what a brute you are! Nothing but scandals from one end of the week to the other. Everyone hating and making fun of you. You've finished my patience. This ends it."

"Dirty linen," he rumbled.

"It's not a secret," she cried. "Do you suppose that the whole street—the whole of London, for that matter—— Get away, Austin, we don't want you here. Do you suppose they don't all talk about you? Where is your dignity? You, a man who should have been Regius Professor at a great University with a thousand students all revering you. Where is your dignity, George?"

"How about yours, my dear?"

"You try me too much. A ruffian—a common brawling ruffian—that's what you have become."

"Be good, Jessie."

"A roaring, raging bully!"

"That's done it! Stool of penance!" said he.

To my amazement he stooped, picked her up, and placed her sitting upon a high pedestal of black marble in the angle of the hall. It was at least seven feet high, and so thin that she could hardly balance upon it. A more absurd object than she presented cocked up there with her face convulsed with anger, her feet dangling, and her body rigid for fear of an upset, I could not imagine.

"Let me down!" she wailed.

"Say 'Please.'"

"You brute, George! Let me down this instant!"

"Come into the study, Mr. Malone."

"Really, sir——!" said I, looking at the lady.

"Here's Mr. Malone pleading for you, Jessie. Say 'Please' and down you come."

"Oh, you brute! Please! please!"

He took her down as if she had been a canary.

"You must behave yourself, dear. Mr. Malone is a Pressman. He will have it all in his rag to-morrow, and sell an extra dozen among our neighbors. 'strange story of high life'—you felt fairly high on that pedestal, did you not? Then a sub-title, 'Glimpse of a singular menage.' He's a foul feeder, is Mr. Malone, a carrion eater, like all of his kind—porcus ex grege diaboli— a swine from the devil's herd. That's it, Malone—what?"

"You are really intolerable!" said I, hotly.

He bellowed with laughter.

"We shall have a coalition presently," he boomed, looking from his wife to me and puffing out his enormous chest. Then, suddenly altering his tone, "Excuse this frivolous family badinage, Mr. Malone. I called you back for some more serious purpose than to mix you up with our little domestic pleasantries. Run away, little woman, and don't fret." He placed a huge hand upon each of her shoulders. "All that you say is perfectly true. I should be a better man if I did what you advise, but I shouldn't be quite George Edward Challenger. There are plenty of better men, my dear, but only one G. E. C. So make the best of him." He suddenly gave her a resounding kiss, which embarrassed me even more than his violence had done. "Now, Mr. Malone," he continued, with a great accession of dignity, "this way, if you please."

We re-entered the room which we had left so tumultuously ten minutes before. The Professor closed the door carefully behind us, motioned me into an arm-chair, and pushed a cigar-box under my nose.

"Real San Juan Colorado," he said. "Excitable people like you are the better for narcotics. Heavens! don't bite it! Cut—and cut with reverence! Now lean back, and listen attentively to whatever I may care to say to you. If any remark should occur to you, you can reserve it for some more opportune time."

"First of all, as to your return to my house after your most justifiable expulsion"—he protruded his beard, and stared at me as one who challenges and invites contradiction—"after, as I say, your well-merited expulsion. The reason lay in your answer to that most officious policeman, in which I seemed to discern some glimmering of good feeling upon your part—more, at any rate, than I am accustomed to associate with your profession. In admitting that the fault of the incident lay with you, you gave some evidence of a certain mental detachment and breadth of view which attracted my favorable notice. The sub-species of the human race to which you unfortunately belong has always been below my mental horizon. Your words brought you suddenly above it. You swam up into my serious notice. For this reason I asked you to return with me, as I was minded to make your further acquaintance. You will kindly deposit your ash in the small Japanese tray on the bamboo table which stands at your left elbow."

All this he boomed forth like a professor addressing his class. He had swung round his revolving chair so as to face me, and he sat all puffed out like an enormous bull-frog, his head laid back and his eyes half covered by supercilious lids. Now he suddenly turned himself sideways, and all I could see of him was tangled hair with a red, protruding ear. He was scratching about among the litter of papers upon his desk. He faced me presently with what looked like a very tattered sketch-book in his hand.

"I am going to talk to you about South America," said he. "No comments if you please. First of all, I wish you to understand that nothing I tell you now is to be repeated in any public way unless you have my express permission. That permission will, in all human probability, never be given. Is that clear?"

"It is very hard," said I. "Surely a judicious account——"

He replaced the notebook upon the table.

"That ends it," said he. "I wish you a very good morning."

"No, no!" I cried. "I submit to any conditions. So far as I can see, I have no choice."

"None in the world," said he.

"Well, then, I promise."

"Word of honor?"

"Word of honor."

He looked at me with doubt in his insolent eyes.

"After all, what do I know about your honor?" said he.

"Upon my word, sir," I cried, angrily, "you take very great liberties! I have never been so insulted in my life."

He seemed more interested than annoyed at my outbreak.

"Round-headed," he muttered. "Brachycephalic, gray-eyed, blackhaired, with suggestion of the negroid. Celtic, I presume?"

"I am an Irishman, sir."

"Irish Irish?"

"Yes, sir."

"That, of course, explains it. Let me see; you have given me your promise that my confidence will be respected? That confidence, I may say, will be far from complete. But I am prepared to give you a few indications which will be of interest. In the first place, you are probably aware that two years ago I made a journey to South America—one which will be classical in the scientific history of the world? The object of my journey was to verify some conclusions of Wallace and of Bates, which could only be done by observing their reported facts under the same conditions in which they had themselves noted them. If my expedition had no other results it would still have been noteworthy, but a curious incident occurred to me while there which opened up an entirely fresh line of inquiry.

"You are aware—or probably, in this half-educated age, you are not aware—that the country round some parts of the Amazon is still only partially explored, and that a great number of tributaries, some of them entirely uncharted, run into the main river. It was my business to visit this little-known back-country and to examine its fauna, which furnished me with the materials for several chapters for that great and monumental work upon zoology which will be my life's justification. I was returning, my work accomplished, when I had occasion to spend a night at a small Indian village at a point where a certain tributary—the name and position of which I withhold—opens into the main river. The natives were Cucama Indians, an amiable but degraded race, with mental powers hardly superior to the average Londoner. I had effected some cures among them upon my way up the river, and had impressed them considerably with my personality, so that I was not surprised to find myself eagerly awaited upon my return. I gathered from their signs that someone had urgent need of my medical services, and I followed the chief to one of his huts. When I entered I found that the sufferer to whose aid I had been summoned had that instant expired. He was, to my surprise, no Indian, but a white man; indeed, I may say a very white man, for he was flaxen-haired and had some characteristics of an albino. He was clad in rags, was very emaciated, and bore every trace of prolonged hardship. So far as I could understand the account of the natives, he was a complete stranger to them, and had come upon their village through the woods alone and in the last stage of exhaustion.

"The man's knapsack lay beside the couch, and I examined the contents. His name was written upon a tab within it—Maple White, Lake Avenue, Detroit, Michigan. It is a name to which I am prepared always to lift my hat. It is not too much to say that it will rank level with my own when the final credit of this business comes to be apportioned.

"From the contents of the knapsack it was evident that this man had been an artist and poet in search of effects. There were scraps of verse. I do not profess to be a judge of such things, but they appeared to me to be singularly wanting in merit. There were also some rather commonplace pictures of river scenery, a paint-box, a box of colored chalks, some brushes, that curved bone which lies upon my inkstand, a volume of Baxter's 'Moths and Butterflies', a cheap revolver, and a few cartridges. Of personal equipment he either had none or he had lost it in his journey. Such were the total effects of this strange American Bohemian.

"I was turning away from him when I observed that something projected from the front of his ragged jacket. It was this sketch-book, which was as dilapidated then as you see it now. Indeed, I can assure you that a first folio of Shakespeare could not be treated with greater reverence than this relic has been since it came into my possession. I hand it to you now, and I ask you to take it page by page and to examine the contents."

He helped himself to a cigar and leaned back with a fiercely critical pair of eyes, taking note of the effect which this document would produce.

I had opened the volume with some expectation of a revelation, though of what nature I could not imagine. The first page was disappointing, however, as it contained nothing but the picture of a very fat man in a pea-jacket, with the legend, "Jimmy Colver on the Mail-boat," written beneath it. There followed several pages which were filled with small sketches of Indians and their ways. Then came a picture of a cheerful and corpulent ecclesiastic in a shovel hat, sitting opposite a very thin European, and the inscription: "Lunch with Fra Cristofero at Rosario." Studies of women and babies accounted for several more pages, and then there was an unbroken series of animal drawings with such explanations as "Manatee upon Sandbank," "Turtles and Their Eggs," "Black Ajouti under a Miriti Palm"—the matter disclosing some sort of pig-like animal; and finally came a double page of studies of long-snouted and very unpleasant saurians. I could make nothing of it, and said so to the Professor.

"Surely these are only crocodiles?"

"Alligators! Alligators! There is hardly such a thing as a true crocodile in South America. The distinction between them——"

"I meant that I could see nothing unusual—nothing to justify what you have said."

He smiled serenely.

"Try the next page," said he.

I was still unable to sympathize. It was a full-page sketch of a landscape roughly tinted in color—the kind of painting which an open-air artist takes as a guide to a future more elaborate effort. There was a pale-green foreground of feathery vegetation, which sloped upwards and ended in a line of cliffs dark red in color, and curiously ribbed like some basaltic formations which I have seen. They extended in an unbroken wall right across the background. At one point was an isolated pyramidal rock, crowned by a great tree, which appeared to be separated by a cleft from the main crag. Behind it all, a blue tropical sky. A thin green line of vegetation fringed the summit of the ruddy cliff.

"Well?" he asked.

"It is no doubt a curious formation," said I, "but I am not geologist enough to say that it is wonderful."

"Wonderful!" he repeated. "It is unique. It is incredible. No one on earth has ever dreamed of such a possibility. Now the next."

I turned it over, and gave an exclamation of surprise. There was a full-page picture of the most extraordinary creature that I had ever seen. It was the wild dream of an opium smoker, a vision of delirium. The head was like that of a fowl, the body that of a bloated lizard, the trailing tail was furnished with upward- turned spikes, and the curved back was edged with a high serrated fringe, which looked like a dozen cocks' wattles placed behind each other. In front of this creature was an absurd mannikin, or dwarf, in human form, who stood staring at it.

"Well, what do you think of that?" cried the Professor, rubbing his hands with an air of triumph.

"It is monstrous—grotesque."

"But what made him draw such an animal?"

"Trade gin, I should think."

"Oh, that's the best explanation you can give, is it?"

"Well, sir, what is yours?"

"The obvious one that the creature exists. That is actually sketched from the life."

I should have laughed only that I had a vision of our doing another Catharine-wheel down the passage.

"No doubt," said I, "no doubt," as one humors an imbecile. "I confess, however," I added, "that this tiny human figure puzzles me. If it were an Indian we could set it down as evidence of some pigmy race in America, but it appears to be a European in a sun-hat."

The Professor snorted like an angry buffalo. "You really touch the limit," said he. "You enlarge my view of the possible. Cerebral paresis! Mental inertia! Wonderful!"

He was too absurd to make me angry. Indeed, it was a waste of energy, for if you were going to be angry with this man you would be angry all the time. I contented myself with smiling wearily. "It struck me that the man was small," said I.

"Look here!" he cried, leaning forward and dabbing a great hairy sausage of a finger on to the picture. "You see that plant behind the animal; I suppose you thought it was a dandelion or a Brussels sprout—what? Well, it is a vegetable ivory palm, and they run to about fifty or sixty feet. Don't you see that the man is put in for a purpose? He couldn't really have stood in front of that brute and lived to draw it. He sketched himself in to give a scale of heights. He was, we will say, over five feet high. The tree is ten times bigger, which is what one would expect."

"Good heavens!" I cried. "Then you think the beast was—— Why, Charing Cross station would hardly make a kennel for such a brute!"

"Apart from exaggeration, he is certainly a well-grown specimen," said the Professor, complacently.

"But," I cried, "surely the whole experience of the human race is not to be set aside on account of a single sketch"—I had turned over the leaves and ascertained that there was nothing more in the book—"a single sketch by a wandering American artist who may have done it under hashish, or in the delirium of fever, or simply in order to gratify a freakish imagination. You can't, as a man of science, defend such a position as that."

For answer the Professor took a book down from a shelf.

"This is an excellent monograph by my gifted friend, Ray Lankester!" said he. "There is an illustration here which would interest you. Ah, yes, here it is! The inscription beneath it runs: 'Probable appearance in life of the Jurassic Dinosaur Stegosaurus. The hind leg alone is twice as tall as a full-grown man.' Well, what do you make of that?"

He handed me the open book. I started as I looked at the picture. In this reconstructed animal of a dead world there was certainly a very great resemblance to the sketch of the unknown artist.

"That is certainly remarkable." said I.

"But you won't admit that it is final?"

"Surely it might be a coincidence, or this American may have seen a picture of the kind and carried it in his memory. It would be likely to recur to a man in a delirium."

"Very good," said the Professor, indulgently; "we leave it at that. I will now ask you to look at this bone." He handed over the one which he had already described as part of the dead man's possessions. It was about six inches long, and thicker than my thumb, with some indications of dried cartilage at one end of it.

"To what known creature does that bone belong?" asked the Professor.

I examined it with care and tried to recall some half-forgotten knowledge.

"It might be a very thick human collar-bone," I said.

My companion waved his hand in contemptuous deprecation.

"The human collar-bone is curved. This is straight. There is a groove upon its surface showing that a great tendon played across it, which could not be the case with a clavicle."

"Then I must confess that I don't know what it is."

"You need not be ashamed to expose your ignorance, for I don't suppose the whole South Kensington staff could give a name to it." He took a little bone the size of a bean out of a pill-box. “So far as I am a judge this human bone is the analogue of the one which you hold in your hand. That will give you some idea of the size of the creature. You will observe from the cartilage that this is no fossil specimen, but recent. What do you say to that?”

“Surely in an elephant——”

He winced as if in pain.

“Don’t! Don’t talk of elephants in South America. Even in these days of Board schools——”

“Well, I interrupted, ”any large South American animal—“a tapir, for example.”

“You may take it, young man, that I am versed in the elements of my business. This is not a conceivable bone either of a tapir or of any other creature known to zoology. It belongs to a very large, a very strong, and, by all analogy, a very fierce animal which exists upon the face of the earth, but has not yet come under the notice of science. You are still unconvinced?”

“I am at least deeply interested.”

“Then your case is not hopeless. I feel that there is reason lurking in you somewhere, so we will patiently grope round for it. We will now leave the dead American and proceed with my narrative. You can imagine that I could hardly come away from the Amazon without probing deeper into the matter. There were indications as to the direction from which the dead traveler had come. Indian legends would alone have been my guide, for I found that rumors of a strange land were common among all the riverine tribes. You have heard, no doubt, of Curupuri?”

“Never.”

“Curupuri is the spirit of the woods, something terrible, something malevolent, something to be avoided. None can describe its shape or nature, but it is a word of terror along the Amazon. Now all tribes agree as to the direction in which Curupuri lives. It was the same direction from which the American had come. Something terrible lay that way. It was my business to find out what it was.”

"What did you do?" My flippancy was all gone. This massive man compelled one's attention and respect.

"I overcame the extreme reluctance of the natives—a reluctance which extends even to talk upon the subject—and by judicious persuasion and gifts, aided, I will admit, by some threats of coercion, I got two of them to act as guides. After many adventures which I need not describe, and after traveling a distance which I will not mention, in a direction which I withhold, we came at last to a tract of country which has never been described, nor, indeed, visited save by my unfortunate predecessor. Would you kindly look at this?"

He handed me a photograph—half-plate size.

"Thc unsatisfactory appearance of it is due to the fact," said he, "that on descending the river the boat was upset and the case which contained the undeveloped films was broken, with disastrous results. Nearly all of them were totally ruined—an irreparable loss. This is one of the few which partially escaped. This explanation of deficiencies or abnormalities you will kindly accept. There was talk of faking. I am not in a mood to argue such a point."

The photograph was certainly very off-colored. An unkind critic might easily have misinterpreted that dim surface. It was a dull gray landscape, and as I gradually deciphered the details of it I realized that it represented a long and enormously high line of cliffs exactly like an immense cataract seen in the distance, with a sloping, tree-clad plain in the foreground.

"I believe it is the same place as the painted picture." said I.

"It is the same place," the Professor answered. "I found traces of the fellow's camp. Now look at this."

It was a nearer view of the same scene, though the photograph was extremely defective. I could distinctly see the isolated, tree-crowned pinnacle of rock which was detached from the crag.

"I have no doubt of it at all." said I.

"Well, that is something gained," said he. "We progress, do we not? Now, will you please look at the top of that rocky pinnacle? Do you observe something there?"

"An enormous tree."

"But on the tree?"

"A large bird," said I.

He handed me a lens.

"Yes," I said, peering through it, "a large bird stands on the tree. It appears to have a considerable beak. I should say it was a pelican."

"I cannot congratulate you upon your eyesight," said the Professor. "It is not a pelican, nor, indeed, is it a bird. It may interest you to know that I succeeded in shooting that particular specimen. It was the only absolute proof of my experiences which I was able to bring away with me."

"You have it, then?" Here at last was tangible corroboration.

"I had it. It was unfortunately lost with so much else in the same boat accident which ruined my photographs. I clutched at it as it disappeared in the swirl of the rapids, and part of its wing was left in my hand. I was insensible when washed ashore, but the miserable remnant of my superb specimen was still intact; I now lay it before you."

From the drawer he produced what seemed to me to be the upper portion of the wing of a large bat. It was at least two feet in length, a curved bone, with a membranous veil beneath it.

"A monstrous bat!" I suggested.

"Nothing of the sort," said the Professor, severely. "Living, as I do, in an educated and scientific atmosphere, I could not have conceived that the first principles of zoology were so little known. Is it possible that you do not know the elementary fact in comparative anatomy, that the wing of a bird is really the forearm, while the wing of a bat consists of three elongated fingers with membranes between? Now, in this case, the bone is certainly not the forearm, and you can see for yourself that this is a single membrane hanging upon a single bone, and therefore that it can not belong to a bat. But if it is neither bird nor bat, what is it?"

My small stock of knowledge was exhausted.

"I really do not know." said I.

He opened the standard work to which he had already referred me.

"Here," said he, pointing to the picture of an extraordinary flying monster, "is an excellent reproduction of the dimorphodon, or pterodactyl, a flying reptile of the Jurassic period. On the next page is a diagram of the mechanism of its wing. Kindly compare it with the specimen in your hand."

A wave of amazement passed over me as I looked. I was convinced. There could be no getting away from it. The cumulative proof was overwhelming. The sketch, the photographs, the narrative, and now the actual specimen—the evidence was complete. I said so—I said so warmly, for I felt that the Professor was an ill-used man. He leaned back in his chair with drooping eyelids and a tolerant smile, basking in this sudden gleam of sunshine.

"It's just the very biggest thing that I ever heard of!" said I, though it was my journalistic rather than my scientific enthusiasm that was roused. "It is colossal. You are a Columbus of science who has discovered a lost world. I'm awfully sorry if I seemed to doubt you. It was all so unthinkable. But I understand evidence when I see it, and this should be good enough for anyone."

The Professor purred with satisfaction.

"And then, sir, what did you do next?"

"It was the wet season, Mr. Malone, and my stores were exhausted. I explored some portion of this huge cliff, but I was unable to find any way to scale it. The pyramidal rock upon which I saw and shot the pterodactyl was more accessible. Being something of a cragsman, I did man-age to get half way to the top of that. From that height I had a better idea of the plateau upon the top of the crags. It appeared to be very large; neither to east nor to west could I see any end to the vista of green-capped cliffs. Below, it is a swampy, jungly region, full of snakes, insects, and fever. It is a natural protection to this singular country."

"Did you see any other trace of life?"

"No, sir, I did not; but during the week that we lay encamped at the base of the cliff we heard some very strange noises from above."

"But the creature that the American drew? How do you account for that?"

"We can only suppose that he must have made his way to the summit and seen it there. We know, therefore, that there is a way up. We know equally that it must be a very difficult one, otherwise the creatures would have come down and overrun the surrounding country. Surely that is clear?"

"But how did they come to be there?"

"I do not think that the problem is a very obscure one," said the Professor; "there can only be one explanation. South America is, as you may have heard, a granite continent. At this single point in the interior there has been, in some far distant age, a great, sudden volcanic upheaval. These cliffs, I may remark, are basaltic, and therefore plutonic. An area, as large perhaps as Sussex, has been lifted up en bloc with all its living contents, and cut off by perpendicular precipices of a hardness which defies erosion from all the rest of the continent. What is the result? Why, the ordinary laws of Nature are suspended. The various checks which influence the struggle for existence in the world at large are all neutralized or altered. Creatures survive which would otherwise disappear. You will observe that both the pterodactyl and the stegosaurus are Jurassic, and therefore of a great age in the order of life. They have been artificially conserved by those strange accidental conditions."

"But surely your evidence is conclusive. You have only to lay it before the proper authorities."

"So, in my simplicity, I had imagined," said the Professor, bitterly. "I can only tell you that it was not so, that I was met at every turn by incredulity, born partly of stupidity and partly of jealousy. It is not my nature, sir, to cringe to any man, or to seek to prove a fact if my word has been doubted. After the first I have not condescended to show such corroborative proofs as I possess. The subject became hateful to me—I would not speak of it. When men like yourself, who represent the foolish curiosity of the public, came to disturb my privacy I was unable to meet them with dignified reserve. By nature I am, I admit, somewhat fiery, and under provocation I am inclined to be violent. I fear you may have remarked it."

I nursed my eye and was silent.

"My wife has frequently remonstrated with me upon the subject, and yet I fancy that any man of honor would feel the same. To-night, however, I propose to give an extreme example of the control of the will over the emotions. I invite you to be present at the exhibition." He handed me a card from his desk. "You will perceive that Mr. Percival Waldron, a naturalist of some popular repute, is announced to lecture at eight-thirty at the Zoological Institute's Hall upon 'the Record of the Ages.' I have been specially invited to be present upon the platform, and to move a vote of thanks to the lecturer. While doing so, I shall make it my business, with infinite tact and delicacy, to throw out a few remarks which may arousc the interest of the audience and cause some of them to desire to go more deeply into the matter. Nothing contentious, you understand, but only an indication that there are greater deeps beyond. I shall hold myself strongly in leash, and see whether by this self-restraint I attain a more favorable result."

"And I may come?" I asked eagerly.

"Why, surely," he answered, cordially. He had an enormously massive genial manner, which was almost as overpowering as his violence. His smile of benevolence was a wonderful thing, when his cheeks would suddenly bunch into two red apples, between his half-closed eyes and his great black beard. "By all means, come. It will be a comfort to me to know that I have one ally in the hall, however inefficient and ignorant of the subject he may be. I fancy there will be a large audience, for Waldron, though an absolute charlatan, has a considerable popular following. Now, Mr. Malone, I have given you rather more of my time than I had intended. The individual must not monopolize what is meant for the world. I shall be pleased to see you at the lecture to-night. In the meantime, you will understand that no public use is to be made of any of the material that I have given you."

"But Mr. McArdle—my news editor, you know—will want to know what I have done."

"Tell him what you like. You can say, among other things, that if he sends anyone else to intrude upon me I shall call upon him with a riding-whip. But I leave it to you that nothing of all this appears in print. Very good. Then the Zoological Institute's Hall at eight-thirty to-night." I had a last impression of red cheeks, blue rippling beard, and intolerant eyes, as he waved me out of the room.

Chapter 5 QUESTION!

What with the physical shocks incidental to my first interview with Professor Challenger and the mental ones which accompanied the second, I was a somewhat demoralized journalist by the time I found myself in Enmore Park once more. In my aching head the one thought was throbbing that there really was truth in this man's story, that it was of tremendous consequence, and that it would work up into inconceivable copy for the Gazette when I could obtain permission to use it. A taxicab was waiting at the end of the road, so I sprang into it and drove down to the office. McArdle was at his post as usual.

"Well," he cried, expectantly, "what may it run to? I'm thinking, young man, you have been in the wars. Don't tell me that he assaulted you."

"We had a little difference at first."

"What a man it is! What did you do?"

"Well, he became more reasonable and we had a chat. But I got nothing out of him—nothing for publication."

"I'm not so sure about that. You got a black eye out of him, and that's for publication. We can't have this reign of terror, Mr. Malone. We must bring the man to his bearings. I'll have a leaderette on him to-morrow that will raise a blister. Just give me the material and I will engage to brand the fellow for ever. Professor Munchausen—how's that for an inset headline? Sir John Mandeville redivivus—Cagliostro—all the imposters and bullies in history. I'll show him up for the fraud he is."

"I wouldn't do that, sir."

"Why not?"

"Because he is not a fraud at all."

"What!" roared McArdle. "You don't mean to say you really believe this stuff of his about mammoths and mastodons and great sea sairpents?"

"Well, I don't know about that. I don't think he makes any claims of that kind. But I do believe he has got something new."

"Then for Heaven's sake, man, write it up!"

"I'm longing to, but all I know he gave me in confidence and on condition that I didn't." I condensed into a few sentences the Professor's narrative. "That's how it stands."

McArdle looked deeply incredulous.

"Well, Mr. Malone," he said at last, "about this scientific meeting tonight; there can be no privacy about that, anyhow. I don't suppose any paper will want to report it, for Waldron has been reported already a dozen times, and no one is aware that Challenger will speak. We may get a scoop, if we are lucky. You'll be there in any case, so you'll just give us a pretty full report. I'll keep space up to midnight."

My day was a busy one, and I had an early dinner at the Savage Club with Tarp Henry, to whom I gave some account of my adventures. He listened with a sceptical smile on his gaunt face, and roared with laughter on hearing that the Professor had convinced me.

"My dear chap, things don't happen like that in real life. People don't stumble upon enormous discoveries and then lose their evidence. Leave that to the novelists. The fellow is as full of tricks as the monkey-house at the Zoo. It's all bosh."

"But the American poet?"

"He never existed."

"I saw his sketch-book."

"Challenger's sketch-book."

"You think he drew that animal?"

"Of course he did. Who else?"

"Well, then, the photographs?"

"There was nothing in the photographs. By your own admission you only saw a bird."

"A pterodactyl."

"That's what he says. He put the pterodactyl into your head."

"Well, then, the bones?"

"First one out of an Irish stew. Second one vamped up for the occasion. If you are clever and know your business you can fake a bone as easily as you can a photograph."

I began to feel uneasy. Perhaps, after all, I had been premature in my acquiescence. Then I had a sudden happy thought.

"Will you come to the meeting?" I asked.

Tarp Henry looked thoughtful.

"He is not a popular person, the genial Challenger," said he. "A lot of people have accounts to settle with him. I should say he is about the best-hated man in London. If the medical students turn out there will be no end of a rag. I don't want to get into a bear-garden."

"You might at least do him the justice to hear him state his own case."

"Well, perhaps it's only fair. All right. I'm your man for the evening."

When we arrived at the hall we found a much greater concourse than I had expected. A line of electric broughams discharged their little cargoes of white-bearded professors, while the dark stream of humbler pedestrians, who crowded through the arched door-way, showed that the audience would be popular as well as scientific. Indeed, it became evident to us as soon as we had taken our seats that a youthful and even boyish spirit was abroad in the gallery and the back portions of the hall. Looking behind me, I could see rows of faces of the familiar medical student type. Apparently the great hospitals had each sent down their contingent. The behavior of the audience at present was good-humored, but mischievous. Scraps of popular songs were chorused with an enthusiasm which was a strange prelude to a scientific lecture, and there was already a tendency to personal chaff which promised a jovial evening to others, however embarrassing it might be to the recipients of these dubious honors.

Thus, when old Doctor Meldrum, with his well-known curly-brimmed opera-hat, appeared upon the platform, there was such a universal query of "Where did you get that tile?" that he hurriedly removed it, and concealed it furtively under his chair. When gouty Professor Wadley limped down to his seat there were general affectionate inquiries from all parts of the hall as to the exact state of his poor toe, which caused him obvious embarrassment. The greatest demonstration of all, however, was at the entrance of my new acquaintance, Professor Challenger, when he passed down to take his place at the extreme end of the front row of the platform. Such a yell of welcome broke forth when his black beard first protruded round the corner that I began to suspect Tarp Henry was right in his surmise, and that this assemblage was there not merely for the sake of the lecture, but because it had got rumored abroad that the famous Professor would take part in the proceedings.

There was some sympathetic laughter on his entrance among the front benches of well-dressed spectators, as though the demonstration of the students in this instance was not unwelcome to them. That greeting was, indeed, a frightful outburst of sound, the uproar of the carnivora cage when the step of the bucket-bearing keeper is heard in the distance. There was an offensive tone in it, perhaps, and yet in the main it struck me as mere riotous outcry, the noisy reception of one who amused and interested them, rather than of one they disliked or despised. Challenger smiled with weary and tolerant contempt, as a kindly man would meet the yapping of a litter of puppies. He sat slowly down, blew out his chest, passed his hand caressingly down his beard, and looked with drooping eyelids and supercilious eyes at the crowded hall before him. The uproar of his advent had not yet died away when Professor Ronald Murray, the chairman, and Mr. Waldron, the lecturer, threaded their way to the front, and the proceedings began.

Professor Murray will, I am sure, excuse me if I say that he has the common fault of most Englishmen of being inaudible. Why on earth people who have something to say which is worth hearing should not take the slight trouble to learn how to make it heard is one of the strange mysteries of modern life. Their methods are as reasonable as to try to pour some precious stuff from the spring to the reservoir through a non-conducting pipe, which could by the least effort be opened. Professor Murray made several profound remarks to his white tie and to the water-carafe upon the table, with a humorous, twinkling aside to the silver candlestick upon his right. Then he sat down, and Mr. Waldron, the famous popular lecturer, rose amid a general murmur of applause. He was a stern, gaunt man, with a harsh voice, and an aggressive manner, but he had the merit of knowing how to assimilate the ideas of other men, and to pass them on in a way which was intelligible and even interesting to the lay public, with a happy knack of being funny about the most unlikely objects, so that the precession of the Equinox or the formation of a vertebrate became a highly humorous process as treated by him.

It was a bird's-eye view of creation, as interpreted by science, which, in language always clear and sometimes picturesque, he unfolded before us. He told us of the globe, a huge mass of flaming gas, flaring through the heavens. Then he pictured the solidification, the cooling, the wrinkling which formed the mountains, the steam which turned to water, the slow preparation of the stage upon which was to be played the inexplicable drama of life. On the origin of life itself he was discreetly vague. That the germs of it could hardly have survived the original roasting was, he declared, fairly certain. Therefore it had come later. Had it built itself out of the cooling, inorganic elements of the globe? Very likely. Had the germs of it arrived from outside upon a meteor? It was hardly conceivable. On the whole, the wisest man was the least dogmatic upon the point. We could not—or at least we had not succeeded up to date in making organic life in our laboratories out of inorganic materials. The gulf between the dead and the living was something which our chemistry could not as yet bridge. But there was a higher and subtler chemistry of Nature, which, working with great forces over long epochs, might well produce results which were impossible for us. There the matter must be left.

This brought the lecturer to the great ladder of animal life, beginning low down in molluscs and feeble sea creatures, then up rung by rung through reptiles and fishes, till at last we came to a kangaroo-rat, a creature which brought forth its young alive, the direct ancestor of all mammals, and presumably, therefore, of everyone in the audience. ("No, no," from a sceptical student in the back row.) If the young gentleman in the red tie who cried "No, no," and who presumably claimed to have been hatched out of an egg, would wait upon him after the lecture, he would be glad to see such a curiosity. (Laughter.) It was strange to think that the climax of all the age-long process of Nature had been the creation of that gentleman in the red tie. But had the process stopped? Was this gentleman to be taken as the final type—the be-all and end-all of development? He hoped that he would not hurt the feelings of the gentleman in the red tie if he maintained that, whatever virtues that gentleman might possess in private life, still the vast processes of the universe were not fully justified if they were to end entirely in his production. Evolution was not a spent force, but one still working, and even greater achievements were in store.

Having thus, amid a general titter, played very prettily with his interrupter, the lecturer went back to his picture of the past, the drying of the seas, the emergence of the sand-bank, the sluggish, viscous life which lay upon their margins, the overcrowded lagoons, the tendency of the sea creatures to take refuge upon the mud-flats, the abundance of food awaiting them, their consequent enormous growth. "Hence, ladies and gentlemen," he added, "that frightful brood of saurians which still affright our eyes when seen in the Wealden or in the Solenhofen slates, but which were fortunately extinct long before the first appearance of man-kind upon this planet."

"Question!" boomed a voice from the platform.

Mr. Waldron was a strict disciplinarian with a gift of acid humor, as exemplified upon the gentleman with the red tie, which made it perilous to interrupt him. But this interjection appeared to him so absurd that he was at a loss how to deal with it. So looks the Shakespearean who is confronted by a rancid Baconian, or the astronomer who is assailed by a flat-earth fanatic. He paused for a moment, and then, raising his voice, repeated slowly the words: "Which were extinct before the coming of man."

"Question!" boomed the voice once more.

Waldron looked with amazement along the line of professors upon the platform until his eyes fell upon the figure of Challenger, who leaned back in his chair with closed eyes and an amused expression, as if he were smiling in his sleep.

"I see!" said Waldron, with a shrug. "It is my friend Professor Challenger." and amid laughter he renewed his lecture as if this was a final explanation and no more need be said.

But the incident was far from being closed. Whatever path the lecturer took amid the wilds of the past seemed invariably to lead him to some assertion as to extinct or prehistoric life which instantly brought the same bulls' bellow from the Professor. The audience began to anticipate it and to roar with delight when it came. The packed benches of students joined in, and every time Challenger's beard opened, before any sound could come forth, there was a yell of "Question!" from a hundred voices, and an answering counter cry of "Order!" and "Shame!" from as many more. Waldron, though a hardened lecturer and a strong man, became rattled. He hesitated, stammered, repeated himself, got snarled in a long sentence, and finally turned furiously upon the cause of his troubles.

"This is really intolerable!" he cried, glaring across the platform. "I must ask you, Professor Challenger, to cease these ignorant and unmannerly interruptions."

There was a hush over the hall, the students rigid with delight at seeing the high gods on Olympus quarrelling among themselves. Challenger levered his bulky figure slowly out of his chair.

"I must in turn ask you, Mr. Waldron," he said, "to cease to make assertions which are not in strict accordance with scientific fact."

The words unloosed a tempest. "Shame! Shame!" "Give him a hearing!" "Put him out!" "Shove him off the platform!" "Fair play!" emerged from a general roar of amusement or execration. The chairman was on his feet flapping both his hands and bleating excitedly. "Professor Challenger—personal—views— later," were the solid peaks above his clouds of inaudible mutter. The interrupter bowed, smiled, stroked his beard, and relapsed into his chair. Waldron, very flushed and warlike, continued his observations. Now and then, as he made an assertion, he shot a venomous glance at his opponent, who seemed to be slumbering deeply, with the same broad, happy smile upon his face.

At last the lecture came to an end—I am inclined to think that it was a premature one, as the peroration was hurried and disconnected. The thread of the argument had been rudely broken, and the audience was restless and expectant. Waldron sat down, and, after a chirrup from the chairman, Professor Challenger rose and advanced to the edge of the platform. In the interests of my paper I took down his speech verbatim.

"Ladies and Gentlemen," he began, amid a sustained interruption from the back. "I beg pardon—Ladies, Gentlemen, and Children—I must apologize, I had inadvertently omitted a considerable section of this audience" (tumult, during which the Professor stood with one hand raised and his enormous head nodding sympathetically, as if he were bestowing a pontifical blessing upon the crowd), "I have been selected to move a vote of thanks to Mr. Waldron for the very picturesque and imaginative address to which we have just listened. There are points in it with which I disagree, and it has been my duty to indicate them as they arose, but, none the less, Mr. Waldron has accomplished his object well, that object being to give a simple and interesting account of what he conceives to have been the history of our planet. Popular lectures are the easiest to listen to, but Mr. Waldron" (here he beamed and blinked at the lecturer) "will excuse me when I say that they are necessarily both superficial and misleading, since they have to be graded to the comprehension of an ignorant audience." (Ironical cheering.) "Popular lecturers are in their nature parasitic." (Angry gesture of protest from Mr. Waldron.)

"They exploit for fame or cash the work which has been done by their indigent and unknown brethren. One smallest new fact obtained in the laboratory, one brick built into the temple of science, far outweighs any second-hand exposition which passes an idle hour, but can leave no useful result behind it. I put forward this obvious reflection, not out of any desire to disparage Mr. Waldron in particular, but that you may not lose your sense of proportion and mistake the acolyte for the high priest." (At this point Mr. Waldron whispered to the chairman, who half rose and said something severely to his water-carafe.) "But enough of this!" (Loud and prolonged cheers.) "Let me pass to some subject of wider interest.

What is the particular point upon which I, as an original investigator, have challenged our lecturer's accuracy? It is upon the permanence of certain types of animal life upon the earth. I do not speak upon this subject as an amateur, nor, I may add, as a popular lecturer, but I speak as one whose scientific conscience compels him to adhere closely to facts, when I say that Mr. Waldron is very wrong in supposing that because he has never himself seen a so-called prehistoric animal, therefore these creatures no longer exist. They are indeed, as he has said, our ancestors, but they are, if I may use the expression, our contemporary ancestors, who can still be found with all their hideous and formidable characteristics if one has but the energy and hardihood to seek their haunts. Creatures which were supposed to be Jurassic, monsters who would hunt down and devour our largest and fiercest mammals, still exist." (Cries of "Bosh!" "Prove it!" "How do you know?" "Question!")

"How do I know, you ask me? I know because I have visited their secret haunts. I know because I have seen some of them." (Applause, uproar, and a voice, "Liar!") "Am I a liar?" (General hearty and noisy assent.) "Did I hear someone say that I was a liar? Will the person who called me a liar kindly stand up that I may know him?" (A voice, "Here he is, sir!" and an inoffensive little person in spectacles, struggling violently, was held up among a group of students.) "Did you venture to call me a liar?" ("No, sir, no!" shouted the accused, and disappeared like a jack-in-the-box.) "If any person in this hall dares to doubt my veracity, I shall be glad to have a few words with him after the lecture." ("Liar!") "Who said that?" (Again the inoffensive one plunging desperately, was elevated high into the air.) "If I come down among you——" (General chorus of "Come, love, come!" which interrupted the proceedings for some moments, while the chairman, standing up and waving both his arms, seemed to be conducting the music. The Professor, with his face flushed, his nostrils dilated, and his beard bristling, was now in a proper Berserk mood.) "Every great discoverer has been met with the same incredulity—the sure brand of a generation of fools. When great facts are laid before you, you have not the intuition, the imagination which would help you to understand them. You can only throw mud at the men who have risked their lives to open new fields to science. You persecute the prophets! Galileo! Darwin, and I——" (Prolonged cheering and complete interruption.)

All this is from my hurried notes taken at the time, which give little notion of the absolute chaos to which the assembly had by this time been reduced. So terrific was the uproar that several ladies had already beaten a hurried retreat. Grave and reverend seniors seemed to have caught the prevailing spirit as badly as the students, and I saw white-bearded men rising and shaking their fists at the obdurate Professor. The whole great audience seethed and simmered like a boiling pot. The Professor took a step forward and raised both his hands. There was something so big and arresting and virile in the man that the clatter and shouting died gradually away before his commanding gesture and his masterful eyes. He seemed to have a definite message. They hushed to hear it.

"I will not detain you," he said. "It is not worth it. Truth is truth, and the noise of a number of foolish young men—and, I fear I must add, of their equally foolish seniors—cannot affect the matter. I claim that I have opened a new field of science. You dispute it." (Cheers.) "Then I put you to the test. Will you accredit one or more of your own number to go out as your representatives and test my statement in your name?"

Mr. Summerlee, the veteran Professor of Comparative Anatomy, rose among the audience, a tall, thin, bitter man, with the withered aspect of a the ologian. He wished, he said, to ask Professor Challenger whether the results to which he had alluded in his remarks had been obtained during a journey to the headwaters of the Amazon made by him two years before.

Professor Challenger answered that they had.

Mr. Summerlee desired to know how it was that Professor Challenger claimed to have made discoveries in those regions which had been overlooked by Wallace, Bates, and other previous explorers of established scientific repute.

Professor Challenger answered that Mr. Summerlee appeared to be confusing the Amazon with the Thames; that it was in reality a somewhat larger river; that Mr. Summerlee might be interested to know that with the Orinoco, which communicated with it, some fifty thousand miles of country were opened up, and that in so vast a space it was not impossible for one person to find what another had missed.

Mr. Summerlee declared, with an acid smile, that he fully appreciated the difference between the Thames and the Amazon, which lay in the fact that any assertion about the former could be tested, while about the latter it could not. He would be obliged if Professor Challenger would give the latitude and the longitude of the country in which prehistoric animals were to be found.

Professor Challenger replied that he reserved such information for good reasons of his own, but would be prepared to give it with proper precautions to a committee chosen from the audience. Would Mr. Summerlee serve on such a committee and test his story in person?

Mr. Summerlee: "Yes, I will." (Great cheering.)

Professor Challenger: "Then I guarantee that I will place in your hands such material as will enable you to find your way. It is only right, however, since Mr. Summerlee goes to check my statement that I should have one or more with him who may check his. I will not disguise from you that there are difficulties and dangers. Mr. Summerlee will need a younger colleague. May I ask for volunteers?"

It is thus that the great crisis of a man's life springs out at him. Could I have imagined when I entered that hall that I was about to pledge myself to a wilder adventure than had ever come to me in my dreams? But Gladys—was it not the very opportunity of which she spoke? Gladys would have told me to go. I had sprung to my feet. I was speaking, and yet I had prepared no words. Tarp Henry, my companion, was plucking at my skirts and I heard him whispering, "Sit down, Malone! Don't make a public ass of yourself." At the same time I was aware that a tall, thin man, with dark gingery hair, a few seats in front of me, was also upon his feet. He glared back at me with hard angry eyes, but I refused to give way.

"I will go, Mr. Chairman," I kept repeating over and over again.

"Name! Name!" cried the audience.

"My name is Edward Dunn Malone. I am the reporter of the *Daily*

Gazette. I claim to be an absolutely unprejudiced witness."

"What is your name, sir?" the chairman asked of my tall rival.

"I am Lord John Roxton. I have already been up the Amazon, I know all the ground, and have special qualifications for this investigation."

"Lord John Roxton's reputation as a sportsman and a traveler is, of course, world-famous," said the chairman; "at the same time it would certainly be as well to have a member of the Press upon such an expedition."

"Then I move," said Professor Challenger, "that both these gentlemen be elected, as representatives of this meeting, to accompany Professor Summerlee upon his journey to investigate and to report upon the truth of my statements."

And so, amid shouting and cheering, our fate was decided, and I found myself borne away in the human current which swirled towards the door, with my mind half stunned by the vast new project which had risen so suddenly before it. As I emerged from the hall I was conscious for a moment of a rush of laughing students—down the pavement, and of an arm wielding a heavy umbrella, which rose and fell in the midst of them. Then, amid a mixture of groans and cheers, Professor Challenger's electric brougham slid from the curb, and I found myself walking under the silvery lights of Regent Street, full of thoughts of Gladys and of wonder as to my future.

Suddenly there was a touch at my elbow. I turned, and found myself looking into the humorous, masterful eyes of the tall, thin man who had volunteered to be my companion on this strange quest.

"Mr. Malone, I understand," said he. "We are to be companions—what? My rooms are just over the road, in the Albany. Perhaps you would have the kindness to spare me half an hour, for there are one or two things that I badly want to say to you."

Chapter 6 I WAS THE FLAIL OF THE LORD

Lord John Roxton and I turned down Vigo Street together and through the dingy portals of the famous aristocratic rookery. At the end of a long drab passage my new acquaintance pushed open a door and turned on an electric switch. A number of lamps shining through tinted shades bathed the whole great room before us in a ruddy radiance. Standing in the doorway and glancing round me, I had a general impression of extraordinary comfort and elegance combined with an atmosphere of masculine virility. Everywhere there were mingled the luxury of the wealthy man of taste and the careless untidiness of the bachelor. Rich furs and strange iridescent mats from some Oriental bazaar were scattered upon the floor. Pictures and prints which even my unpractised eyes could recognize as being of great price and rarity hung thick upon the walls. Sketches of boxers, of ballet-girls, and of racehorses alternated with a sensuous Fragonard, a martial Girardet, and a dreamy Turner. But amid these varied ornaments there were scattered the trophies which brought back strongly to my recollection the fact that Lord John Roxton was one of the great all-round sportsmen and athletes of his day. A dark-blue oar crossed with a cherry-pink one above his mantel-piece spoke of the old Oxonian and Leander man, while the foils and boxing-gloves above and below them were the tools of a man who had won supremacy with each. Like a dado round the room was the jutting line of splendid heavy game heads, the best of their sort from every quarter of the world, with the rare white rhinoceros of the Lado Enclave drooping its supercilious lip above them all.

In the center of the rich red carpet was a black and gold Louis Quinze table, a lovely antique, now sacrilegiously desecrated with marks of glasses and the scars of cigar-stumps. On it stood a silver tray of smokables and a burnished spirit-stand; from it and an adjacent siphon my silent host proceeded to charge two high glasses. Having indicated an arm-chair to me and placed my refreshment near it, he handed me a long, smooth Havana. Then, seating himself opposite to me, he looked at me long and fixedly with his strange, twinkling, reckless eyes—eyes of a cold light blue, the color of a glacier lake.

Through the thin haze of my cigar-smoke I noted the details of a face which was already familiar to me from many photographs—the strongly-curved nose, the hollow, worn cheeks, the dark, ruddy hair, thin at the top, the crisp, virile moustaches, the small, aggressive tuft upon his projecting chin. Something there was of Napoleon III., something of Don Quixote, and yet again something which was the essence of the English country gentleman, the keen, alert, open-air lover of dogs and of horses. His skin was of a rich flower-pot red from sun and wind. His eyebrows were tufted and overhanging, which gave those naturally cold eyes an almost ferocious aspect, an impression which was increased by his strong and furrowed brow. In figure he was spare, but very strongly built—indeed, he had often proved that there were few men in England capable of such sustained exertions. His height was a little over six feet, but he seemed shorter on account of a peculiar rounding of the shoulders. Such was the famous Lord John Roxton as he sat opposite to me, biting hard upon his cigar and watching me steadily in a long and embarrassing silence.

"Well," said he, at last, "we've gone and done it, youngfellah my lad." (This curious phrase he pronounced as if it were all one word—"young- fellah-me-lad.") "Yes, we've taken a jump, you an' me. I suppose, now, when you went into that room there was no such notion in your head—what?"

"No thought of it."

"The same here. No thought of it. And here we are, up to our necks in the tureen. Why, I've only been back three weeks from Uganda, and taken a place in Scotland, and signed the lease and all. Pretty goin's on—what? How does it hit you?"

"Well, it is all in the main line of my business. I am a journalist on the Gazette."

"Of course—you said so when you took it on. By the way, I've got a small job for you, if you'll help me."

"With pleasure."

"Don't mind takin' a risk, do you?"

"What is the risk?"

"Well, it's Ballinger—he's the risk. You've heard of him?"

"No."

"Why, young fellah, where have you lived? Sir John Ballinger is the best gentleman jock in the north country. I could hold him on the flat at my best, but over jumps he's my master. Well, it's an open secret that when he's out of trainin' he drinks hard—strikin' an average, he calls it. He got delirium on Toosday, and has been ragin' like a devil ever since. His room is above this. The doctors say that it is all up with the old dear unless some food is got into him, but as he lies in bed with a revolver on his coverlet, and swears he will put six of the best through anyone that comes near him, there's been a bit of a strike among the serving-men. He's a hard nail, is Jack, and a dead shot, too, but you can't leave a Grand National winner to die like that—what?"

"What do you mean to do, then?" I asked.

"Well, my idea was that you and I could rush him. He may be dozin', and at the worst he can only wing one of us, and the other should have him. If we can get his bolster-cover round his arms and then 'Phone up a stomach-pump, we'll give the old dear the supper of his life."

It was a rather desperate business to come suddenly into one's day's work. I don't think that I am a particularly brave man. I have an Irish imagination which makes the unknown and the untried more terrible than they are. On the other hand, I was brought up with a horror of cowardice and with a terror of such a stigma. I dare say that I could throw myself over a precipice, like the Hun in the history books, if my courage to do it were questioned, and yet it would surely be pride and fear, rather than courage, which would be my inspiration. Therefore, although every nerve in my body shrank from the whisky-maddened figure which I pictured in the room above, I still answered, in as careless a voice as I could command, that I was ready to go. Some further remark of Lord Roxton's about the danger only made me irritable.

"Talking won't make it any better," said I. "Come on."

I rose from my chair and he from his. Then with a little confidential chuckle of laughter, he patted me two or three times on the chest, finally pushing me back into my chair.

"All right, sonny my lad—you'll do," said he. I looked up in surprise.

"I saw after Jack Ballinger myself this mornin'. He blew a hole in the skirt of my kimono, bless his shaky old hand, but we got a jacket on him, and he's to be all right in a week. I say, young fellah, I hope you don't mind—what? You see, between you an' me close-tiled, I look on this South American business as a mighty serious thing, and if I have a pal with me I want a man I can bank on. So I sized you down, and I'm bound to say that you came well out of it. You see, it's all up to you and me, for this old Summerlee man will want dry-nursin' from the first. By the way, are you by any chance the Malone who is expected to get his Rugby cap for Ireland?"

"A reserve, perhaps."

"I thought I remembered your face. Why, I was there when you got that try against Richmond—as fine a swervin' run as I saw the whole season. I never miss a Rugby match if I can help it, for it is the manliest game we have left. Well, I didn't ask you in here just to talk sport. We've got to fix our business. Here are the sailin's, on the first page of the Times. There's a Booth boat for Para next Wednesday week, and if the Professor and you can work it, I think we should take it—what? Very good, I'll fix it with him. What about your outfit?"

"My paper will see to that."

"Can you shoot?"

"About average Territorial standard."

"Good Lord! as bad as that? It's the last thing you young fellahs think of learnin'. You're all bees without stings, so far as lookin' after the hive goes. You'll look silly, some o' these days, when someone comes along an' sneaks the honey. But you'll need to hold your gun straight in

South America, for, unless our friend the Professor is a madman or a liar, we may see some queer things before we get back. What gun have you?"

He crossed to an oaken cupboard, and as he threw it open I caught a glimpse of glistening rows of parallel barrels, like the pipes of an organ.

"I'll see what I can spare you out of my own battery." said he.

One by one he took out a succession of beautiful rifles, opening and shutting them with a snap and a clang, and then patting them as he put them back into the rack as tenderly as a mother would fondle her children.

"This is a Bland's .577 axite express," said he. "I got that big fellow with it." He glanced up at the white rhinoceros. "Ten more yards, and he'd would have added me to his collection.

'On that conical bullet his one chance hangs,
Tis the weak one's advantage fair.'

Hope you know your Gordon, for he's the poet of the horse and the gun and the man that handles both. Now, here's a useful tool—.470, telescopic sight, double ejector, point-blank up to three-fifty. That's the rifle I used against the Peruvian slave-drivers three years ago. I was the flail of the Lord up in those parts, I may tell you, though you won't find it in any Blue-book. There are times, young fellah, when every one of us must make a stand for human right and justice, or you never feel clean again. That's why I made a little war on my own. Declared it myself, waged it myself, ended it myself. Each of those nicks is for a slave murderer—a good row of them—what? That big one is for Pedro Lopez, the king of them all, that I killed in a backwater of the Putomayo River. Now, here's something that would do for you." He took out a beautiful brown-and-silver rifle. "Well rubbered at the stock, sharply sighted, five cartridges to the clip. You can trust your life to that." He handed it to me and closed the door of his oak cabinet.

"By the way," he continued, coming back to his chair, "what do you know of this Professor Challenger?"

"I never saw him till to-day."

"Well, neither did I. It's funny we should both sail under sealed orders from a man we don't know. He seemed an uppish old bird. His brothers of science don't seem too fond of him, either. How came you to take an interest in the affair?"

I told him shortly my experiences of the morning, and he listened intently. Then he drew out a map of South America and laid it on the table.

"I believe every single word he said to you was the truth," said he, earnestly, "and, mind you, I have something to go on when I speak like that. South America is a place I love, and I think, if you take it right through from Darien to Fuego, it's the grandest, richest, most wonderful bit of earth upon this planet. People don't know it yet, and don't realize what it may become. I've been up an' down it from end to end, and had two dry seasons in those very parts, as I told you when I spoke of the war I made on the slave-dealers. Well, when I was up there I heard some yarns of the same kind—traditions of Indians and the like, but with somethin' behind them, no doubt. The more you knew of that country, young fellah, the more you would understand that anythin' was possible—anythin'. There are just some narrow water-lanes along which folk travel, and outside that it is all darkness. Now, down here in the Matto Grande"—he swept his cigar over a part of the map—"or up in this corner where three countries meet, nothin' would surprise me. As that chap said to-night, there are fifty-thousand miles of water-way runnin' through a forest that is very near the size of Europe. You and I could be as far away from each other as Scotland is from Constantinople, and yet each of us be in the same great Brazilian forest. Man has just made a track here and a scrape there in the maze. Why, the river rises and falls the best part of forty feet, and half the country is a morass that you can't pass over. Why shouldn't somethin' new and wonderful lie in such a country? And why shouldn't we be the men to find it out? Besides," he added, his queer, gaunt face shining with delight, "there's a sportin' risk in every mile of it. I'm like an old golf-ball— I've had all the white paint knocked off me long ago. Life can whack me about now, and it can't leave a mark. But a sportin' risk, young fellah, that's the salt of existence. Then it's worth livin' again. We're all gettin' a deal too soft and dull and comfy. Give me the great waste lands and the wide spaces, with a gun in my fist and somethin' to look for that's worth findin'. I've tried war and steeplechasin' and aeroplanes, but this huntin' of beasts that look like a lobster-supper dream is a brand-new sensation." He chuckled with glee at the prospect.

Perhaps I have dwelt too long upon this new acquaintance, but he is to be my comrade for many a day, and so I have tried to set him down as I first saw him, with his quaint personality and his queer little tricks of speech and of thought. It was only the need of getting in the account of my meeting which drew me at last from his company. I left him seated amid his pink radiance, oiling the lock of his favorite rifle, while he still chuckled to himself at the thought of the adventures which awaited us. It was very clear to me that if dangers lay before us I could not in all England have found a cooler head or a braver spirit with which to share them.

That night, wearied as I was after the wonderful happenings of the day, I sat late with McArdle, the news editor, explaining to him the whole situation, which he thought important enough to bring next morning before the notice of Sir George Beaumont, the chief. It was agreed that I should write home full accounts of my adventures in the shape of successive letters to McArdle, and that these should either be edited for the Gazette as they arrived, or held back to be published later, according to the wishes of Professor Challenger, since we could not yet know what conditions he might attach to those directions which should guide us to the unknown land. In response to a telephone inquiry, we received nothing more definite than a fulmination against the Press, ending up with the remark that if we would notify our boat he would hand us any directions which he might think it proper to give us at the moment of starting. A second question from us failed to elicit any answer at all, save a plaintive bleat from his wife to the effect that her husband was in a very violent temper already, and that she hoped we would do nothing to make it worse. A third attempt, later in the day, provoked a terrific crash, and a subsequent message from the Central Exchange that Professor Challenger's receiver had been shattered. After that we abandoned all attempt at communication.

And now, my patient readers, I can address you directly no longer. From now onwards (if, indeed, any continuation of this narrative should ever reach you) it can only be through the paper which I represent. In the hands of the editor I leave this account of the events which have led up to one of the most remarkable expeditions of all time, so that if I never return to England there shall be some record as to how the affair came about. I am writing these last lines in the saloon of the Booth liner Francisca, and they will go back by the pilot to the keeping of Mr. McArdle. Let me draw one last picture before I close the notebook—a picture which is the last memory of the old country which I bear away with me. It is a wet, foggy morning in the late spring; a thin, cold rain is falling. Three shining mackintoshed figures are walking down the quay, making for the gang-plank of the great liner from which the blue-peter is flying. In front of them a porter pushes a trolley piled high with trunks, wraps, and gun-cases. Professor Summerlee, a long, melancholy figure, walks with dragging steps and drooping head, as one who is already profoundly sorry for himself. Lord John Roxton steps briskly, and his thin, eager face beams forth between his hunting-cap and his muffler. As for myself, I am glad to have got the bustling days of preparation and the pangs of leave-taking behind me, and I have no doubt that I show it in my bearing. Suddenly, just as we reach the vessel, there is a shout behind us. It is Professor Challenger, who had promised to see us off. He runs after us, a puffing, red-faced, irascible figure.

"No, thank you," says he, "I should much prefer not to go aboard. I have only a few words to say to you, and they can very well be said where we are. I beg you not to imagine that I am in any way indebted to you for making this journey. I would have you to understand that it is a matter of perfect indifference to me, and I refuse to entertain the most remote sense of personal obligation. Truth is truth, and nothing which you can report can affect it in any way, though it may excite the emotions and allay the curiosity of a number of very ineffectual people. My directions for your instruction and guidance are in this sealed envelope. You will open it when you reach a town upon the Amazon which is called Manaos, but not until the date and hour which is marked upon the outside. Have I made myself clear? I leave the strict observance of my conditions entirely to your honor. No, Mr. Malone, I will place no restriction upon your correspondence, since the ventilation of the facts is the object of your journey; but I demand that you shall give no particulars as to your exact destination, and that nothing be actually published until your return. Good-bye, sir. You have done something to mitigate my feelings for the loathsome profession to which you unhappily belong. Good-bye, Lord John. Science is, as I understand, a sealed book to you; but you may congratulate yourself upon the hunting-field which awaits you. You will, no doubt, have the opportunity of describing in the Field how you brought down the rocketing dimorphodon. And good-bye to you also, Professor Summerlee. If you are still capable of self-improvement, of which I am frankly unconvinced, you will surely return to London a wiser man."

So he turned upon his heel, and a minute later from the deck I could see his short, squat figure bobbing about in the distance as he made his way back to his train. Well, we are well down Channel now. There's the last bell for letters, and it's good-bye to the pilot. We'll be "down, hull-down, on the old trail" from now on. God bless all we leave behind us, and send us safely back.

Chapter 7 TOMORROW WE DISAPPEAR INTO THE UNKNOWN

I will not bore those whom this narrative may reach by an account of our luxurious voyage upon the Booth liner, nor will I tell of our week's stay at Para (save that I should wish to acknowledge the great kindness of the Pereira da Pinta Company in helping us to get together our equipment). I will also allude very briefly to our river journey, up a wide, slow-moving, clay-tinted stream, in a steamer which was little smaller than that which had carried us across the Atlantic. Eventually we found ourselves through the narrows of Obidos and reached the town of Manaos. Here we were rescued from the limited attractions of the local inn by Mr. Shortman, the representative of the British and Brazilian Trading Company. In his hospital Fazenda we spent our time until the day when we were empowered to open the letter of instructions given to us by Professor Challenger. Before I reach the surprising events of that date I would desire to give a clearer sketch of my comrades in this enterprise, and of the associates whom we had already gathered together in South America. I speak freely, and I leave the use of my material to your own discretion, Mr. McArdle, since it is through your hands that this report must pass before it reaches the world.

The scientific attainments of Professor Summerlee are too well known for me to trouble to recapitulate them. He is better equipped for a rough expedition of this sort than one would imagine at first sight. His tall, gaunt, stringy figure is insensible to fatigue, and his dry, half-sarcastic, and often wholly unsympathetic manner is uninfluenced by any change in his surroundings. Though in his sixty-sixth year, I have never heard him express any dissatisfaction at the occasional hardships which we have had to encounter. I had regarded his presence as an encumbrance to the expedition, but, as a matter of fact, I am now well convinced that his power of endurance is as great as my own. In temper he is naturally acid and sceptical. From the beginning he has never concealed his belief that Professor Challenger is an absolute fraud, that we are all embarked upon an absurd wild-goose chase and that we are likely to reap nothing but disappointment and danger in South America, and corresponding ridicule in England. Such are the views which, with much passionate distortion of his thin features and wagging of his thin, goat-like beard, he poured into our ears all the way from Southampton to Manaos. Since landing from the boat he has obtained some consolation from the beauty and variety of the insect and bird life around him, for he is absolutely whole-hearted in his devotion to science. He spends his days flitting through the woods with his shot-gun and his butterfly-net, and his evenings in mounting the many specimens he has acquired. Among his minor peculiarities are that he is careless as to his attire, unclean in his person, exceedingly absent-minded in his habits, and addicted to smoking a short briar pipe, which is seldom out of his mouth. He has been upon several scientific expeditions in his youth (he was with Robertson in Papua), and the life of the camp and the canoe is nothing fresh to him.

Lord John Roxton has some points in common with Professor Summerlee, and others in which they are the very antithesis to each other. He is twenty years younger, but has something of the same spare, scraggy physique. As to his appearance, I have, as I recollect, described it in that portion of my narrative which I have left behind me in London. He is exceedingly neat and prim in his ways, dresses always with great care in white drill suits and high brown mosquito-boots, and shaves at least once a day. Like most men of action, he is laconic in speech, and sinks readily into his own thoughts, but he is always quick to answer a question or join in a conversation, talking in a queer, jerky, half-humorous fashion. His knowledge of the world, and very especially of South America, is surprising, and he has a whole-hearted belief in the possibilities of our journey which is not to be dashed by the sneers of Professor Summerlee. He has a gentle voice and a quiet manner, but behind his twinkling blue eyes there lurks a capacity for furious wrath and implacable resolution, the more dangerous because they are held in leash. He spoke little of his own exploits in Brazil and Peru, but it was a revelation to me to find the excitement which was caused by his presence among the riverine natives, who looked upon him as their champion and protector. The exploits of the Red Chief, as they called him, had become legends among them, but the real facts, as far as I could learn them, were amazing enough.

These were that Lord John had found himself some years before in that no-man's-land which is formed by the half-defined frontiers between Peru, Brazil, and Columbia. In this great district the wild rubber tree flourishes, and has become, as in the Congo, a curse to the natives which can only be compared to their forced labor under the Spaniards upon the old silver mines of Darien. A handful of villainous half-breeds dominated the country, armed such Indians as would support them, and turned the rest into slaves, terrorizing them with the most inhuman tortures in order to force them to gather the india-rubber, which was then floated down the river to Para. Lord John Roxton expostulated on behalf of the wretched victims, and received nothing but threats and insults for his pains. He then formally declared war against Pedro Lopez, the leader of the slave-drivers, enrolled a band of runaway slaves in his service, armed them, and conducted a campaign, which ended by his killing with his own hands the notorious half-breed and breaking down the system which he represented.

No wonder that the ginger-headed man with the silky voice and the free and easy manners was now looked upon with deep interest upon the banks of the great South American river, though the feelings he inspired were naturally mixed, since the gratitude of the natives was equaled by the resentment of those who desired to exploit them. One useful result of his former experiences was that he could talk fluently in the Lingoa Geral, which is the peculiar talk, one-third Portuguese and two-thirds Indian, which is current all over Brazil.

I have said before that Lord John Roxton was a South Americomaniac. He could not speak of that great country without ardor, and this ardor was infectious, for, ignorant as I was, he fixed my attention and stimulated my curiosity. How I wish I could reproduce the glamour of his discourses, the peculiar mixture of accurate knowledge and of racy imagination which gave them their fascination, until even the Professor's cynical and sceptical smile would gradually vanish from his thin face as he listened. He would tell the history of the mighty river so rapidly explored (for some of the first conquerors of Peru actually crossed the entire continent upon its waters), and yet so unknown in regard to all that lay behind its ever-changing banks.

"What is there?" he would cry, pointing to the north. "Wood and marsh and unpenetrated jungle. Who knows what it may shelter? And there to the south? A wilderness of swampy forest, where no white man has ever been. The unknown is up against us on every side. Outside the narrow lines of the rivers what does anyone know? Who will say what is possible in such a country? Why should old man Challenger not be right?" At which direct defiance the stubborn sneer would reappear upon Professor Summerlee's face, and he would sit, shaking his sardonic head in unsympathetic silence, behind the cloud of his briar-root pipe.

So much, for the moment, for my two white companions, whose characters and limitations will be further exposed, as surely as my own, as this narrative proceeds. But already we have enrolled certain retainers who may play no small part in what is to come. The first is a gigantic negro named Zambo, who is a black Hercules, as willing as any horse, and about as intelligent. Him we enlisted at Para, on the recommendation of the steamship company, on whose vessels he had learned to speak a halting English.

It was at Para also that we engaged Gomez and Manuel, two half-breeds from up the river, just come down with a cargo of redwood. They were swarthy fellows, bearded and fierce, as active and wiry as panthers. Both of them had spent their lives in those upper waters of the Amazon which we were about to explore, and it was this recommendation which had caused Lord John to engage them. One of them, Gomez, had the further advantage that he could speak excellent English. These men were willing to act as our personal servants, to cook, to row, or to make themselves useful in any way at a payment of fifteen dollars a month.

Besides these, we had engaged three Mojo Indians from Bolivia, who are the most skilful at fishing and boat work of all the river tribes. The chief of these we called Mojo, after his tribe, and the others are known as Jose and Fernando. Three white men, then, two half-breeds, one negro, and three Indians made up the personnel of the little expedition which lay waiting for its instructions at Manaos before starting upon its singular quest.

At last, after a weary week, the day had come and the hour. I ask you to picture the shaded sitting-room of the Fazenda St. Ignatio, two miles inland from the town of Manaos. Outside lay the yellow, brassy glare of the sunshine, with the shadows of the palm trees as black and definite as the trees themselves. The air was calm, full of the eternal hum of insects, a tropical chorus of many octaves, from the deep drone of the bee to the high, keen pipe of the mosquito. Beyond the veranda was a small cleared garden, bounded with cactus hedges and adorned with clumps of flowering shrubs, round which the great blue butterflies and the tiny humming-birds fluttered and darted in crescents of sparkling light. Within we were seated round the cane table, on which lay a sealed envelope. Inscribed upon it, in the jagged handwriting of Professor Challenger, were the words:—

"Instructions to Lord John Roxton and party. To be opened at Manaos upon July 15th, at 12 o'clock precisely."

Lord John had placed his watch upon the table beside him.

"We have seven more minutes," said he. "The old dear is very precise."

Professor Summerlee gave an acid smile as he picked up the envelope in his gaunt hand.

"What can it possibly matter whether we open it now or in seven minutes?" said he. "It is all part and parcel of the same system of quackery and nonsense, for which I regret to say that the writer is notorious."

"Oh, come, we must play the game accordin' to rules," said Lord John. "It's old man Challenger's show and we are here by his good will, so it would be rotten bad form if we didn't follow his instructions to the letter."

"A pretty business it is!" cried the Professor, bitterly. "It struck me as preposterous in London, but I'm bound to say that it seems even more so upon closer acquaintance. I don't know what is inside this envelope, but, unless it is something pretty definite, I shall be much tempted to take the next down-river boat and catch the Bolivia at Para. After all, I have some more responsible work in the world than to run about disproving the assertions of a lunatic. Now, Roxton, surely it is time."

"Time it is," said Lord John. "You can blow the whistle." He took up the envelope and cut it with his penknife. From it he drew a folded sheet of paper. This he carefully opened out and flattened on the table. It was a blank sheet. He turned it over. Again it was blank. We looked at each other in a bewildered silence, which was broken by a discordant burst of derisive laughter from Professor Summerlee.

"It is an open admission," he cried. "What more do you want? The fellow is a self-confessed humbug. We have only to return home and report him as the brazen imposter that he is."

"Invisible ink!" I suggested.

"I don't think!" said Lord Roxton, holding the paper to the light. "No, young fellah my lad, there is no use deceiving yourself. I'll go bail for it that nothing has ever been written upon this paper."

"May I come in?" boomed a voice from the veranda.

The shadow of a squat figure had stolen across the patch of sunlight. That voice! That monstrous breadth of shoulder! We sprang to our feet with a gasp of astonishment as Challenger, in a round, boyish straw-hat with a colored ribbon—Challenger, with his hands in his jacket-pockets and his canvas shoes daintily pointing as he walked— appeared in the open space before us. He threw back his head, and there he stood in the golden glow with all his old Assyrian luxuriance of beard, all his native insolence of drooping eyelids and intolerant eyes.

"I fear," said he, taking out his watch, "that I am a few minutes too late. When I gave you this envelope I must confess that I had never intended that you should open it, for it had been my fixed intention to be with you before the hour. The unfortunate delay can be apportioned between a blundering pilot and an intrusive sandbank. I fear that it has given my colleague, Professor Summerlee, occasion to blaspheme."

"I am bound to say, sir," said Lord John, with some sternness of voice, "that your turning up is a considerable relief to us, for our mission seemed to have come to a premature end. Even now I can't for the life of me understand why you should have worked it in so extraordinary a manner."

Instead of answering, Professor Challenger entered, shook hands with myself and Lord John, bowed with ponderous insolence to Professor Summerlee, and sank back into a basket-chair, which creaked and swayed beneath his weight.

"Is all ready for your journey?" he asked.

"We can start to-morrow."

"Then so you shall. You need no chart of directions now, since you will have the inestimable advantage of my own guidance. From the first I had determined that I would myself preside over your investigation. The most elaborate charts would, as you will readily admit, be a poor substitute for my own intelligence and advice. As to the small ruse which I played upon you in the matter of the envelope, it is clear that, had I told you all my intentions, I should have been forced to resist unwelcome pressure to travel out with you."

"Not from me, sir!" exclaimed Professor Summerlee, heartily. "So long as there was another ship upon the Atlantic."

Challenger waved him away with his great hairy hand.

"Your common sense will, I am sure, sustain my objection and realize that it was better that I should direct my own movements and appear only at the exact moment when my presence was needed. That moment has now arrived. You are in safe hands. You will not now fail to reach your destination. From henceforth I take command of this expedition, and I must ask you to complete your preparations to-night, so that we may be able to make an early start in the morning. My time is of value, and the same thing may be said, no doubt, in a lesser degree of your own. I propose, therefore, that we push on as rapidly as possible, until I have demonstrated what you have come to see."

Lord John Roxton has chartered a large steam launch, the Esmeralda, which was to carry us up the river. So far as climate goes, it was immaterial what time we chose for our expedition, as the temperature ranges from seventy-five to ninety degrees both summer and winter, with no appreciable difference in heat. In moisture, however, it is otherwise; from December to May is the period of the rains, and during this time the river slowly rises until it attains a height of nearly forty feet above its low-water mark. It floods the banks, extends in great lagoons over a monstrous waste of country, and forms a huge district, called locally the Gapo, which is for the most part too marshy for foot-travel and too shallow for boating. About June the waters begin to fall, and are at their lowest at October or November. Thus our expedition was at the time of the dry season, when the great river and its tributaries were more or less in a normal condition.

The current of the river is a slight one, the drop being not greater than eight inches in a mile. No stream could be more convenient for navigation, since the prevailing wind is south-east, and sailing boats may make a continuous progress to the Peruvian frontier, dropping down again with the current. In our own case the excellent engines of the Esmeralda could disregard the sluggish flow of the stream, and we made as rapid progress as if we were navigating a stagnant lake. For three days we steamed north-westwards up a stream which even here, a thousand miles from its mouth, was still so enormous that from its center the two banks were mere shadows upon the distant skyline. On the fourth day after leaving Manaos we turned into a tributary which at its mouth was little smaller than the main stream. It narrowed rapidly, however, and after two more days' steaming we reached an Indian village, where the Professor insisted that we should land, and that the Esmeralda should be sent back to Manaos. We should soon come upon rapids, he explained, which would make its further use impossible. He added privately that we were now approaching the door of the unknown country, and that the fewer whom we took into our confidence the better it would be. To this end also he made each of us give our word of honor that we would publish or say nothing which would give any exact clue as to the where abouts of our travels, while the servants were all solemnly sworn to the same effect. It is for this reason that I am compelled to be vague in my narrative, and I would warn my readers that in any map or diagram which I may give the relation of places to each other may be correct, but the points of the compass are carefully confused, so that in no way can it be taken as an actual guide to the country. Professor Challenger's reasons for secrecy may be valid or not, but we had no choice but to adopt them, for he was prepared to abandon the whole expedition rather than modify the conditions upon which he would guide us.

It was August 2nd when we snapped our last link with the outer world by bidding farewell to the Esmeralda. Since then four days have passed, during which we have engaged two large canoes from the Indians, made of so light a material (skins over a bamboo framework) that we should be able to carry them round any obstacle. These we have loaded with all our effects, and have engaged two additional Indians to help us in the navigation. I understand that they are the very two—Ataca and Ipetu by name—who accompanied Professor Challenger upon his previous journey. They appeared to be terrified at the prospect of repeating it, but the chief has patriarchal powers in these countries, and if the bargain is good in his eyes the clansman has little choice in the matter.

So to-morrow we disappear into the unknown. This account I am transmitting down the river by canoe, and it may be our last word to those who are interested in our fate. I have, according to our arrangement, addressed it to you, my dear Mr. McArdle, and I leave it to your discretion to delete, alter, or do what you like with it. From the assurance of Professor Challenger's manner—and in spite of the continued scepticism of Professor Summerlee—I have no doubt that our leader will make good his statement, and that we are really on the eve of some most remarkable experiences.

Chapter 8 THE OUTLYING PICKETS OF THE NEW WORLD

Our friends at home may well rejoice with us, for we are at our goal, and up to a point, at least, we have shown that the statement of Professor Challenger can be verified. We have not, it is true, ascended the plateau, but it lies before us, and even Professor Summerlee is in a more chastened mood. Not that he will for an instant admit that his rival could be right, but he is less persistent in his incessant objections, and has sunk for the most part into an observant silence. I must hark back, however, and continue my narrative from where I dropped it. We are sending home one of our local Indians who is injured, and I am committing this letter to his charge, with considerable doubts in my mind as to whether it will ever come to hand.

When I wrote last we were about to leave the Indian village where we had been deposited by the Esmeralda. I have to begin my report by bad news, for the first serious personal trouble (I pass over the incessant bickerings between the Professors) occurred this evening, and might have had a tragic ending. I have spoken of our English-speaking half-breed, Gomez—a fine worker and a willing fellow, but afflicted, I fancy, with the vice of curiosity, which is common enough among such men. On the last evening he seems to have hid himself near the hut in which we were discussing our plans, and, being observed by our huge negro Zambo, who is as faithful as a dog and has the hatred which all his race bear to the half-breeds, he was dragged out and carried into our presence. Gomez whipped out his knife, however, and but for the huge strength of his captor, which enabled him to disarm him with one hand, he would certainly have stabbed him. The matter has ended in reprimands, the opponents have been compelled to shake hands, and there is every hope that all will be well. As to the feuds of the two learned men, they are continuous and bitter. It must be admitted that Challenger is provocative in the last degree, but Summerlee has an acid tongue, which makes matters worse. Last night Challenger said that he never cared to walk on the Thames Embankment and look up the river, as it was always sad to see one's own eventual goal. He is convinced, of course, that he is destined for Westminster Abbey. Summerlee rejoined, however, with a sour smile, by saying that he understood that Millbank Prison had been pulled down. Challenger's conceit is too colossal to allow him to be really annoyed. He only smiled in his beard and repeated "Really! Really!" in the pitying tone one would use to a child. Indeed, they are children both—the one wizened and cantankerous, the other formidable and overbearing, yet each with a brain which has put him in the front rank of his scientific age. Brain, character, soul—only as one sees more of life does one understand how distinct is each.

The very next day we did actually make our start upon this remarkable expedition. We found that all our possessions fitted very easily into the two canoes, and we divided our personnel, six in each, taking the obvious precaution in the interests of peace of putting one Professor into each canoe. Personally, I was with Challenger, who was in a beatific humor, moving about as one in a silent ecstasy and beaming benevolence from every feature. I have had some experience of him in other moods, however, and shall be the less surprised when the thunderstorms suddenly come up amidst the sunshine. If it is impossible to be at your ease, it is equally impossible to be dull in his company, for one is always in a state of half-tremulous doubt as to what sudden turn his formidable temper may take.

For two days we made our way up a good-sized river, some hundreds of yards broad, and dark in color, but transparent, so that one could usually see the bottom. The affluents of the Amazon are, half of them, of this nature, while the other half are whitish and opaque, the difference depending upon the class of country through which they have flowed. The dark indicate vegetable decay, while the others point to clayey soil. Twice we came across rapids, and in each case made a portage of half a mile or so to avoid them. The woods on either side were primeval, which are more easily penetrated than woods of the second growth, and we had no great difficulty in carrying our canoes through them. How shall I ever forget the solemn mystery of it? The height of the trees and the thickness of the boles exceeded anything which I in my town-bred life could have imagined, shooting upwards in magnificent columns until, at an enormous distance above our heads, we could dimly discern the spot where they threw out their side-branches into Gothic upward curves which coalesced to form one great matted roof of verdure, through which only an occasional golden ray of sunshine shot downwards to trace a thin dazzling line of light amidst the majestic obscurity. As we walked noiselessly amid the thick, soft carpet of decaying vegetation the hush fell upon our souls which comes upon us in the twilight of the Abbey, and even Professor Challenger's full-chested notes sank into a whisper. Alone, I should have been ignorant of the names of these giant growths, but our men of science pointed out the cedars, the great silk cotton trees, and the redwood trees, with all that profusion of various plants which has made this continent the chief supplier to the human race of those gifts of Nature which depend upon the vegetable world, while it is the most backward in those products which come from animal life. Vivid orchids and wonderful colored lichens smoldered upon the swarthy tree-trunks and where a wandering shaft of light fell full upon the golden allamanda, the scarlet star-clusters of the tacsonia, or the rich deep blue of ipomaea, the effect was as a dream of fairyland. In these great wastes of forest, life, which abhors darkness, struggles ever upwards to the light. Every plant, even the smaller ones, curls and writhes to the green surface, twining itself round its stronger and taller brethren in the effort. Climbing plants are monstrous and luxuriant, but others which have never been known to climb elsewhere learn the art as an escape from that somber shadow, so that the common nettle, the jasmine, and even the jacitara palm tree can be seen circling the stems of the cedars and striving to reach their crowns. Of animal life there was no movement amid the majestic vaulted aisles which stretched from us as we walked, but a constant movement far above our heads told of that multitudinous world of snake and monkey, bird and sloth, which lived in the sunshine, and looked down in wonder at our tiny, dark, stumbling figures in the obscure depths immeasurably below them. At dawn and at sunset the howler monkeys screamed together and the parrakeets broke into shrill chatter, but during the hot hours of the day only the full drone of insects, like the beat of a distant surf, filled the ear, while nothing moved amid the solemn vistas of stupendous trunks, fading away into the darkness which held us in. Once some bandy-legged, lurching creature, an ant-eater or a bear, scuttled clumsily amid the shadows. It was the only sign of earth life which I saw in this great Amazonian forest.

And yet there were indications that even human life itself was not far from us in those mysterious recesses. On the third day out we were aware of a singular deep throbbing in the air, rhythmic and solemn, coming and going fitfully throughout the morning. The two boats were paddling within a few yards of each other when first we heard it, and our Indians remained motionless, as if they had been turned to bronze, listening intently with expressions of terror upon their faces.

"What is it, then?" I asked.

"Drums," said Lord John, carelessly; "war drums. I have heard them before."

"Yes, sir, war drums," said Gomez, the half-breed. "Wild Indians, bravos, not mansos; they watch us every mile of the way; kill us if they can."

"How can they watch us?" I asked, gazing into the dark, motionless void.

The half-breed shrugged his broad shoulders.

"The Indians know. They have their own way. They watch us. They talk the drum talk to each other. Kill us if they can."

By the afternoon of that day—my pocket diary shows me that it was Tuesday, August 18th—at least six or seven drums were throbbing from various points. Sometimes they beat quickly, sometimes slowly, sometimes in obvious question and answer, one far to the east breaking out in a high staccato rattle, and being followed after a pause by a deep roll from the north. There was something indescribably nerve-shaking and menacing in that constant mutter, which seemed to shape itself into the very syllables of the half-breed, endlessly repeated, "We will kill you if we can. We will kill you if we can." No one ever moved in the silent woods. All the peace and soothing of quiet Nature lay in that dark curtain of vegetation, but away from behind there came ever the one message from our fellow-man. "We will kill you if we can," said the men in the east. "We will kill you if we can," said the men in the north.

All day the drums rumbled and whispered, while their menace reflected itself in the faces of our colored companions. Even the hardy, swaggering half-breed seemed cowed. I learned, however, that day once for all that both Summerlee and Challenger possessed that highest type of bravery, the bravery of the scientific mind. Theirs was the spirit which upheld Darwin among the gauchos of the Argentine or Wallace among the head-hunters of Malaya. It is decreed by a merciful Nature that the human brain cannot think of two things simultaneously, so that if it be steeped in curiosity as to science it has no room for merely personal considerations. All day amid that incessant and mysterious menace our two Professors watched every bird upon the wing, and every shrub upon the bank, with many a sharp wordy contention, when the snarl of Summerlee came quick upon the deep growl of Challenger, but with no more sense of danger and no more reference to drum-beating Indians than if they were seated together in the smoking-room of the Royal Society's Club in St. James's Street. Once only did they condescend to discuss them.

"Miranha or Amajuaca cannibals," said Challenger, jerking his thumb towards the reverberating wood.

"No doubt, sir," Summerlee answered. "Like all such tribes, I shall expect to find them of poly-synthetic speech and of Mongolian type."

"Polysynthetic certainly," said Challenger, indulgently. "I am not aware that any other type of language exists in this continent, and I have notes of more than a hundred. The Mongolian theory I regard with deep suspicion."

"I should have thought that even a limited knowledge of comparative anatomy would have helped to verify it." said Summerlee, bitterly.

Challenger thrust out his aggressive chin until he was all beard and hat-rim. "No doubt, sir, a limited knowledge would have that effect. When one's knowledge is exhaustive, one comes to other conclusions." They glared at each other in mutual defiance, while all round rose the distant whisper, "We will kill you—we will kill you if we can."

That night we moored our canoes with heavy stones for anchors in the center of the stream, and made every preparation for a possible attack. Nothing came, however, and with the dawn we pushed upon our way, the drum-beating dying out behind us. About three o'clock in the afternoon we came to a very steep rapid, more than a mile long—the very one in which Professor Challenger had suffered disaster upon his first journey. I confess that the sight of it consoled me, for it was really the first direct corroboration, slight as it was, of the truth of his story. The Indians carried first our canoes and then our stores through the brushwood, which is very thick at this point, while we four whites, our rifles on our shoulders, walked between them and any danger coming from the woods. Before evening we had successfully passed the rapids, and made our way some ten miles above them, where we anchored for the night. At this point I reckoned that we had come not less than a hundred miles up the tributary from the main stream.

It was in the early forenoon of the next day that we made the great departure. Since dawn Professor Challenger had been acutely uneasy, continually scanning each bank of the river. Suddenly he gave an exclamation of satisfaction and pointed to a single tree, which projected at a peculiar angle over the side of the stream.

"What do you make of that?" he asked.

"It is surely an Assai palm." said Summerlee.

"Exactly. It was an Assai palm which I took for my landmark. The secret opening is half a mile onwards upon the other side of the river. There is no break in the trees. That is the wonder and the mystery of it. There where you see light-green rushes instead of dark-green undergrowth, there between the great cotton woods, that is my private gate into the unknown. Push through, and you will understand."

It was indeed a wonderful place. Having reached the spot marked by a line of light-green rushes, we poled out two canoes through them for some hundreds of yards, and eventually emerged into a placid and shallow stream, running clear and transparent over a sandy bottom. It may have been twenty yards across, and was banked in on each side by most luxuriant vegetation. No one who had not observed that for a short distance reeds had taken the place of shrubs, could possibly have guessed the existence of such a stream or dreamed of the fairyland beyond.

For a fairyland it was—the most wonderful that the imagination of man could conceive. The thick vegetation met overhead, interlacing into a natural pergola, and through this tunnel of verdure in a golden twilight flowed the green, pellucid river, beautiful in itself, but marvelous from the strange tints thrown by the vivid light from above filtered and tempered in its fall. Clear as crystal, motionless as a sheet of glass, green as the edge of an iceberg, it stretched in front of us under its leafy archway, every stroke of our paddles sending a thousand ripples across its shining surface. It was a fitting avenue to a land of wonders. All sign of the Indians had passed away, but animal life was more frequent, and the tameness of the creatures showed that they knew nothing of the hunter. Fuzzy little black-velvet monkeys, with snow-white teeth and gleaming, mocking eyes, chattered at us as we passed. With a dull, heavy splash an occasional cayman plunged in from the bank. Once a dark, clumsy tapir stared at us from a gap in the bushes, and then lumbered away through the forest; once, too, the yellow, sinuous form of a great puma whisked amid the brushwood, and its green, baleful eyes glared hatred at us over its tawny shoulder. Bird life was abundant, especially the wading birds, stork, heron, and ibis gathering in little groups, blue, scarlet, and white, upon every log which jutted from the bank, while beneath us the crystal water was alive with fish of every shape and color.

For three days we made our way up this tunnel of hazy green sunshine. On the longer stretches one could hardly tell as one looked ahead where the distant green water ended and the distant green archway began. The deep peace of this strange waterway was unbroken by any sign of man.

"No Indian here. Too much afraid. Curupuri." said Gomez.

"Curupuri is the spirit of the woods," Lord John explained. "It's a name for any kind of devil. The poor beggars think that there is something fearsome in this direction, and therefore they avoid it."

On the third day it became evident that our journey in the canoes could not last much longer, for the stream was rapidly growing more shallow. Twice in as many hours we stuck upon the bottom. Finally we pulled the boats up among the brushwood and spent the night on the bank of the river. In the morning Lord John and I made our way for a couple of miles through the forest, keeping parallel with the stream; but as it grew ever shallower we returned and reported, what Professor Challenger had already suspected, that we had reached the highest point to which the canoes could be brought. We drew them up, therefore, and concealed them among the bushes, blazing a tree with our axes, so that we should find them again. Then we distributed the various burdens among us—guns, ammunition, food, a tent, blankets, and the rest—and, shouldering our packages, we set forth upon the more laborious stage of our journey.

An unfortunate quarrel between our pepper-pots marked the outset of our new stage. Challenger had from the moment of joining us issued directions to the whole party, much to the evident discontent of Summerlee. Now, upon his assigning some duty to his fellow-Professor (it was only the carrying of an aneroid barometer), the matter suddenly came to a head.

"May I ask, sir," said Summerlee, with vicious calm, "in what capacity you take it upon yourself to issue these orders?"

Challenger glared and bristled.

"I do it, Professor Summerlee, as leader of this expedition."

"I am compelled to tell you, sir, that I do not recognize you in that capacity."

"Indeed!" Challenger bowed with unwieldy sarcasm. "Perhaps you would define my exact position."

"Yes, sir. You are a man whose veracity is upon trial, and this committee is here to try it. You walk, sir, with your judges."

"Dear me!" said Challenger, seating himself on the side of one of the canoes. "In that case you will, of course, go on your way, and I will follow at my leisure. If I am not the leader you cannot expect me to lead."

Thank heaven that there were two sane men—Lord John Roxton and myself—to prevent the petulance and folly of our learned Professors from sending us back empty-handed to London. Such arguing and pleading and explaining before we could get them mollified! Then at last Summerlee, with his sneer and his pipe, would move forwards, and Challenger would come rolling and grumbling after. By some good fortune we discovered about this time that both our savants had the very poorest opinion of Dr. Illingworth of Edinburgh. Thenceforward that was our one safety, and every strained situation was relieved by our introducing the name of the Scotch zoologist, when both our Professors would form a temporary alliance and friendship in their detestation and abuse of this common rival.

Advancing in single file along the bank of the stream, we soon found that it narrowed down to a mere brook, and finally that it lost itself in a great green morass of sponge-like mosses, into which we sank up to our knees. The place was horribly haunted by clouds of mosquitoes and every form of flying pest, so we were glad to find solid ground again and to make a circuit among the trees, which enabled us to outflank this pestilent morass, which droned like an organ in the distance, so loud was it with insect life.

On the second day after leaving our canoes we found that the whole character of the country changed. Our road was persistently upwards, and as we ascended the woods became thinner and lost their tropical luxuriance. The huge trees of the alluvial Amazonian plain gave place to the Phoenix and coco palms, growing in scattered clumps, with thick brushwood between. In the damper hollows the Mauritia palms threw out their graceful drooping fronds. We traveled entirely by compass, and once or twice there were differences of opinion between Challenger and the two

Indians, when, to quote the Professor's indignant words, the whole party agreed to "trust the fallacious instincts of undeveloped savages rather than the highest product of modern European culture." That we were justified in doing so was shown upon the third day, when Challenger admitted that he recognized several landmarks of his former journey, and in one spot we actually came upon four fire-blackened stones, which must have marked a camping-place.

The road still ascended, and we crossed a rock-studded slope which took two days to traverse. The vegetation had again changed, and only the vegetable ivory tree remained, with a great profusion of wonderful orchids, among which I learned to recognize the rare Nuttonia Vexillaria and the glorious pink and scarlet blossoms of Cattleya and odontoglossum. Occasional brooks with pebbly bottoms and fern-draped banks gurgled down the shallow gorges in the hill, and offered good camping-grounds every evening on the banks of some rock-studded pool, where swarms of little blue-backed fish, about the size and shape of English trout, gave us a delicious supper.

On the ninth day after leaving the canoes, having done, as I reckon, about a hundred and twenty miles, we began to emerge from the trees, which had grown smaller until they were mere shrubs. Their place was taken by an immense wilderness of bamboo, which grew so thickly that we could only penetrate it by cutting a pathway with the machetes and billhooks of the Indians. It took us a long day, traveling from seven in the morning till eight at night, with only two breaks of one hour each, to get through this obstacle. Anything more monotonous and wearying could not be imagined, for, even at the most open places, I could not see more than ten or twelve yards, while usually my vision was limited to the back of Lord John's cotton jacket in front of me, and to the yellow wall within a foot of me on either side. From above came one thin knife-edge of sunshine, and fifteen feet over our heads one saw the tops of the reeds swaying against the deep blue sky. I do not know what kind of creatures inhabit such a thicket, but several times we heard the plunging of large, heavy animals quite close to us. From their sounds Lord John judged them to be some form of wild cattle. Just as night fell we cleared the belt of bamboos, and at once formed our camp, exhausted by the interminable day.

Early next morning we were again afoot, and found that the character of the country had changed once again. Behind us was the wall of bamboo, as definite as if it marked the course of a river. In front was an open plain, sloping slightly upwards and dotted with clumps of tree-ferns, the whole curving before us until it ended in a long, whale-backed ridge. This we reached about midday, only to find a shallow valley beyond, rising once again into a gentle incline which led to a low, rounded sky-line. It was here, while we crossed the first of these hills, that an incident occurred which may or may not have been important.

Professor Challenger, who with the two local Indians was in the van of the party, stopped suddenly and pointed excitedly to the right. As he did so we saw, at the distance of a mile or so, something which appeared to be a huge gray bird flap slowly up from the ground and skim smoothly off, flying very low and straight, until it was lost among the tree-ferns.

"Did you see it?" cried Challenger, in exultation. "Summerlee, did you see it?"

His colleague was staring at the spot where the creature had disappeared.

"What do you claim that it was?" he asked.

"To the best of my belief, a pterodactyl."

Summerlee burst into derisive laughter. "A pter-fiddlestick!" said he. "It was a stork, if ever I saw one."

Challenger was too furious to speak. He simply swung his pack upon his back and continued upon his march. Lord John came abreast of me, however, and his face was more grave than was his wont. He had his Zeiss glasses in his hand.

"I focused it before it got over the trees," said he. "I won't undertake to say what it was, but I'll risk my reputation as a sportsman that it wasn't any bird that ever I clapped eyes on in my life."

So there the matter stands. Are we really just at the edge of the unknown, encountering the outlying pickets of this lost world of which our leader speaks? I give you the incident as it occurred and you will know as much as I do. It stands alone, for we saw nothing more which could be called remarkable.

And now, my readers, if ever I have any, I have brought you up the broad river, and through the screen of rushes, and down the green tunnel, and up the long slope of palm trees, and through the bamboo brake, and across the plain of tree-ferns. At last our destination lay in full sight of us. When we had crossed the second ridge we saw before us an irregular, palm-studded plain, and then the line of high red cliffs which I have seen in the picture. There it lies, even as I write, and there can be no question that it is the same. At the nearest point it is about seven miles from our present camp, and it curves away, stretching as far as I can see. Challenger struts about like a prize peacock, and Summerlee is silent, but still sceptical. Another day should bring some of our doubts to an end. Meanwhile, as Jose, whose arm was pierced by a broken bamboo, insists upon returning, I send this letter back in his charge, and only hope that it may eventually come to hand. I will write again as the occasion serves. I have enclosed with this a rough chart of our journey, which may have the effect of making the account rather easier to understand.

Chapter 9 WHO COULD HAVE FORESEEN IT?

A dreadful thing has happened to us. Who could have foreseen it? I can-not foresee any end to our troubles. It may be that we are condemned to spend our whole lives in this strange, inaccessible place. I am still so confused that I can hardly think clearly of the facts of the present or of the chances of the future. To my astounded senses the one seems most terrible and the other as black as night.

No men have ever found themselves in a worse position; nor is there any use in disclosing to you our exact geographical situation and asking our friends for a relief party. Even if they could send one, our fate will in all human probability be decided long before it could arrive in South America.

We are, in truth, as far from any human aid as if we were in the moon. If we are to win through, it is only our own qualities which can save us. I have as companions three remarkable men, men of great brain-power and of unshaken courage. There lies our one and only hope. It is only when I look upon the untroubled faces of my comrades that I see some glimmer through the darkness. Outwardly I trust that I appear as unconcerned as they. Inwardly I am filled with apprehension.

Let me give you, with as much detail as I can, the sequence of events which have led us to this catastrophe.

When I finished my last letter I stated that we were within seven miles from an enormous line of ruddy cliffs, which encircled, beyond all doubt, the plateau of which Professor Challenger spoke. Their height, as we approached them, seemed to me in some places to be greater than he had stated—running up in parts to at least a thousand feet—and they were curiously striated, in a manner which is, I believe, characteristic of basaltic upheavals. Something of the sort is to be seen in Salisbury Crags at Edinburgh. The summit showed every sign of a luxuriant vegetation, with bushes near the edge, and farther back many high trees. There was no indication of any life that we could see.

That night we pitched our camp immediately under the cliff—a most wild and desolate spot. The crags above us were not merely perpendicular, but curved outwards at the top, so that ascent was out of the question. Close to us was the high thin pinnacle of rock which I believe I mentioned earlier in this narrative. It is like a broad red church spire, the top of it being level with the plateau, but a great chasm gaping between. On the summit of it there grew one high tree. Both pinnacle and cliff were comparatively low—some five or six hundred feet, I should think.

"It was on that," said Professor Challenger, pointing to this tree, "that the pterodactyl was perched. I climbed half-way up the rock before I shot him. I am inclined to think that a good mountaineer like myself could ascend the rock to the top, though he would, of course, be no nearer to the plateau when he had done so."

As Challenger spoke of his pterodactyl I glanced at Professor Summerlee, and for the first time I seemed to see some signs of a dawning credulity and repentance. There was no sneer upon his thin lips, but, on the contrary, a gray, drawn look of excitement and amazement. Challenger saw it, too, and reveled in the first taste of victory.

"Of course," said he, with his clumsy and ponderous sarcasm, "Professor Summerlee will understand that when I speak of a pterodactyl I mean a stork—only it is the kind of stork which has no feathers, a leathery skin, membranous wings, and teeth in its jaws." He grinned and blinked and bowed until his colleague turned and walked away.

In the morning, after a frugal breakfast of coffee and manioc—we had to be economical of our stores—we held a council of war as to the best method of ascending to the plateau above us.

Challenger presided with a solemnity as if he were the Lord Chief Justice on the Bench. Picture him seated upon a rock, his absurd boyish straw hat tilted on the back of his head, his supercilious eyes dominating us from under his drooping lids, his great black beard wagging as he slowly defined our present situation and our future movements.

Beneath him you might have seen the three of us—myself, sunburnt, young, and vigorous after our open-air tramp; Summerlee, solemn but still critical, behind his eternal pipe; Lord John, as keen as a razor-edge, with his supple, alert figure leaning upon his rifle, and his eager eyes fixed eagerly upon the speaker. Behind us were grouped the two swarthy half-breeds and the little knot of Indians, while in front and above us towered those huge, ruddy ribs of rocks which kept us from our goal.

"I need not say," said our leader, "that on the occasion of my last visit I exhausted every means of climbing the cliff, and where I failed I do not think that anyone else is likely to succeed, for I am something of a mountaineer. I had none of the appliances of a rock-climber with me, but I have taken the precaution to bring them now. With their aid I am positive I could climb that detached pinnacle to the summit; but so long as the main cliff overhangs, it is vain to attempt ascending that. I was hurried upon my last visit by the approach of the rainy season and by the exhaustion of my supplies. These considerations limited my time, and I can only claim that I have surveyed about six miles of the cliff to the east of us, finding no possible way up. What, then, shall we now do?"

"There seems to be only one reasonable course," said Professor Summerlee. "If you have explored the east, we should travel along the base of the cliff to the west, and seek for a practicable point for our ascent."

"That's it," said Lord John. "The odds are that this plateau is of no great size, and we shall travel round it until we either find an easy way up it, or come back to the point from which we started."

"I have already explained to our young friend here," said Challenger (he has a way of alluding to me as if I were a school child ten years old),"that it is quite impossible that there should be an easy way up anywhere, for the simple reason that if there were the summit would not be isolated, and those conditions would not obtain which have effected so singular an interference with the general laws of survival. Yet I admit that there may very well be places where an expert human climber may reach the summit, and yet a cumbrous and heavy animal be unable to descend. It is certain that there is a point where an ascent is possible."

"How do you know that, sir?" asked Summerlee, sharply.

"Because my predecessor, the American Maple White, actually made such an ascent. How otherwise could he have seen the monster which he sketched in his notebook?"

"There you reason somewhat ahead of the proved facts," said the stubborn Summerlee. "I admit your plateau, because I have seen it; but I have not as yet satisfied myself that it contains any form of life whatever."

"What you admit, sir, or what you do not admit, is really of inconceivably small importance. I am glad to perceive that the plateau itself has actually obtruded itself upon your intelligence." He glanced up at it, and then, to our amazement, he sprang from his rock, and, seizing Summerlee by the neck, he tilted his face into the air. "Now sir!" he shouted, hoarse with excitement. "Do I help you to realize that the plateau contains some animal life?"

I have said that a thick fringe of green overhung the edge of the cliff. Out of this there had emerged a black, glistening object. As it came slowly forth and overhung the chasm, we saw that it was a very large snake with a peculiar flat, spade-like head. It wavered and quivered above us for a minute, the morning sun gleaming upon its sleek, sinuous coils. Then it slowly drew inwards and disappeared.

Summerlee had been so interested that he had stood unresisting while Challenger tilted his head into the air. Now he shook his colleague off and came back to his dignity.

"I should be glad, Professor Challenger," said he, "if you could see your way to make any remarks which may occur to you without seizing me by the chin. Even the appearance of a very ordinary rock python does not appear to justify such a liberty."

"But there is life upon the plateau all the same," his colleague replied in triumph. "And now, having demonstrated this important conclusion so that it is clear to anyone, however prejudiced or obtuse, I am of opinion that we cannot do better than break up our camp and travel to westward until we find some means of ascent."

The ground at the foot of the cliff was rocky and broken so that the going was slow and difficult. Suddenly we came, however, upon something which cheered our hearts. It was the site of an old encampment, with several empty Chicago meat tins, a bottle labeled "Brandy," a broken tin-opener, and a quantity of other travelers' debris. A crumpled, disintegrated newspaper revealed itself as the *Chicago Democrat*, though the date had been obliterated.

"Not mine," said Challenger. "It must be Maple White's."

Lord John had been gazing curiously at a great tree-fern which overshadowed the encampment. "I say, look at this," said he. "I believe it is meant for a sign-post."

A slip of hard wood had been nailed to the tree in such a way as to point to the westward.

"Most certainly a sign-post," said Challenger. "What else? Finding himself upon a dangerous errand, our pioneer has left this sign so that any party which follows him may know the way he has taken. Perhaps we shall come upon some other indications as we proceed."

We did indeed, but they were of a terrible and most unexpected nature. Immediately beneath the cliff there grew a considerable patch of high bamboo, like that which we had traversed in our journey. Many of these stems were twenty feet high, with sharp, strong tops, so that even as they stood they made formidable spears. We were passing along the edge of this cover when my eye was caught by the gleam of something white within it. Thrusting in my head between the stems, I found myself gazing at a fleshless skull. The whole skeleton was there, but the skull had detached itself and lay some feet nearer to the open.

With a few blows from the machetes of our Indians we cleared the spot and were able to study the details of this old tragedy. Only a few shreds of clothes could still be distinguished, but there were the remains of boots upon the bony feet, and it was very clear that the dead man was a European. A gold watch by Hudson, of New York, and a chain which held a stylogruphic pen, lay among the bones. There was also a silver cigarettecase, with "J. C., from A. E. S.," upon the lid. The state of the metal seemed to show that the catastrophe had occurred no great time before.

"Who can he be?" asked Lord John. "Poor devil! every bone in his body seems to be broken."

"And the bamboo grows through his smashed ribs," said Summerlee. "It is a fast-growing plant, but it is surely inconceivable that this body could have been here while the canes grew to be twenty feet in length."

"As to the man's identity," said Professor Challenger, "I have no doubt whatever upon that point. As I made my way up the river before I reached you at the fazenda I instituted very particular inquiries about Maple White. At Para they knew nothing. Fortunately, I had a definite clew, for there was a particular picture in his sketch-book which showed him taking lunch with a certain ecclesiastic at Rosario. This priest I was able to find, and though he proved a very argumentative fellow, who took it absurdly amiss that I should point out to him the corrosive effect which modern science must have upon his beliefs, he none the less gave me some positive information. Maple White passed Rosario four years ago, or two years before I saw his dead body. He was not alone at the time, but there was a friend, an American named James Colver, who remained in the boat and did not meet this ecclesiastic. I think, therefore, that there can be no doubt that we are now looking upon the remains of this James Colver."

"Nor," said Lord John, "is there much doubt as to how he met his death. He has fallen or been chucked from the top, and so been impaled. How else could he come by his broken bones, and how could he have been stuck through by these canes with their points so high above our heads?"

A hush came over us as we stood round these shattered remains and realized the truth of Lord John Roxton's words. The beetling head of the cliff projected over the cane-brake. Undoubtedly he had fallen from above. But had he fallen? Had it been an accident? Or—already ominous and terrible possibilities began to form round that unknown land.

We moved off in silence, and continued to coast round the line of cliffs, which were as even and unbroken as some of those monstrous Antarctic ice-fields which I have seen depicted as stretching from horizon to horizon and towering high above the mast-heads of the exploring vessel.

In five miles we saw no rift or break. And then suddenly we perceived something which filled us with new hope. In a hollow of the rock, protected from rain, there was drawn a rough arrow in chalk, pointing still to the westwards.

"Maple White again," said Professor Challenger. "He had some presentiment that worthy footsteps would follow close behind him."

"He had chalk, then?"

"A box of colored chalks was among the effects I found in his knapsack. I remember that the white one was worn to a stump."

"That is certainly good evidence," said Summerlee. "We can only accept his guidance and follow on to the westward."

We had proceeded some five more miles when again we saw a white arrow upon the rocks. It was at a point where the face of the cliff was for the first time split into a narrow cleft. Inside the cleft was a second guidance mark, which pointed right up it with the tip somewhat elevated, as if the spot indicated were above the level of the ground.

It was a solemn place, for the walls were so gigantic and the slit of blue sky so narrow and so obscured by a double fringe of verdure, that only a dim and shadowy light penetrated to the bottom. We had had no food for many hours, and were very weary with the stony and irregular journey, but our nerves were too strung to allow us to halt. We ordered the camp to be pitched, however, and, leaving the Indians to arrange it, we four, with the two half-breeds, proceeded up the narrow gorge.

It was not more than forty feet across at the mouth, but it rapidly closed until it ended in an acute angle, too straight and smooth for an ascent. Certainly it was not this which our pioneer had attempted to indicate. We made our way back—the whole gorge was not more than a quarter of a mile deep—and then suddenly the quick eyes of Lord John fell upon what we were seeking. High up above our heads, amid the dark shadows, there was one circle of deeper gloom. Surely it could only be the opening of a cave.

The base of the cliff was heaped with loose stones at the spot, and it was not difficult to clamber up. When we reached it, all doubt was removed. Not only was it an opening into the rock, but on the side of it there was marked once again the sign of the arrow. Here was the point, and this the means by which Maple White and his ill-fated comrade had made their ascent.

We were too excited to return to the camp, but must make our first exploration at once. Lord John had an electric torch in his knapsack, and this had to serve us as light. He advanced, throwing his little clear circlet of yellow radiance before him, while in single file we followed at his heels.

The cave had evidently been water-worn, the sides being smooth and the floor covered with rounded stones. It was of such a size that a single man could just fit through by stooping. For fifty yards it ran almost straight into the rock, and then it ascended at an angle of forty-five. Presently this incline became even steeper, and we found ourselves climbing upon hands and knees among loose rubble which slid from beneath us. Suddenly an exclamation broke from Lord Roxton.

"It's blocked!" said he.

Clustering behind him we saw in the yellow field of light a wall of broken basalt which extended to the ceiling.

"The roof has fallen in!"

In vain we dragged out some of the pieces. The only effect was that the larger ones became detached and threatened to roll down the gradient and crush us. It was evident that the obstacle was far beyond any efforts which we could make to remove it. The road by which Maple White had ascended was no longer available.

Too much cast down to speak, we stumbled down the dark tunnel and made our way back to the camp.

One incident occurred, however, before we left the gorge, which is of importance in view of what came afterwards.

We had gathered in a little group at the bottom of the chasm, some forty feet beneath the mouth of the cave, when a huge rock rolled suddenly downwards—and shot past us with tremendous force. It was the narrowest escape for one or all of us. We could not ourselves see whence the rock had come, but our half-breed servants, who were still at the opening of the cave, said that it had flown past them, and must therefore have fallen from the summit. Looking upwards, we could see no sign of movement above us amidst the green jungle which topped the cliff. There could be little doubt, however, that the stone was aimed at us, so the incident surely pointed to humanity—and malevolent humanity—upon the plateau.

We withdrew hurriedly from the chasm, our minds full of this new development and its bearing upon our plans. The situation was difficult enough before, but if the obstructions of Nature were increased by the deliberate opposition of man, then our case was indeed a hopeless one. And yet, as we looked up at that beautiful fringe of verdure only a few hundreds of feet above our heads, there was not one of us who could conceive the idea of returning to London until we had explored it to its depths.

On discussing the situation, we determined that our best course was to continue to coast round the plateau in the hope of finding some other means of reaching the top. The line of cliffs, which had decreased considerably in height, had already begun to trend from west to north, and if we could take this as representing the arc of a circle, the whole circumference could not be very great. At the worst, then, we should be back in a few days at our starting-point.

We made a march that day which totaled some two-and-twenty miles, without any change in our prospects. I may mention that our aneroid shows us that in the continual incline which we have ascended since we abandoned our canoes we have risen to no less than three thousand feet above sea-level. Hence there is a considerable change both in the temperature and in the vegetation. We have shaken off some of that horrible insect life which is the bane of tropical travel. A few palms still survive, and many tree-ferns, but the Amazonian trees have been all left behind. It was pleasant to see the convolvulus, the passion-flower, and the begonia, all reminding me of home, here among these inhospitable rocks. There was a red begonia just the same color as one that is kept in a pot in the window of a certain villa in Streatham—but I am drifting into private reminiscence.

That night—I am still speaking of the first day of our circumnavigation of the plateau—a great experience awaited us, and one which for ever set at rest any doubt which we could have had as to the wonders so near us.

You will realize as you read it, my dear Mr. McArdle, and possibly for the first time that the paper has not sent me on a wild-goose chase, and that there is inconceivably fine copy waiting for the world whenever we have the Professor's leave to make use of it. I shall not dare to publish these articles unless I can bring back my proofs to England, or I shall be hailed as the journalistic Munchausen of all time. I have no doubt that you feel the same way yourself, and that you would not care to stake the whole credit of the Gazette upon this adventure until we can meet the chorus of criticism and scepticism which such articles must of necessity elicit. So this wonderful incident, which would make such a headline for the old paper, must still wait its turn in the editorial drawer.

And yet it was all over in a flash, and there was no sequel to it, save in our own convictions.

What occurred was this. Lord John had shot an ajouti—which is a small, pig-like animal—and, half of it having been given to the Indians, we were cooking the other half upon our fire. There is a chill in the air after dark, and we had all drawn close to the blaze. The night was moonless, but there were some stars, and one could see for a little distance across the plain. Well, suddenly out of the darkness, out of the night, there swooped something with a swish like an aeroplane. The whole group of us were covered for an instant by a canopy of leathery wings, and I had a momentary vision of a long, snake-like neck, a fierce, red, greedy eye, and a great snapping beak, filled, to my amazement, with little, gleaming teeth. The next instant it was gone—and so was our dinner. A huge black shadow, twenty feet across, skimmed up into the air; for an instant the monster wings blotted out the stars, and then it vanished over the brow of the cliff above us. We all sat in amazed silence round the fire, like the heroes of Virgil when the Harpies came down upon them. It was Summerlee who was the first to speak.

"Professor Challenger," said he, in a solemn voice, which quavered with emotion, "I owe you an apology. Sir, I am very much in the wrong, and I beg that you will forget what is past."

It was handsomely said, and the two men for the first time shook hands. So much we have gained by this clear vision of our first pterodactyl. It was worth a stolen supper to bring two such men together.

But if prehistoric life existed upon the plateau it was not superabundant, for we had no further glimpse of it during the next three days. During this time we traversed a barren and forbidding country, which alternated between stony desert and desolate marshes full of many wild-fowl, upon the north and east of the cliffs. From that direction the place is really inaccessible, and, were it not for a hardish ledge which runs at the very base of the precipice, we should have had to turn back. Many times we were up to our waists in the slime and blubber of an old, semi-tropical swamp. To make matters worse, the place seemed to be a favorite breeding-place of the Jaracaca snake, the most venomous and aggressive in South America. Again and again these horrible creatures came writhing and springing towards us across the surface of this putrid bog, and it was only by keeping our shot-guns for ever ready that we could feel safe from them. One funnel-shaped depression in the morass, of a livid green in color from some lichen which festered in it, will always remain as a nightmare memory in my mind. It seems to have been a special nest of these vermins, and the slopes were alive with them, all writhing in our direction, for it is a peculiarity of the Jaracaca that he will always attack man at first sight. There were too many for us to shoot, so we fairly took to our heels and ran until we were exhausted. I shall always remember as we looked back how far behind we could see the heads and necks of our horrible pursuers rising and falling amid the reeds. Jaracaca Swamp we named it in the map which we are constructing.

The cliffs upon the farther side had lost their ruddy tint, being chocolate-brown in color; the vegetation was more scattered along the top of them, and they had sunk to three or four hundred feet in height, but in no place did we find any point where they could be ascended. If anything, they were more impossible than at the first point where we had met them. Their absolute steepness is indicated in the photograph which I took over the stony desert.

"Surely," said I, as we discussed the situation, "the rain must find its way down somehow. There are bound to be water-channels in the rocks."

"Our young friend has glimpses of lucidity," said Professor Challenger, patting me upon the shoulder.

"The rain must go somewhere." I repeated.

"He keeps a firm grip upon actuality. The only drawback is that we ave conclusively proved by ocular demonstration that there are no water channels down the rocks."

"Where, then, does it go?" I persisted.

"I think it may be fairly assumed that if it does not come outwards it must run inwards."

"Then there is a lake in the center."

"So I should suppose."

"It is more than likely that the lake may be an old crater," said Summerlee. "The whole formation is, of course, highly volcanic. But, however that may be, I should expect to find the surface of the plateau slope inwards with a considerable sheet of water in the center, which may drain off, by some subterranean channel, into the marshes of the Jaracaca Swamp."

"Or evaporation might preserve an equilibrium," remarked Challenger, and the two learned men wandered off into one of their usual scientific arguments, which were as comprehensible as Chinese to the layman.

On the sixth day we completed our first circuit of the cliffs, and found ourselves back at the first camp, beside the isolated pinnacle of rock. We were a disconsolate party, for nothing could have been more minute than our investigation, and it was absolutely certain that there was no single point where the most active human being could possibly hope to scale the cliff. The place which Maple White's chalk-marks had indicated as his own means of access was now entirely impassable.

What were we to do now? Our stores of provisions, supplemented by our guns, were holding out well, but the day must come when they would need replenishment. In a couple of months the rains might be expected, and we should be washed out of our camp. The rock was harder than marble, and any attempt at cutting a path for so great a height was more than our time or resources would admit. No wonder that we looked gloomily at each other that night, and sought our blankets with hardly a word exchanged. I remember that as I dropped off to sleep my last recollection was that Challenger was squatting, like a monstrous bull-frog, by the fire, his huge head in his hands, sunk apparently in the deepest thought, and entirely oblivious to the good-night which I wished him.

But it was a very different Challenger who greeted us in the morning—a Challenger with contentment and self-congratulation shining from his whole person. He faced us as we assembled for breakfast with a deprecating false modesty in his eyes, as who should say, "I know that I deserve all that you can say, but I pray you to spare my blushes by not saying it." His beard bristled exultantly, his chest was thrown out, and his hand was thrust into the front of his jacket. So, in his fancy, may he see himself sometimes, gracing the vacant pedestal in Trafalgar Square, and adding one more to the horrors of the London streets.

"Eureka!" he cried, his teeth shining through his beard. "Gentlemen, you may congratulate me and we may congratulate each other. The problem is solved."

"You have found a way up?"

"I venture to think so."

"And where?"

For answer he pointed to the spire-like pinnacle upon our right.

Our faces—or mine, at least—fell as we surveyed it. That it could be climbed we had our companion's assurance. But a horrible abyss lay between it and the plateau.

"We can never get across," I gasped.

"We can at least all reach the summit," said he. "When we are up I may be able to show you that the resources of an inventive mind are not yet exhausted."

After breakfast we unpacked the bundle in which our leader had brought his climbing accessories. From it he took a coil of the strongest and lightest rope, a hundred and fifty feet in length, with climbing irons, clamps, and other devices. Lord John was an experienced mountaineer, and Summerlee had done some rough climbing at various times, so that I was really the novice at rock-work of the party; but my strength and activity may have made up for my want of experience.

It was not in reality a very stiff task, though there were moments which made my hair bristle upon my head. The first half was perfectly easy, but from there upwards it became continually steeper until, for the last fifty feet, we were literally clinging with our fingers and toes to tiny ledges and crevices in the rock. I could not have accomplished it, nor could Summerlee, if Challenger had not gained the summit (it was extraordinary to see such activity in so unwieldy a creature) and there fixed the rope round the trunk of the considerable tree which grew there. With this as our support, we were soon able to scramble up the jagged wall until we found ourselves upon the small grassy platform, some twenty-five feet each way, which formed the summit.

The first impression which I received when I had recovered my breath was of the extraordinary view over the country which we had traversed. The whole Brazilian plain seemed to lie beneath us, extending away and away until it ended in dim blue mists upon the farthest sky-line. In the foreground was the long slope, strewn with rocks and dotted with tree-ferns; farther off in the middle distance, looking over the saddle-back hill, I could just see the yellow and green mass of bamboos through which we had passed; and then, gradually, the vegetation increased until it formed the huge forest which extended as far as the eyes could reach, and for a good two thousand miles beyond.

I was still drinking in this wonderful panorama when the heavy hand of the Professor fell upon my shoulder.

"This way, my young friend," said he; "vestigia nulla retrorsum. Never look rearwards, but always to our glorious goal."

The level of the plateau, when I turned, was exactly that on which we stood, and the green bank of bushes, with occasional trees, was so near that it was difficult to realize how inaccessible it remained. At a rough guess the gulf was forty feet across, but, so far as I could see, it might as well have been forty miles. I placed one arm round the trunk of the tree and leaned over the abyss. Far down were the small dark figures of our servants, looking up at us. The wall was absolutely precipitous, as was that which faced me.

"This is indeed curious," said the creaking voice of Professor Summerlee.

I turned, and found that he was examining with great interest the tree to which I clung. That smooth bark and those small, ribbed leaves seemed familiar to my eyes. "Why," I cried, "it's a beech!"

"Exactly," said Summerlee. "A fellow-countryman in a far land."

"Not only a fellow-countryman, my good sir," said Challenger, "but also, if I may be allowed to enlarge your simile, an ally of the first value. This beech tree will be our saviour."

"By George!" cried Lord John, "a bridge!"

"Exactly, my friends, a bridge! It is not for nothing that I expended an hour last night in focusing my mind upon the situation. I have some recollection of once remarking to our young friend here that G. E. C. is at his best when his back is to the wall. Last night you will admit that all our backs were to the wall. But where will-power and intellect go together, there is always a way out. A drawbridge had to be found which could be dropped across the abyss. Behold it!"

It was certainly a brilliant idea. The tree was a good sixty feet in height, and if it only fell the right way it would easily cross the chasm. Challenger had slung the camp axe over his shoulder when he ascended. Now he handed it to me.

"Our young friend has the thews and sinews," said he. "I think he will be the most useful at this task. I must beg, however, that you will kindly refrain from thinking for yourself, and that you will do exactly what you are told."

Under his direction I cut such gashes in the sides of the trees as would ensure that it should fall as we desired. It had already a strong, natural tilt in the direction of the plateau, so that the matter was not difficult. Finally I set to work in earnest upon the trunk, taking turn and turn with Lord John. In a little over an hour there was a loud crack, the tree swayed forward, and then crashed over, burying its branches among the bushes on the farther side. The severed trunk rolled to the very edge of our platform, and for one terrible second we all thought it was over. It balanced itself, however, a few inches from the edge, and there was our bridge to the unknown.

All of us, without a word, shook hands with Professor Challenger, who raised his straw hat and bowed deeply to each in turn.

"I claim the honor," said he, "to be the first to cross to the unknown land—a fitting subject, no doubt, for some future historical painting."

He had approached the bridge when Lord John laid his hand upon his coat.

"My dear chap," said he, "I really cannot allow it."

"Cannot allow it, sir!" The head went back and the beard forward.

"When it is a matter of science, don't you know, I follow your lead because you are by way of bein' a man of science. But it's up to you to follow me when you come into my department."

"Your department, sir?"

"We all have our professions, and soldierin' is mine. We are, accordin' to my ideas, invadin' a new country, which may or may not be chock-full of enemies of sorts. To barge blindly into it for want of a little common sense and patience isn't my notion of management."

The remonstrance was too reasonable to be disregarded. Challenger tossed his head and shrugged his heavy shoulders.

"Well, sir, what do you propose?"

"For all I know there may be a tribe of cannibals waitin' for lunchtime among those very bushes," said Lord John, looking across the bridge. "It's better to learn wisdom before you get into a cookin'-pot; so we will content ourselves with hopin' that there is no trouble waitin' for us, and at the same time we will act as if there were. Malone and I will go down again, therefore, and we will fetch up the four rifles, together with Gomez and the other. One man can then go across and the rest will cover him with guns, until he sees that it is safe for the whole crowd to come along."

Challenger sat down upon the cut stump and groaned his impatience; but Summerlee and I were of one mind that Lord John was our leader when such practical details were in question. The climb was a more simple thing now that the rope dangled down the face of the worst part of the ascent. Within an hour we had brought up the rifles and a shot-gun. The half-breeds had ascended also, and under Lord John's orders they had carried up a bale of provisions in case our first exploration should be a long one. We had each bandoliers of cartridges.

"Now, Challenger, if you really insist upon being the first man in," said Lord John, when every preparation was complete.

"I am much indebted to you for your gracious permission," said the angry Professor; for never was a man so intolerant of every form of authority. "Since you are good enough to allow it, I shall most certainly take it upon myself to act as pioneer upon this occasion."

Seating himself with a leg overhanging the abyss on each side, and his hatchet slung upon his back, Challenger hopped his way across the trunk and was soon at the other side. He clambered up and waved his arms in the air.

"At last!" he cried; "at last!"

I gazed anxiously at him, with a vague expectation that some terrible fate would dart at him from the curtain of green behind him. But all was quiet, save that a strange, many- colored bird flew up from under his feet and vanished among the trees.

Summerlee was the second. His wiry energy is wonderful in so frail a frame. He insisted upon having two rifles slung upon his back, so that both Professors were armed when he had made his transit. I came next, and tried hard not to look down into the horrible gulf over which I was passing. Summerlee held out the butt-end of his rifle, and an instant later I was able to grasp his hand. As to Lord John, he walked across—actually walked without support! He must have nerves of iron.

And there we were, the four of us, upon the dreamland, the lost world, of Maple White. To all of us it seemed the moment of our supreme triumph. Who could have guessed that it was the prelude to our supreme disaster? Let me say in a few words how the crushing blow fell upon us.

We had turned away from the edge, and had penetrated about fifty yards of close brushwood, when there came a frightful rending crash from behind us. With one impulse we rushed back the way that we had come. The bridge was gone!

Far down at the base of the cliff I saw, as I looked over, a tangled mass of branches and splintered trunk. It was our beech tree. Had the edge of the platform crumbled and let it through? For a moment this explanation was in all our minds. The next, from the farther side of the rocky pinnacle before us a swarthy face, the face of Gomez the half-breed, was slowly protruded. Yes, it was Gomez, but no longer the Gomez of the demure smile and the mask-like expression. Here was a face with flashing eyes and distorted features, a face convulsed with hatred and with the mad joy of gratified revenge.

"Lord Roxton!" he shouted. "Lord John Roxton!"

"Well," said our companion, "here I am."

A shriek of laughter came across the abyss.

"Yes, there you are, you English dog, and there you will remain! I have waited and waited, and now has come my chance. You found it hard to get up; you will find it harder to get down. You cursed fools, you are trapped, every one of you!"

We were too astounded to speak. We could only stand there staring in amazement. A great broken bough upon the grass showed whence he had gained his leverage to tilt over our bridge. The face had vanished, but presently it was up again, more frantic than before.

"We nearly killed you with a stone at the cave," he cried; "but this is better. It is slower and more terrible. Your bones will whiten up there, and none will know where you lie or come to cover them. As you lie dying, think of Lopez, whom you shot five years ago on the Putomayo River. I am his brother, and, come what will I will die happy now, for his memory has been avenged." A furious hand was shaken at us, and then all was quiet.

Had the half-breed simply wrought his vengeance and then escaped, all might have been well with him. It was that foolish, irresistible Latin impulse to be dramatic which brought his own downfall. Roxton, the man who had earned himself the name of the Flail of the Lord through three countries, was not one who could be safely taunted. The half-breed was descending on the farther side of the pinnacle; but before he could reach the ground Lord John had run along the edge of the plateau and gained a point from which he could see his man. There was a single crack of his rifle, and, though we saw nothing, we heard the scream and then the distant thud of the falling body. Roxton came back to us with a face of granite.

"I have been a blind simpleton," said he, bitterly, "It's my folly that has brought you all into this trouble. I should have remembered that these people have long memories for blood-feuds, and have been more upon my guard."

"What about the other one? It took two of them to lever that tree over the edge."

"I could have shot him, but I let him go. He may have had no part in it. Perhaps it would have been better if I had killed him, for he must, as you say, have lent a hand."

Now that we had the clue to his action, each of us could cast back and remember some sinister act upon the part of the half-breed—his constant desire to know our plans, his arrest outside our tent when he was over-hearing them, the furtive looks of hatred which from time to time one or other of us had surprised. We were still discussing it, endeavoring to adjust our minds to these new conditions, when a singular scene in the plain below arrested our attention.

A man in white clothes, who could only be the surviving half- breed, was running as one does run when Death is the pacemaker. Behind him, only a few yards in his rear, bounded the huge ebony figure of Zambo, our devoted negro. Even as we looked, he sprang upon the back of the fugitive and flung his arms round his neck. They rolled on the ground together. An instant afterwards Zambo rose, looked at the prostrate man, and then, waving his hand joyously to us, came running in our direction. The white figure lay motionless in the middle of the great plain.

Our two traitors had been destroyed, but the mischief that they had done lived after them. By no possible means could we get back to the pinnacle. We had been natives of the world; now we were natives of the plateau. The two things were separate and apart. There was the plain which led to the canoes. Yonder, beyond the violet, hazy horizon, was the stream which led back to civilization. But the link between was missing. No human ingenuity could suggest a means of bridging the chasm which yawned between ourselves and our past lives. One instant had altered the whole conditions of our existence.

It was at such a moment that I learned the stuff of which my three comrades were composed. They were grave, it is true, and thoughtful, but of an invincible serenity. For the moment we could only sit among the bushes in patience and wait the coming of Zambo. Presently his honest black face topped the rocks and his Herculean figure emerged upon the top of the pinnacle.

"What I do now?" he cried. "You tell me and I do it."

It was a question which it was easier to ask than to answer. One thing only was clear. He was our one trusty link with the outside world. On no account must he leave us.

"No no!" he cried. "I not leave you. Whatever come, you always find me here. But no able to keep Indians. Already they say too much Curupuri live on this place, and they go home. Now you leave them me no able to keep them."

It was a fact that our Indians had shown in many ways of late that they were weary of their journey and anxious to return. We realized that

Zambo spoke the truth, and that it would be impossible for him to keep them.

"Make them wait till to-morrow, Zambo," I shouted; "then I can send letter back by them."

"Very good, sarr! I promise they wait till to-morrow, "said the negro. "But what I do for you now?"

There was plenty for him to do, and admirably the faithful fellow did it. First of all, under our directions, he undid the rope from the tree-stump and threw one end of it across to us. It was not thicker than a clothes-line, but it was of great strength, and though we could not make a bridge of it, we might well find it invaluable if we had any climbing to do. He then fastened his end of the rope to the package of supplies which had been carried up, and we were able to drag it across. This gave us the means of life for at least a week, even if we found nothing else. Finally he descended and carried up two other packets of mixed goods—a box of ammunition and a number of other things, all of which we got across by throwing our rope to him and hauling it back. It was evening when he at last climbed down, with a final assurance that he would keep the Indians till next morning.

And so it is that I have spent nearly the whole of this our first night upon the plateau writing up our experiences by the light of a single candle-lantern.

We supped and camped at the very edge of the cliff, quenching our thirst with two bottles of Apollinaris which were in one of the cases. It is vital to us to find water, but I think even Lord John himself had had adventures enough for one day, and none of us felt inclined to make the first push into the unknown. We forbore to light a fire or to make any unnecessary sound.

To-morrow (or to-day, rather, for it is already dawn as I write) we shall make our first venture into this strange land. When I shall be able to write again—or if I ever shall write again—I know not. Meanwhile, I can see that the Indians are still in their place, and I am sure that the faithful Zambo will be here presently to get my letter. I only trust that it will come to hand.

P.S.—The more I think the more desperate does our position seem. I see no possible hope of our return. If there were a high tree near the edge of the plateau we might drop a return bridge across, but there is none within fifty yards. Our united strength could not carry a trunk which would serve our purpose. The rope, of course, is far too short that we could descend by it. No, our position is hopeless—hopeless!

Chapter 10 THE MOST WONDERFUL THINGS HAVE HAPPENED

The most wonderful things have happened and are continually happening to us. All the paper that I possess consists of five old note-books and a lot of scraps, and I have only the one stylographic pencil; but so long as I can move my hand I will continue to set down our experiences and impressions, for, since we are the only men of the whole human race to see such things, it is of enormous importance that I should record them whilst they are fresh in my memory and before that fate which seems to be constantly impending does actually overtake us. Whether Zambo can at last take these letters to the river, or whether I shall myself in some miraculous way carry them back with me, or, finally, whether some daring explorer, coming upon our tracks with the advantage, perhaps, of a perfected monoplane, should find this bundle of manuscript, in any case I can see that what I am writing is destined to immortality as a classic of true adventure.

On the morning after our being trapped upon the plateau by the villainous Gomez we began a new stage in our experiences. The first incident in it was not such as to give me a very favorable opinion of the place to which we had wandered. As I roused myself from a short nap after day had dawned, my eyes fell upon a most singular appearance upon my own leg. My trouser had slipped up, exposing a few inches of my skin above my sock. On this there rested a large, purplish grape. Astonished at the sight, I leaned forward to pick it off, when, to my horror, it burst between my finger and thumb, squirting blood in every direction. My cry of disgust had brought the two professors to my side.

"Most interesting," said Summerlee, bending over my shin. "An enormous blood-tick, as yet, I believe, unclassified."

"The first-fruits of our labors," said Challenger in his booming, pedantic fashion. "We cannot do less than call it Ixodes Maloni. The very small inconvenience of being bitten, my young friend, cannot, I am sure, weigh with you as against the glorious privilege of having your name inscribed in the deathless roll of zoology. Unhappily you have crushed this fine specimen at the moment of satiation."

"Filthy vermin!" I cried.

Professor Challenger raised his great eyebrows in protest, and placed a soothing paw upon my shoulder.

"You should cultivate the scientific eye and the detached scientific mind," said he. "To a man of philosophic temperament like myself the blood-tick, with its lancet-like proboscis and its distending stomach, is as beautiful a work of Nature as the peacock or, for that matter, the aurora borealis. It pains me to hear you speak of it in so unappreciative a fashion. No doubt, with due diligence, we can secure some other specimen."

"There can be no doubt of that," said Summerlee, grimly, "for one has just disappeared behind your shirt-collar."

Challenger sprang into the air bellowing like a bull, and tore frantically at his coat and shirt to get them off. Summerlee and I laughed so that we could hardly help him. At last we exposed that monstrous torso (fifty-four inches, by the tailor's tape). His body was all matted with black hair, out of which jungle we picked the wandering tick before it had bitten him. But the bushes round were full of the horrible pests, and it was clear that we must shift our camp.

But first of all it was necessary to make our arrangements with the faithful negro, who appeared presently on the pinnacle with a number of tins of cocoa and biscuits, which he tossed over to us. Of the stores which remained below he was ordered to retain as much as would keep him for two months. The Indians were to have the remainder as a reward for their services and as payment for taking our letters back to the Amazon. Some hours later we saw them in single file far out upon the plain, each with a bundle on his head, making their way back along the path we had come. Zambo occupied our little tent at the base of the pinnacle, and there he remained, our one link with the world below.

And now we had to decide upon our immediate movements. We shifted our position from among the tick-laden bushes until we came to a small clearing thickly surrounded by trees upon all sides. There were some flat slabs of rock in the center, with an excellent well close by, and there we sat in cleanly comfort while we made our first plans for the invasion of this new country. Birds were calling among the foliage—especially one with a peculiar whooping cry which was new to us—but beyond these sounds there were no signs of life.

Our first care was to make some sort of list of our own stores, so that we might know what we had to rely upon. What with the things we had ourselves brought up and those which Zambo had sent across on the rope, we were fairly well supplied. Most important of all, in view of the dangers which might surround us, we had our four rifles and one thousand three hundred rounds, also a shot-gun, but not more than a hundred and fifty medium pellet cartridges. In the matter of provisions we had enough to last for several weeks, with a sufficiency of tobacco and a few scientific implements, including a large telescope and a good field-glass. All these things we collected together in the clearing, and as a first precaution, we cut down with our hatchet and knives a number of thorny bushes, which we piled round in a circle some fifteen yards in diameter. This was to be our headquarters for the time—our place of refuge against sudden danger and the guard-house for our stores. Fort Challenger, we called it.

It was midday before we had made ourselves secure, but the heat was not oppressive, and the general character of the plateau, both in its temperature and in its vegetation, was almost temperate. The beech, the oak, and even the birch were to be found among the tangle of trees which girt us in. One huge gingko tree, topping all the others, shot its great limbs and maidenhair foliage over the fort which we had constructed. In its shade we continued our discussion, while Lord John, who had quickly taken command in the hour of action, gave us his views.

"So long as neither man nor beast has seen or heard us, we are safe," said he. "From the time they know we are here our troubles begin. There are no signs that they have found us out as yet. So our game surely is to lie low for a time and spy out the land. We want to have a good look at our neighbors before we get on visitin' terms."

"But we must advance," I ventured to remark.

"By all means, sonny my boy! We will advance. But with common sense. We must never go so far that we can't get back to our base. Above all, we must never, unless it is life or death, fire off our guns."

"But you fired yesterday" said Summerlee.

"Well, it couldn't be helped. However, the wind was strong and blew outwards. It is not likely that the sound could have traveled far into the plateau. By the way, what shall we call this place? I suppose it is up to us to give it a name?"

There were several suggestions, more or less happy, but Challenger's was final.

"It can only have one name," said he. "It is called after the pioneer who discovered it. It is Maple White Land."

Maple White Land it became, and so it is named in that chart which has become my special task. So it will, I trust, appear in the atlas of the future.

The peaceful penetration of Maple White Land was the pressing subject before us. We had the evidence of our own eyes that the place was inhabited by some unknown creatures, and there was that of Maple White's sketch-book to show that more dreadful and more dangerous monsters might still appear. That there might also prove to be human occupants and that they were of a malevolent character was suggested by the skeleton impaled upon the bamboos, which could not have got there had it not been dropped from above. Our situation, stranded without possibility of escape in such a land, was clearly full of danger, and our reasons endorsed every measure of caution which Lord John's experience could suggest. Yet it was surely impossible that we should halt on the edge of this world of mystery when our very souls were tingling with impatience to push forward and to pluck the heart from it.

We therefore blocked the entrance to our zareba by filling it up with several thorny bushes, and left our camp with the stores entirely surrounded by this protecting hedge. We then slowly and cautiously set forth into the unknown, following the course of the little stream which flowed from our spring, as it should always serve us as a guide on our return.

Hardly had we started when we came across signs that there were indeed wonders awaiting us. After a few hundred yards of thick forest, containing many trees which were quite unknown to me, but which Summerlee, who was the botanist of the party, recognized as forms of conifera and of cycadaceous plants which have long passed away in the world below, we entered a region where the stream widened out and formed a considerable bog. High reeds of a peculiar type grew thickly before us, which were pronounced to be equisetacea, or mare's-tails, with tree-ferns scattered amongst them, all of them swaying in a brisk wind. Suddenly Lord John, who was walking first, halted with uplifted hand.

"Look at this!" said he. "By George, this must be the trail of the father of all birds!"

An enormous three-toed track was imprinted in the soft mud before us. The creature, whatever it was, had crossed the swamp and had passed on into the forest. We all stopped to examine that monstrous spoor. If it were indeed a bird—and what animal could leave such a mark?— its foot was so much larger than an ostrich's that its height upon the same scale must be enormous. Lord John looked eagerly round him and slipped two cartridges into his elephant-gun.

"I'll stake my good name as a shikarree," said he, "that the track is a fresh one. The creature has not passed ten minutes. Look how the water is still oozing into that deeper print! By Jove! See, here is the mark of a little one!"

Sure enough, smaller tracks of the same general form were running parallel to the large ones.

"But what do you make of this?" cried Professor Summerlee, triumphantly, pointing to what looked like the huge print of a five-fingered human hand appearing among the three-toed marks.

"Wealden!" cried Challenger, in an ecstasy. "I've seen them in the Wealden clay. It is a creature walking erect upon three-toed feet, and occasionally putting one of its five-fingered forepaws upon the ground. Not a bird, my dear Roxton—not a bird."

"A beast?"

"No, a reptile—a dinosaur. Nothing else could have left such a track. They puzzled a worthy Sussex doctor some ninety years ago; but who in the world could have hoped—hoped—to have seen a sight like that?"

His words died away into a whisper, and we all stood in motionless amazement. Following the tracks, we had left the morass and passed through a screen of brushwood and trees. Beyond was an open glade, and in this were five of the most extraordinary creatures that I have ever seen. Crouching down among the bushes, we observed them at our leisure.

There were, as I say, five of them, two being adults and three young ones. In size they were enormous. Even the babies were as big as elephants, while the two large ones were far beyond all creatures I have ever seen. They had slate-colored skin, which was scaled like a lizard's and shimmered where the sun shone upon it. All five were sitting up, balancing themselves upon their broad, powerful tails and their huge three-toed hind-feet, while with their small five-fingered front-feet they pulled down the branches upon which they browsed. I do not know that I can bring their appearance home to you better than by saying that they looked like monstrous kangaroos, twenty feet in length, and with skins like black crocodiles.

I do not know how long we stayed motionless gazing at this marvelous spectacle. A strong wind blew towards us and we were well concealed, so there was no chance of discovery. From time to time the little ones played round their parents in unwieldy gambols, the great beasts bounding into the air and falling with dull thuds upon the earth. The strength of the parents seemed to be limitless, for one of them, having some difficulty in reaching a bunch of foliage which grew upon a considerable-sized tree, put his fore-legs round the trunk and tore it down as if it had been a sapling. The action seemed, as I thought, to show not only the great development of its muscles, but also the small one of its brain, for the whole weight came crashing down upon the top of it, and it uttered a series of shrill yelps to show that, big as it was, there was a limit to what it could endure. The incident made it think, apparently, that the neighborhood was dangerous, for it slowly lurched off through the wood, followed by its mate and its three enormous infants. We saw the shimmering slaty gleam of their skins between the tree-trunks, and their heads undulating high a bove the brush-wood. Then they vanished from our sight.

I looked at my comrades. Lord John was standing at gaze with his finger on the trigger of his elephant-gun, his eager hunter's soul shining from his fierce eyes. What would he not give for one such head to place between the two crossed oars above the mantelpiece in his snuggery at the Albany! And yet his reason held him in, for all our exploration of the wonders of this unknown land depended upon our presence being concealed from its inhabitants. The two professors were in silent ecstasy. In their excitement they had unconsciously seized each other by the hand, and stood like two little children in the presence of a marvel, Challenger's cheeks bunched up into a seraphic smile, and Summerlee's sardonic face softening for the moment into wonder and reverence.

"Nunc dimittis!" he cried at last. "What will they say in England of this?"

"My dear Summerlee, I will tell you with great confidence exactly what they will say in England," said Challenger. "They will say that you are an infernal liar and a scientific charlatan, exactly as you and others said of me."

"In the face of photographs?"

"Faked, Summerlee! Clumsily faked!"

"In the face of specimens?"

"Ah, there we may have them! Malone and his filthy Fleet Street crew may be all yelping our praises yet. August the twenty-eighth— the day we saw five live iguanodons in a glade of Maple White Land. Put it down in your diary, my young friend, and send it to your rag."

"And be ready to get the toe-end of the editorial boot in return," said Lord John. "Things look a bit different from the latitude of London, young fellah my lad. There's many a man who never tells his adventures, for he can't hope to be believed. Who's to blame them? For this will seem a bit of a dream to ourselves in a month or two. What did you say they were?"

"Iguanodons," said Summerlee. "You'll find their footmarks all over the Hastings sands, in Kent, and in Sussex. The South of England was alive with them when there was plenty of good lush green-stuff to keep them going. Conditions have changed, and the beasts died. Here it seems that the conditions have not changed, and the beasts have lived."

"If ever we get out of this alive, I must have a head with me," said Lord John. "Lord, how some of that Somaliland-Uganda crowd would turn a beautiful pea-green if they saw it! I don't know what you chaps think, but it strikes me that we are on mighty thin ice all this time."

I had the same feeling of mystery and danger around us. In the gloom of the trees there seemed a constant menace and as we looked up into their shadowy foliage vague terrors crept into one's heart. It is true that these monstrous creatures which we had seen were lumbering, inoffensive brutes which were unlikely to hurt anyone, but in this world of wonders what other survivals might there not be—what fierce, active horrors ready to pounce upon us from their lair among the rocks or brushwood? I knew little of prehistoric life, but I had a clear remembrance of one book which I had read in which it spoke of creatures who would live upon our lions and tigers as a cat lives upon mice. What if these also were to be found in the woods of Maple White Land!

It was destined that on this very morning—our first in the new country—we were to find out what strange hazards lay around us. It was a loathsome adventure, and one of which I hate to think. If, as Lord John said, the glade of the iguanodons will remain with us as a dream, then surely the swamp of the pterodactyls will forever be our nightmare. Let me set down exactly what occurred.

We passed very slowly through the woods, partly because Lord Roxton acted as scout before he would let us advance, and partly because at every second step one or other of our professors would fall, with a cry of wonder, before some flower or insect which presented him with a new type. We may have traveled two or three miles in all, keeping to the right of the line of the stream, when we came upon a considerable opening in the trees. A belt of brushwood led up to a tangle of rocks—the whole plateau was strewn with boulders. We were walking slowly towards these rocks, among bushes which reached over our waists, when we became aware of a strange low gabbling and whistling sound, which filled the air with a constant clamor and appeared to come from some spot immediately before us. Lord John held up his hand as a signal for us to stop, and he made his way swiftly, stooping and running, to the line of rocks. We saw him peep over them and give a gesture of amazement. Then he stood staring as if forgetting us, so utterly entranced was he by what he saw. Finally he waved us to come on, holding up his hand as a signal for caution. His whole bearing made me feel that something wonderful but dangerous lay before us.

Creeping to his side, we looked over the rocks. The place into which we gazed was a pit, and may, in the early days, have been one of the smaller volcanic blow-holes of the plateau. It was bowl-shaped and at the bottom, some hundreds of yards from where we lay, were pools of green-scummed, stagnant water, fringed with bullrushes. It was a weird place in itself, but its occupants made it seem like a scene from the Seven Circles of Dante. The place was a rookery of pterodactyls. There were hundreds of them congregated within view. All the bottom area round the water-edge was alive with their young ones, and with hideous mothers brooding upon their leathery, yellowish eggs. From this crawling flapping mass of obscene reptilian life came the shocking clamor which filled the air and the mephitic, horrible, musty odor which turned us sick. But above, perched each upon its own stone, tall, gray, and withered, more like dead and dried specimens than actual living creatures, sat the horrible males, absolutely motionless save for the rolling of their red eyes or an occasional snap of their rat-trap beaks as a dragon-fly went past them. Their huge, membranous wings were closed by folding their fore-arms, so that they sat like gigantic old women, wrapped in hideous web-colored shawls, and with their ferocious heads protruding above them. Large and small, not less than a thousand of these filthy creatures lay in the hollow before us.

Our professors would gladly have stayed there all day, so entranced were they by this opportunity of studying the life of a prehistoric age. They pointed out the fish and dead birds lying about among the rocks as proving the nature of the food of these creatures, and I heard them congratulating each other on having cleared up the point why the bones of this flying dragon are found in such great numbers in certain well-defined areas, as in the Cambridge Green-sand, since it was now seen that, like penguins, they lived in gregarious fashion.

Finally, however, Challenger, bent upon proving some point which Summerlee had contested, thrust his head over the rock and nearly brought destruction upon us all. In an instant the nearest male gave a shrill, whistling cry, and flapped its twenty-foot span of leathery wings as it soared up into the air. The females and young ones huddled together beside the water, while the whole circle of sentinels rose one after the other and sailed off into the sky. It was a wonderful sight to see at least a hundred creatures of such enormous size and hideous appearance all swooping like swallows with swift, shearing wing-strokes above us; but soon we realized that it was not one on which we could afford to linger. At first the great brutes flew round in a huge ring, as if to make sure what the exact extent of the danger might be. Then, the flight grew lower and the circle narrower, until they were whizzing round and round us, the dry, rustling flap of their huge slate-colored wings filling the air with a volume of sound that made me think of Hendon aerodrome upon a race day.

"Make for the wood and keep together," cried Lord John, clubbing his rifle. "The brutes mean mischief."

The moment we attempted to retreat the circle closed in upon us, until the tips of the wings of those nearest to us nearly touched our faces. We beat at them with the stocks of our guns, but there was nothing solid or vulnerable to strike. Then suddenly out of the whizzing, slate-colored circle a long neck shot out, and a fierce beak made a thrust at us. Another and another followed. Summerlee gave a cry and put his hand to his face, from which the blood was streaming. I felt a prod at the back of my neck, and turned dizzy with the shock. Challenger fell, and as I stooped to pick him up I was again struck from behind and dropped on the top of him. At the same instant I heard the crash of Lord John's elephant-gun, and, looking up, saw one of the creatures with a broken wing struggling upon the ground, spitting and gurgling at us with a wide-opened beak and blood-shot, goggled eyes, like some devil in a medieval picture. Its comrades had flown higher at the sudden sound, and were circling above our heads.

"Now," cried Lord John, "now for our lives!"

We staggered through the brushwood, and even as we reached the trees the harpies were on us again. Summerlee was knocked down, but we tore him up and rushed among the trunks. Once there we were safe, for those huge wings had no space for their sweep beneath the branches. As we limped homewards, sadly mauled and discomfited, we saw them for a long time flying at a great height against the deep blue sky above our heads, soaring round and round, no bigger than wood-pigeons, with their eyes no doubt still following our progress. At last, however, as we reached the thicker woods they gave up the chase, and we saw them no more.

"A most interesting and convincing experience," said Challenger, as we halted beside the brook and he bathed a swollen knee. "We are exceptionally well informed, Summerlee, as to the habits of the enraged pterodactyl."

Summerlee was wiping the blood from a cut in his forehead, while I was tying up a nasty stab in the muscle of the neck. Lord John had the shoulder of his coat torn away, but the creature's teeth had only grazed the flesh.

"It is worth noting," Challenger continued, "that our young friend has received an undoubted stab, while Lord John's coat could only have been torn by a bite. In my own case, I was beaten about the head by their wings, so we have had a remarkable exhibition of their various methods of offence."

"It has been touch and go for our lives," said Lord John, gravely, "and I could not think of a more rotten sort of death than to be outed by such filthy vermin. I was sorry to fire my rifle, but, by Jove! there was no great choice."

"We should not be here if you hadn't," said I, with conviction.

"It may do no harm," said he. "Among these woods there must be many loud cracks from splitting or falling trees which would be just like the sound of a gun. But now, if you are of my opinion, we have had thrills enough for one day, and had best get back to the surgical box at the camp for some carbolic. Who knows what venom these beasts may have in their hideous jaws?"

But surely no men ever had just such a day since the world began. Some fresh surprise was ever in store for us. When, following the course of our brook, we at last reached our glade and saw the thorny barricade of our camp, we thought that our adventures were at an end. But we had something more to think of before we could rest. The gate of Fort Challenger had been untouched, the walls were unbroken, and yet it had been visited by some strange and powerful creature in our absence. No foot-mark showed a trace of its nature, and only the overhanging branch of the enormous ginko tree suggested how it might have come and gone; but of its malevolent strength there was ample evidence in the condition of our stores. They were strewn at random all over the ground, and one tin of meat had been crushed into pieces so as to extract the contents. A case of cartridges had been shattered into matchwood, and one of the brass shells lay shredded into pieces beside it. Again the feeling of vague horror came upon our souls, and we gazed round with frightened eyes at the dark shadows which lay around us, in all of which some fearsome shape might be lurking. How good it was when we were hailed by the voice of Zambo, and, going to the edge of the plateau, saw him sitting grinning at us upon the top of the opposite pinnacle.

"All well, Massa Challenger, all well!" he cried. "Me stay here. No fear. You always find me when you want."

His honest black face, and the immense view before us, which carried us half-way back to the affluent of the Amazon, helped us to remember that we really were upon this earth in the twentieth century, and had not by some magic been conveyed to some raw planet in its earliest and wildest state. How difficult it was to realize that the violet line upon the far horizon was well advanced to that great river upon which huge steamers ran, and folk talked of the small affairs of life, while we, marooned among the creatures of a bygone age, could but gaze towards it and yearn for all that it meant!

One other memory remains with me of this wonderful day, and with it I will close this letter. The two professors, their tempers aggravated no doubt by their injuries, had fallen out as to whether our assailants were of the genus pterodactylus or dimorphodon, and high words had ensued. To avoid their wrangling I moved some little way apart, and was seated smoking upon the trunk of a fallen tree, when Lord John strolled over in my direction.

"I say, Malone," said he, "do you remember that place where those beasts were?"

"Very clearly."

"A sort of volcanic pit, was it not?"

"Exactly," said I.

"Did you notice the soil?"

"Rocks."

"But round the water—where the reeds were?"

"It was a bluish soil. It looked like clay."

"Exactly. A volcanic tube full of blue clay."

"What of that?" I asked.

"Oh, nothing, nothing," said he, and strolled back to where the voices of the contending men of science rose in a prolonged duet, the high, strident note of Summerlee rising and falling to the sonorous bass of Challenger. I should have thought no more of Lord John's remark were it not that once again that night I heard him mutter to himself: "Blue clay—clay in a volcanic tube!" They were the last words I heard before I dropped into an exhausted sleep.

Chapter 11 FOR ONCE I WAS THE HERO

Lord John Roxton was right when he thought that some specially toxic quality might lie in the bite of the horrible creatures which had attacked us. On the morning after our first adventure upon the plateau, both Summerlee and I were in great pain and fever, while Challenger's knee was so bruised that he could hardly limp. We kept to our camp all day, therefore, Lord John busying himself, with such help as we could give him, in raising the height and thickness of the thorny walls which were our only defense. I remember that during the whole long day I was haunted by the feeling that we were closely observed, though by whom or whence I could give no guess.

So strong was the impression that I told Professor Challenger of it, who put it down to the cerebral excitement caused by my fever. Again and again I glanced round swiftly, with the conviction that I was about to see something, but only to meet the dark tangle of our hedge or the solemn and cavernous gloom of the great trees which arched above our heads. And yet the feeling grew ever stronger in my own mind that something observant and something malevolent was at our very elbow. I thought of the Indian superstition of the Curupuri—the dreadful, lurking spirit of the woods—and I could have imagined that his terrible presence haunted those who had invaded his most remote and sacred retreat.

That night (our third in Maple White Land) we had an experience which left a fearful impression upon our minds, and made us thankful that Lord John had worked so hard in making our retreat impregnable. We were all sleeping round our dying fire when we were aroused—or, rather, I should say, shot out of our slumbers—by a succession of the most frightful cries and screams to which I have ever listened. I know no sound to which I could compare this amazing tumult, which seemed to come from some spot within a few hundred yards of our camp. It was as ear-splitting as any whistle of a railway-engine; but whereas the whistle is a clear, mechanical, sharp-edged sound, this was far deeper in volume and vibrant with the uttermost strain of agony and horror. We clapped our hands to our ears to shut out that nerve-shaking appeal. A cold sweat broke out over my body, and my heart turned sick at the misery of it. All the woes of tortured life, all its stupendous indictment of high heaven, its innumerable sorrows, seemed to be centered and condensed into that one dreadful, agonized cry. And then, under this high-pitched, ringing sound there was another, more intermittent, a low, deep-chested laugh, a growling, throaty gurgle of merriment which formed a grotesque accompaniment to the shriek with which it was blended. For three or four minutes on end the fearsome duet continued, while all the foliage rustled with the rising of startled birds. Then it shut off as suddenly as it began. For a long time we sat in horrified silence. Then Lord John threw a bundle of twigs upon the fire, and their red glare lit up the intent faces of my companions and flickered over the great boughs above our heads.

"What was it?" I whispered.

"We shall know in the morning," said Lord John. "It was close to us—not farther than the glade."

"We have been privileged to overhear a prehistoric tragedy, the sort of drama which occurred among the reeds upon the border of some Jurassic lagoon, when the greater dragon pinned the lesser among the slime," said Challenger, with more solemnity than I had ever heard in his voice. "It was surely well for man that he came late in the order of creation. There were powers abroad in earlier days which no courage and no mechanism of his could have met. What could his sling, his throwing-stick, or his arrow avail him against such forces as have been loose tonight? Even with a modern rifle it would be all odds on the monster."

"I think I should back my little friend," said Lord John, caressing his Express. "But the beast would certainly have a good sporting chance."

Summerlee raised his hand.

"Hush!" he cried. "Surely I hear something?"

From the utter silence there emerged a deep, regular pat-pat. It was the tread of some animal—the rhythm of soft but heavy pads placed cautiously upon the ground. It stole slowly round the camp, and then halted near our gateway. There was a low, sibilant rise and fall—the breathing of the creature. Only our feeble hedge separated us from this horror of the night. Each of us had seized his rifle, and Lord John had pulled out a small bush to make an embrasure in the hedge.

"By George!" he whispered. "I think I can see it!"

I stooped and peered over his shoulder through the gap. Yes, I could see it, too. In the deep shadow of the tree there was a deeper shadow yet, black, inchoate, vague—a crouching form full of savage vigor and menace. It was no higher than a horse, but the dim outline suggested vast bulk and strength. That hissing pant, as regular and full-volumed as the exhaust of an engine, spoke of a monstrous organism. Once, as it moved, I thought I saw the glint of two terrible, greenish eyes. There was an uneasy rustling, as if it were crawling slowly forward.

"I believe it is going to spring!" said I, cocking my rifle.

"Don't fire! Don't fire!" whispered Lord John. "The crash of a gun in this silent night would be heard for miles. Keep it as a last card."

"If it gets over the hedge we're done" said Summerlee, and his voice crackled into a nervous laugh as he spoke.

"No, it must not get over," cried Lord John; "but hold your fire to the last. Perhaps I can make something of the fellow. I'll chance it, anyhow."

It was as brave an act as ever I saw a man do. He stooped to the fire, picked up a blazing branch, and slipped in an instant through a sallyport which he had made in our gateway. The thing moved forward with a dreadful snarl. Lord John never hesitated, but, running towards it with a quick, light step, he dashed the flaming wood into the brute's face. For one moment I had a vision of a horrible mask like a giant toad's, of a warty, leprous skin, and of a loose mouth all beslobbered with fresh blood. The next, there was a crash in the underwood and our dreadful visitor was gone.

"I thought he wouldn't face the fire." said Lord John, laughing, as he came back and threw his branch among the faggots.

"You should not have taken such a risk!" we all cried.

"There was nothin' else to be done. If he had got among us we should have shot each other in tryin' to down him. On the other hand, if we had fired through the hedge and wounded him he would soon have been on the top of us—to say nothin' of giving ourselves away. On the whole, I think that we are jolly well out of it. What was he, then?"

Our learned men looked at each other with some hesitation.

"Personally, I am unable to classify the creature with any certainty," said Summerlee, lighting his pipe from the fire.

"In refusing to commit yourself you are but showing a proper scientific reserve," said Challenger, with massive condescension. "I am not myself prepared to go farther than to say in general terms that we have almost certainly been in contact to-night with some form of carnivorous dinosaur. I have already expressed my anticipation that something of the sort might exist upon this plateau."

"We have to bear in mind," remarked Summerlee, "that there are many prehistoric forms which have never come down to us. It would be rash to suppose that we can give a name to all that we are likely to meet."

"Exactly. A rough classification may be the best that we can attempt. To-morrow some further evidence may help us to an identification. Meantime we can only renew our interrupted slumbers."

"But not without a sentinel," said Lord John, with decision. "We can't afford to take chances in a country like this. Two-hour spells in the future, for each of us."

"Then I'll just finish my pipe in starting the first one," said Professor Summerlee; and from that time onwards we never trusted ourselves again without a watchman.

In the morning it was not long before we discovered the source of the hideous uproar which had aroused us in the night. The iguanodon glade was the scene of a horrible butchery. From the pools of blood and the enormous lumps of flesh scattered in every direction over the green sward we imagined at first that a number of animals had been killed, but on examining the remains more closely we discovered that all this carnage came from one of these unwieldy monsters, which had been literally torn to pieces by some creature not larger, perhaps, but far more ferocious, than itself.

Our two professors sat in absorbed argument, examining piece after piece, which showed the marks of savage teeth and of enormous claws.

"Our judgment must still be in abeyance," said Professor Challenger, with a huge slab of whitish-colored flesh across his knee. "The indications would be consistent with the presence of a saber-toothed tiger, such as are still found among the breccia of our caverns; but the creature actually seen was undoubtedly of a larger and more reptilian character. Personally, I should pronounce for allosaurus."

"Or megalosaurus," said Summerlee.

"Exactly. Any one of the larger carnivorous dinosaurs would meet the case. Among them are to be found all the most terrible types of animal life that have ever cursed the earth or blessed a museum." He laughed sonorously at his own conceit, for, though he had little sense of humor, the crudest pleasantry from his own lips moved him always to roars of appreciation.

"The less noise the better," said Lord Roxton, curtly. "We don't know who or what may be near us. If this fellah comes back for his breakfast and catches us here we won't have so much to laugh at. By the way, what is this mark upon the iguanodon's hide?"

On the dull, scaly, slate-colored skin somewhere above the shoulder, there was a singular black circle of some substance which looked like asphalt. None of us could suggest what it meant, though Summerlee was of opinion that he had seen something similar upon one of the young ones two days before. Challenger said nothing, but looked pompous and puffy, as if he could if he would, so that finally Lord John asked his opinion direct.

"If your lordship will graciously permit me to open my mouth, I shall be happy to express my sentiments," said he, with elaborate sarcasm. "I am not in the habit of being taken to task in the fashion which seems to be customary with your lordship. I was not aware that it was necessary to ask your permission before smiling at a harmless pleasantry."

It was not until he had received his apology that our touchy friend would suffer himself to be appeased. When at last his ruffled feelings were at ease, he addressed us at some length from his seat upon a fallen tree, speaking, as his habit was, as if he were imparting most precious information to a class of a thousand.

"With regard to the marking," said he, "I am inclined to agree with my friend and colleague, Professor Summerlee, that the stains are from asphalt. As this plateau is, in its very nature, highly volcanic, and as asphalt is a substance which one associates with Plutonic forces, I cannot doubt that it exists in the free liquid state, and that the creatures may have come in contact with it. A much more important problem is the question as to the existence of the carnivorous monster which has left its traces in this glade. We know roughly that this plateau is not larger than an average English county. Within this confined space a certain number of creatures, mostly types which have passed away in the world below, have lived together for innumerable years. Now, it is very clear to me that in so long a period one would have expected that the carnivorous creatures, multiplying unchecked, would have exhausted their food supply and have been compelled to either modify their flesh-eating habits or die of hunger. This we see has not been so. We can only imagine, therefore, that the balance of Nature is preserved by some check which limits the numbers of these ferocious creatures. One of the many interesting problems, therefore, which await our solution is to discover what that check may be and how it operates. I venture to trust that we may have some future opportunity for the closer study of the carnivorous dinosaurs."

"And I venture to trust we may not," I observed.

The Professor only raised his great eyebrows, as the schoolmaster meets the irrelevant observation of the naughty boy.

"Perhaps Professor Summerlee may have an observation to make," he said, and the two savants ascended together into some rarefied scientific atmosphere, where the possibilities of a modification of the birth-rate were weighed against the decline of the food supply as a check in the struggle for existence.

That morning we mapped out a small portion of the plateau, avoiding the swamp of the pterodactyls, and keeping to the east of our brook instead of to the west. In that direction the country was still thickly wooded, with so much undergrowth that our progress was very slow.

I have dwelt up to now upon the terrors of Maple White Land; but there was another side to the subject, for all that morning we wandered among lovely flowers—mostly, as I observed, white or yellow in color, these being, as our professors explained, the primitive flower-shades. In many places the ground was absolutely covered with them, and as we walked ankle-deep on that wonderful yielding carpet, the scent was almost intoxicating in its sweetness and intensity. The homely English bee buzzed everywhere around us. Many of the trees under which we passed had their branches bowed down with fruit, some of which were of familiar sorts, while other varieties were new. By observing which of them were pecked by the birds we avoided all danger of poison and added a delicious variety to our food reserve. In the jungle which we traversed were numerous hard-trodden paths made by the wild beasts, and in the more marshy places we saw a profusion of strange footmarks, including many of the iguanodon. Once in a grove we observed several of these great creatures grazing, and Lord John, with his glass, was able to report that they also were spotted with asphalt, though in a different place to the one which we had examined in the morning. What this phenomenon meant we could not imagine.

We saw many small animals, such as porcupines, a scaly ant-eater, and a wild pig, piebald in color and with long curved tusks. Once, through a break in the trees, we saw a clear shoulder of green hill some distance away, and across this a large dun-colored animal was traveling at a considerable pace. It passed so swiftly that we were unable to say what it was; but if it were a deer, as was claimed by Lord John, it must have been as large as those monstrous Irish elk which are still dug up from time to time in the bogs of my native land.

Ever since the mysterious visit which had been paid to our camp we always returned to it with some misgivings. However, on this occasion we found everything in order.

That evening we had a grand discussion upon our present situation and future plans, which I must describe at some length, as it led to a new departure by which we were enabled to gain a more complete knowledge of Maple White Land than might have come in many weeks of exploring. It was Summerlee who opened the debate. All day he had been querulous in manner, and now some remark of Lord John's as to what we should do on the morrow brought all his bitterness to a head.

"What we ought to be doing to-day, to-morrow, and all the time," said he, "is finding some way out of the trap into which we have fallen. You are all turning your brains towards getting into this country. I say that we should be scheming how to get out of it."

"I am surprised, sir," boomed Challenger, stroking his majestic beard, "that any man of science should commit himself to so ignoble a sentiment. You are in a land which offers such an inducement to the ambitious naturalist as none ever has since the world began, and you suggest leaving it before we have acquired more than the most superficial knowledge of it or of its contents. I expected better things of you, Professor Summerlee."

"You must remember," said Summerlee, sourly, "that I have a large class in London who are at present at the mercy of an extremely inefficient locum tenens. This makes my situation different from yours, Professor Challenger, since, so far as I know, you have never been entrusted with any responsible educational work."

"Quite so," said Challenger. "I have felt it to be a sacrilege to divert a brain which is capable of the highest original research to any lesser object. That is why I have sternly set my face against any proffered scholastic appointment."

"For example?" asked Summerlee, with a sneer; but Lord John hastened to change the conversation.

"I must say," said he, "that I think it would be a mighty poor thing to go back to London before I know a great deal more of this place than I do at present."

"I could never dare to walk into the back office of my paper and face old McArdle," said I. (You will excuse the frankness of this report, will you not, sir?) "He'd never forgive me for leaving such unexhausted copy behind me. Besides, so far as I can see it is not worth discussing, since we can't get down, even if we wanted."

"Our young friend makes up for many obvious mental lacunae by some measure of primitive common sense, remarked Challenger. "The interests of his deplorable profession are immaterial to us," but, as he observes, we cannot get down in any case, so it is a waste of energy to discuss it."

"It is a waste of energy to do anything else," growled Summerlee from behind his pipe. "Let me remind you that we came here upon a perfectly definite mission, entrusted to us at the meeting of the Zoological Institute in London. That mission was to test the truth of Professor Challenger's statements. Those statements, as I am bound to admit, we are now in a position to endorse. Our ostensible work is therefore done. As to the detail which remains to be worked out upon this plateau, it is so enormous that only a large expedition, with a very special equipment, could hope to cope with it. Should we attempt to do so ourselves, the only possible result must be that we shall never return with the important contribution to science which we have already gained. Professor Challenger has devised means for getting us on to this plateau when it appeared to be inaccessible; I think that we should now call upon him to use the same ingenuity in getting us back to the world from which we came."

I confess that as Summerlee stated his view it struck me as altogether reasonable. Even Challenger was affected by the consideration that his enemies would never stand confuted if the confirmation of his statements should never reach those who had doubted them.

"The problem of the descent is at first sight a formidable one," said he, "and yet I cannot doubt that the intellect can solve it. I am prepared to agree with our colleague that a protracted stay in Maple White Land is at present inadvisable, and that the question of our return will soon have to be faced. I absolutely refuse to leave, however, until we have made at least a superficial examination of this country, and are able to take back with us something in the nature of a chart."

Professor Summerlee gave a snort of impatience.

"We have spent two long days in exploration," said he, "and we are no wiser as to the actual geography of the place than when we started. It is clear that it is all thickly wooded, and it would take months to penetrate it and to learn the relations of one part to another. If there were some central peak it would be different, but it all slopes downwards, so far as we can see. The farther we go the less likely it is that we will get any general view."

It was at that moment that I had my inspiration. My eyes chanced to light upon the enormous gnarled trunk of the gingko tree which cast its huge branches over us. Surely, if its bole exceeded that of all others, its height must do the same. If the rim of the plateau was indeed the highest point, then why should this mighty tree not prove to be a watchtower which commanded the whole country? Now, ever since I ran wild as a lad in Ireland I have been a bold and skilled tree-climber. My comrades might be my masters on the rocks, but I knew that I would be supreme among those branches. Could I only get my legs on to the lowest of the giant off-shoots, then it would be strange indeed if I could not make my way to the top. My comrades were delighted at my idea.

"Our young friend," said Challenger, bunching up the red apples of his cheeks, "is capable of acrobatic exertions which would be impossible to a man of a more solid, though possibly of a more commanding, appearance. I applaud his resolution."

"By George, young fellah, you've put your hand on it!" said Lord John, clapping me on the back. "How we never came to think of it before I can't imagine! There's not more than an hour of daylight left, but if you take your notebook you may be able to get some rough sketch of the place. If we put these three ammunition cases under the branch, I will soon hoist you on to it."

He stood on the boxes while I faced the trunk, and was gently raising me when Challenger sprang forward and gave me such a thrust with his huge hand that he fairly shot me into the tree. With both arms clasping the branch, I scrambled hard with my feet until I had worked, first my body, and then my knees, onto it. There were three excellent off-shoots, like huge rungs of a ladder, above my head, and a tangle of convenient branches beyond, so that I clambered onwards with such speed that I soon lost sight of the ground and had nothing but foliage beneath me. Now and then I encountered a check, and once I had to shin up a creeper for eight or ten feet, but I made excellent progress, and the booming of Challenger's voice seemed to be a great distance beneath me. The tree was, however, enormous, and, looking upwards, I could see no thinning of the leaves above my head. There was some thick, bush-like clump which seemed to be a parasite upon a branch up which I was swarming. I leaned my head round it in order to see what was beyond, and I nearly fell out of the tree in my surprise and horror at what I saw.

A face was gazing into mine—at the distance of only a foot or two. The creature that owned it had been crouching behind the parasite, and had looked round it at the same instant that I did. It was a human face—or at least it was far more human than any monkey's that I have ever seen. It was long, whitish, and blotched with pimples, the nose flattened, and the lower jaw projecting, with a bristle of coarse whiskers round the chin. The eyes, which were under thick and heavy brows, were bestial and ferocious, and as it opened its mouth to snarl what sounded like a curse at me I observed that it had curved, sharp canine teeth. For an instant I read hatred and menace in the evil eyes. Then, as quick as a flash, came an expression of overpowering fear. There was a crash of broken boughs as it dived wildly down into the tangle of green. I caught a glimpse of a hairy body like that of a reddish pig, and then it was gone amid a swirl of leaves and branches.

"What's the matter?" shouted Roxton from below. "Anything wrong with you?"

"Did you see it?" I cried, with my arms round the branch and all my nerves tingling.

"We heard a row, as if your foot had slipped. What was it?"

I was so shocked at the sudden and strange appearance of this apeman that I hesitated whether I should not climb down again and tell my experience to my companions. But I was already so far up the great tree that it seemed a humiliation to return without having carried out my mission.

After a long pause, therefore, to recover my breath and my courage, I continued my ascent. Once I put my weight upon a rotten branch and swung for a few seconds by my hands, but in the main it was all easy climbing. Gradually the leaves thinned around me, and I was aware, from the wind upon my face, that I had topped all the trees of the forest. I was determined, however, not to look about me before I had reached the very highest point, so I scrambled on until I had got so far that the topmost branch was bending beneath my weight. There I settled into a convenient fork, and, balancing myself securely, I found myself looking down at a most wonderful panorama of this strange country in which we found ourselves.

The sun was just above the western sky-line, and the evening was a particularly bright and clear one, so that the whole extent of the plateau was visible beneath me. It was, as seen from this height, of an oval contour, with a breadth of about thirty miles and a width of twenty. Its general shape was that of a shallow funnel, all the sides sloping down to a considerable lake in the center. This lake may have been ten miles in circumference, and lay very green and beautiful in the evening light, with a thick fringe of reeds at its edges, and with its surface broken by several yellow sandbanks, which gleamed golden in the mellow sunshine. A number of long dark objects, which were too large for alligators and too long for canoes, lay upon the edges of these patches of sand. With my glass I could clearly see that they were alive, but what their nature might be I could not imagine.

From the side of the plateau on which we were, slopes of woodland, with occasional glades, stretched down for five or six miles to the central lake. I could see at my very feet the glade of the iguanodons, and farther off was a round opening in the trees which marked the swamp of the pterodactyls. On the side facing me, however, the plateau presented a very different aspect. There the basalt cliffs of the outside were reproduced upon the inside, forming an escarpment about two hundred feet high, with a woody slope beneath it. Along the base of these red cliffs, some distance above the ground, I could see a number of dark holes through the glass, which I conjectured to be the mouths of caves. At the opening of one of these something white was shimmering, but I was unable to make out what it was. I sat charting the country until the sun had set and it was so dark that I could no longer distinguish details. Then I climbed down to my companions waiting for me so eagerly at the bottom of the great tree. For once I was the hero of the expedition. Alone I had thought of it, and alone I had done it; and here was the chart which would save us a month's blind groping among unknown dangers. Each of them shook me solemnly by the hand.

But before they discussed the details of my map I had to tell them of my encounter with the ape-man among the branches.

"He has been there all the time." said I.

"How do you know that?" asked Lord John.

"Because I have never been without that feeling that something malevolent was watching us. I mentioned it to you, Professor Challenger."

"Our young friend certainly said something of the kind. He is also the one among us who is endowed with that Celtic temperament which ould make him sensitive to such impressions."

"The whole theory of telepathy——" began Summerlee, filling his pipe.

"Is too vast to be now discussed," said Challenger, with decision. "Tell me, now," he added, with the air of a bishop addressing a Sunday school, "did you happen to observe whether the creature could cross its thumb over its palm?"

"No, indeed."

"Had it a tail?"

"No."

"Was the foot prehensile?"

"I do not think it could have made off so fast among the branches if it could not get a grip with its feet."

"In South America there are, if my memory serves me—you will check the observation, Professor Summerlee—some thirty-six species of monkeys, but the anthropoid ape is unknown. It is clear, however, that he exists in this country, and that he is not the hairy, gorilla-like variety, which is never seen out of Africa or the East." (I was inclined to interpolate, as I looked at him, that I had seen his first cousin in Kensington.)

"This is a whiskered and colorless type, the latter characteristic pointing to the fact that he spends his days in arboreal seclusion. The question which we have to face is whether he approaches more closely to the ape or the man. In the latter case, he may well approximate to what the vulgar have called the 'missing link.' The solution of this problem is our immediate duty."

"It is nothing of the sort," said Summerlee, abruptly. "Now that, through the intelligence and activity of Mr. Malone" (I cannot help quoting the words), "we have got our chart, our one and only immediate duty is to get ourselves safe and sound out of this awful place."

"The flesh-pots of civilization," groaned Challenger.

"The ink-pots of civilization, sir. It is our task to put on record what we have seen, and to leave the further exploration to others. You all agreed as much before Mr. Malone got us the chart."

"Well," said Challenger, "I admit that my mind will be more at ease when I am assured that the result of our expedition has been conveyed to our friends. How we are to get down from this place I have not as yet an idea. I have never yet encountered any problem, however, which my inventive brain was unable to solve, and I promise you that to-morrow I will turn my attention to the question of our descent." And so the matter was allowed to rest.

But that evening, by the light of the fire and of a single candle, the first map of the lost world was elaborated. Every detail which I had roughly noted from my watch-tower was drawn out in its relative place. Challenger's pencil hovered over the great blank which marked the lake.

"What shall we call it?" he asked.

"Why should you not take the chance of perpetuating your own name?" said Summerlee, with his usual touch of acidity.

"I trust, sir, that my name will have other and more personal claims upon posterity," said Challenger, severely. "Any ignoramus can hand down his worthless memory by imposing it upon a mountain or a river. I need no such monument."

Summerlee, with a twisted smile, was about to make some fresh assault when Lord John hastened to intervene.

"It's up to you, young fellah, to name the lake," said he. "You saw it first, and, by George, if you choose to put 'Lake Malone' on it, no one has a better right."

"By all means. Let our young friend give it a name." said Challenger.

"Then," said I, blushing, I dare say, as I said it, "let it be named Lake Gladys."

"Don't you think the Central Lake would be more descriptive?" remarked Summerlee.

"I should prefer Lake Gladys."

Challenger looked at me sympathetically, and shook his great head in mock disapproval. "Boys will be boys," said he. "Lake Gladys let it be."

Chapter 12 IT WAS DREADFUL IN THE FOREST

I have said—or perhaps I have not said, for my memory plays me sad tricks these days—that I glowed with pride when three such men as my comrades thanked me for having saved, or at least greatly helped, the situation. As the youngster of the party, not merely in years, but in experience, character, knowledge, and all that goes to make a man, I had been overshadowed from the first. And now I was coming into my own. I warmed at the thought. Alas! for the pride which goes before a fall! That little glow of self-satisfaction, that added measure of self-confidence, were to lead me on that very night to the most dreadful experience of my life, ending with a shock which turns my heart sick when I think of it.

It came about in this way. I had been unduly excited by the adventure of the tree, and sleep seemed to be impossible. Summerlee was on guard, sitting hunched over our small fire, a quaint, angular figure, his rifle across his knees and his pointed, goat-like beard wagging with each weary nod of his head. Lord John lay silent, wrapped in the South American poncho which he wore, while Challenger snored with a roll and rattle which reverberated through the woods. The full moon was shining brightly, and the air was crisply cold. What a night for a walk! And then suddenly came the thought, "Why not?" Suppose I stole softly away, suppose I made my way down to the central lake, suppose I was back at breakfast with some record of the place—would I not in that case be thought an even more worthy associate? Then, if Summerlee carried the day and some means of escape were found, we should return to London with first-hand knowledge of the central mystery of the plateau, to which I alone, of all men, would have penetrated. I thought of Gladys, with her "There are heroisms all round us." I seemed to hear her voice as she said it. I thought also of McArdle. What a three column article for the paper! What a foundation for a career! A correspondentship in the next great war might be within my reach. I clutched at a gun—my pockets were full of cartridges—and, parting the thorn bushes at the gate of our zareba, quickly slipped out. My last glance showed me the unconscious Summerlee, most futile of sentinels, still nodding away like a queer mechanical toy in front of the smouldering fire.

I had not gone a hundred yards before I deeply repented my rashness. I may have said somewhere in this chronicle that I am too imaginative to be a really courageous man, but that I have an overpowering fear of seeming afraid. This was the power which now carried me onwards. I simply could not slink back with nothing done. Even if my comrades should not have missed me, and should never know of my weakness, there would still remain some intolerable self-shame in my own soul. And yet I shuddered at the position in which I found myself, and would have given all I possessed at that moment to have been honorably free of the whole business.

It was dreadful in the forest. The trees grew so thickly and their foliage spread so widely that I could see nothing of the moon-light save that here and there the high branches made a tangled filigree against the starry sky. As the eyes became more used to the obscurity one learned that there were different degrees of darkness among the trees—that some were dimly visible, while between and among them there were coal-black shadowed patches, like the mouths of caves, from which I shrank in horror as I passed. I thought of the despairing yell of the tortured iguanodon—that dreadful cry which had echoed through the woods. I thought, too, of the glimpse I had in the light of Lord John's torch of that bloated, warty, blood-slavering muzzle. Even now I was on its hunting-ground. At any instant it might spring upon me from the shadows—this nameless and horrible monster. I stopped, and, picking a cartridge from my pocket, I opened the breech of my gun. As I touched the lever my heart leaped within me. It was the shot-gun, not the rifle, which I had taken!

Again the impulse to return swept over me. Here, surely, was a most excellent reason for my failure—one for which no one would think the less of me. But again the foolish pride fought against that very word. I could not—must not—fail. After all, my rifle would probably have been as useless as a shot-gun against such dangers as I might meet. If I were to go back to camp to change my weapon I could hardly expect to enter and to leave again without being seen. In that case there would be explanations, and my attempt would no longer be all my own. After a little hesitation, then, I screwed up my courage and continued upon my way, my useless gun under my arm.

The darkness of the forest had been alarming, but even worse was the white, still flood of moonlight in the open glade of the iguanodons. Hid among the bushes, I looked out at it. None of the great brutes were in sight. Perhaps the tragedy which had befallen one of them had driven them from their feeding-ground. In the misty, silvery night I could see no sign of any living thing. Taking courage, therefore, I slipped rapidly across it, and among the jungle on the farther side I picked up once again the brook which was my guide. It was a cheery companion, gurgling and chuckling as it ran, like the dear old trout-stream in the West Country where I have fished at night in my boyhood. So long as I followed it down I must come to the lake, and so long as I followed it back I must come to the camp. Often I had to lose sight of it on account of the tangled brushwood, but I was always within earshot of its tinkle and splash.

As one descended the slope the woods became thinner, and bushes, with occasional high trees, took the place of the forest. I could make good progress, therefore, and I could see without being seen. I passed close to the pterodactyl swamp, and as I did so, with a dry, crisp, leathery rattle of wings, one of these great creatures—it was twenty feet at least from tip to tip—rose up from somewhere near me and soared into the air. As it passed across the face of the moon the light shone clearly through the membranous wings, and it looked like a flying skeleton against the white, tropical radiance. I crouched low among the bushes, for I knew from past experience that with a single cry the creature could bring a hundred of its loathsome mates about my ears. It was not until it had settled again that I dared to steal onwards upon my journey.

The night had been exceedingly still, but as I advanced I became conscious of a low, rumbling sound, a continuous murmur, somewhere in front of me. This grew louder as I proceeded, until at last it was clearly quite close to me. When I stood still the sound was constant, so that it seemed to come from some stationary cause. It was like a boiling kettle or the bubbling of some great pot. Soon I came upon the source of it, for in the center of a small clearing I found a lake—or a pool, rather, for it was not larger than the basin of the Trafalgar Square fountain—of some black, pitch-like stuff, the surface of which rose and fell in great blisters of bursting gas. The air above it was shimmering with heat, and the ground round was so hot that I could hardly bear to lay my hand on it. It was clear that the great volcanic outburst which had raised this strange plateau so many years ago had not yet entirely spent its forces. Blackened rocks and mounds of lava I had already seen everywhere peeping out from amid the luxuriant vegetation which draped them, but this asphalt pool in the jungle was the first sign that we had of actual existing activity on the slopes of the ancient crater. I had no time to examine it further for I had need to hurry if I were to be back in camp in the morning.

It was a fearsome walk, and one which will be with me so long as memory holds. In the great moonlight clearings I slunk along among the shadows on the margin. In the jungle I crept forward, stopping with a beating heart whenever I heard, as I often did, the crash of breaking branches as some wild beast went past. Now and then great shadows loomed up for an instant and were gone—great, silent shadows which seemed to prowl upon padded feet. How often I stopped with the intention of returning, and yet every time my pride conquered my fear, and sent me on again until my object should be attained.

At last (my watch showed that it was one in the morning) I saw the gleam of water amid the openings of the jungle, and ten minutes later I was among the reeds upon the borders of the central lake. I was exceedingly dry, so I lay down and took a long draught of its waters, which were fresh and cold. There was a broad pathway with many tracks upon it at the spot which I had found, so that it was clearly one of the drinking-places of the animals. Close to the water's edge there was a huge isolated block of lava. Up this I climbed, and, lying on the top, I had an excellent view in every direction.

The first thing which I saw filled me with amazement. When I described the view from the summit of the great tree, I said that on the farther cliff I could see a number of dark spots, which appeared to be the mouths of caves. Now, as I looked up at the same cliffs, I saw discs of light in every direction, ruddy, clearly-defined patches, like the port-holes of a liner in the darkness. For a moment I thought it was the lava-glow from some volcanic action; but this could not be so. Any volcanic action would surely be down in the hollow and not high among the rocks. What, then, was the alternative? It was wonderful, and yet it must surely be. These ruddy spots must be the reflection of fires within the caves—fires which could only be lit by the hand of man. There were human beings, then, upon the plateau. How gloriously my expedition was justified! Here was news indeed for us to bear back with us to London!

For a long time I lay and watched these red, quivering blotches of light. I suppose they were ten miles off from me, yet even at that distance one could observe how, from time to time, they twinkled or were obscured as someone passed before them. What would I not have given to be able to crawl up to them, to peep in, and to take back some word to my comrades as to the appearance and character of the race who lived in so strange a place! It was out of the question for the moment, and yet surely we could not leave the plateau until we had some definite knowledge upon the point.

Lake Gladys—my own lake—lay like a sheet of quicksilver before me, with a reflected moon shining brightly in the center of it. It was shallow, for in many places I saw low sandbanks protruding above the water. Everywhere upon the still surface I could see signs of life, sometimes mere rings and ripples in the water, sometimes the gleam of a great silver-sided fish in the air, sometimes the arched, slate-colored back of some passing monster. Once upon a yellow sandbank I saw a creature like a huge swan, with a clumsy body and a high, flexible neck, shuffling about upon the margin. Presently it plunged in, and for some time I could see the arched neck and darting head undulating over the water. Then it dived, and I saw it no more.

My attention was soon drawn away from these distant sights and brought back to what was going on at my very feet. Two creatures like large armadillos had come down to the drinking-place, and were squatting at the edge of the water, their long, flexible tongues like red ribbons shooting in and out as they lapped. A huge deer, with branching horns, a magnificent creature which carried itself like a king, came down with its doe and two fawns and drank beside the armadillos. No such deer exist anywhere else upon earth, for the moose or elks which I have seen would hardly have reached its shoulders. Presently it gave a warning snort, and was off with its family among the reeds, while the armadillos also scuttled for shelter. A new-comer, a most monstrous animal, was coming down the path.

For a moment I wondered where I could have seen that ungainly shape, that arched back with triangular fringes along it, that strange bird-like head held close to the ground. Then it came back, to me. It was the stegosaurus—the very creature which Maple White had preserved in his sketch-book, and which had been the first object which arrested the attention of Challenger! There he was—perhaps the very specimen which the American artist had encountered. The ground shook beneath his tremendous weight, and his gulpings of water resounded through the still night. For five minutes he was so close to my rock that by stretching out my hand I could have touched the hideous waving hackles upon his back. Then he lumbered away and was lost among the boulders.

Looking at my watch, I saw that it was half-past two o'clock, and high time, therefore, that I started upon my homeward journey. There was no difficulty about the direction in which I should return, for all along I had kept the little brook upon my left, and it opened into the central lake within a stone's-throw of the boulder upon which I had been lying. I set off, therefore, in high spirits, for I felt that I had done good work and was bringing back a fine budget of news for my companions. Foremost of all, of course, were the sight of the fiery caves and the certainty that some troglodytic race inhabited them. But besides that I could speak from experience of the central lake. I could testify that it was full of strange creatures, and I had seen several land forms of primeval life which we had not before encountered. I reflected as I walked that few men in the world could have spent a stranger night or added more to human knowledge in the course of it.

I was plodding up the slope, turning these thoughts over in my mind, and had reached a point which may have been half-way to home, when my mind was brought back to my own position by a strange noise behind me. It was something between a snore and a growl, low, deep, and exceedingly menacing. Some strange creature was evidently near me, but nothing could be seen, so I hastened more rapidly upon my way. I had traversed half a mile or so when suddenly the sound was repeated, still behind me, but louder and more menacing than before. My heart stood still within me as it flashed across me that the beast, whatever it was, must surely be after me. My skin grew cold and my hair rose at the thought. That these monsters should tear each other to pieces was a part of the strange struggle for existence, but that they should turn upon modern man, that they should deliberately track and hunt down the predominant human, was a staggering and fearsome thought. I remembered again the blood-beslobbered face which we had seen in the glare of Lord John's torch, like some horrible vision from the deepest circle of Dante's hell. With my knees shaking beneath me, I stood and glared with starting eyes down the moonlit path which lay behind me. All was quiet as in a dream landscape. Silver clearings and the black patches of the bushes—nothing else could I see. Then from out of the silence, imminent and threatening, there came once more that low, throaty croaking, far louder and closer than before. There could no longer be a doubt. Something was on my trail, and was closing in upon me every minute.

I stood like a man paralyzed, still staring at the ground which I had traversed. Then suddenly I saw it. There was movement among the bushes at the far end of the clearing which I had just traversed. A great dark shadow disengaged itself and hopped out into the clear moonlight. I say "hopped" advisedly, for the beast moved like a kangaroo, springing along in an erect position upon its powerful hind legs, while its front ones were held bent in front of it. It was of enormous size and power, like an erect elephant, but its movements, in spite of its bulk, were exceedingly alert. For a moment, as I saw its shape, I hoped that it was an iguanodon, which I knew to be harmless, but, ignorant as I was, I soon saw that this was a very different creature. Instead of the gentle, deer-shaped head of the great three-toed leaf-eater, this beast had a broad, squat, toad-like face like that which had alarmed us in our camp. His ferocious cry and the horrible energy of his pursuit both assured me that this was surely one of the great flesh-eating dinosaurs, the most terrible beasts which have ever walked this earth. As the huge brute loped along it dropped forward upon its fore-paws and brought its nose to the ground every twenty yards or so. It was smelling out my trail. Sometimes, for an instant, it was at fault. Then it would catch it up again and come bounding swiftly along the path I had taken.

Even now when I think of that nightmare the sweat breaks out upon my brow. What could I do? My useless fowling-piece was in my hand. What help could I get from that? I looked desperately round for some rock or tree, but I was in a bushy jungle with nothing higher than a sapling within sight, while I knew that the creature behind me could tear down an ordinary tree as though it were a reed. My only possible chance lay in flight. I could not move swiftly over the rough, broken ground, but as I looked round me in despair I saw a well-marked, hard-beaten path which ran across in front of me. We had seen several of the sort, the runs of various wild beasts, during our expeditions. Along this I could perhaps hold my own, for I was a fast runner, and in excellent condition. Flinging away my useless gun, I set myself to do such a half-mile as I have never done before or since. My limbs ached, my chest heaved, I felt that my throat would burst for want of air, and yet with that horror behind me I ran and I ran and ran. At last I paused, hardly able to move. For a moment I thought that I had thrown him off. The path lay still behind me. And then suddenly, with a crashing and a rending, a thudding of giant feet and a panting of monster lungs the beast was upon me once more. He was at my very heels. I was lost.

Madman that I was to linger so long before I fled! Up to then he had hunted by scent, and his movement was slow. But he had actually seen me as I started to run. From then onwards he had hunted by sight, for the path showed him where I had gone. Now, as he came round the curve, he was springing in great bounds. The moonlight shone upon his huge projecting eyes, the row of enormous teeth in his open mouth, and the gleaming fringe of claws upon his short, powerful forearms. With a scream of terror I turned and rushed wildly down the path. Behind me the thick, gasping breathing of the creature sounded louder and louder. His heavy footfall was beside me. Every instant I expected to feel his grip upon my back. And then suddenly there came a crash—I was falling through space, and everything beyond was darkness and rest.

As I emerged from my unconsciousness—which could not, I think, have lasted more than a few minutes—I was aware of a most dreadful and penetrating smell. Putting out my hand in the darkness I came upon something which felt like a huge lump of meat, while my other hand closed upon a large bone. Up above me there was a circle of starlit sky, which showed me that I was lying at the bottom of a deep pit. Slowly I staggered to my feet and felt myself all over. I was stiff and sore from head to foot, but there was no limb which would not move, no joint which would not bend. As the circumstances of my fall came back into my confused brain, I looked up in terror, expecting to see that dreadful head silhouetted against the paling sky. There was no sign of the monster, however, nor could I hear any sound from above. I began to walk slowly round, therefore, feeling in every direction to find out what this strange place could be into which I had been so opportunely precipitated.

It was, as I have said, a pit, with sharply-sloping walls and a level bottom about twenty feet across. This bottom was littered with great gobbets of flesh, most of which was in the last state of putridity. The atmosphere was poisonous and horrible. After tripping and stumbling over these lumps of decay, I came suddenly against something hard, and I found that an upright post was firmly fixed in the center of the hollow. It was so high that I could not reach the top of it with my hand, and it appeared to be covered with grease.

Suddenly I remembered that I had a tin box of wax-vestas in my pocket. Striking one of them, I was able at last to form some opinion of this place into which I had fallen. There could be no question as to its nature. It was a trap—made by the hand of man. The post in the center, some nine feet long, was sharpened at the upper end, and was black with the stale blood of the creatures who had been impaled upon it. The remains scattered about were fragments of the victims, which had been cut away in order to clear the stake for the next who might blunder in. I remembered that Challenger had declared that man could not exist upon the plateau, since with his feeble weapons he could not hold his own against the monsters who roamed over it. But now, it was clear enough how it could be done. In their narrow-mouthed caves the natives, whoever they might be, had refuges into which the huge saurians could not penetrate, while with their developed brains they were capable of setting such traps, covered with branches, across the paths which marked the run of the animals as would destroy them in spite of all their strength and activity. Man was always the master.

The sloping wall of the pit was not difficult for an active man to climb, but I hesitated long before I trusted myself within reach of the dreadful creature which had so nearly destroyed me. How did I know that he was not lurking in the nearest clump of bushes, waiting for my reappearance? I took heart, however, as I recalled a conversation between Challenger and Summerlee upon the habits of the great saurians. Both were agreed that the monsters were practically brainless, that there was no room for reason in their tiny cranial cavities, and that if they have disappeared from the rest of the world it was assuredly on account of their own stupidity, which made it impossible for them to adapt themselves to changing conditions.

To lie in wait for me now would mean that the creature had

appreciated what had happened to me, and this in turn would argue some power connecting cause and effect. Surely it was more likely that a brainless creature, acting solely by vague predatory instinct, would give up the chase when I disappeared, and, after a pause of astonishment, would wander away in search of some other prey? I clambered to the edge of the pit and looked over. The stars were fading, the sky was whitening, and the cold wind of morning blew pleasantly upon my face. I could see or hear nothing of my enemy. Slowly I climbed out and sat for a while upon the ground, ready to spring back into my refuge if any danger should appear. Then, reassured by the absolute stillness and by the growing light, I took my courage in both hands and stole back along the path which I had come. Some distance down it I picked up my gun, and shortly afterwards struck the brook which was my guide. So, with many a frightened backward glance, I made for home.

And suddenly there came something to remind me of my absent companions. In the clear, still morning air there sounded far away the sharp, hard note of a single rifle-shot. I paused and listened, but there was nothing more. For a moment I was shocked at the thought that some sudden danger might have befallen them. But then a simpler and more natural explanation came to my mind. It was now broad daylight. No doubt my absence had been noticed. They had imagined, that I was lost in the woods, and had fired this shot to guide me home. It is true that we had made a strict resolution against firing, but if it seemed to them that I might be in danger they would not hesitate. It was for me now to hurry on as fast as possible, and so to reassure them.

I was weary and spent, so my progress was not so fast as I wished; but at last I came into regions which I knew. There was the swamp of the pterodactyls upon my left; there in front of me was the glade of the iguanodons. Now I was in the last belt of trees which separated me from Fort Challenger. I raised my voice in a cheery shout to allay their fears. No answering greeting came back to me. My heart sank at that ominous stillness. I quickened my pace into a run. The zareba rose before me, even as I had left it, but the gate was open. I rushed in. In the cold, morning light it was a fearful sight which met my eyes. Our effects were scattered in wild confusion over the ground; my comrades had disappeared, and close to the smouldering ashes of our fire the grass was stained crimson with a hideous pool of blood.

I was so stunned by this sudden shock that for a time I must have nearly lost my reason. I have a vague recollection, as one remembers a bad dream, of rushing about through the woods all round the empty camp, calling wildly for my companions. No answer came back from the silent shadows. The horrible thought that I might never see them again, that I might find myself abandoned all alone in that dreadful place, with no possible way of descending into the world below, that I might live and die in that nightmare country, drove me to desperation. I could have torn my hair and beaten my head in my despair. Only now did I realize how I had learned to lean upon my companions, upon the serene self-confidence of Challenger, and upon the masterful, humorous coolness of Lord John Roxton. Without them I was like a child in the dark, helpless and powerless. I did not know which way to turn or what I should do first.

After a period, during which I sat in bewilderment, I set myself to try and discover what sudden misfortune could have befallen my companions. The whole disordered appearance of the camp showed that there had been some sort of attack, and the rifle-shot no doubt marked the time when it had occurred. That there should have been only one shot showed that it had been all over in an instant. The rifles still lay upon the ground, and one of them—Lord John's—had the empty cartridge in the breech. The blankets of Challenger and of Summerlee beside the fire suggested that they had been asleep at the time. The cases of ammunition and of food were scattered about in a wild litter, together with our unfortunate cameras and plate-carriers, but none of them were missing. On the other hand, all the exposed provisions—and I remembered that there were a considerable quantity of them—were gone. They were animals, then, and not natives, who had made the inroad, for surely the latter would have left nothing behind.

But if animals, or some single terrible animal, then what had become of my comrades? A ferocious beast would surely have destroyed them and left their remains. It is true that there was that one hideous pool of blood, which told of violence. Such a monster as had pursued me during the night could have carried away a victim as easily as a cat would a mouse. In that case the others would have followed in pursuit. But then they would assuredly have taken their rifles with them. The more I tried to think it out with my confused and weary brain the less could I find any plausible explanation. I searched round in the forest, but could see no tracks which could help me to a conclusion. Once I lost myself, and it was only by good luck, and after an hour of wandering, that I found the camp once more.

Suddenly a thought came to me and brought some little comfort to my heart. I was not absolutely alone in the world. Down at the bottom of the cliff, and within call of me, was waiting the faithful Zambo. I went to the edge of the plateau and looked over. Sure enough, he was squatting among his blankets beside his fire in his little camp. But, to my amazement, a second man was seated in front of him. For an instant my heart leaped for joy, as I thought that one of my comrades had made his way safely down. But a second glance dispelled the hope. The rising sun shone red upon the man's skin. He was an Indian. I shouted loudly and waved my handkerchief. Presently Zambo looked up, waved his hand, and turned to ascend the pinnacle. In a short time he was standing close to me and listening with deep distress to the story which I told him.

"Devil got them for sure, Massa Malone," said he. "You got into the devil's country, sah, and he take you all to himself. You take advice, Massa Malone, and come down quick, else he get you as well."

"How can I come down, Zambo?"

"You get creepers from trees, Massa Malone. Throw them over here. I make fast to this stump, and so you have bridge."

"We thought of that. There are no creepers here which could bear us."

"Send for ropes, Massa Malone."

"Who can I send, and where?"

"Send to Indian villages, sah. Plenty hide rope in Indian village. Indian down below; send him."

"Who is he?"

"One of our Indians. Other ones beat him and take away his pay. He come back to us. Ready now to take letter, bring rope,—anything."

To take a letter! Why not? Perhaps he might bring help; but in any case he would ensure that our lives were not spent for nothing, and that news of all that we had won for Science should reach our friends at home. I had two completed letters already waiting. I would spend the day in writing a third, which would bring my experiences absolutely up to date. The Indian could bear this back to the world. I ordered Zambo, therefore, to come again in the evening, and I spent my miserable and lonely day in recording my own adventures of the night before. I also drew up a note, to be given to any white merchant or captain of a steam-boat whom the Indian could find, imploring them to see that ropes were sent to us, since our lives must depend upon it. These documents I threw to Zambo in the evening, and also my purse, which contained three English sovereigns. These were to be given to the Indian, and he was promised twice as much if he returned with the ropes.

So now you will understand, my dear Mr. McArdle, how this communication reaches you, and you will also know the truth, in case you never hear again from your unfortunate correspondent. To-night I am too weary and too depressed to make my plans. To-morrow I must think out some way by which I shall keep in touch with this camp, and yet search round for any traces of my unhappy friends.

Chapter 13 A SIGHT WHICH I SHALL NEVER FORGET

Just as the sun was setting upon that melancholy night I saw the lonely figure of the Indian upon the vast plain beneath me, and I watched him, our one faint hope of salvation, until he disappeared in the rising mists of evening which lay, rose-tinted from the setting sun, between the far-off river and me.

It was quite dark when I at last turned back to our stricken camp, and my last vision as I went was the red gleam of Zambo's fire, the one point of light in the wide world below, as was his faithful presence in my own shadowed soul. And yet I felt happier than I had done since this crushing blow had fallen upon me, for it was good to think that the world should know what we had done, so that at the worst our names should not perish with our bodies, but should go down to posterity associated with the result of our labors.

It was an awesome thing to sleep in that ill-fated camp; and yet it was even more unnerving to do so in the jungle. One or the other it must be. Prudence, on the one hand, warned me that I should remain on guard, but exhausted Nature, on the other, declared that I should do nothing of the kind. I climbed up on to a limb of the great gingko tree, but there was no secure perch on its rounded surface, and I should certainly have fallen off and broken my neck the moment I began to doze. I got down, therefore, and pondered over what I should do. Finally, I closed the door of the zareba, lit three separate fires in a triangle, and having eaten a hearty supper dropped off into a profound sleep, from which I had a strange and most welcome awakening. In the early morning, just as day was breaking, a hand was laid upon my arm, and starting up, with all my nerves in a tingle and my hand feeling for a rifle, I gave a cry of joy as in the cold gray light I saw Lord John Roxton kneeling beside me.

It was he—and yet it was not he. I had left him calm in his bearing, correct in his person, prim in his dress. Now he was pale and wild-eyed, gasping as he breathed like one who has run far and fast. His gaunt face was scratched and bloody, his clothes were hanging in rags, and his hat was gone. I stared in amazement, but he gave me no chances for questions. He was grabbing at our stores all the time he spoke.

"Quick, young fellah! Quick!" he cried. "Every moment counts. Get the rifles, both of them. I have the other two. Now, all the cartridges you can gather. Fill up your pockets. Now, some food. Half a dozen tins will do. That's all right! Don't wait to talk or think. Get a move on, or we are done!"

Still half-awake, and unable to imagine what it all might mean, I found myself hurrying madly after him through the wood, a rifle under each arm and a pile of various stores in my hands. He dodged in and out through the thickest of the scrub until he came to a dense clump of brush-wood. Into this he rushed, regardless of thorns, and threw himself into the heart of it, pulling me down by his side.

"There!" he panted. "I think we are safe here. They'll make for the camp as sure as fate. It will be their first idea. But this should puzzle 'em."

"What is it all?" I asked, when I had got my breath. "Where are the professors? And who is it that is after us?"

"The ape-men," he cried. "My God, what brutes! Don't raise your voice, for they have long ears—sharp eyes, too, but no power of scent, so far as I could judge, so I don't think they can sniff us out. Where have you been, young fellah? You were well out of it."

In a few sentences I whispered what I had done.

"Pretty bad," said he, when he had heard of the dinosaur and the pit. "It isn't quite the place for a rest cure. What? But I had no idea what its possibilities were until those devils got hold of us. The man-eatin' Papuans had me once, but they are Chesterfields compared to this crowd."

"How did it happen?" I asked.

"It was in the early mornin'. Our learned friends were just stirrin'. Hadn't even begun to argue yet. Suddenly it rained apes. They came down as thick as apples out of a tree. They had been assemblin' in the dark, I suppose, until that great tree over our heads was heavy with them. I shot one of them through the belly, but before we knew where we were they had us spread-eagled on our backs. I call them apes, but they carried sticks and stones in their hands and jabbered talk to each other, and ended up by tyin' our hands with creepers, so they are ahead of any beast that I have seen in my wanderin's. Ape-men—that's what they are—Missin' Links, and I wish they had stayed missin'. They carried off their wounded comrade—he was bleedin' like a pig—and then they sat around us, and if ever I saw frozen murder it was in their faces. They were big fellows, as big as a man and a deal stronger. Curious glassy gray eyes they have, under red tufts, and they just sat and gloated and gloated. Challenger is no chicken, but even he was cowed. He managed to struggle to his feet, and yelled out at them to have done with it and get it over. I think he had gone a bit off his head at the suddenness of it, for he raged and cursed at them like a lunatic. If they had been a row of his favorite Pressmen he could not have slanged them worse."

"Well, what did they do?" I was enthralled by the strange story which my companion was whispering into my ear, while all the time his keen eyes were shooting in every direction and his hand grasping his cocked rifle.

"I thought it was the end of us, but instead of that it started them on a new line. They all jabbered and chattered together. Then one of them stood out beside Challenger. You'll smile, young fellah, but 'pon my word they might have been kinsmen. I couldn't have believed it if I hadn't seen it with my own eyes. This old ape-man—he was their chief—was a sort of red Challenger, with every one of our friend's beauty points, only just a trifle more so. He had the short body, the big shoulders, the round chest, no neck, a great ruddy frill of a beard, the tufted eyebrows, the 'What do you want, damn you!' look about the eyes, and the whole catalogue. When the ape-man stood by Challenger and put his paw on his shoulder, the thing was complete. Summerlee was a bit hysterical, and he laughed till he cried. The ape-men laughed too— or at least they put up the devil of a cackling'—and they set to work to drag us off through the forest. They wouldn't touch the guns and things—thought them dangerous, I expect—but they carried away all our loose food. Summerlee and I got some rough handling' on the way—there's my skin and my clothes to prove it—for they took us a bee-line through the brambles, and their own hides are like leather. But Challenger was all right. Four of them carried him shoulder high, and he went like a Roman emperor. What's that?"

It was a strange clicking noise in the distance not unlike castanets.

"There they go!" said my companion, slipping cartridges into the second double barrelled "Express." "Load them all up, young fellah my lad, for we're not going to be taken alive, and don't you think it! That's the row they make when they are excited. By George! they'll have something to excite them if they put us up. The 'Last Stand of the Grays' won't be in it. 'With their rifles grasped in their stiffened hands, mid a ring of the dead and dyin', as some fathead sings. Can you hear them now?"

"Very far away."

"That little lot will do no good, but I expect their search parties are all over the wood. Well, I was telling you my tale of woe. They got us soon to this town of theirs—about a thousand huts of branches and leaves in a great grove of trees near the edge of the cliff. It's three or four miles from here. The filthy beasts fingered me all over, and I feel as if I should never be clean again. They tied us up—the fellow who handled me could tie like a bosun—and there we lay with our toes up, beneath a tree, while a great brute stood guard over us with a club in his hand. When I say 'We' I mean Summerlee and myself. Old Challenger was up a tree, eatin 'pines and havin' the time of his life. I'm bound to say that he managed to get some fruit to us, and with his own hands he loosened our bonds. If you'd seen him sitting up in that tree hob-nobbin 'with his twin brother—and singin' in that rollin' bass of his, 'Ring out, wild bells,' cause music of any kind seemed to put'em in a good humor, you'd have smiled; but we weren't in much mood for laughin', as you can guess. They were inclined, within limits, to let him do what he liked, but they drew the line pretty sharply at us. It was a mighty consolation to us all to know that you were runnin 'loose and had the archives in your keepin'.

"Well, now, young fellah, I'll tell you what will surprise you. You say you saw signs of men, and fires, traps, and the like. Well, we have seen the natives themselves. Poor devils they were, down-faced little chaps, and had enough to make them so. It seems that the humans hold one side of this plateau—over yonder, where you saw the caves—and the ape-men hold this side, and there is bloody war between them all the time. That's the situation, so far as I could follow it. Well, yesterday the ape-men got hold of a dozen of the humans and brought them in as prisoners. You never heard such a jabberin' and shriekin' in your life. The men were little red fellows, and had been bitten and clawed so that they could hardly walk. The ape-men put two of them to death there and then—fairly pulled the arm off one of them—it was perfectly beastly. Plucky little chaps they are, and hardly gave a squeak. But it turned us absolutely sick. Summerlee fainted, and even Challenger had as much as he could stand. I think they have cleared, don't you?"

We listened intently, but nothing save the calling of the birds broke the deep peace of the forest. Lord Roxton went on with his story.

"I Think you have had the escape of your life, young fellah my lad. It was catchin' those Indians that put you clean out of their heads, else they would have been back to the camp for you as sure as fate and gathered you in. Of course, as you said, they have been watchin' us from the beginnin' out of that tree, and they knew perfectly well that we were one short. However, they could think only of this new haul; so it was I, and not a bunch of apes, that dropped in on you in the morning. Well, we had a horrid business afterwards. My God! what a nightmare the whole thing is! You remember the great bristle of sharp canes down below where we found the skeleton of the American? Well, that is just under ape-town, and that's the jumpin'-off place of their prisoners. I expect there's heaps of skeletons there, if we looked for'em. They have a sort of clear parade-ground on the top, and they make a proper ceremony about it. One by one the poor devils have to jump, and the game is to see whether they are merely dashed to pieces or whether they get skewered on the canes. They took us out to see it, and the whole tribe lined up on the edge. Four of the Indians jumped, and the canes went through'em like knittin' needles through a pat of butter. No wonder we found that poor Yankee's skeleton with the canes growin' between his ribs. It was horrible—but it was doocedly interestin' too. We were all fascinated to see them take the dive, even when we thought it would be our turn next on the spring-board.

"Well, it wasn't. They kept six of the Indians up for to-day— that's how I understood it—but I fancy we were to be the star performers in the show. Challenger might get off, but Summerlee and I were in the bill. Their language is more than half signs, and it was not hard to follow them. So I thought it was time we made a break for it. I had been plottin' it out a bit, and had one or two things clear in my mind. It was all on me, for Summerlee was useless and Challenger not much better. The only time they got together they got slangin' because they couldn't agree upon the scientific classification of these red-headed devils that had got hold of us. One said it was the dryopithecus of Java, the other said it was pithecanthropus. Madness, I call it—Loonies, both. But, as I say, I had thought out one or two points that were helpful. One was that these brutes could not run as fast as a man in the open. They have short, bandy legs, you see, and heavy bodies. Even Challenger could give a few yards in a hundred to the best of them, and you or I would be a perfect Shrubb. Another point was that they knew nothin' about guns. I don't believe they ever understood how the fellow I shot came by his hurt. If we could get at our guns there was no sayin' what we could do.

"So I broke away early this mornin', gave my guard a kick in the tummy that laid him out, and sprinted for the camp. There I got you and the guns, and here we are."

"But the professors!" I cried, in consternation.

"Well, we must just go back and fetch'em. I couldn't bring'em with me. Challenger was up the tree, and Summerlee was not fit for the effort. The only chance was to get the guns and try a rescue. Of course they may scupper them at once in revenge. I don't think they would touch Challenger, but I wouldn't answer for Summerlee. But they would have had him in any case. Of that I am certain. So I haven't made matters any worse by boltin'. But we are honor bound to go back and have them out or see it through with them. So you can make up your soul, young fellah my lad, for it will be one way or the other before evenin'."

I have tried to imitate here Lord Roxton's jerky talk, his short, strong sentences, the half-humorous, half-reckless tone that ran through it all. But he was a born leader. As danger thickened his jaunty manner would increase, his speech become more racy, his cold eyes glitter into ardent life, and his Don Quixote moustache bristle with joyous excitement. His love of danger, his intense appreciation of the drama of an adventure—all the more intense for being held tightly in—his consistent view that every peril in life is a form of sport, a fierce game betwixt you and Fate, with Death as a forfeit, made him a wonderful companion at such hours. If it were not for our fears as to the fate of our companions, it would have been a positive joy to throw myself with such a man into such an affair. We were rising from our brushwood hiding-place when suddenly I felt his grip upon my arm.

"By George!" he whispered, "here they come!"

From where we lay we could look down a brown aisle, arched with green, formed by the trunks and branches. Along this a party of the ape-men were passing. They went in single file, with bent legs and rounded backs, their hands occasionally touching the ground, their heads turning to left and right as they trotted along. Their crouching gait took away from their height, but I should put them at five feet or so, with long arms and enormous chests. Many of them carried sticks, and at the distance they looked like a line of very hairy and deformed human beings. For a moment I caught this clear glimpse of them. Then they were lost among the bushes.

"Not this time," said Lord John, who had caught up his rifle. "Our best chance is to lie quiet until they have given up the search. Then we shall see whether we can't get back to their town and hit'em where it hurts most. Give'em an hour and we'll march."

We filled in the time by opening one of our food tins and making sure of our breakfast. Lord Roxton had had nothing but some fruit since the morning before and ate like a starving man. Then, at last, our pockets bulging with cartridges and a rifle in each hand, we started off upon our mission of rescue. Before leaving it we carefully marked our little hiding-place among the brush-wood and its bearing to Fort Challenger, that we might find it again if we needed it. We slunk through the bushes in silence until we came to the very edge of the cliff, close to the old camp. There we halted, and Lord John gave me some idea of his plans.

"So long as we are among the thick trees these swine are our masters, said he. They can see us and we cannot see them. But in the open it is different. There we can move faster than they. So we must stick to the open all we can. The edge of the plateau has fewer large trees than further inland. So that's our line of advance. Go slowly, keep your eyes open and your rifle ready. Above all, never let them get you prisoner while there is a cartridge left—that's my last word to you, young fellah."

When we reached the edge of the cliff I looked over and saw our good old black Zambo sitting smoking on a rock below us. I would have given a great deal to have hailed him and told him how we were placed, but it was too dangerous, lest we should be heard. The woods seemed to be full of the ape-men; again and again we heard their curious clicking chatter. At such times we plunged into the nearest clump of bushes and lay still until the sound had passed away. Our advance, therefore, was very slow, and two hours at least must have passed before I saw by Lord John's cautious movements that we must be close to our destination. He motioned to me to lie still, and he crawled forward himself. In a minute he was back again, his face quivering with eagerness.

"Come!" said he. "Come quick! I hope to the Lord we are not too late already!"

I found myself shaking with nervous excitement as I scrambled forward and lay down beside him, looking out through the bushes at a clearing which stretched before us.

It was a sight which I shall never forget until my dying day—so weird, so impossible, that I do not know how I am to make you realize it, or how in a few years I shall bring myself to believe in it if I live to sit once more on a lounge in the Savage Club and look out on the drab solidity of the Embankment. I know that it will seem then to be some wild night-mare, some delirium of fever. Yet I will set it down now, while it is still fresh in my memory, and one at least, the man who lay in the damp grasses by my side, will know if I have lied.

A wide, open space lay before us—some hundreds of yards across—all green turf and low bracken growing to the very edge of the cliff. Round this clearing there was a semi-circle of trees with curious huts built of foliage piled one above the other among the branches. A rookery, with every nest a little house, would best convey the idea. The openings of these huts and the branches of the trees were thronged with a dense mob of ape-people, whom from their size I took to be the females and infants of the tribe. They formed the background of the picture, and were all looking out with eager interest at the same scene which fascinated and bewildered us.

In the open, and near the edge of the cliff, there had assembled a crowd of some hundred of these shaggy, red-haired creatures, many of them of immense size, and all of them horrible to look upon. There was a certain discipline among them, for none of them attempted to break the line which had been formed. In front there stood a small group of Indians—little, clean-limbed, red fellows, whose skins glowed like polished bronze in the strong sunlight. A tall, thin white man was standing beside them, his head bowed, his arms folded, his whole attitude expressive of his horror and dejection. There was no mistaking the angular form of Professor Summerlee.

In front of and around this dejected group of prisoners were several ape-men, who watched them closely and made all escape impossible. Then, right out from all the others and close to the edge of the cliff, were two figures, so strange, and under other circumstances so ludicrous, that they absorbed my attention. The one was our comrade, Professor Challenger. The remains of his coat still hung in strips from his shoulders, but his shirt had been all torn out, and his great beard merged itself in the black tangle which covered his mighty chest. He had lost his hat, and his hair, which had grown long in our wanderings, was flying in wild disorder. A single day seemed to have changed him from the highest product of modern civilization to the most desperate savage in South America. Beside him stood his master, the king of the ape-men. In all things he was, as Lord John had said, the very image of our Professor, save that his coloring was red instead of black. The same short, broad figure, the same heavy shoulders, the same forward hang of the arms, the same bristling beard merging itself in the hairy chest. Only above the eyebrows, where the sloping forehead and low, curved skull of the ape-man were in sharp contrast to the broad brow and magnificent cranium of the European, could one see any marked difference. At every other point the king was an absurd parody of the Professor.

All this, which takes me so long to describe, impressed itself upon me in a few seconds. Then we had very different things to think of, for an active drama was in progress. Two of the ape-men had seized one of the Indians out of the group and dragged him forward to the edge of the cliff. The king raised his hand as a signal. They caught the man by his leg and arm, and swung him three times backwards and forwards with tremendous violence. Then, with a frightful heave they shot the poor wretch over the precipice. With such force did they throw him that he curved high in the air before beginning to drop. As he vanished from sight, the whole assembly, except the guards, rushed forward to the edge of the precipice, and there was a long pause of absolute silence, broken by a mad yell of delight. They sprang about, tossing their long, hairy arms in the air and howling with exultation. Then they fell back from the edge, formed themselves again into line, and waited for the next victim.

This time it was Summerlee. Two of his guards caught him by the wrists and pulled him brutally to the front. His thin figure and long limbs struggled and fluttered like a chicken being dragged from a coop. Challenger had turned to the king and waved his hands frantically before him. He was begging, pleading, imploring for his comrade's life. The ape-man pushed him roughly aside and shook his head. It was the last conscious movement he was to make upon earth. Lord John's rifle cracked, and the king sank down, a tangled red sprawling thing, upon the ground.

"Shoot into the thick of them! Shoot! sonny, shoot!" cried my companion.

There are strange red depths in the soul of the most commonplace man. I am tenderhearted by nature, and have found my eyes moist many a time over the scream of a wounded hare. Yet the blood lust was on me now. I found myself on my feet emptying one magazine, then the other, clicking open the breech to re-load, snapping it to again, while cheering and yelling with pure ferocity and joy of slaughter as I did so. With our four guns the two of us made a horrible havoc. Both the guards who held Summerlee were down, and he was staggering about like a drunken man in his amazement, unable to realize that he was a free man. The dense mob of ape-men ran about in bewilderment, marveling whence this storm of death was coming or what it might mean. They waved, gesticulated, screamed, and tripped up over those who had fallen. Then, with a sudden impulse, they all rushed in a howling crowd to the trees for shelter, leaving the ground behind them spotted with their stricken comrades. The prisoners were left for the moment standing alone in the middle of the clearing.

Challenger's quick brain had grasped the situation. He seized the bewildered Summerlee by the arm, and they both ran towards us. Two of their guards bounded after them and fell to two bullets from Lord John. We ran forward into the open to meet our friends, and pressed a loaded rifle into the hands of each. But Summerlee was at the end of his strength. He could hardly totter. Already the ape-men were recovering from their panic. They were coming through the brushwood and threatening to cut us off. Challenger and I ran Summerlee along, one at each of his elbows, while Lord John covered our retreat, firing again and again as savage heads snarled at us out of the bushes. For a mile or more the chattering brutes were at our very heels. Then the pursuit slackened, for they learned our power and would no longer face that unerring rifle. When we had at last reached the camp, we looked back and found ourselves alone.

So it seemed to us; and yet we were mistaken. We had hardly closed the thorn bush door of our zareba, clasped each other's hands, and thrown ourselves panting upon the ground beside our spring, when we heard a patter of feet and then a gentle, plaintive crying from outside our entrance. Lord Roxton rushed forward, rifle in hand, and threw it open. There, prostrate upon their faces, lay the little red figures of the four surviving Indians, trembling with fear of us and yet imploring our protection. With an expressive sweep of his hands one of them pointed to the woods around them, and indicated that they were full of danger. Then, darting forward, he threw his arms round Lord John's legs, and rested his face upon them.

"By George!" cried our peer, pulling at his moustache in great perplexity, "I say—what the deuce are we to do with these people? Get up, little chappie, and take your face off my boots."

Summerlee was sitting up and stuffing some tobacco into his old briar.

"We've got to see them safe," said he. "You've pulled us all out of the jaws of death. My word! it was a good bit of work!"

"Admirable!" cried Challenger. "Admirable! Not only we as individuals, but European science collectively, owe you a deep debt of gratitude for what you have done. I do not hesitate to say that the disappearance of Professor Summerlee and myself would have left an appreciable gap in modern zoological history. Our young friend here and you have done most excellently well."

He beamed at us with the old paternal smile, but European science would have been somewhat amazed could they have seen their chosen child, the hope of the future, with his tangled, unkempt head, his bare chest, and his tattered clothes. He had one of the meat-tins between his knees, and sat with a large piece of cold Australian mutton between his fingers. The Indian looked up at him, and then, with a little yelp, cringed to the ground and clung to Lord John's leg.

"Don't you be scared, my bonnie boy," said Lord John, patting the matted head in front of him. "He can't stick your appearance, Challenger;

and, by George! I don't wonder. All right, little chap, he's only a human, just the same as the rest of us."

"Really, sir!" cried the Professor.

"Well, it's lucky for you, Challenger, that you are a little out of the ordinary. If you hadn't been so like the king——"

"Upon my word, Lord John, you allow yourself great latitude."

"Well, it's a fact."

"I beg, sir, that you will change the subject. Your remarks are irrelevant and unintelligible. The question before us is what are we to do with these Indians? The obvious thing is to escort them home, if we knew where their home was."

"There is no difficulty about that," said I. "They live in the caves on the other side of the central lake."

"Our young friend here knows where they live. I gather that it is some distance."

"A good twenty miles," said I.

Summerlee gave a groan.

"I, for one, could never get there. Surely I hear those brutes still howling upon our track."

As he spoke, from the dark recesses of the woods we heard far away the jabbering cry of the ape-men. The Indians once more set up a feeble wail of fear.

"We must move, and move quick!" said Lord John. "You help Summerlee, young fellah. These Indians will carry stores. Now, then, come along before they can see us."

In less than half-an-hour we had reached our brushwood retreat and concealed ourselves. All day we heard the excited calling of the ape-men in the direction of our old camp, but none of them came our way, and the tired fugitives, red and white, had a long, deep sleep. I was dozing myself in the evening when someone plucked my sleeve, and I found Challenger kneeling beside me.

"You keep a diary of these events, and you expect eventually to publish it, Mr. Malone," said he, with solemnity.

"I am only here as a Press reporter," I answered.

"Exactly. You may have heard some rather fatuous remarks of Lord John Roxton's which seemed to imply that there was some— some resemblance——"

"Yes, I heard them."

"I need not say that any publicity given to such an idea—any levity in your narrative of what occurred—would be exceedingly offensive to me."

"I will keep well within the truth."

"Lord John's observations are frequently exceedingly fanciful, and he is capable of attributing the most absurd reasons to the respect which is always shown by the most undeveloped races to dignity and character. You follow my meaning?"

"Entirely."

"I leave the matter to your discretion." Then, after a long pause, he added: "The king of the ape-men was really a creature of great distinction—a most remarkably handsome and intelligent personality. Did it not strike you?"

"A most remarkable creature," said I.

And the Professor, much eased in his mind, settled down to his slumber once more.

Chapter 14 THOSE WERE THE REAL CONQUESTS

We had imagined that our pursuers, the ape-men, knew nothing of our brush-wood hiding-place, but we were soon to find out our mistake. There was no sound in the woods—not a leaf moved upon the trees, and all was peace around us—but we should have been warned by our first experience how cunningly and how patiently these creatures can watch and wait until their chance comes. Whatever fate may be mine through life, I am very sure that I shall never be nearer death than I was that morning. But I will tell you the thing in its due order.

We all awoke exhausted after the terrific emotions and scanty food of yesterday. Summerlee was still so weak that it was an effort for him to stand; but the old man was full of a sort of surly courage which would never admit defeat. A council was held, and it was agreed that we should wait quietly for an hour or two where we were, have our much-needed breakfast, and then make our way across the plateau and round the central lake to the caves where my observations had shown that the Indians lived. We relied upon the fact that we could count upon the good word of those whom we had rescued to ensure a warm welcome from their fellows. Then, with our mission accomplished and possessing a fuller knowledge of the secrets of Maple White Land, we should turn our whole thoughts to the vital problem of our escape and return. Even Challenger was ready to admit that we should then have done all for which we had come, and that our first duty from that time onwards was to carry back to civilization the amazing discoveries we had made.

We were able now to take a more leisurely view of the Indians whom we had rescued. They were small men, wiry, active, and well-built, with lank black hair tied up in a bunch behind their heads with a leathern thong, and leathern also were their loin-clothes. Their faces were hair-less, well formed, and good-humored. The lobes of their ears, hanging ragged and bloody, showed that they had been pierced for some ornaments which their captors had torn out. Their speech, though unintelligible to us, was fluent among themselves, and as they pointed to each other and uttered the word "Accala" many times over, we gathered that this was the name of the nation. Occasionally, with faces which were convulsed with fear and hatred, they shook their clenched hands at the woods round and cried: "Doda! Doda!" which was surely their term for their enemies.

"What do you make of them, Challenger?" asked Lord John. "One thing is very clear to me, and that is that the little chap with the front of his head shaved is a chief among them."

It was indeed evident that this man stood apart from the others, and that they never ventured to address him without every sign of deep respect. He seemed to be the youngest of them all, and yet, so proud and high was his spirit that, upon Challenger laying his great hand upon his head, he started like a spurred horse and, with a quick flash of his dark eyes, moved further away from the Professor. Then, placing his hand upon his breast and holding himself with great dignity, he uttered the word "Maretas" several times. The Professor, unabashed, seized the nearest Indian by the shoulder and proceeded to lecture upon him as if he were a potted specimen in a class-room.

"The type of these people," said he in his sonorous fashion, "whether judged by cranial capacity, facial angle, or any other test, cannot be regarded as a low one; on the contrary, we must place it as considerably higher in the scale than many South American tribes which I can mention. On no possible supposition can we explain the evolution of such a race in this place. For that matter, so great a gap separates these ape-men from the primitive animals which have survived upon this plateau, that it is inadmissible to think that they could have developed where we find them."

"Then where the dooce did they drop from?" asked Lord John.

"A question which will, no doubt, be eagerly discussed in every scientific society in Europe and America," the Professor answered. "My own reading of the situation for what it is worth—" he inflated his chest enormously and looked insolently around him at the words— "is that evolution has advanced under the peculiar conditions of this country up to the vertebrate stage, the old types surviving and living on in company with the newer ones. Thus we find such modern creatures as the tapir—an animal with quite a respectable length of pedigree—the great deer, and the ant-eater in the companionship of reptilian forms of jurassic type. So much is clear. And now come the ape-men and the Indian. What is the scientific mind to think of their presence? I can only account for it by an invasion from outside. It is probable that there existed an anthropoid ape in South America, who in past ages found his way to this place, and that he developed into the creatures we have seen, some of which"—here he looked hard at me—"were of an appearance and shape which, if it had been accompanied by corresponding intelligence, would, I do not hesitate to say, have reflected credit upon any living race. As to the Indians I cannot doubt that they are more recent immigrants from below. Under the stress of famine or of conquest they have made their way up here. Faced by ferocious creatures which they had never before seen, they took refuge in the caves which our young friend has described, but they have no doubt had a bitter fight to hold their own against wild beasts, and especially against the ape-men who would regard them as intruders, and wage a merciless war upon them with a cunning which the larger beasts would lack. Hence the fact that their numbers appear to be limited. Well, gentlemen, have I read you the riddle aright, or is there any point which you would query?"

Professor Summerlee for once was too depressed to argue, though he shook his head violently as a token of general disagreement. Lord John merely scratched his scanty locks with the remark that he couldn't put up a fight as he wasn't in the same weight or class. For my own part I performed my usual role of bringing things down to a strictly prosaic and practical level by the remark that one of the Indians was missing.

"He has gone to fetch some water," said Lord Roxton. "We fitted him up with an empty beef tin and he is off."

"To the old camp?" I asked.

"No, to the brook. It's among the trees there. It can't be more than a couple of hundred yards. But the beggar is certainly taking his time."

"I'll go and look after him," said I. I picked up my rifle and strolled in the direction of the brook, leaving my friends to lay out the scanty breakfast. It may seem to you rash that even for so short a distance I should quit the shelter of our friendly thicket, but you will remember that we were many miles from Ape-town, that so far as we knew the creatures had not discovered our retreat, and that in any case with a rifle in my hands I had no fear of them. I had not yet learned their cunning or their strength.

I could hear the murmur of our brook somewhere ahead of me, but there was a tangle of trees and brushwood between me and it. I was making my way through this at a point which was just out of sight of my companions, when, under one of the trees, I noticed something red huddled among the bushes. As I approached it, I was shocked to see that it was the dead body of the missing Indian. He lay upon his side, his limbs drawn up, and his head screwed round at a most unnatural angle, so that he seemed to be looking straight over his own shoulder. I gave a cry to warn my friends that something was amiss, and running forwards I stooped over the body. Surely my guardian angel was very near me then, for some instinct of fear, or it may have been some faint rustle of leaves, made me glance upwards. Out of the thick green foliage which hung low over my head, two long muscular arms covered with reddish hair were slowly descending. Another instant and the great stealthy hands would have been round my throat. I sprang backwards, but quick as I was, those hands were quicker still. Through my sudden spring they missed a fatal grip, but one of them caught the back of my neck and the other one my face. I threw my hands up to protect my throat, and the next moment the huge paw had slid down my face and closed over them. I was lifted lightly from the ground, and I felt an intolerable pressure forcing my head back and back until the strain upon the cervical spine was more than I could bear. My senses swam, but I still tore at the hand and forced it out from my chin. Looking up I saw a frightful face with cold inexorable light blue eyes looking down into mine. There was something hypnotic in those terrible eyes. I could struggle no longer. As the creature felt me grow limp in his grasp, two white canines gleamed for a moment at each side of the vile mouth, and the grip tightened still more upon my chin, forcing it always upwards and back. A thin, oval-tinted mist formed before my eyes and little silvery bells tinkled in my ears. Dully and far off I heard the crack of a rifle and was feebly aware of the shock as I was dropped to the earth, where I lay without sense or motion.

I awoke to find myself on my back upon the grass in our lair within the thicket. Someone had brought the water from the brook, and Lord John was sprinkling my head with it, while Challenger and Summerlee were propping me up, with concern in their faces. For a moment I had a glimpse of the human spirits behind their scientific masks. It was really shock, rather than any injury, which had prostrated me, and in half-an-hour, in spite of aching head and stiff neck, I was sitting up and ready for anything.

"But you've had the escape of your life, young fellah my lad," said Lord Roxton. "When I heard your cry and ran forward, and saw your head twisted half-off and your stohwassers kickin' in the air, I thought we were one short. I missed the beast in my flurry, but he dropped you all right and was off like a streak. By George! I wish I had fifty men with rifles. I'd clear out the whole infernal gang of them and leave this country a bit cleaner than we found it."

It was clear now that the ape-men had in some way marked us down, and that we were watched on every side. We had not so much to fear from them during the day, but they would be very likely to rush us by night; so the sooner we got away from their neighborhood the better. On three sides of us was absolute forest, and there we might find ourselves in an ambush. But on the fourth side—that which sloped down in the direction of the lake—there was only low scrub, with scattered trees and occasional open glades. It was, in fact, the route which I had myself taken in my solitary journey, and it led us straight for the Indian caves. This then must for every reason be our road.

One great regret we had, and that was to leave our old camp behind us, not only for the sake of the stores which remained there, but even more because we were losing touch with Zambo, our link with the outside world. However, we had a fair supply of cartridges and all our guns, so, for a time at least, we could look after ourselves, and we hoped soon to have a chance of returning and restoring our communications with our negro. He had faithfully promised to stay where he was, and we had not a doubt that he would be as good as his word.

It was in the early afternoon that we started upon our journey. The young chief walked at our head as our guide, but refused indignantly to carry any burden. Behind him came the two surviving Indians with our scanty possessions upon their backs. We four white men walked in the rear with rifles loaded and ready. As we started there broke from the thick silent woods behind us a sudden great ululation of the ape-men, which may have been a cheer of triumph at our departure or a jeer of contempt at our flight. Looking back we saw only the dense screen of trees, but that long-drawn yell told us how many of our enemies lurked among them. We saw nosign of pursuit, however, and soon we had got into more open country and beyond their power.

As I tramped along, the rearmost of the four, I could not help smiling at the appearance of my three companions in front. Was this the luxurious Lord John Roxton who had sat that evening in the Albany amidst his Persian rugs and his pictures in the pink radiance of the tinted lights? And was this the imposing Professor who had swelled behind the great desk in his massive study at Enmore Park? And, finally, could this be the austere and prim figure which had risen before the meeting at the Zoological Institute? No three tramps that one could have met in a Surrey lane could have looked more hopeless and bedraggled. We had, it is true, been only a week or so upon the top of the plateau, but all our spare clothing was in our camp below, and the one week had been a severe one upon us all, though least to me who had not to endure the handling of the ape-men. My three friends had all lost their hats, and had now bound handkerchiefs round their heads, their clothes hung in ribbons about them, and their unshaven grimy faces were hardly to be recognized. Both Summerlee and Challenger were limping heavily, while I still dragged my feet from weakness after the shock of the morning, and my neck was as stiff as a board from the murderous grip that held it. We were indeed a sorry crew, and I did not wonder to see our Indian companions glance back at us occasionally with horror and amazement on their faces.

In the late afternoon we reached the margin of the lake, and as we emerged from the bush and saw the sheet of water stretching before us our native friends set up a shrill cry of joy and pointed eagerly in front of them. It was indeed a wonderful sight which lay before us. Sweeping over the glassy surface was a great flotilla of canoes coming straight for the shore upon which we stood. They were some miles out when we first saw them, but they shot forward with great swiftness, and were soon so near that the rowers could distinguish our persons. Instantly a thunderous shout of delight burst from them, and we saw them rise from their seats, waving their paddles and spears madly in the air. Then bending to their work once more, they flew across the intervening water, beached their boats upon the sloping sand, and rushed up to us, prostrating themselves with loud cries of greeting before the young chief. Finally one of them, an elderly man, with a necklace and bracelet of great lustrous glass beads and the skin of some beautiful mottled amber-colored animal slung over his shoulders, ran forward and embraced most tenderly the youth whom we had saved. He then looked at us and asked some questions, after which he stepped up with much dignity and embraced us also each in turn. Then, at his order, the whole tribe lay down upon the ground before us in homage. Personally I felt shy and uncomfortable at this obsequious adoration, and I read the same feeling in the faces of Roxton and Summerlee, but Challenger expanded like a flower in the sun.

"They may be undeveloped types," said he, stroking his beard and looking round at them, "but their deportment in the presence of their superiors might be a lesson to some of our more advanced Europeans. Strange how correct are the instincts of the natural man!"

It was clear that the natives had come out upon the war-path, for every man carried his spear—a long bamboo tipped with bone—his bow and arrows, and some sort of club or stone battle-axe slung at his side. Their dark, angry glances at the woods from which we had come, and the frequent repetition of the word "Doda," made it clear enough that this was a rescue party who had set forth to save or revenge the old chief's son, for such we gathered that the youth must be. A council was now held by the whole tribe squatting in a circle, whilst we sat near on a slab of basalt and watched their proceedings. Two or three warriors spoke, and finally our young friend made a spirited harangue with such eloquent features and gestures that we could understand it all as clearly as if we had known his language.

"What is the use of returning?" he said. "Sooner or later the thing must be done. Your comrades have been murdered. What if I have returned safe? These others have been done to death. There is no safety for any of us. We are assembled now and ready." Then he pointed to us. "These strange men are our friends. They are great fighters, and they hate the ape-men even as we do. They command," here he pointed up to heaven, "the thunder and the lightning. When shall we have such a chance again? Let us go forward, and either die now or live for the future in safety. How else shall we go back unashamed to our women?"

The little red warriors hung upon the words of the speaker, and when he had finished they burst into a roar of applause, waving their rude weapons in the air. The old chief stepped forward to us, and asked us some questions, pointing at the same time to the woods. Lord John made a sign to him that he should wait for an answer and then he turned to us.

"Well, it's up to you to say what you will do," said he; "for my part I have a score to settle with these monkey-folk, and if it ends by wiping them off the face of the earth I don't see that the earth need fret about it. I'm goin' with our little red pals and I mean to see them through the scrap. What do you say, young fellah?"

"Of course I will come."

"And you, Challenger?"

"I will assuredly co-operate."

"And you, Summerlee?"

"We seem to be drifting very far from the object of this expedition, Lord John. I assure you that I little thought when I left my professional chair in London that it was for the purpose of heading a raid of savages upon a colony of anthropoid apes."

"To such base uses do we come" said Lord John, smiling. "But we are up against it, so what's the decision?"

"It seems a most questionable step," said Summerlee, argumentative to the last, "but if you are all going, I hardly see how I can remain behind."

"Then it is settled," said Lord John, and turning to the chief he nodded and slapped his rifle.

The old fellow clasped our hands, each in turn, while his men cheered louder than ever. It was too late to advance that night, so the Indians settled down into a rude bivouac. On all sides their fires began to glimmer and smoke. Some of them who had disappeared into the jungle came back presently driving a young iguanodon before them. Like the others, it had a daub of asphalt upon its shoulder, and it was only when we saw one of the natives step forward with the air of an owner and give his consent to the beast's slaughter that we understood at last that these great creatures were as much private property as a herd of cattle, and that these symbols which had so perplexed us were nothing more than the marks of the owner. Helpless, torpid, and vegetarian, with great limbs but a minute brain, they could be rounded up and driven by a child. In a few minutes the huge beast had been cut up and slabs of him were hanging over a dozen camp fires, together with great scaly ganoid fish which had been speared in the lake.

Summerlee had lain down and slept upon the sand, but we others roamed round the edge of the water, seeking to learn something more of this strange country. Twice we found pits of blue clay, such as we had already seen in the swamp of the pterodactyls. These were old volcanic vents, and for some reason excited the greatest interest in Lord John.

What attracted Challenger, on the other hand, was a bubbling, gurgling mud geyser, where some strange gas formed great bursting bubbles upon the surface. He thrust a hollow reed into it and cried out with delight like a schoolboy then he was able, on touching it with a lighted match, to cause a sharp explosion and a blue flame at the far end of the tube. Still more pleased was he when, inverting a leathern pouch over the end of the reed, and so filling it with the gas, he was able to send it soaring up into the air.

"An inflammable gas, and one markedly lighter than the atmosphere. I should say beyond doubt that it contained a considerable proportion of free hydrogen. The resources of G. E. C. are not yet exhausted, my young friend. I may yet show you how a great mind molds all Nature to its use." He swelled with some secret purpose, but would say no more.

There was nothing which we could see upon the shore which seemed to me so wonderful as the great sheet of water before us.

Our numbers and our noise had frightened all living creatures away, and save for a few pterodactyls, which soared round high above our heads while they waited for the carrion, all was still around the camp. But it was different out upon the rose-tinted waters of the central lake. It boiled and heaved with strange life. Great slate-colored backs and high serrated dorsal fins shot up with a fringe of silver, and then rolled down into the depths again. The sand-banks far out were spotted with uncouth crawling forms, huge turtles, strange saurians, and one great flat creature like a writhing, palpitating mat of black greasy leather, which flopped its way slowly to the lake. Here and there high serpent heads projected out of the water, cutting swiftly through it with a little collar of foam in front, and a long swirling wake behind, rising and falling in graceful, swan-like undulations as they went. It was not until one of these creatures wriggled on to a sand-bank within a few hundred yards of us, and exposed a barrel-shaped body and huge flippers behind the long serpent neck, that Challenger, and Summerlee, who had joined us, broke out into their duet of wonder and admiration.

"Plesiosaurus! A fresh-water plesiosaurus!" cried Summerlee. "That I should have lived to see such a sight! We are blessed, my dear Challenger, above all zoologists since the world began!"

It was not until the night had fallen, and the fires of our savage allies glowed red in the shadows, that our two men of science could be dragged away from the fascinations of that primeval lake. Even in the darkness as we lay upon the strand, we heard from time to time the snort and plunge of the huge creatures who lived therein.

At earliest dawn our camp was astir and an hour later we had started upon our memorable expedition. Often in my dreams have I thought that I might live to be a war correspondent. In what wildest one could I have conceived the nature of the campaign which it should be my lot to report! Here then is my first despatch from a field of battle: Our numbers had been reinforced during the night by a fresh batch of natives from the caves, and we may have been four or five hundred strong when we made our advance. A fringe of scouts was thrown out in front, and behind them the whole force in a solid column made their way up the long slope of the bush country until we were near the edge of the forest. Here they spread out into a long straggling line of spearmen and bowmen. Roxton and Summerlee took their position upon the right flank, while Challenger and I were on the left. It was a host of the stone age that we were accompanying to battle—we with the last word of the gunsmith's art from St. James' Street and the Strand.

We had not long to wait for our enemy. A wild shrill clamor rose from the edge of the wood and suddenly a body of ape-men rushed out with clubs and stones, and made for the center of the Indian line. It was a valiant move but a foolish one, for the great bandy-legged creatures were slow of foot, while their opponents were as active as cats. It was horrible to see the fierce brutes with foaming mouths and glaring eyes, rushing and grasping, but forever missing their elusive enemies, while arrow after arrow buried itself in their hides. One great fellow ran past me roaring with pain, with a dozen darts sticking from his chest and ribs. In mercy I put a bullet through his skull, and he fell sprawling among the aloes. But this was the only shot fired, for the attack had been on the center of the line, and the Indians there had needed no help of ours in repulsing it. Of all the ape-men who had rushed out into the open, I do not think that one got back to cover.

But the matter was more deadly when we came among the trees. For an hour or more after we entered the wood, there was a desperate struggle in which for a time we hardly held our own. Springing out from among the scrub the ape-men with huge clubs broke in upon the Indians and often felled three or four of them before they could be speared. Their frightful blows shattered everything upon which they fell. One of them knocked Summerlee's rifle to matchwood and the next would have crushed his skull had an Indian not stabbed the beast to the heart. Other ape-men in the trees above us hurled down stones and logs of wood, occasionally dropping bodily on to our ranks and fighting furiously until they were felled. Once our allies broke under the pressure, and had it not been for the execution done by our rifles they would certainly have taken to their heels. But they were gallantly rallied by their old chief and came on with such a rush that the ape-men began in turn to give way. Summerlee was weaponless, but I was emptying my magazine as quick as I could fire, and on the further flank we heard the continuous cracking of our companion's rifles.

Then in a moment came the panic and the collapse. Screaming and howling, the great creatures rushed away in all directions through the brushwood, while our allies yelled in their savage delight, following swiftly after their flying enemies. All the feuds of countless generations, all the hatreds and cruelties of their narrow history, all the memories of ill-usage and persecution were to be purged that day. At last man was to be supreme and the man-beast to find forever his allotted place. Fly as they would the fugitives were too slow to escape from the active savages, and from every side in the tangled woods we heard the exultant yells, the twanging of bows, and the crash and thud as ape-men were brought down from their hiding-places in the trees.

I was following the others, when I found that Lord John and Challenger had come across to join us.

"It's over," said Lord John. "I think we can leave the tidying up to them. Perhaps the less we see of it the better we shall sleep."

Challenger's eyes were shining with the lust of slaughter.

"We have been privileged," he cried, strutting about like a gamecock, "to be present at one of the typical decisive battles of history—the battles which have determined the fate of the world. What, my friends, is the conquest of one nation by another? It is meaningless. Each produces the same result. But those fierce fights, when in the dawn of the ages the cave-dwellers held their own against the tiger folk, or the elephants first found that they had a master, those were the real conquests—the victories that count. By this strange turn of fate we have seen and helped to decide even such a contest. Now upon this plateau the future must ever be for man."

It needed a robust faith in the end to justify such tragic means. As we advanced together through the woods we found the ape-men lying thick, transfixed with spears or arrows. Here and there a little group of shattered Indians marked where one of the anthropoids had turned to bay, and sold his life dearly. Always in front of us we heard the yelling and roaring which showed the direction of the pursuit. The ape-men had been driven back to their city, they had made a last stand there, once again they had been broken, and now we were in time to see the final fearful scene of all. Some eighty or a hundred males, the last survivors, had been driven across that same little clearing which led to the edge of the cliff, the scene of our own exploit two days before. As we arrived the Indians, a semicircle of spearmen, had closed in on them, and in a minute it was over, Thirty or forty died where they stood. The others, screaming and clawing, were thrust over the precipice, and went hurtling down, as their prisoners had of old, on to the sharp bamboos six hundred feet below. It was as Challenger had said, and the reign of man was assured forever in Maple White Land. The males were exterminated, Ape Town was destroyed, the females and young were driven away to live in bondage, and the long rivalry of untold centuries had reached its bloody end.

For us the victory brought much advantage. Once again we were able to visit our camp and get at our stores. Once more also we were able to communicate with Zambo, who had been terrified by the spectacle from afar of an avalanche of apes falling from the edge of the cliff.

"Come away, Massas, come away!" he cried, his eyes starting from his head. "The debbil get you sure if you stay up there."

"It is the voice of sanity!" said Summerlee with conviction. "We have had adventures enough and they are neither suitable to our character or our position. I hold you to your word, Challenger. From now onwards you devote your energies to getting us out of this horrible country and back once more to civilization."

Chapter 15 OUR EYES HAVE SEEN GREAT WONDERS

I write this from day to day, but I trust that before I come to the end of it, I may be able to say that the light shines, at last, through our clouds. We are held here with no clear means of making our escape, and bitterly we chafe against it. Yet, I can well imagine that the day may come when we may be glad that we were kept, against our will, to see something more of the wonders of this singular place, and of the creatures who inhabit it.

The victory of the Indians and the annihilation of the ape-men, marked the turning point of our fortunes. From then onwards, we were in truth masters of the plateau, for the natives looked upon us with a mixture of fear and gratitude, since by our strange powers we had aided them to destroy their hereditary foe. For their own sakes they would, perhaps, be glad to see the departure of such formidable and incalculable people, but they have not themselves suggested any way by which we may reach the plains below. There had been, so far as we could follow their signs, a tunnel by which the place could be approached, the lower exit of which we had seen from below. By this, no doubt, both ape-men and Indians had at different epochs reached the top, and Maple White with his companion had taken the same way. Only the year before, however, there had been a terrific earthquake, and the upper end of the tunnel had fallen in and completely disappeared. The Indians now could only shake their heads and shrug their shoulders when we expressed by signs our desire to descend. It may be that they cannot, but it may also be that they will not, help us to get away.

At the end of the victorious campaign the surviving ape-folk were driven across the plateau (their wailings were horrible) and established in the neighborhood of the Indian caves, where they would, from now onwards, be a servile race under the eyes of their masters. It was a rude, raw, primeval version of the Jews in Babylon or the Israelites in Egypt.

At night we could hear from amid the trees the long-drawn cry, as some primitive Ezekiel mourned for fallen greatness and recalled the departed glories of Ape Town. Hewers of wood and drawers of water, such were they from now onwards.

We had returned across the plateau with our allies two days after the battle, and made our camp at the foot of their cliffs. They would have had us share their caves with them, but Lord John would by no means consent to it considering that to do so would put us in their power if they were treacherously disposed. We kept our independence, therefore, and had our weapons ready for any emergency, while preserving the most friendly relations. We also continually visited their caves, which were most remarkable places, though whether made by man or by Nature we have never been able to determine. They were all on the one stratum, hollowed out of some soft rock which lay between the volcanic basalt forming the ruddy cliffs above them, and the hard granite which formed their base.

The openings were about eighty feet above the ground, and were led up to by long stone stairs, so narrow and steep that no large animal could mount them. Inside they were warm and dry, running in straight passages of varying length into the side of the hill, with smooth gray walls decorated with many excellent pictures done with charred sticks and representing the various animals of the plateau. If every living thing were swept from the country the future explorer would find upon the walls of these caves ample evidence of the strange fauna—the dinosaurs, iguanodons, and fish lizards—which had lived so recently upon earth.

Since we had learned that the huge iguanodons were kept as tame herds by their owners, and were simply walking meat-stores, we had conceived that man, even with his primitive weapons, had established his ascendancy upon the plateau. We were soon to discover that it was not so, and that he was still there upon tolerance.

It was on the third day after our forming our camp near the Indian caves that the tragedy occurred. Challenger and Summerlee had gone off together that day to the lake where some of the natives, under their direction, were engaged in harpooning specimens of the great lizards. Lord John and I had remained in our camp, while a number of the Indians were scattered about upon the grassy slope in front of the caves engaged in different ways. Suddenly there was a shrill cry of alarm, with the word "Stoa" resounding from a hundred tongues. From every side men, women, and children were rushing wildly for shelter, swarming up the staircases and into the caves in a mad stampede.

Looking up, we could see them waving their arms from the rocks above and beckoning to us to join them in their refuge. We had both seized our magazine rifles and ran out to see what the danger could be. Suddenly from the near belt of trees there broke forth a group of twelve or fifteen Indians, running for their lives, and at their very heels two of those frightful monsters which had disturbed our camp and pursued me upon my solitary journey. In shape they were like horrible toads, and moved in a succession of springs, but in size they were of an incredible bulk, larger than the largest elephant. We had never before seen them save at night, and indeed they are nocturnal animals save when disturbed in their lairs, as these had been. We now stood amazed at the sight, for their blotched and warty skins were of a curious fish-like iridescence, and the sunlight struck them with an ever-varying rainbow bloom as they moved.

We had little time to watch them, however, for in an instant they had overtaken the fugitives and were making a dire slaughter among them. Their method was to fall forward with their full weight upon each in turn, leaving him crushed and mangled, to bound on after the others. The wretched Indians screamed with terror, but were helpless, run as they would, before the relentless purpose and horrible activity of these monstrous creatures. One after another they went down, and there were not half-a-dozen surviving by the time my companion and I could come to their help. But our aid was of little avail and only involved us in the same peril. At the range of a couple of hundred yards we emptied our magazines, firing bullet after bullet into the beasts, but with no more effect than if we were pelting them with pellets of paper. Their slow reptilian natures cared nothing for wounds, and the springs of their lives, with no special brain center but scattered throughout their spinal cords, could not be tapped by any modern weapons. The most that we could do was to check their progress by distracting their attention with the flash and roar of our guns, and so to give both the natives and ourselves time to reach the steps which led to safety. But where the conical explosive bullets of the twentieth century were of no avail, the poisoned arrows of the natives, dipped in the juice of strophanthus and steeped afterwards in decayed carrion, could succeed. Such arrows were of little avail to the hunter who attacked the beast, because their action in that torpid circulation was slow, and before its powers failed it could certainly overtake and slay its assailant. But now, as the two monsters hounded us to the very foot of the stairs, a drift of darts came whistling from every chink in the cliff above them. In a minute they were feathered with them, and yet with no sign of pain they clawed and slobbered with impotent rage at the steps which would lead them to their victims, mounting clumsily up for a few yards and then sliding down again to the ground. But at last the poison worked. One of them gave a deep rumbling groan and dropped his huge squat head on to the earth. The other bounded round in an eccentric circle with shrill, wailing cries, and then lying down writhed in agony for some minutes before it also stiffened and lay still. With yells of triumph the Indians came flocking down from their caves and danced a frenzied dance of victory round the dead bodies, in mad joy that two more of the most dangerous of all their enemies had been slain. That night they cut up and removed the bodies, not to eat—for the poison was still active—but lest they should breed a pestilence. The great reptilian hearts, however, each as large as a cushion, still lay there, beating slowly and steadily, with a gentle rise and fall, in horrible independent life. It was only upon the third day that the ganglia ran down and the dreadful things were still.

Some day, when I have a better desk than a meat-tin and more helpful tools than a worn stub of pencil and a last, tattered note-book, I will write some fuller account of the Accala Indians—of our life amongst them, and of the glimpses which we had of the strange conditions of wondrous Maple White Land. Memory, at least, will never fail me, for so long as the breath of life is in me, every hour and every action of that period will stand out as hard and clear as do the first strange happenings of our childhood. No new impressions could efface those which are so deeply cut. When the time comes I will describe that wondrous moonlit night upon the great lake when a young ichthyosaurus—a strange creature, half seal, half fish, to look at, with bone-covered eyes on each side of his snout, and a third eye fixed upon the top of his head—was entangled in an Indian net, and nearly upset our canoe before we towed it ashore; the same night that a green water-snake shot out from the rushes and carried off in its coils the steersman of Challenger's canoe. I will tell, too, of the great nocturnal white thing—to this day we do not know whether it was beast or reptile—which lived in a vile swamp to the east of the lake, and flitted about with a faint phosphorescent glimmer in the darkness. The Indians were so terrified at it that they would not go near the place, and, though we twice made expeditions and saw it each time, we could not make our way through the deep marsh in which it lived. I can only say that it seemed to be larger than a cow and had the strangest musky odor. I will tell also of the huge bird which chased Challenger to the shelter of the rocks one day—a great running bird, far taller than an ostrich, with a vulture-like neck and cruel head which made it a walking death. As Challenger climbed to safety one dart of that savage curving beak shore off the heel of his boot as if it had been cut with a chisel. This time at least modern weapons prevailed and the great creature, twelve feet from head to foot—phororachus its name, according to our panting but exultant Professor—went down before Lord Roxton's rifle in a flurry of waving feathers and kicking limbs, with two remorseless yellow eyes glaring up from the midst of it. May I live to see that flattened vicious skull in its own niche amid the trophies of the Albany. Finally, I will assuredly give some account of the toxodon, the giant ten-foot guinea pig, with projecting chisel teeth, which we killed as it drank in the gray of the morning by the side of the lake.

All this I shall some day write at fuller length, and amidst these more stirring days I would tenderly sketch in these lovely summer evenings, when with the deep blue sky above us we lay in good comradeship among the long grasses by the wood and marveled at the strange fowl that swept over us and the quaint new creatures which crept from their burrows to watch us, while above us the boughs of the bushes were heavy with luscious fruit, and below us strange and lovely flowers peeped at us from among the herbage; or those long moonlit nights when we lay out upon the shimmering surface of the great lake and watched with wonder and awe the huge circles rippling out from the sudden splash of some fantastic monster; or the greenish gleam, far down in the deep water, of some strange creature upon the confines of darkness. These are the scenes which my mind and my pen will dwell upon in every detail at some future day.

But, you will ask, why these experiences and why this delay, when you and your comrades should have been occupied day and night in the devising of some means by which you could return to the outer world? My answer is, that there was not one of us who was not working for this end, but that our work had been in vain. One fact we had very speedily discovered: The Indians would do nothing to help us. In every other way they were our friends—one might almost say our devoted slaves—but when it was suggested that they should help us to make and carry a plank which would bridge the chasm, or when we wished to get from them thongs of leather or liana to weave ropes which might help us, we were met by a good-humored, but an invincible, refusal. They would smile, twinkle their eyes, shake their heads, and there was the end of it. Even the old chief met us with the same obstinate denial, and it was only Maretas, the youngster whom we had saved, who looked wistfully at us and told us by his gestures that he was grieved for our thwarted wishes.

Ever since their crowning triumph with the ape-men they looked upon us as supermen, who bore victory in the tubes of strange weapons, and they believed that so long as we remained with them good fortune would be theirs. A little red-skinned wife and a cave of our own were freely offered to each of us if we would but forget our own people and dwell forever upon the plateau. So far all had been kindly, however far apart our desires might be; but we felt well assured that our actual plans of a descent must be kept secret, for we had reason to fear that at the last they might try to hold us by force.

In spite of the danger from dinosaurs (which is not great save at night, for, as I may have said before, they are mostly nocturnal in their habits) I have twice in the last three weeks been over to our old camp in order to see our negro who still kept watch and ward below the cliff. My eyes strained eagerly across the great plain in the hope of seeing afar off the help for which we had prayed. But the long cactus-strewn levels still stretched away, empty and bare, to the distant line of the cane-brake.

"They will soon come now, Massa Malone. Before another week pass Indian come back and bring rope and fetch you down." Such was the cheery cry of our excellent Zambo.

I had one strange experience as I came from this second visit which had involved my being away for a night from my companions. I was returning along the well-remembered route, and had reached a spot within a mile or so of the marsh of the pterodactyls, when I saw an extraordinary object approaching me. It was a man who walked inside a framework made of bent canes so that he was enclosed on all sides in a bell-shaped cage. As I drew nearer I was more amazed still to see that it was Lord John Roxton. When he saw me he slipped from under his curious protection and came towards me laughing, and yet, as I thought, with some confusion in his manner.

"Well, young fellah," said he, "who would have thought of meetin' you up here?"

"What in the world are you doing?" I asked.

"Visitin' my friends, the pterodactyls." said he.

"But why?"

"Interestin' beasts, don't you think? But unsociable! Nasty rude ways with strangers, as you may remember. So I rigged this framework which keeps them from bein' too pressing' in their attentions."

"But what do you want in the swamp?"

He looked at me with a very questioning eye, and I read hesitation in his face.

"Don't you think other people besides Professors can want to know things?" he said at last. "I'm studyin' the pretty dears. That's enough for you."

"No offense." said I.

His good-humor returned and he laughed.

"No offense, young fellah. I'm goin' to get a young devil chick for Challenger. That's one of my jobs. No, I don't want your company. I'm safe in this cage, and you are not. So long, and I'll be back in camp by night-fall."

He turned away and I left him wandering on through the wood with his extraordinary cage around him.

If Lord John's behavior at this time was strange, that of Challenger was more so. I may say that he seemed to possess an extraordinary fascination for the Indian women, and that he always carried a large spreading palm branch with which he beat them off as if they were flies, when their attentions became too pressing. To see him walking like a comic opera Sultan, with this badge of authority in his hand, his black beard bristling in front of him, his toes pointing at each step, and a train of wide-eyed Indian girls behind him, clad in their slender drapery of bark cloth, is one of the most grotesque of all the pictures which I will carry back with me. As to Summerlee, he was absorbed in the insect and bird life of the plateau, and spent his whole time (save that considerable portion which was devoted to abusing Challenger for not getting us out of our difficulties) in cleaning and mounting his specimens.

Challenger had been in the habit of walking off by himself every morning and returning from time to time with looks of portentous solemnity, as one who bears the full weight of a great enterprise upon his shoulders. One day, palm branch in hand, and his crowd of adoring devotees behind him, he led us down to his hidden work-shop and took us into the secret of his plans.

The place was a small clearing in the center of a palm grove. In this was one of those boiling mud geysers which I have already described.

Around its edge were scattered a number of leathern thongs cut from iguanodon hide, and a large collapsed membrane which proved to be the dried and scraped stomach of one of the great fish lizards from the lake.

This huge sack had been sewn up at one end and only a small orifice left at the other. Into this opening several bamboo canes had been inserted and the other ends of these canes were in contact with conical clay funnels which collected the gas bubbling up through the mud of the geyser. Soon the flaccid organ began to slowly expand and show such a tendency to upward movements that Challenger fastened the cords which held it to the trunks of the surrounding trees. In half an hour a good-sized gas-bag had been formed, and the jerking and straining upon the thongs showed that it was capable of considerable lift. Challenger, like a glad father in the presence of his first-born, stood smiling and stroking his beard, in silent, self-satisfied content as he gazed at the creation of his brain. It was Summerlee who first broke the silence.

"You don't mean us to go up in that thing, Challenger?" said he, in an acid voice.

"I mean, my dear Summerlee, to give you such a demonstration of its powers that after seeing it you will, I am sure, have no hesitation in trusting yourself to it."

"You can put it right out of your head now, at once," said Summerlee with decision, "nothing on earth would induce me to commit such a folly. Lord John, I trust that you will not countenance such madness?"

"Dooced ingenious, I call it," said our peer. "I'd like to see how it works."

"So you shall," said Challenger. "For some days I have exerted my whole brain force upon the problem of how we shall descend from these cliffs. We have satisfied ourselves that we cannot climb down and that there is no tunnel. We are also unable to construct any kind of bridge which may take us back to the pinnacle from which we came. How then shall I find a means to convey us? Some little time ago I had remarked to our young friend here that free hydrogen was evolved from the geyser. The idea of a balloon naturally followed. I was, I will admit, somewhat baffled by the difficulty of discovering an envelope to contain the gas, but the contemplation of the immense entrails of these reptiles supplied me with a solution to the problem. Behold the result!"

He put one hand in the front of his ragged jacket and pointed proudly with the other.

By this time the gas-bag had swollen to a goodly rotundity and was jerking strongly upon its lashings.

"Midsummer madness!" snorted Summerlee.

Lord John was delighted with the whole idea. "Clever old dear, ain't he?" he whispered to me, and then louder to Challenger. "What about a car?"

"The car will be my next care. I have already planned how it is to be made and attached. Meanwhile I will simply show you how capable my apparatus is of supporting the weight of each of us."

"All of us, surely?"

"No, it is part of my plan that each in turn shall descend as in a parachute, and the balloon be drawn back by means which I shall have no difficulty in perfecting. If it will support the weight of one and let him gently down, it will have done all that is required of it. I will now show you its capacity in that direction."

He brought out a lump of basalt of a considerable size, constructed in the middle so that a cord could be easily attached to it. This cord was the one which we had brought with us on to the plateau after we had used it for climbing the pinnacle. It was over a hundred feet long, and though it was thin it was very strong. He had prepared a sort of collar of leather with many straps depending from it. This collar was placed over the dome of the balloon, and the hanging thongs were gathered together below, so that the pressure of any weight would be diffused over a considerable surface. Then the lump of basalt was fastened to the thongs, and the rope was allowed to hang from the end of it, being passed three times round the Professor's arm.

"I will now," said Challenger, with a smile of pleased anticipation, "demonstrate the carrying power of my balloon." As he said so he cut with a knife the various lashings that held it.

Never was our expedition in more imminent danger of complete annihilation. The inflated membrane shot up with frightful velocity into the air. In an instant Challenger was pulled off his feet and dragged after it. I had just time to throw my arms round his ascending waist when I was myself whipped up into the air. Lord John had me with a rat-trap grip round the legs, but I felt that he also was coming off the ground. For a moment I had a vision of four adventurers floating like a string of sausages over the land that they had explored. But, happily, there were limits to the strain which the rope would stand, though none apparently to the lifting powers of this infernal machine. There was a sharp crack, and we were in a heap upon the ground with coils of rope all over us. When we were able to stagger to our feet we saw far off in the deep blue sky one dark spot where the lump of basalt was speeding upon its way.

"Splendid!" cried the undaunted Challenger, rubbing his injured arm. "A most thorough and satisfactory demonstration! I could not have anticipated such a success. Within a week, gentlemen, I promise that a second balloon will be prepared, and that you can count upon taking in safety and comfort the first stage of our homeward journey." So far I have written each of the foregoing events as it occurred. Now I am rounding off my narrative from the old camp, where Zambo has waited so long, with all our difficulties and dangers left like a dream behind us upon the summit of those vast ruddy crags which tower above our heads. We have descended in safety, though in a most unexpected fashion, and all is well with us. In six weeks or two months we shall be in London, and it is possible that this letter may not reach you much earlier than we do ourselves. Already our hearts yearn and our spirits fly towards the great mother city which holds so much that is dear to us.

It was on the very evening of our perilous adventure with Challenger's home-made balloon that the change came in our fortunes. I have said that the one person from whom we had had some sign of sympathy in our attempts to get away was the young chief whom we had rescued. He alone had no desire to hold us against our will in a strange land. He had told us as much by his expressive language of signs. That evening, after dusk, he came down to our little camp, handed me (for some reason he had always shown his attentions to me, perhaps because I was the one who was nearest his age) a small roll of the bark of a tree, and then pointing solemnly up at the row of caves above him, he had put his finger to his lips as a sign of secrecy and had stolen back again to his people.

I took the slip of bark to the firelight and we examined it together. It was about a foot square, and on the inner side there was a singular arrangement of lines, which I here reproduce: They were neatly done in charcoal upon the white surface, and looked to me at first sight like some sort of rough musical score.

"Whatever it is, I can swear that it is of importance to us," said I. "I could read that on his face as he gave it."

"Unless we have come upon a primitive practical joker," Summerlee suggested, "which I should think would be one of the most elementary developments of man."

"It is clearly some sort of script." said Challenger.

"Looks like a guinea puzzle competition," remarked Lord John, craning his neck to have a look at it. Then suddenly he stretched out his hand and seized the puzzle.

"By George!" he cried, "I believe I've got it. The boy guessed right the very first time. See here! How many marks are on that paper? Eighteen. Well, if you come to think of it there are eighteen cave openings on the hill-side above us."

"He pointed up to the caves when he gave it to me," said I.

"Well, that settles it. This is a chart of the caves. What! Eighteen of them all in a row, some short, some deep, some branching, same as we saw them. It's a map, and here's a cross on it. What's the cross for? It is placed to mark one that is much deeper than the others."

"One that goes through." I cried.

"I believe our young friend has read the riddle," said Challenger. "If the cave does not go through I do not understand why this person, who has every reason to mean us well, should have drawn our attention to it. But if it does go through and comes out at the corresponding point on the other side, we should not have more than a hundred feet to descend."

"A hundred feet!" grumbled Summerlee.

"Well, our rope is still more than a hundred feet long," I cried. "Surely we could get down."

"How about the Indians in the cave?" Summerlee objected.

"There are no Indians in any of the caves above our heads," said I. "They are all used as barns and store-houses. Why should we not go up now at once and spy out the land?"

There is a dry bituminous wood upon the plateau—a species of araucaria, according to our botanist—which is always used by the Indians for torches. Each of us picked up a faggot of this, and we made our way up weed-covered steps to the particular cave which was marked in the drawing. It was, as I had said, empty, save for a great number of enormous bats, which flapped round our heads as we advanced into it. As we had no desire to draw the attention of the Indians to our proceedings, we stumbled along in the dark until we had gone round several curves and penetrated a considerable distance into the cavern. Then, at last, we lit our torches. It was a beautiful dry tunnel with smooth gray walls covered with native symbols, a curved roof which arched over our heads, and white glistening sand beneath our feet. We hurried eagerly along it until, with a deep groan of bitter disappointment, we were brought to a halt. A sheer wall of rock had appeared before us, with no chink through which a mouse could have slipped. There was no escape for us there.

We stood with bitter hearts staring at this unexpected obstacle. It was not the result of any convulsion, as in the case of the ascending tunnel. The end wall was exactly like the side ones. It was, and had always been, a cul-de-sac.

"Never mind, my friends," said the indomitable Challenger. "You have still my firm promise of a balloon."

Summerlee groaned.

"Can we be in the wrong cave?" I suggested.

"No use, young fellah," said Lord John, with his finger on the chart. "Seventeen from the right and second from the left. This is the cave sure enough."

I looked at the mark to which his finger pointed, and I gave a sudden cry of joy.

"I believe I have it! Follow me! Follow me!"

I hurried back along the way we had come, my torch in my hand. "Here," said I, pointing to some matches upon the ground, "is where we lit up."

"Exactly."

"Well, it is marked as a forked cave, and in the darkness we passed the fork before the torches were lit. On the right side as we go out we should find the longer arm."

It was as I had said. We had not gone thirty yards before a great black opening loomed in the wall. We turned into it to find that we were in a much larger passage than before. Along it we hurried in breathless impatience for many hundreds of yards. Then, suddenly, in the black darkness of the arch in front of us we saw a gleam of dark red light. We stared in amazement. A sheet of steady flame seemed to cross the passage and to bar our way. We hastened towards it. No sound, no heat, no movement came from it, but still the great luminous curtain glowed before us, silvering all the cave and turning the sand to powdered jewels, until as we drew closer it discovered a circular edge.

"The moon, by George!" cried Lord John, "We are through, boys! We are through!"

It was indeed the full moon which shone straight down the aperture which opened upon the cliffs. It was a small rift, not larger than a window, but it was enough for all our purposes. As we craned our necks through it we could see that the descent was not a very difficult one, and that the level ground was no very great way below us. It was no wonder that from below we had not observed the place, as the cliffs curved over-head and an ascent at the spot would have seemed so impossible as to discourage close inspection. We satisfied ourselves that with the help of our rope we could find our way down, and then returned, rejoicing, to our camp to make our preparations for the next evening.

What we did we had to do quickly and secretly, since even at this last hour the Indians might hold us back. Our stores we would leave behind us, save only our guns and cartridges. But Challenger had some unwieldy stuff which he ardently desired to take with him, and one particular package, of which I may not speak, which gave us more labor than any. Slowly the day passed, but when the darkness fell we were ready for our departure. With much labor we got our things up the steps, and then, looking back, took one last long survey of that strange land, soon I fear to be vulgarized, the prey of hunter and prospector, but to each of us a dreamland of glamour and romance, a land where we had dared much, suffered much, and learned much—our land, as we shall ever fondly call it. Along upon our left the neighboring caves each threw out its ruddy cheery firelight into the gloom. From the slope below us rose the voices of the Indians as they laughed and sang. Beyond was the long sweep of the woods, and in the center, shimmering vaguely through the gloom, was the great lake, the mother of strange monsters. Even as we looked a high whickering cry, the call of some weird animal, rang clear out of the darkness. It was the very voice of Maple White Land bidding us goodbye. We turned and plunged into the cave which led to home.

Two hours later, we, our packages, and all we owned, were at the foot of the cliff. Save for Challenger's luggage we had never a difficulty. Leaving it all where we descended, we started at once for Zambo's camp.

In the early morning we approached it, but only to find, to our amazement, not one fire but a dozen upon the plain. The rescue party had arrived. There were twenty Indians from the river, with stakes, ropes, and all that could be useful for bridging the chasm. At least we shall have no difficulty now in carrying our packages, when to-morrow we begin to make our way back to the Amazon.

And so, in humble and thankful mood, I close this account. Our eyes have seen great wonders and our souls are chastened by what we have endured. Each is in his own way a better and deeper man. It may be that when we reach Para we shall stop to refit. If we do, this letter will be a mail ahead. If not, it will reach London on the very day that I do. In either case, my dear Mr. McArdle, I hope very soon to shake you by the hand.

Chapter 16 A PROCESSION! A PROCESSION!

I should wish to place upon record here our gratitude to all our friends upon the Amazon for the very great kindness and hospitality which was shown to us upon our return journey. Very particularly would I thank Senhor Penalosa and other officials of the Brazilian Government for the special arrangements by which we were helped upon our way, and Senhor Pereira of Para, to whose forethought we owe the complete outfit for a decent appearance in the civilized world which we found ready for us at that town. It seemed a poor return for all the courtesy which we encountered that we should deceive our hosts and benefactors, but under the circumstances we had really no alternative, and I hereby tell them that they will only waste their time and their money if they attempt to follow upon our traces. Even the names have been altered in our accounts, and I am very sure that no one, from the most careful study of them, could come within a thousand miles of our unknown land.

The excitement which had been caused through those parts of South America which we had to traverse was imagined by us to be purely local, and I can assure our friends in England that we had no notion of the uproar which the mere rumor of our experiences had caused through Europe. It was not until the Ivernia was within five hundred miles of Southampton that the wireless messages from paper after paper and agency after agency, offering huge prices for a short return message as to our actual results, showed us how strained was the attention not only of the scientific world but of the general public. It was agreed among us, however, that no definite statement should be given to the Press until we had met the members of the Zoological Institute, since as delegates it was our clear duty to give our first report to the body from which we had received our commission of investigation. Thus, although we found Southampton full of Pressmen, we absolutely refused to give any information, which had the natural effect of focussing public attention upon the meeting which was advertised for the evening of November 7th. For this gathering, the Zoological Hall which had been the scene of the inception of our task was found to be far too small, and it was only in the Queen's Hall in Regent Street that accommodation could be found. It is now common knowledge the promoters might have ventured upon the Albert Hall and still found their space too scanty.

It was for the second evening after our arrival that the great meeting had been fixed. For the first, we had each, no doubt, our own pressing personal affairs to absorb us. Of mine I cannot yet speak. It may be that as it stands further from me I may think of it, and even speak of it, with less emotion. I have shown the reader in the beginning of this narrative where lay the springs of my action. It is but right, perhaps, that I should carry on the tale and show also the results. And yet the day may come when I would not have it otherwise. At least I have been driven forth to take part in a wondrous adventure, and I cannot but be thankful to the force that drove me.

And now I turn to the last supreme eventful moment of our adventure. As I was racking my brain as to how I should best describe it, my eyes fell upon the issue of my own Journal for the morning of the 8th of November with the full and excellent account of my friend and fellow-reporter Macdona. What can I do better than transcribe his narrative—head-lines and all? I admit that the paper was exuberant in the matter, out of compliment to its own enterprise in sending a correspondent, but the other great dailies were hardly less full in their account. Thus, then, friend Mac in his report:

THE NEW WORLD

GREAT MEETING AT THE QUEEN's HALL

SCENES OF UPROAR

EXTRAORDINARY INCIDENT

WHAT WAS IT?

NOCTURNAL RIOT IN REGENT STREET

(Special)

"The much-discussed meeting of the Zoological Institute, convened to hear the report of the Committee of Investigation sent out last year to South America to test the assertions made by Professor Challenger as to the continued existence of prehistoric life upon that Continent, was held last night in the greater Queen's Hall, and it is safe to say that it is likely to be a red letter date in the history of Science, for the proceedings were of so remarkable and sensational a character that no one present is ever likely to forget them." (Oh, brother scribe Macdona, what a monstrous opening sentence!) "The tickets were theoretically confined to members and their friends, but the latter is an elastic term, and long before eight o'clock, the hour fixed for the commencement of the proceedings, all parts of the Great Hall were tightly packed. The general public, however, which most unreasonably entertained a grievance at having been excluded, stormed the doors at a quarter to eight, after a prolonged melee in which several people were injured, including Inspector Scoble of H. Division, whose leg was unfortunately broken. After this unwarrantable invasion, which not only filled every passage, but even intruded upon the space set apart for the Press, it is estimated that nearly five thousand people awaited the arrival of the travelers. When they eventually appeared, they took their places in the front of a platform which already contained all the leading scientific men, not only of this country, but of France and of Germany. Sweden was also represented, in the person of Professor Sergius, the famous Zoologist of the University of Upsala. The entrance of the four heroes of the occasion was the signal for a remarkable demonstration of welcome, the whole audience rising and cheering for some minutes. An acute observer might, however, have detected some signs of dissent amid the applause, and gathered that the proceedings were likely to become more lively than harmonious. It may safely be prophesied, however, that no one could have foreseen the extraordinary turn which they were actually to take.

Of the appearance of the four wanderers little need be said, since their photographs have for some time been appearing in all the papers. They bear few traces of the hardships which they are said to have undergone. Professor Challenger's beard may be more shaggy, Professor Summerlee's features more ascetic, Lord John Roxton's figure more gaunt, and all three may be burned to a darker tint than when they left our shores, but each appeared to be in most excellent health. As to our own representative, the well-known athlete and international Rugby football player, E. D. Malone, he looks trained to a hair, and as he surveyed the crowd a smile of good-humored contentment pervaded his honest but homely face." (All right, Mac, wait till I get you alone!)

"When quiet had been restored and the audience resumed their seats after the ovation which they had given to the travelers, the chairman, the Duke of Durham, addressed the meeting. 'He would not,' he said, 'stand for more than a moment between that vast assembly and the treat which lay before them. It was not for him to anticipate what Professor Summerlee, who was the spokesman of the committee, had to say to them, but it was common rumor that their expedition had been crowned by extraordinary success.' (Applause.) 'Apparently the age of romance was not dead, and there was common ground upon which the wildest imaginings of the novelist could meet the actual scientific investigations of the searcher for truth. He would only add, before he sat down, that he rejoiced—and all of them would rejoice—that these gentlemen had returned safe and sound from their difficult and dangerous task, for it can-not be denied that any disaster to such an expedition would have inflicted a well-nigh irreparable loss to the cause of Zoological science.' (Great applause, in which Professor Challenger was observed to join.)

"Professor Summerlee's rising was the signal for another extraordinary outbreak of enthusiasm, which broke out again at intervals throughout his address. That address will not be given in extenso in these columns, for the reason that a full account of the whole adventures of the expedition is being published as a supplement from the pen of our own special correspondent. Some general indications will therefore suffice. Having described the genesis of their journey, and paid a handsome tribute to his friend Professor Challenger, coupled with an apology for the incredulity with which his assertions, now fully vindicated, had been received, he gave the actual course of their journey, carefully withholding such information as would aid the public in any attempt to locate this remarkable plateau. Having described, in general terms, their course from the main river up to the time that they actually reached the base of the cliffs, he enthralled his hearers by his account of the difficulties encountered by the expedition in their repeated attempts to mount them, and finally described how they succeeded in their desperate endeavors, which cost the lives of their two devoted half-breed servants." (This amazing reading of the affair was the result of Summerlee's endeavors to avoid raising any questionable matter at the meeting.)

"Having conducted his audience in fancy to the summit, and marooned them there by reason of the fall of their bridge, the Professor proceeded to describe both the horrors and the attractions of that remarkable land. Of personal adventures he said little, but laid stress upon the rich harvest reaped by Science in the observations of the wonderful beast, bird, insect, and plant life of the plateau. Peculiarly rich in the coleoptera and in the lepidoptera, forty-six new species of the one and ninety-four of the other had been secured in the course of a few weeks. It was, however, in the larger animals, and especially in the larger animals supposed to have been long extinct, that the interest of the public was naturally centered. Of these he was able to give a goodly list, but had little doubt that it would be largely extended when the place had been more thoroughly investigated. He and his companions had seen at least a dozen creatures, most of them at a distance, which corresponded with nothing at present known to Science. These would in time be duly classified and examined. He instanced a snake, the cast skin of which, deep purple in color, was fifty-one feet in length, and mentioned a white creature, supposed to be mammalian, which gave forth well-marked phosphorescence in the darkness; also a large black moth, the bite of which was supposed by the Indians to be highly poisonous. Setting aside these entirely new forms of life, the plateau was very rich in known prehistoric forms, dating back in some cases to early Jurassic times.

Among these he mentioned the gigantic and grotesque stegosaurus, seen once by Mr. Malone at a drinking-place by the lake, and drawn in the sketch-book of that adventurous American who had first penetrated this unknown world. He described also the iguanodon and the pterodactyl—two of the first of the wonders which they had encountered. He then thrilled the assembly by some account of the terrible carnivorous dinosaurs, which had on more than one occasion pursued members of the party, and which were the most formidable of all the creatures which they had encountered. Thence he passed to the huge and ferocious bird, the phororachus, and to the great elk which still roams upon this upland. It was not, however, until he sketched the mysteries of the central lake that the full interest and enthusiasm of the audience were aroused. One had to pinch oneself to be sure that one was awake as one heard this sane and practical Professor in cold measured tones describing the monstrous three-eyed fish-lizards and the huge water-snakes which inhabit this enchanted sheet of water. Next he touched upon the Indians, and upon the extraordinary colony of anthropoid apes, which might be looked upon as an advance upon the pithecanthropus of Java, and as coming therefore nearer than any known form to that hypothetical creation, the missing link. Finally he described, amongst some merriment, the ingenious but highly dangerous aeronautic invention of Professor Challenger, and wound up a most memorable address by an account of the methods by which the committee did at last find their way back to civilization.

"It had been hoped that the proceedings would end there, and that a vote of thanks and congratulation, moved by Professor Sergius, of Upsala University, would be duly seconded and carried; but it was soon evident that the course of events was not destined to flow so smoothly. Symptoms of opposition had been evident from time to time during the evening, and now Dr. James Illingworth, of Edinburgh, rose in the center of the hall. Dr. Illingworth asked whether an amendment should not be taken before a resolution.

"THE CHAIRMAN: 'Yes, sir, if there must be an amendment.'

"DR. ILLINGWORTH: 'Your Grace, there must be an amendment.'

“THE CHAIRMAN: ‘Then let us take it at once.’

"PROFESSOR SUMMERLEE (springing to his feet):‘might I explain, your Grace, that this man is my personal enemy ever since our controversy in the Quarterly Journal of Science as to the true nature of Bathybius?’

“THE CHAIRMAN: ‘I fear I cannot go into personal matters. Proceed.’

“Dr. Illingworth was imperfectly heard in part of his remarks on account of the strenuous opposition of the friends of the explorers. Some attempts were also made to pull him down. Being a man of enormous physique, however, and possessed of a very powerful voice, he dominated the tumult and succeeded in finishing his speech. It was clear, from the moment of his rising, that he had a number of friends and sympathizers in the hall, though they formed a minority in the audience. The attitude of the greater part of the public might be described as one of attentive neutrality.

“Dr. Illingworth began his remarks by expressing his high appreciation of the scientific work both of Professor Challenger and of Professor Summerlee. He much regretted that any personal bias should have been read into his remarks, which were entirely dictated by his desire for scientific truth. His position, in fact, was substantially the same as that taken up by Professor Summerlee at the last meeting. At that last meeting Professor Challenger had made certain assertions which had been queried by his colleague. Now this colleague came forward himself with the same assertions and expected them to remain unquestioned. Was this reasonable? (‘Yes,’ ‘No,’ and prolonged interruption, during which Professor Challenger was heard from the Press box to ask leave from the chairman to put Dr. Illingworth into the street.) A year ago one man said certain things. Now four men said other and more startling ones. Was this to constitute a final proof where the matters in question were of the most revolutionary and incredible character? There had been recent examples of travelers arriving from the unknown with certain tales which had been too readily accepted. Was the London Zoological Institute to place itself in this position? He admitted that the members of the committee were men of character. But human nature was very complex. Even Professors might be misled by the desire for notoriety. Like moths, we all love best to flutter in the light. Heavy-game shots liked to be in a position to cap the tales of their rivals, and journalists were not averse from sensational coups, even when imagination had to aid fact in the process. Each member of the committee had his own motive for making the most of his results. ('shame! shame!') He had no desire to be offensive. ('You are!' and interruption.) The corroboration of these wondrous tales was really of the most slender description. What did it amount to? Some photographs. Was it possible that in this age of ingenious manipulation photographs could be accepted as evidence? What more? We have a story of a flight and a descent by ropes which precluded the production of larger specimens. It was ingenious, but not convincing. It was understood that Lord John Roxton claimed to have the skull of a phororachus. He could only say that he would like to see that skull.

"LORD JOHN ROXTON: 'Is this fellow calling me a liar?' (Uproar.)

"THE CHAIRMAN: 'Order! order! Dr. Illingworth, I must direct you to bring your remarks to a conclusion and to move your amendment.'

"DR. ILLINGWORTH: 'Your Grace, I have more to say, but I bow to your ruling. I move, then, that, while Professor Summerlee be thanked for his interesting address, the whole matter shall be regarded as 'Non-proven,' and shall be referred back to a larger, and possibly more reliable Committee of Investigation.'

"It is difficult to describe the confusion caused by this amendment. A large section of the audience expressed their indignation at such a slur upon the travelers by noisy shouts of dissent and cries of, 'Don't put it!' 'Withdraw!' 'Turn him out!' On the other hand, the malcontents—and it cannot be denied that they were fairly numerous—cheered for the amendment, with cries of 'Order!' 'Chair!' and 'Fair play!' A scuffle broke out in the back benches, and blows were freely exchanged among the medical students who crowded that part of the hall. It was only the moderating influence of the presence of large numbers of ladies which prevented an absolute riot. Suddenly, however, there was a pause, a hush, and then complete silence. Professor Challenger was on his feet. His appearance and manner are peculiarly arresting, and as he raised his hand for order the whole audience settled down expectantly to give him a hearing.

"'It will be within the recollection of many present,' said Professor Challenger, 'that similar foolish and unmannerly scenes marked the last meeting at which I have been able to address them. On that occasion Professor Summerlee was the chief offender, and though he is now chastened and contrite, the matter could not be entirely forgotten. I have heard to-night similar, but even more offensive, sentiments from the person who has just sat down, and though it is a conscious effort of self-effacement to come down to that person's mental level, I will endeavor to do so, in order to allay any reasonable doubt which could possibly exist in the minds of anyone.' (Laughter and interruption.) 'I need not remind this audience that, though Professor Summerlee, as the head of the Committee of Investigation, has been put up to speak to-night, still it is I who am the real prime mover in this business, and that it is mainly to me that any successful result must be ascribed. I have safely conducted these three gentlemen to the spot mentioned, and I have, as you have heard, convinced them of the accuracy of my previous account. We had hoped that we should find upon our return that no one was so dense as to dispute our joint conclusions. Warned, however, by my previous experience, I have not come without such proofs as may convince a reasonable man. As explained by Professor Summerlee, our cameras have been tampered with by the ape- men when they ransacked our camp, and most of our negatives ruined.' (Jeers, laughter, and 'tell us another!' from the back.) I have mentioned the ape-men, and I cannot forbear from saying that some of the sounds which now meet my ears bring back most vividly to my recollection my experiences with those interesting creatures.' (Laughter.) 'In spite of the destruction of so many invaluable negatives, there still remains in our collection a certain number of corroborative photographs showing the conditions of life upon the plateau. Did they accuse them of having forged these photographs?' (A voice, 'Yes,' and considerable interruption which ended in several men being put out of the hall.) 'the negatives were open to the inspection of experts. But what other evidence had they? Under the conditions of their escape it was naturally impossible to bring a large amount of baggage, but they had rescued Professor Summerlee's collections of butterflies and beetles, containing many new species. Was this not evidence?' (Several voices, 'No.') 'Who said no?'

"DR. ILLINGWORTH (rising): 'Our point is that such a collection might have been made in other places than a prehistoric plateau.' (Applause.)

"PROFESSOR CHALLENGER: 'No doubt, sir, we have to bow to your scientific authority, although I must admit that the name is unfamiliar. Passing, then, both the photographs and the entomological collection, I come to the varied and accurate information which we bring with us upon points which have never before been elucidated. For example, upon the domestic habits of the pterodactyl—'(A voice: 'Bosh,' and up-roar)—'I say, that upon the domestic habits of the pterodactyl we can throw a flood of light. I can exhibit to you from my portfolio a picture of that creature taken from life which would convince you—'

"DR. ILLINGWORTH: 'No picture could convince us of anything.'

"PROFESSOR CHALLENGER: 'You would require to see the thing itself?'

"DR. ILLINGWORTH: 'Undoubtedly.'

"PROFESSOR CHALLENGER: 'And you would accept that?'

"DR. ILLINGWORTH (laughing): 'Beyond a doubt.'

"It was at this point that the sensation of the evening arose—a sensation so dramatic that it can never have been paralleled in the history of scientific gatherings. Professor Challenger raised his hand in the air as a signal, and at once our colleague, Mr. E. D. Malone, was observed to rise and to make his way to the back of the platform. An instant later he reappeared in company of a gigantic negro, the two of them bearing between them a large square packing-case. It was evidently of great weight, and was slowly carried forward and placed in front of the Professor's chair. All sound had hushed in the audience and everyone was absorbed in the spectacle before them. Professor Challenger drew off the top of the case, which formed a sliding lid. Peering down into the box he snapped his fingers several times and was heard from the Press seat to say, 'Come, then, pretty, pretty!' in a coaxing voice. An instant later, with a scratching, rattling sound, a most horrible and loathsome creature appeared from below and perched itself upon the side of the case. Even the unexpected fall of the Duke of Durham into the orchestra, which occurred at this moment, could not distract the petrified attention of the vast audience. The face of the creature was like the wildest gargoyle that the imagination of a mad medieval builder could have conceived. It was malicious, horrible, with two small red eyes as bright as points of burning coal. Its long, savage mouth, which was held half-open, was full of a double row of shark-like teeth. Its shoulders were humped, and round them were draped what appeared to be a faded gray shawl. It was the devil of our childhood in person. There was a turmoil in the audience—someone screamed, two ladies in the front row fell senseless from their chairs, and there was a general movement upon the platform to follow their chairman into the orchestra. For a moment there was danger of a general panic. Professor Challenger threw up his hands to still the commotion, but the movement alarmed the creature beside him. Its strange shawl suddenly unfurled, spread, and fluttered as a pair of leathery wings. Its owner grabbed at its legs, but too late to hold it. It had sprung from the perch and was circling slowly round the Queen's Hall with a dry, leathery flapping of its ten-foot wings, while a putrid and insidious odor pervaded the room. The cries of the people in the galleries, who were alarmed at the near approach of those glowing eyes and that murderous beak, excited the creature to a frenzy. Faster and faster it flew, beating against walls and chandeliers in a blind frenzy of alarm. 'The window! For heaven's sake shut that window!' roared the Professor from the platform, dancing and wringing his hands in an agony of apprehension. Alas, his warning was too late! In a moment the creature, beating and bumping along the wall like a huge moth within a gas-shade, came upon the opening, squeezed its hideous bulk through it, and was gone. Professor Challenger fell back into his chair with his face buried in his hands, while the audience gave one long, deep sigh of relief as they realized that the incident was over.

"Then—oh! how shall one describe what took place then—when the full exuberance of the majority and the full reaction of the minority united to make one great wave of enthusiasm, which rolled from the back of the hall, gathering volume as it came, swept over the orchestra, submerged the platform, and carried the four heroes away upon its crest?" (Good for you, Mac!) "If the audience had done less than justice, surely it made ample amends. Every one was on his feet. Every one was moving, shouting, gesticulating. A dense crowd of cheering men were round the four travelers. 'Up with them! up with them!' cried a hundred voices. In a moment four figures shot up above the crowd. In vain they strove to break loose. They were held in their lofty places of honor. It would have been hard to let them down if it had been wished, so dense was the crowd around them. 'Regent Street! Regent Street!' sounded the voices. There was a swirl in the packed multitude, and a slow current, bearing the four upon their shoulders, made for the door. Out in the street the scene was extraordinary. An assemblage of not less than a hundred thousand people was waiting. The close-packed throng extended from the other side of the Langham Hotel to Oxford Circus. A roar of acclamation greeted the four adventurers as they appeared, high above the heads of the people, under the vivid electric lamps outside the hall. 'A procession! A procession!' was the cry. In a dense phalanx, blocking the streets from side to side, the crowd set forth, taking the route of Regent Street, Pall Mall, St. James's Street, and Piccadilly. The whole central traffic of London was held up, and many collisions were reported between the demonstrators upon the one side and the police and taxi-cabmen upon the other. Finally, it was not until after midnight that the four travelers were released at the entrance to Lord John Roxton's chambers in the Albany, and that the exuberant crowd, having sung 'They are Jolly Good Fellows' in chorus, concluded their program with 'God Save the King.' So ended one of the most remarkable evenings that London has seen for a considerable time."

So far my friend Macdona; and it may be taken as a fairly accurate, if florid, account of the proceedings. As to the main incident, it was a bewildering surprise to the audience, but not, I need hardly say, to us. The reader will remember how I met Lord John Roxton upon the very occasion when, in his protective crinoline, he had gone to bring the "Devil's chick" as he called it, for Professor Challenger. I have hinted also at the trouble which the Professor's baggage gave us when we left the plateau, and had I described our voyage I might have said a good deal of the worry we had to coax with putrid fish the appetite of our filthy companion. If I have not said much about it before, it was, of course, that the Professor's earnest desire was that no possible rumor of the unanswerable argument which we carried should be allowed to leak out until the moment came when his enemies were to be confuted.

One word as to the fate of the London pterodactyl. Nothing can be said to be certain upon this point. There is the evidence of two frightened women that it perched upon the roof of the Queen's Hall and remained there like a diabolical statue for some hours. The next day it came out in the evening papers that Private Miles, of the Coldstream Guards, on duty outside Marlborough House, had deserted his post without leave, and was therefore courtmartialed. Private Miles' account, that he dropped his rifle and took to his heels down the Mall because on looking up he had suddenly seen the devil between him and the moon, was not accepted by the Court, and yet it may have a direct bearing upon the point at issue. The only other evidence which I can adduce is from the log of the SS. Friesland, a Dutch-American liner, which asserts that at nine next morning, Start Point being at the time ten miles upon their starboard quarter, they were passed by something between a flying goat and a monstrous bat, which was heading at a prodigious pace south and west. If its homing instinct led it upon the right line, there can be no doubt that somewhere out in the wastes of the Atlantic the last European pterodactyl found its end.

And Gladys—oh, my Gladys!—Gladys of the mystic lake, now to be re-named the Central, for never shall she have immortality through me. Did I not always see some hard fiber in her nature? Did I not, even at the time when I was proud to obey her behest, feel that it was surely a poor love which could drive a lover to his death or the danger of it? Did I not, in my truest thoughts, always recurring and always dismissed, see past the beauty of the face, and, peering into the soul, discern the twin shadows of selfishness and of fickleness glooming at the back of it? Did she love the heroic and the spectacular for its own noble sake, or was it for the glory which might, without effort or sacrifice, be reflected upon herself? Or are these thoughts the vain wisdom which comes after the event? It was the shock of my life. For a moment it had turned me to a cynic. But already, as I write, a week has passed, and we have had our momentous interview with Lord John Roxton and—well, perhaps things might be worse.

Let me tell it in a few words. No letter or telegram had come to me at Southampton, and I reached the little villa at Streatham about ten o'clock that night in a fever of alarm. Was she dead or alive? Where were all my nightly dreams of the open arms, the smiling face, the words of praise for her man who had risked his life to humor her whim? Already I was down from the high peaks and standing flat-footed upon earth. Yet some good reasons given might still lift me to the clouds once more. I rushed down the garden path, hammered at the door, heard the voice of Gladys within, pushed past the staring maid, and strode into the sitting-room. She was seated in a low settee under the shaded standard lamp by the piano. In three steps I was across the room and had both her hands in mine.

"Gladys!" I cried, "Gladys!"

She looked up with amazement in her face. She was altered in some subtle way. The expression of her eyes, the hard upward stare, the set of the lips, was new to me. She drew back her hands.

"What do you mean?" she said.

"Gladys!" I cried. "What is the matter? You are my Gladys, are you not—little Gladys Hungerton?"

"No," said she, "I am Gladys Potts. Let me introduce you to my husband."

How absurd life is! I found myself mechanically bowing and shaking hands with a little ginger-haired man who was coiled up in the deep arm-chair which had once been sacred to my own use. We bobbed and grinned in front of each other.

"Father lets us stay here. We are getting our house ready" said Gladys.

"Oh, yes" said I."You didn't get my letter at Para, then?"

"No, I got no letter."

"Oh, what a pity! It would have made all clear."

"It is quite clear," said I.

"I've told William all about you," said she. "We have no secrets. I am so sorry about it. But it couldn't have been so very deep, could it, if you could go off to the other end of the world and leave me here alone. You're not crabby, are you?"

"No, no, not at all. I think I'll go."

"Have some refreshment," said the little man, and he added, in a confidential way, "It's always like this, ain't it? And must be unless you had polygamy, only the other way round; you understand." He laughed like an idiot, while I made for the door.

I was through it, when a sudden fantastic impulse came upon me, and I went back to my successful rival, who looked nervously at the electric push.

"Will you answer a question?" I asked.

"Well, within reason," said he.

"How did you do it? Have you searched for hidden treasure, or discovered a pole, or done time on a pirate, or flown the Channel, or what? Where is the glamour of romance? How did you get it?"

He stared at me with a hopeless expression upon his vacuous, good-natured, scrubby little face.

"Don't you think all this is a little too personal?" he said.

"Well, just one question," I cried. "What are you? What is your profession?"

"I am a solicitor's clerk," said he. "Second man at Johnson and Merivale's, 41 Chancery Lane."

"Good-night!" said I, and vanished, like all disconsolate and brokenhearted heroes, into the darkness, with grief and rage and laughter all simmering within me like a boiling pot.

One more little scene, and I have done. Last night we all supped at Lord John Roxton's rooms, and sitting together afterwards we smoked in good comradeship and talked our adventures over. It was strange under these altered surroundings to see the old, well-known faces and figures. There was Challenger, with his smile of condescension, his drooping eyelids, his intolerant eyes, his aggressive beard, his huge chest, swelling and puffing as he laid down the law to Summerlee. And Summerlee, too, there he was with his short briar between his thin moustache and his gray goat's- beard, his worn face protruded in eager debate as he queried all Challenger's propositions. Finally, there was our host, with his rugged, eagle face, and his cold, blue, glacier eyes with always a shimmer of devilment and of humor down in the depths of them. Such is the last picture of them that I have carried away.

It was after supper, in his own sanctum—the room of the pink radiance and the innumerable trophies—that Lord John Roxton had something to say to us. From a cupboard he had brought an old cigar-box, and this he laid before him on the table.

"There's one thing," said he, "that maybe I should have spoken about before this, but I wanted to know a little more clearly where I was. No use to raise hopes and let them down again. But it's facts, not hopes, with us now. You may remember that day we found the pterodactyl rookery in the swamp—what? Well, somethin' in the lie of the land took my notice. Perhaps it has escaped you, so I will tell you. It was a volcanic vent full of blue clay." The Professors nodded.

"Well, now, in the whole world I've only had to do with one place that was a volcanic vent of blue clay. That was the great De Beers Diamond Mine of Kimberley—what? So you see I got diamonds into my head. I rigged up a contraption to hold off those stinking beasts, and I spent a happy day there with a spud. This is what I got."

He opened his cigar-box, and tilting it over he poured about twenty or thirty rough stones, varying from the size of beans to that of chestnuts, on the table.

"Perhaps you think I should have told you then. Well, so I should, only I know there are a lot of traps for the unwary, and that stones may be of any size and yet of little value where color and consistency are clean off. Therefore, I brought them back, and on the first day at home I took one round to Spink's, and asked him to have it roughly cut and valued."

He took a pill-box from his pocket, and spilled out of it a beautiful glittering diamond, one of the finest stones that I have ever seen.

"There's the result," said he. "He prices the lot at a minimum of two hundred thousand pounds. Of course it is fair shares between us. I won't hear of anythin' else. Well, Challenger, what will you do with your fifty thousand?"

"If you really persist in your generous view," said the Professor, "I should found a private museum, which has long been one of my dreams."

"And you, Summerlee?"

"I would retire from teaching, and so find time for my final classification of the chalk fossils."

"I'll use my own," said Lord John Roxton, "in fitting a well-formed expedition and having another look at the dear old plateau. As to you, young fellah, you, of course, will spend yours in gettin' married."

"Not just yet," said I, with a rueful smile. "I think, if you will have me, that I would rather go with you."

Lord Roxton said nothing, but a brown hand was stretched out to me across the table.